P9-EDT-325

WITHDRAWN

# МАРШ ТУРЕЦКОГО

# Фридрих
# НЕЗНАНСКИЙ

## Большая
## зачистка

YOLO COUNTY LIBRARY
226 BUCKEYE STREET
WOODLAND, CA 95695

аст
ИЗДАТЕЛЬСТВО ОЛИМП

МОСКВА
2000

УДК 882
ББК 84(2Рос-Рус)6
Н 44

Серия основана в 1995 году

Художник *Марат Закиров*

*Эта книга от начала до конца придумана автором. Конечно, в ней использованы некоторые подлинные материалы как из собственной практики автора, бывшего российского следователя и адвоката, так и из практики других российских юристов. Однако события, место действия и персонажи безусловно вымышлены. Совпадения имен и названий с именами и названиями реально существующих лиц и мест могут быть только случайными.*

*Все права защищены, ни одна из частей этой книги не может быть воспроизведена или использована в любой форме и любом виде без разрешения автора и издателя. За информацией следует обращаться в ООО «Издательство АСТ».*

226 BUCKEYE STREET

ISBN 5-7390-0986-3 («Олимп»)
ISBN 5-17-000523-7 (ООО «Издательство АСТ»)

© Copyright by Friedrich Neznansky, Germany, 2000
© «Олимп», 2000
© Оформление.
    ООО «Издательство АСТ», 2000

## БОГ МИЛОВАЛ
### (Пролог)

Александр Борисович запер дверь своей квартиры и подошел к лифту. Кнопка вызова светилась, а кабина, судя по болтающемуся черному шлангу, застряла на самом верху. Чертова манера! Вызвать лифт и держать его...

Настроение явно портилось.

Не желая поддаваться эмоциям, Турецкий подумал, что вообще-то в последнее время он маленько разленился: вот уже и спуститься на несколько этажей — проблема. А недавно предпочитал ведь даже и не пользоваться лифтом. Пойти, что ли, не ждать?

Пустые размышления прервал щелчок дверного замка в квартире напротив. На лестничной площадке появился сосед — высокий, под стать Александру Борисовичу, молодой человек с ранними залысинами на лбу и в модных круглых очках. Костюмчик на нем был что надо, поди от самого Версачче, никак не ниже. Подумаешь, у Турецкого тоже имеется галстук — от Кардена, на нем так и написано: «Пьер Карден», по-французски, ну и что? И еще у соседа,

5

которого звали Глебом, а вот фамилию не мог вспомнить Александр Борисович, что-то связанное с лесом — не то Боровик, не то еще что-то близкое, был роскошный кейс благородного серебристого цвета, будто из платины. Живут же люди.

Этот сосед поселился в доме недавно — то ли поменялся, то ли купил такую же двухкомнатную, как у Турецкого. Была у него и семья. Ирина говорила, что видела жену и двоих детей — Нинкиного возраста. Но те бывали здесь редко: жили где-то в другом месте.

— Алексан Борисычу! — приветственно поднял руку с кейсом Глеб. — Наш нижайший поклон!

— Привет, — прогоняя хмурь с лица, кивнул Турецкий. — Кончилась, слава богу, жара? Теперь жди дождей...

— Похоже на то, — согласился сосед и взглянул на светящуюся кнопку лифта. — А может, пешком?

— Придется, — поморщился Турецкий. И пробурчал: — Вот же засранцы...

Глеб рассмеялся:

— Не стоит принимать все так близко к сердцу! Перемелется! А у вас, Алексан Борисыч, гляжу, что-то настроение неважное. Есть причины?

Он был почему-то настырно общительным, этот молодой и наверняка удачливый сосед. Ишь вырядился... Турецкий понимал, что не прав, но продолжал злиться.

— Причины, говорите? — бурчал он, спускаясь по лестнице. — А куда без них! Вон вчера опять парочку жмуриков наблюдал. Работа такая. Нэ-эрвная! — Он натужно улыбнулся и покачал головой. —

Одного только по фотику в студенческом билете и опознали. А второго так разделали, что на нем живого места не осталось.

— И где ж это их так?

— А на Новой Басманной... Зачем, почему? Мальчишки по сути.

— На Новой Басманной?

Турецкому показалось, что сосед как-то непонятно насторожился.

— Ага... Мастерская там, что ли, по ремонту компьютеров, не знаю. А вам что, — Турецкий даже приостановился, увидев, как изменилось лицо соседа: он вроде побледнел, — известно что-нибудь?

— Ну откуда! — заторопился тот вниз. — Просто вы такие страсти рассказываете...

— Будут тут страсти... — вздохнул Турецкий.

Они вышли из подъезда, в котором плавал устойчивый запах гречневой каши и почему-то жареных пирожков с капустой, во двор.

Было еще рано, шел девятый час, и машины жильцов стояли впритык одна к другой вдоль всей проезжей части.

— Вы на колесах? — вежливо спросил сосед. — Или пользуетесь муниципальным?

«Ну правильно, — подумал почему-то Турецкий, — он и должен был спросить, если хочет продолжить разговор...» У самого же Александра Борисовича не было ни малейшего желания вызывать перед собственными глазами видения изуверски растерзанных тел, привязанных к стульям, с дырками от контрольных выстрелов в затылках. Которые, по всему видать, и прекратили долгие мучения жертв.

И ведь все оказалось делом случая. Не проживай в том же доме, где находились раскуроченная мастерская и трупы ее совладельцев, бывший кореш Константина Дмитриевича Меркулова, выехали бы на происшествие ребятки из Басманного ОВД, ну, может, Славка Грязнов подослал бы парочку своих оперков из МУРа, на том бы дело и кончилось. Списали бы на какую-нибудь очередную разборку, отыскали бы, на худой конец, возможного заказчика, которому, не исключено, могло приглянуться помещение этой мастерской, вот и решил он этот вопрос по-своему, как нынче принято у крутых бизнесменов...

Однако было во всей этой еще неясной истории одно важное «но». На что обратил внимание Костя, отправляя на Новую Басманную Турецкого. Даже ради больших денег самая разнузданная братва вряд ли стала бы устраивать такое представление. Значит, они выбивали из жертв какую-то фактуру, а выбив, покончили с ними как со свидетелями.

Конечно, у Меркулова всегда был особый нюх на подобные «тухляки», от которых одна только морока. А в конце вдруг выяснится, что два какие-нибудь олигарха, оказывается, сводили друг с другом счеты, и хрен кого из них притянешь к ответу. Потому что сразу пойдут тебе советы, предупреждения, указания с самого-самого верха, и попробуй ослушаться.

Но, может быть, на что очень надеялся Турецкий, Костино решение было вызвано желанием любым способом отвязаться от старого и настырного кореша своего, который, говорят, еще недавно пользовался очень большим весом в госбезопасности. Все может быть...

Сосед Глеб между тем, задав вопрос о транспорте, ждал ответа, одновременно показывая рукой с кейсом в сторону новенького, сверкающего чистым серебром БМВ-750. Машинка — нет слов! — была очень хороша: мощная, устойчивая, вся словно сготовившаяся к рывку. Куда там «семерке» Турецкого!

— Если вы в прокуратуру, я с удовольствием вас подвезу, — услужливо предложил Глеб. — Мне по пути. Поговорим, а? А то ведь что получается? Живем в одном доме, даже на одной площадке, а вроде как не знакомы. Ну так что, сосед? — уже по-свойски подмигнул он.

— С удовольствием, — сказал Турецкий. — Но в другой раз.

Он подумал, что прокатиться с шиком неплохо, но ведь днем наверняка придется снова посетить разгромленную мастерскую или еще куда-то смотаться, а без собственных колес это может стать проблемой.

— Спасибо, — кивнул он, — я уж на своей лайбе как-нибудь.

— Ну, была бы честь... — натужно улыбнувшись, Глеб кивнул и пошел к своему БМВ.

Турецкий посмотрел ему вслед и, повернувшись, встретился взглядом со старым знакомым, своим тезкой, который долго работал водителем автобуса, а недавно нашел себе другую работенку — дворника в собственном доме. Сашка, облаченный в синий халат, негромко чертыхаясь, выметал из-под колес припаркованных автомобилей окурки и прочий мусор.

Он был простым мужиком, этот Сашка. Вместе с ним Турецкий не раз, бывало, спускался в народ.

То есть под настроение давил возле вечно открытой ракушки, где стоял разобранный Сашкин «Москвич», бутылку-другую красненького и беседовал за жизнь.

— Здоров, тезка! — приветствовал Турецкий.

— Привет, Борисыч, ну как она?

— Ай! — отмахнулся Турецкий.

— Вот и я говорю, — философски заметил Сашка. — На хрена она нам сдалась такая? — Он осуждающе покачал головой и побрел дальше, метя перед собой всякий сор и размышляя, разумеется, все о ней, о жизни.

Турецкий достал из брючного кармана брелок с ключами, заставил свою машину «вякнуть» и уселся за руль. Нет, это конечно не БМВ, что и говорить. Он поправил зеркальце заднего обзора и включил зажигание. Послушав спокойное урчание мотора, сдал чуть назад, вывернул руль до отказа и выехал из тесного ряда в узкий проезд.

Жуткий грохот настиг его в тот момент, когда он сворачивал за угол дома.

Первая мысль — взорвали, гады, дом! Нет, слава богу, он стоял.

Удар же был такой силы, что показалось, будто машина подскочила! Распахнув дверь, Турецкий вывалился наружу и, обернувшись, увидел столб пламени, окутанный черным дымом.

Короткого взгляда хватило, чтобы понять: рвануло там, где только что стоял замечательный серебряный БМВ.

Автоматически выхватив из-под сиденья автомобильный огнетушитель, Турецкий длинными скачками понесся к месту взрыва. Перепрыгнув через лежащего на дороге Сашку, он вдруг подумал, что со своей пшикалкой выглядит по меньшей мере глупо. И точно, пенная струя без следа исчезала в плотном пламени, обжигавшем лицо и руки.

Прикрываясь от огня и отшвырнув в сторону ненужный больше баллон, Турецкий подумал, что надо было поливать не этот вулкан, а машины, стоящие рядом. Две из них тоже горели, грозя взорваться.

Со всех сторон стал сбегаться народ, водители кидались к своим автомобилям, торопясь отогнать их в сторону, подальше от опасности. Гудело вздымающееся пламя, истошно крякали автомобильные сигналы, кричали и матерились люди, окружившие пожарище с немощными, как и у Турецкого, баллончиками.

И тут он вдруг вспомнил про лежащего на асфальте Сашку. Кинулся к нему. Тот лежал все в той же скрюченной позе. А возле него, у живота, расплывалось большое красное пятно.

Турецкий упал перед Сашкой на колени, попробовал оторвать его руки, прижатые к животу, увидел глаза, налитые невероятной болью. Ни слова не произнося, Сашка медленно шевелил губами, на которых пузырилась красная пена, а глаза его словно спрашивали: за что?! А еще через короткое мгновение взгляд остановился на Турецком и страдальчески застыл. Замер.

Осторожно положив пальцы на шею, возле сонной артерии, Турецкий ничего не ощутил. Взор Сашки был неподвижен. И снова возник проклятый вопрос: за что?!

Какое-то время Турецкий не мог понять, что за

железку прижимает к себе уже мертвый Сашка. Но, разглядев, сообразил: это был рваный кусок автомобильной дверцы. Это ж надо, чтоб так не повезло!.. Под самый взрыв угодил...

Турецкий поднялся с колен, взглянул на пожарище. Каким-то образом машины успели растащить в стороны, погасить те, что горели. А от взорванного БМВ, исковерканные, черные останки которого высились уродливой грудой, во все стороны валил удушливый черный дым.

— Бог миловал... — произнес Александр Борисович, вспомнив, что исключительно благодаря случайности не оказался в чреве этого кошмара. А ведь мог бы, мелькнуло такое желание...

Из-за дома, с набережной, прилетели визгливые крики милицейских сирен, рев «пожарки» и другие, словно ожившие, городские шумы. Странно, Турецкий вдруг сообразил, что на какое-то время для него почему-то исчезли все звуки. А теперь как бы вынырнули из небытия.

— Чья там машина? Убрать! — кричал, выбегая из-за угла дома милиционер, размахивая полосатым жезлом.

«Да это ж моя!» — вспомнил Александр Борисович.

Для того чтобы к месту взрыва смогли подъехать пожарные и оперативники со «скорой помощью», ему пришлось сдать «семерку» задом прямо на детскую площадку.

Оперативники быстро оцепили пожарище, пожарные же вмиг врубили свою мощную систему, и скоро вся площадь в радиусе метров десяти от эпицентра взрыва напоминала холмистое заснеженное поле. Только после этого приступила к работе примчавшаяся с Петровки, 38, дежурная оперативно-следственная бригада.

Санитары со «скорой» по команде оперативников уложили в темный целлофановый мешок Сашку, перевалили его на носилки и собирались уже убрать в труповозку. Турецкий подошел к ним. Себя он со стороны, конечно, не видел, но по глазам молоденькой врачихи понял, что вид имел, вероятно, страшноватый. И в самом деле, руки и грудь его были в копоти и кровавых пятнах. Врачиха даже решила оказать ему первую помощь. Но он отмахнулся, сказав, что не ранен. А кровь — чужая, Сашкина вот.

Оперативнику из дежурной бригады Турецкий продиктовал фамилию погибшего дворника, номер его квартиры. А вот был ли Сашка женат, этого не знал Турецкий.

Заговорили о хозяине, сгоревшем внутри взорванного БМВ. Что мог сказать Турецкий, единственный теперь, вероятно, свидетель происшествия? Что звали его Глебом. Живет напротив, значит, в семьдесят третьей квартире. А фамилия?

Надо же! Второй раз сегодня задумался. Что-то с лесом связанное. Нет, не Боровик, это теперь он помнил точно.

Выручил подвернувшийся другой сосед.

— Бирюк его фамилия. Глеб Васильевич Бирюк. Он на телевидении работает... работал. Какой-то большой начальник.

Турецкий подумал, что подобные машины бывают либо у больших начальников, либо у бандитов. Но на последних Глеб не был похож.

И снова возник вопрос: почему так насторожился Глеб, узнав о вчерашнем происшествии на Новой Басманной? Неужели он имеет к этому какое-то отношение? А если да, то что? А то, получается, что если имел, значит, дело станет еще более запутанным. И взрыв этот, получается, тоже совсем не случаен. И, выходит, в самом деле Бог миловал...

Среди оперов из ОВД «Хамовники», также прибывших на место происшествия, оказался один знакомый Турецкому. Александр Борисович коротко обрисовал ему ситуацию, и тот сразу повел его к дежурному следователю. Еще бы, единственный свидетель!

Со следователем по особо важным делам из Московской прокуратуры Турецкий не был знаком, фамилию вроде слышал, в то время как фамилия Александра Борисовича, естественно, у большинства его коллег была, что называется, на слуху. Дежурный следователь почему-то решил, что раз уж Турецкий тоже «важняк», но из Генеральной прокуратуры, то он и должен знать абсолютно все. Александр же Борисович, все больше злясь на идиотскую ситуацию, в которой он не по своей воле оказался, отвечал на вопросы все более кратко и однозначно: «Не знаю», «Не знаком», «Случайная встреча», «Не видел», «Не могу заявить со всей уверенностью» и так далее. Нет, не вышло у них контакта. Ничего толком, оказывается, не видел, да и не знал господин Турецкий. И за что ему такая честь, черт возьми!

«Дурачок ты, — с сожалением думал Турецкий. — Да если бы я мог тебе рассказать, о чем я думаю да как понимаю это дело, тебя бы первого, не исключаю, понесли на Хованское. Чтоб не совал нос, куда не следует...» Понимал, что не прав, Александр Борисович, но уже ничего не мог с собой поделать. Надоело зря терять время. Надо было возвращаться домой, успокаивать Ирину, мыться, переодеваться и ехать на службу, чтобы садиться и думать, что делать дальше.

«Нет, его определенно испугало известие об убийстве в мастерской... — продолжал он размышлять, поднимаясь на лифте домой. — И он также очень хотел бы знать подробности. Но кто же он такой, этот Глеб Бирюк? Почему судьба-злодейка вот так свела их на миг, чтобы развести навсегда?..»

Выйдя через полчаса из своего подъезда и вынув из почтового ящика «Комсомольца», «Известия» и «Новую Россию» — привычный набор, который выписывал ежегодно, Александр Борисович заметил, что возня вокруг места взрыва вроде бы поутихла.

Заметив того же знакомого опера, Турецкий подозвал его взмахом руки:

— Ну что, заканчиваете, гляжу?

— Да... Криминалисты остатки бомбы собирают. Сильная штучка. Похоже, граммов на пятьсот. В тротиловом эквиваленте, — профессионально добавил оперативник. — Грешат на радиоуправляемую.

— А что, тут сигнал можно было откуда угодно подать. От самого-то хоть что-нибудь осталось?

— Фрагменты. Уже увезли. Газетки почитываешь, Сан Борисыч? — усмехнулся вдруг оперативник. Наверняка хотел слегка уколоть: вот, мол, мы тут дерьмо разгребаем, а вы прессой интересуетесь. Ах ты, засранец!..

— Почитываю, только тут все больше вашего брата ругают. — Турецкий развернул верхнюю, им оказался «Комсомолец». — Вот, сам гляди... — Но глаза его прикипели к фотографии, опубликованной в подвале газеты среди криминальной хроники. — Смотри, мать их, и тут уже успели!

Опер заинтересовался, поглядел на фотографию, бегло прочитал короткую заметку и странными глазами посмотрел на Турецкого.

— А ты знаешь, Сан Борисыч, я ведь этого стюдента, кажется, видел.

— Где? — вмиг насторожился Турецкий.

— Погоди, дай вспомнить... — Опер стал разглядывать верхние этажи дома, потом перевел взгляд на соседний дом. — Если не ошибаюсь, летом это было еще. В жару. Июль, что ли? Тут, в нашем районе, на Погодинской, да ты небось слышал, кража была... Грабеж, похищение — один хрен. Словом, взяли побольше чем на миллион. В баксах, сечешь? Там, помню, одной техники до едрени фени. Ну вот, так этот парень — это можно уточнить, дело-то все равно сплошной «глухарь», — и был там то ли дежурным, то ли еще кем. Но мы его, точно помню, допрашивали. Ну и других тоже. Циничный парниша, рожа нагловатая такая. Из ранних.

— Чего, говоришь, тогда украли? — Турецкий хмыкнул по поводу оценки, данной парню оперативником.

— Да технику всякую. Компьютер какой-то, не помню уже, столько времени прошло!

— Слышь, Петрович, это ты мне, брат, очень интересную информацию подкинул. Как бы не случилось так, что мы ваш «висяк» на себя перевесим. Давай, друже, я тебе позвоню. У тебя не изменился?

— Те же цифры, но последняя — двойка. Звони, а чего? Нам, сам видишь, и без того черной работы хватает. Бывай.

Садясь в машину, чтобы уехать наконец на работу, Александр Борисович снова вспомнил беспомощный и страдающий взгляд Сашки, бывшего водителя автобуса, которого угораздило на минуту оказаться там, где он был никому абсолютно не нужен. И это мгновение оказалось для него роковым.

А вот ему, Турецкому, снова повезло, опять просквозило мимо виска, значит, точно — Бог миловал. А еще говорят — судьбы нет! Как же!

Потом он мысленно вернулся к короткому рассказу Александра Петровича, оперативника из «Хамовников». А ведь тут теперь есть что копать...

Ну а кто ж он все-таки такой, этот Глеб Васильевич Бирюк? Человек с «лесной» фамилией.

Турецкий набрал на мобильнике номер своего помощника Сережи Карамышева, которого совершенно неожиданно, в качестве приятного сюрприза, приказал выделить Александру Борисовичу для помощи в расследовании одного тяжкого дела, которое вел Турецкий, лично заместитель генерального прокурора Константин Дмитриевич Меркулов. Это он наверняка, чтоб тут же еще парочку совсем уже пропащих дел навесить на шею, не иначе.

Сергей был на месте.

— Значит, так, слушай мою команду, — сказал

Турецкий. — Пиши: Бирюк Глеб Васильевич. Большой начальник на ТВ. Где конкретно, не знаю. Поищи среди наших олигархов. Это все, что мне известно. Остальное я должен узнать, когда приеду. Хочу иметь самое полное досье. Ясна диспозиция?

— Так точно, господин старший следователь! — шутейно ответил помощник, юрист третьего класса Карамышев.

Турецкий хмыкнул: ничего, скоро ты у меня, дружок, шутить вовсе разучишься...


Об убийстве своего исполнительного директора президент компании Ти-ви-си узнал лишь в самом конце рабочего дня от следователя, который, приняв дело о взрыве к производству, сумел не только отыскать Анатолия Ивановича Плешакова, но и, что гораздо важнее, пробиться к нему. Трудность состояла еще и в том, что офис телемагната, как без всякого юмора называли своего хозяина сотрудники, находился не в сумасшедшем Останкино, а на относительно тихой Шаболовке.

Известие в буквальном смысле потрясло президента. С Глебом его связывали давние и почти родственные отношения. Да что там почти, если тот был женат на племяннице Анатолия Ивановича. И в своих далеко идущих планах президент весьма заметное место отводил Глебу.

Взорвали в машине?! Прямо возле дома?! В голове не укладывалось.

Потрясение было настолько сильным, что Плешаков, забыв о том, кто он и кто — этот следователь

18

из городской прокуратуры, именующий себя громким титулом «важняк», стал почти униженно просить не беспокоить его больше сегодня, а перенести все дела и необходимые разговоры, беседы, допросы, будь они прокляты, на завтра, да прямо хоть с утра, когда угодно, только не сейчас...

Затем он долго еще сидел в кабинете один — молча и отрешенно, восстанавливая в памяти всю последовательность событий последних дней и пытаясь понять, где, на каком этапе была совершена тактическая ошибка, приведшая к трагическим последствиям.

Его больше не беспокоили звонками. Если бы ему было нужно, он сам сказал бы об этом.

Наконец он спокойным тоном сообщил секретарше, что уезжает и связь с ним можно держать только по мобильнику. Куда уезжает, на сколько и прочее — ей знать было не обязательно.

Следующий телефонный звонок последовал к водителю. Плешаков велел тому самым тщательным образом проверить «мерседес» и джип охраны и больше не оставлять машины без внимания ни единой минуты.

Шофер, бывший «афганец», перешедший на работу к Плешакову из ФСБ «по состоянию здоровья», был профессионально немногословен. Спросил только, когда нужно быть готовым.

— По готовности и выедем, — ответил Плешаков.

— Вас понял, можете спускаться.

Плешаков открыл сейф, из внутреннего отделения достал и сунул в кейс несколько пачек стодолларовых купюр. Вздохнув, поглядел на круглый стол с двумя креслами в углу просторного кабинета, где они сидели вчера вечером вдвоем с Глебом... И что же, этот следователь пожелает узнать, о чем у них шел разговор? Он что, ненормальный? Кто ж его захочет охранять после этого?

Одну ошибку совершил Глеб. И Плешаков сразу указал ему на нее. Глеб возражал, он вообще не был человеком жестким и... скажем так, излишне кровожадным. Нет, он понимал, что случаются ситуации, когда без определенных жертв просто не обойтись, но... старался избегать крайних конфликтов. И это ему удавалось. Видимо, до поры до времени... Ах, какой удар! И как не вовремя... Будто смерть может скосить вовремя...

«Мерседес» и джип охраны стояли во внутреннем дворе у черного хода, которым постоянно пользовался один Плешаков, не желая ни с кем встречаться.

Включив зажигание, шофер обернулся к хозяину за указаниями.

— В Кокушкино, Дима, — мрачно бросил президент.

— Все ясно, Анатолий Иванович.

— Что тебе ясно? — неожиданно рассердился Плешаков.

— К Глебу, надо полагать. Точней, к его вдове.

«И эти уже все знают!» — едва не взорвался президент. Откуда вытекают все эти слухи проклятые?! Один звонок всего-то и был, и тот никто не прослушивал, а уже и в гараже известно!

— Ну и какая тебе сорока на хвосте принесла? — стараясь казаться спокойным, но подрагивающим от ярости голосом спросил Плешаков.

— «Грусть» поторопилась, Анатолий Иванович.

Так сотрудники Плешакова называли телеканал главного конкурента Виталия Западинского «ТВ-Русь».

— Вы ж небось не глядели пятичасовую? В информации у них проскочило, что сегодня утром трагически оборвалась жизнь исполнительного директора Ти-ви-си господина Бирюка. Ведется расследование. А еще — вечная ему память от коллег по цеху... Суки они, Анатолий Иванович, — убежденно заявил шофер.

Плешаков не знал об информации, но впервые пожалел о собственном жестком приказе: ни при каких обстоятельствах не беспокоить без разрешения. Весь день уже, выходит, все всё знали, а он — не знал. И планировал...

А планировать следовало уже совсем не то.

Даже по элементарной реакции водителя было ясно, кому нужна гибель исполнительного директора. Значит, Западинский не сумел или не захотел смириться с проигрышем и начал войну. Но он и не предполагает даже, что это будет за война для него. Вот и Глеб не хотел крови... Но с этими бандитами иначе нельзя!


В Кокушкине, в двухэтажном краснокирпичном коттедже, который Глеб приобрел недавно, царили растерянность и страх. Здесь успели посмотреть пятичасовую информационную программу, в которой была продемонстрирована видеосъемка с места трагедии: чадящие обломки железа, жалкие останки того, кто еще утром был Глебом Бирюком — моло-

21

дым и удачливым директором одного из ведущих телевизионных каналов. Тут же попавший в поле зрения телекамеры какой-то эксперт заявил, что извлеченные из-под сгоревшего автомобиля фрагменты тела водителя будут, разумеется, идентифицированы, но в связи с показаниями свидетелей сомнений в том, что погибшим является господин Бирюк, по сути, нет.

В доме стояла по-настоящему мертвая тишина. Даже Джек не лаял, чуя беду. Печально лежал, уложив умную голову на лапы, на коврике сбоку от камина.

Лида с красными глазами сомнамбулы передвигалась по комнатам. Дети не выходили из своих детских. А слоноподобная нянька Глаша не шаркала своими растоптанными тапками по сверкающим полам.

Плешаков присел в столовой, раскрыл кейс и достал пачки валюты. Протянул Лиде.

— Это вам, ребята, плата за наш прошлый проект. Я так и не успел рассчитаться с Глебом, а он и не торопил... Похороны и все с ними связанное наша фирма возьмет на себя. Так что эти, — он покачал пачки в руке, — ты можешь положить в банк. Но, упаси тебя боже, не в наш! Понимаешь меня? Можно в немецкий, они надежные.

Лида молча кивнула и, взяв деньги, тут же отложила их на край стола, будто не зная, что с ними делать дальше.

— Дядя, за что?! — Она вдруг заплакала, запричитала так, словно в ней открылась невидимая заслонка. Крепилась весь день, и вот — прорвалось.

Он знал ответ. Но его рассказ был бы племяннице попросту непонятным, бессмысленно долгим и все равно не принес бы никакого облегчения.

Поэтому Плешаков с огорченным видом пожал плечами и нервно вытер лысеющую голову носовым платком.

Кто здесь виноват? Да все, если по справедливости... В первую голову — сам Глеб, проявивший никому не нужный, опасный гуманизм. Или обычную человеческую жалость. В совокупности с естественной брезгливостью к замаранным кровью рукам.

Вот и сам Плешаков не настоял на своем, хотя превосходно знал, чем заканчивается всякая жалость, особенно к живым свидетелям. Спохватился было, ан уже поздно: пошла разматываться вереница событий, приведшая в конце концов к этому взрыву.

Другой вопрос: можно ли было что-то изменить, приостановить, направить по другому пути? Трудно сказать... Когда машина запущена, вмешательство взрывоопасно: шестеренки полетят. А что считать шестеренками?..

И началось-то все, если подумать, со случая... Хотя ничего случайного в делах, которыми заняты очень серьезные и решительные люди и куда брошены гигантские силы и средства, как правило, быть не может...

Вот и осень на дворе. А начало этой истории приходится на лето, когда в жаркой Москве плавился асфальт. Не говоря уже о мозгах...

# Часть первая

## Глава первая
### КРАЖА

Никто бы и предположить не смог, что эта дерзкая кража вызовет самые непредсказуемые последствия. Включая большую кровь.

Итак, в Москве стояла несусветная жара, от которой плавился, как было замечено, не только асфальт на улицах, но и мозги немногочисленных в летнюю отпускную пору сотрудников лаборатории молекулярного конструирования лекарств Института биомедицинской химии. Надо сказать, что этот НИИ не относил себя к числу наиболее удачливых научно-исследовательских институтов Российской академии медицинских наук, которые могли бы рассчитывать на постоянную финансовую поддержку со стороны родного государства или мощное спонсирование заинтересованных олигархов — великих патриотов своего Отечества. Дела здесь шли ни шатко ни валко, с грехом пополам выполнялись отдельные государственные программы, разрабатывались новые лекарственные препараты. К сожалению, большинство отечественных аптечных бизнесменов, за малым исключением, предпочитало не делать ставку на российских исследователей и производителей, а закупать уже готовые лекарственные формы за рубежом, вздрючивая цены на собственном рынке и получая баснословные барыши. За что, естественно, все «Прокторы» и «Гемблы» были им несказанно признательны.

Однако, к чести указанного института, а точнее, одной из его лабораторий, где, собственно, и произошла кража, кое-что все-таки делалось. И довольно серьезное, если судить по такому факту: под один из проектов, касающихся разработки сыворотки против СПИДа, международное сообщество выделило специальный грант.

В июне руководитель лаборатории компьютерного дизайна, как ее еще называли в институте, профессор, доктор и членкор Дегтярев грел свои стареющие кости под турецким солнцем на Анатолийском побережье, будто такой же нещадной жары ему было мало дома. Ответственные сотрудники лаборатории также не стремились отягощать себя посещением «присутствия». Экстремальная температура переносилась много легче в дачных условиях, где-нибудь у текучей воды, на худой конец — в Серебряном Бору, для тех, у кого дач не было.

К законным для отдыха субботам и воскресеньям нередко добавлялись и пятницы: ведь все равно день короткий, а то потом как хлынет народ на вокзалы и пригородные трассы! Так лучше уж пораньше, чтоб не париться в тесноте электрички или перегреваться в автомобильных пробках.

Лишенные же полноценного отдыха сотрудники лаборатории тоже изыскивали массу причин не появляться в стенах родного института, что на Погодинской улице, вблизи Лужников. Вспоминались подзабытые «библиотечные» дни, находились и сугубо семейные поводы, но, так или иначе, по пятницам жизнь в лаборатории заметно замирала. Если до обеда еще как-то гужевался народ, то после «на хозяйстве» оставалось не более пары лаборантов, которым просто некуда было бежать. Они «седлали» драгоценный компьютер «Силикон графикс» с его пятью терминалами и устраивали поистине звездные войны. Потом, в конца дня, помещения пустели, сейфы и кабинеты опечатывались. До понедельника.

Почему-то никому из сотрудников не приходило в голову, что их лабораторию могут элементарно обокрасть. Для чего? Да хотя бы для того, чтобы потом продать дорогущий компьютер. Но, во-первых, он же тяжеленный! Это что же, грузчиков специальных нанимать? А во-вторых, он ведь не твое личное имущество, за ним должна институтская охрана следить: им деньги платят, вот пусть и стерегут. Об информации, заложенной в компьютер, никто всерьез не задумывался. Так, вероятно, на денежной фабрике Гознак мастер, печатающий купюры, не видит в них реальной цены. Для него они, как сковорода для жестянщика, — обычный результат приложенного труда, обыкновенная материальная ценность. Ну, может, просто охраны побольше.

В одну из жарких злополучных пятниц, к обеду, в лаборатории остались двое сотрудников: студент-выпускник Института медико-биологических проблем из Химок Игорь Махов и Римма Шатковская. Она числилась младшим научным сотрудником, несмотря на то что возраст ее опасно приближался к четвертому десятку. Игорь нравился Римме. Он появился в этом институте недавно, проходил преддипломную практику. Высокий, сильный, естественно, циничный, как все медики-старшекурсники, для которых давно уже нет никаких тайн во всем, что касается человека как биологической особи. И даже любовь, как в том старом анекдоте, всего лишь возбуждение слизистой оболочки. Возможно, здесь есть и свой плюс: нет нужды в разных заморочках, из-за которых физически нормальные люди иной раз просто бездарно теряют время.

Спортивная, резкая в движениях и темпераментная Римма не видела смысла во всякого рода заморочках. Игорь же, по его словам, относился к «связям» философски — как к естественной потребности организма. Если же еще иметь в виду наличие в кабинете завлаба вполне устойчивого, хотя и в некотором смысле антикварного дивана, то можно было сказать, что трудовая неделя получала достойное завершение.

Что естественно, в том нет греха, зато масса удовольствия. Вполне оценив способности практиканта, Римма пришла к выводу, что ее рабочая неделя удачно закончилась, о чем и сообщила партнеру утомленным, но сытым голосом. Игорь ничуть не возражал. Расслабившись на диване, на котором, по слухам, сиживал сам Дмитрий Иванович Менделеев, он теперь был готов в лепешку расшибиться, чтобы до самого конца дня выполнять роль сторожа при дорогой технике. Ну то есть до того момента, когда эта роль перейдет к официальной охране институтского здания.

О чем думала, уходя, Римма, Игорь размышлял меньше всего. Уж он-то свое дело сделал. И не без удовольствия. Но теперь начиналась главная работа, подготовку к которой Игорь вел уже две недели, со времени отъезда шефа в отпуск.

Ну, к примеру. Помимо главного входа в лабораторию имелся еще так называемый черный, которым, кажется, никто не пользовался со дня сотворения института. Так вот, в планы Игоря входило неоднократное напоминание штатным сотрудникам лаборатории, что у них однажды через этот самый черный ход вынесут самое ценное. И все тут же пытались обозначать это самое «ценное», но дальше шуток, естественно, дело не шло. Смеялись, хихикали и тут же забывали.

Затем Игорь брал на себя самое неприятное — пятничные дежурства, неудобные буквально для всех. При нем охрана и опечатывала лабораторию. К его безотказности привыкли, ему верили, как себе, а девушки просто души не чаяли. Но он со всеми был ровен, вот разве что Римме повезло. Но именно на этом он тоже строил свой расчет.

И так далее...

Проводив Римму, Игорь открыл дверь черного хода и впустил в лабораторию приятеля, а правильнее сказать, своего подельника — Семена Корнева, или просто Сеню.

Корнев проехал в «рафике» с красным крестом на территорию института еще утром. Их много заезжало сюда, подобных служебных машин, и охрана уже привыкла к ним. Смотрели путевки, махали — проезжай, мол. Туда-сюда весь день. А Семен имел при себе еще и требование профессора Дегтярева, подписанное уходившим в отпуск завлабом добрых две недели назад. Так что для неожиданных посторонних лиц являлся Семен Корнев опытным специалистом по наладке и контролю за компьютерной техникой.

Надо сказать, она была очень тяжелой — эта техника. Но приятели спустили ее по черной лестнице и аккуратно установили в медицинском «рафике», придав интерьеру салона вид специальной лаборатории на колесах. Да и кто бы стал особо разбираться, если жара воистину плавила мозги, а на часах кончалась пятница! И вообще, чего там еще бдеть, когда институту даже на зарплату сотрудников денег не хватает. Вспоминалась к месту старинная, хрущевских времен, шутка: «Они делают вид, что платят нам зарплату, а мы — что работаем».

Так лаборатория компьютерного дизайна лишилась мощнейшего своего компьютера с сервером и терминалами, с огромной памятью и уникальными программами, а также с дискетами, хранящими информацию о важнейших научных разработках в области лекарственного дизайна.

Сложнее оказалось придать лаборатории внутренний вид трудового помещения, не тронутого рукой вора. Но справились и с этой задачей. После чего «рафик» благополучно покинул территорию института.

«Скорая» исчезла в лабиринтах Хамовнических переулков, а Игорь дождался конца рабочего дня и помог охране закрыть и опечатать двери с чувством честно исполненного долга. Вечером он появился на Новой Басманной улице, где в районе Разгуляя они с Сеней имели небольшой собственный офис-мастерскую по ремонту компьютерной техники: оба и в самом деле считали себя специалистами в электронике.


Прибывшие в понедельник сотрудники не сразу и оценили размер пропажи. В помещении стояло несколько компьютеров, и на исчезновение самого крупного из них поначалу не обратили внимания. Но затем стала надвигаться гроза.

Кому-то понадобилась какая-то информация, и вот тут все открылось. Сперва на преступников не грешили, может, технику в ремонт отправили? Помнится, и шеф что-то просил сделать до его возвращения. Женский в массе своей коллектив, не объединенный железной волей шефа, пошел вразнос. А слухи о пропаже тем временем докатились до дирекции. И тогда в лаборатории сверкнула молния — столько высокоумных лбов появилось в ней одновременно, и их блеск немедленно затмил собой естественное земное светило. Следом раздались раскаты грома...

Кто был в лаборатории в пятницу? Когда покинули помещение? Кто его проверял и опечатывал?

Игорь мужественно держал оборону: не мог же он «заложить» свою нечаянную любовницу! Впрочем, и ей не пришло бы в голову вдруг вспомнить, что она посмела покинуть рабочее помещение раньше положенного времени. Игорь же искренне поддерживал в этой забывчивости младшую научную сотрудницу. Сам-то он оставался всего лишь безответственным практикантом.

Не желала и Римма думать о причастности Игоря к пропаже. Ей очень понравилось их первое приключение на антикварном диване, и она, трезво рассудив о собственных перспективах, вовсе не собиралась исключать возможность пикантного продолжения. А по многозначительным взглядам Игоря, которые она расценила однозначно, поняла, что и он не против. Так одна тайна погребла под собой другую.

Правда, один из бдительных стражей, вспомнив ситуацию трехдневной давности, попробовал было усомниться, что в прошедшую пятницу при опечатывании присутствовала еще и младшая научная сотрудница. Вот парня он помнил точно, а ее? Но дружное возмущение Риммы и Игоря заставило того отказаться от своих подозрений.

Странная получалась картина: печати нигде не сорваны, а хищение налицо. Да какое! Сервер и дискеты, хранящие поистине государственные тайны! Новейшие разработки в области лечения рака и СПИДа! Ученые головы вмиг произвели самый грубый подсчет, и народ ахнул. Сумма потерь перевалила за полмиллиона — в долларах! Это не считая стоимости пропавшей техники... Кошмар!..

Наконец кто-то сообразил ткнуться в забытые двери черного хода и... о, ужас! Они оказались незапертыми! И хотя нижняя дверь — во двор — была закрыта на висячий замок, что этот нехитрый запор для специалиста! И ведь вспомнили сотрудники, как не раз предупреждали прежде, что нет порядка в институте, что все двери нараспашку, что контроль за посетителями слабый... Предупреждали! А что толку? Вот и докатились...

И это последнее известие совсем уже запутало дело: кто виновен, с кого спрашивать, кого наказывать?..

Вскоре прибыли милицейские чины из ОВД «Хамовники», приехали сыщики с Петровки и завертелась карусель. Допросы свидетелей производились порознь, но Римма и Игорь, уже к тому времени сто раз повторившие свои «чистосердечные» показания, касавшиеся их деятельности на рабочих местах, стояли намертво. Ничего нового не добавил и охранник, отказавшийся по каким-то своим причинам от собственных сомнений. На том все практически и завершилось, ну разве что заместитель директора по хозяйственной части получил суровый устный втык за вопиющую халатность, ибо это по его вине на местный орган внутренних дел повешен теперь абсолютный «тухляк».

Стоимость пропажи впечатляла, и дирекция института была просто вынуждена принять хоть какое-то ответственное решение. Те сотрудники, которые не смогли представить сносных объяснений по поводу своего отсутствия на службе в пятницу, схлопотали по выговору. С лишением квартальной премии, естественно. Но это лишение никакого значения практически не имело, поскольку наказание рублем произвести было невозможно из-за отсутствия средств на очередную зарплату штатных работников. А вот Игорь Махов был временно отстранен от прохождения дальнейшей практики. До окончательного выяснения всех обстоятельств происшествия. Временное тут же стало постоянным, поскольку срок практики и без того подходил к концу, и у Игоря наступала пора работы над собственным дипломом.

С видимой горечью от несправедливого решения руководства покидал Игорь полюбившийся ему коллектив. Единственным утешением стало настойчивое приглашение Риммы сегодня же составить ей компанию. Одна подружка уезжает в отпуск и совершенно случайно оставляет у Риммы ключи от своей однокомнатной квартиры. Это был очень удачный вариант: Игорь и сам предполагал продолжить пока встречи с младшей научной сотрудницей, ибо ничем не оправданный разрыв отношений определенно вызвал бы у Риммы подозрения, к сожалению, не лишенные оснований. А нехорошие мысли никоим образом не должны были посещать ее гладко причесанную и не лишенную шарма головку.

Они и встречались еще какое-то время — пока подружка находилась в отпуске. А после ее возвращения, когда потребовались дополнительные усилия — кого-то просить об одолжении, куда-то ехать, они оба почувствовали некоторую тягость от абсолютно однообразных встреч накоротке. Желание не питалось постоянной новизной, а скудное меню напоминало комплексный обед в столовой. Они поняли, что стали просто надоедать друг другу, и прекратили упражнения.

Компьютер же и похищенная вместе с ним информация, являвшаяся и в самом деле дорогостоящей государственной тайной, находились в укромном месте в ожидании того момента, когда уляжется память о краже, а на технику и заложенную в нее информацию найдется надежный и богатый покупатель...

## Глава вторая
## КОНКУРЕНТЫ

Виталий Борисович Западинский был почти ровесником Анатолия Плешакова, два года в их возрасте разницы не делают. Они познакомились давно, еще в молодости, на комсомольской работе. Длинноволосый красавец Виталий Западинский был одно время кумиром эмгэушных девушек — этакий идеал молодого комсомольского вожака — общительный, открытый, внимательный. К тому же и ростом Бог не обидел: играл за сборную университета по баскетболу. Плешаков отчасти завидовал удачливому коллеге, поскольку сам напоминал скорее боровичка, плотного, приземистого, крепко стоящего на земле.

После окончания МГУ Виталий полностью отдался молодежной политике, был приглашен на работу в ЦК ВЛКСМ, а в смутно-безалаберные годы горбачевской перестройки даже дорос до секретаря

Центрального Комитета, правда, по селу, но это — неважно. Наше будущее — наша молодежь! И Виталий все свои силы вкладывал в создание этого вполне конкретного будущего. Как острили некоторые недальновидные политики, в одной отдельно взятой жизни.

Но наибольшего своего успеха он добился позже, уже в девяносто шестом году, когда, став заметной фигурой в шоу-бизнесе, почти в провальных условиях предвыборной гонки сумел лично помочь президенту сохранить кресло аж до двухтысячного года. Победа оказалась столь шумной и убедительной, что под звук фанфар ему словно сам Бог предложил не теряться. К этому времени и относится создание крупнейшего телевизионного рекламно-информационного концерна «ТВ-Русь».

Но справедливости ради следует отметить, что этот концерн явился как бы уже вершиной того айсберга, который постоянно и старательно наращивал Западинский, используя все свои связи и возможности. И того, и другого у него хватало с избытком, хотя сам он предпочитал на эту тему помалкивать. Разве что в кругу наиболее доверенных лиц позволял себе порассуждать иной раз о будущем да вспомнить прошлое, пофилософствовать, так сказать...

Вообще говоря, род его видимой деятельности предполагал максимальную открытость, общительность и постоянное участие в разных тусовках, определяющих современную «светскую жизнь». Потому и круг его знакомых был достаточно велик. Но были среди них и такие, с кем Западинский старался не афишировать доверительных отношений. К их числу относилась и семья одного из телеведущих игровой информационно-познавательной программу «Хочу все знать» Олега Николаевича Скляра. Об особой близости хозяина телевизионного канала к этой семье знали всего два-три человека, умевшие хранить тайны.

Отметивший свой полувековой юбилей телеведущий с броской внешностью и покладистым характером очень пришелся ко двору. Западинский относился к нему максимально благожелательно, хотя, по мнению опытных телевизионщиков, никакими особыми талантами или еще не раскрытыми творческими возможностями этот стареющий бонвиван не блистал. Компанейский человек, симпатяга, весьма находчивый в некоторых двусмысленных ситуациях, Олег Николаевич был для Западинского ценен совсем иными качествами, не зависящими от его мягких дипломатических свойств.

Дочь его старшая, Леночка, обладала весьма недюжинными способностями предсказывать в конце каждого информационного часа погоду на завтра. И делала она это нехитрое дело с таким профессиональным блеском и неподражаемым шармом, что Западинский небезосновательно опасался: ох, перекупят девку и уведут! На другие каналы. А терять не менее покладистую, чем ее папаша, зато обладающую поразительным умением действительно делать погоду и создавать нужное настроение девочку так и не пресытившийся к своим сорока годам Виталий Борисович совсем не желал. Но в конце концов — и это тоже частность, пусть и необходимая. Главное же заключалось в другом.

Младший сын Олега — Вадим, студент знаменитого МФТИ, или Физтеха, как его именуют в просторечии, — был поистине гениальным юношей, который большую часть своей двадцатидвухлетней жизни потратил на дружбу с компьютером. И, надо сказать, достиг в этих отношениях если не полного равенства, то чего-то совсем близкого к этому. Вот именно Вадим, имевший в жизни лишь одно, но абсолютное увлечение, и был неразменной золотой монетой Виталия Борисовича Западинского.

Узнав о страсти юного хакера, близко познакомившись с семьей Скляров, Виталий быстро понял, какие, казалось бы, невероятные перспективы открывает перед ним молодой гений.

Естественно, что очень скоро Вадим получил в подарок от фирмы, в которой трудились отец и сестра, великолепнейший компьютер последнего поколения. И так же естественно, что отныне Виталий неустанно подогревал в юноше авантюристическую жажду разгадки самых сокровенных тайн, заложенных в мировую сеть Интернет.

Время относительно безобидных взломов скоро прошло, и Вадим незаметно для себя полностью включился в чрезвычайно опасные и далеко не этичные игры взрослых.

В компьютерном мире существует свой взгляд на вещи и своя этика. Подобно тому как на протяжении всей истории человечества практически параллельно шло совершенствование, образно говоря, меча и щита, то есть средств нападения и защиты, так и в компьютерном мире защита информации и способы взлома этой защиты постоянно совершенствуются. Движутся рядышком. И кормятся друг от друга.

Очень характерно, что американцы, к примеру, зная, что от хакеров все равно не избавиться, предлагают им специальные сайты. Иными словами, сознательно испытывают на самых дотошливых хакерах собственную бронебойную защиту. Да, щит и меч продолжают свое развитие. И поэтому нет-нет да и появляется в прессе сообщение о том, что опять нашелся взломщик, вскрывший защиту какого-нибудь Ситибанка. И похитивший оттуда разом несколько миллионов долларов. А вот если бы он не пожадничал, если бы брал суммы помельче и переводил на подставные счета где-нибудь на Каймановых островах, его бы так и не отследили. Ну конечно, вечная история про то, как жадность фраера сгубила...

Вадим, в чем убедился Западинский, не обладал жадностью своих коллег. Его скорее интересовал сам процесс проникновения за чужие запоры. А что там находилось, за семью замками, его интересовало в гораздо меньшей степени. И это обстоятельство очень устраивало Виталия Борисовича. За это «что-то» он и готов был платить бешеные деньги и папе-Скляру — неплохому, кстати, ведущему телеигры, и постоянно поддерживать максимально привлекательный имидж Леночки Скляр, не обращая внимания на ревнивые взгляды ее бой-френда, телеоператора Артема Никулина, и делать необходимые щедрые подарки самому Вадиму. Хотя последнего вполне устраивали всякие новейшие технические прибамбасы, о которых он узнавал из бесед в Интернете с такими же, как он, молодыми гениями. Порой они стоили дорого, но еще дороже оценивал Виталий ту информацию, которую Вадим старательно выдаивал из закрытых для посторонних кладовых.

А помогал Западинскому разыскивать эти самые кладовые его, можно сказать, старший товарищ и коллега в бизнесе Александр Дмитриевич Игнатов.

Он был начальником Управления радиоэлектронной разведки ФАПСИ — агентства правительственной связи и информации. Имел звание генерал-лейтенанта госбезопасности. Но познакомились они с Виталием еще в середине восьмидесятых. Служил тогда Александр Дмитриевич в ныне печально знаменитом 5-м управлении КГБ.

Западинский однажды пошутил, чем вызвал, правда, недовольство Игнатова. Сказал, что отчетливо представляет себе собственные перспективы, а также будущее своих собеседников. При том разговоре присутствовал еще один партнер в бизнесе, Борька Абушахмин по кличке Абу — для своих и Формоза — для братвы из матвеевской оргпреступной группировки. Так вот, рисовалось оно Западинскому отнюдь не в радужных тонах. Если бы, разумеется, не случилось перестройки и всего остального, сопутствующего ей. Был бы он сам, скорее всего, обычным стукачом у Игнатова, ну, может, не совсем обычным, а заслуженным. Абу, без вопросов, мотал бы срок за сроком, а сам генерал служил бы себе, зарабатывая пенсию на тихую старость.

Ах, как они взвились! Не понравилось! Истина — она не всякому нужна, особенно когда ты уже другой жизни понюхал...

Они сидели тогда в отдельном кабинете только

что открытого ими ресторана «Арбатские встречи» и, как говорится, немного выпивали и закусывали. Ресторан был их собственный. Деньги дал Абу-Формоза, охрану и необходимую для дела прослушивающую технику поставила «контора» генерала, а Виталий осуществлял общее руководство. Кроме того, он поставлял Игнатову те сведения, которые по требованию генерала добывал умница Вадим. А уж то, что можно было считать не государственной, а коммерческой тайной, поступало в распоряжение Абу. И каждый имел свою определенную долю от общего навара. Во всяком случае, для них это было честно.

Плешаков знал о тайном кабинете в ресторане «Арбатские встречи», в котором нередко решали свои дела и проблемы Виталька с его подельниками. И не раз сам обсуждал этот вопрос с прямым начальством Игнатова, директором ФАПСИ Сергеем Сергеевичем Матюшкиным.

Вот так, на всякую хитрую задницу хороший винт имеется. Матюшкин терпеть не мог своего подчиненного начальника управления, но... Не все во власти, даже директора. Хотя кое-какие меры он мог таки предпринять. К примеру, когда Плешаков представил ему факты о том, что генерала госбезопасности и вора в законе Формозу определенно связывают какие-то коммерческие дела, Сергей Сергеевич дал команду доверенным своим спецам аккуратно поставить этот кабак на прослушку. Ну да ведь и Игнатов — даром, что ли, возглавлял радиоэлектронную разведку! При очередной проверке обнаружил «жучков», но откуда они и кто их обслуживал, не допер: не мог же он грешить на своего шефа! Он знал об отношении к нему генерал-полковника Матюшкина, но ведь не до такой же степени! И в свою очередь с подачи Западинского двинул войска против Плешакова.

Так она и шла, эта война — с переменным информационным успехом: кто окажется проворней. Пока верх держал Плешаков, очень помогали новейшие разработки, которые предложил ему Матюшкин. Это были опытные образцы, созданные в Израиле и переданные директору ФАПСИ под строжайшим секретом. Игнатов о них еще не знал.

И первая информация — расшифровка кодированного телефонного разговора Игнатова с Западинским — была воистину ошеломляющей: на Западинского работал какой-то совершенно гениальный хакер, взламывающий любую защиту и скачивающий информацию прямо с президентского «Крея». А их, подобных мощнейших компьютеров, на всю Россию, может, две-три штуки и наберется-то! Дело оставалось за малым — вычислить гения. Для начала. Ну а потом — заставить пахать на себя. Если он согласится. А на нет — и суда нет...

Для этой цели, с помощью все того же Матюшкина, Плешаков подобрал себе группу отчаянных хакеров и велел им пошарить в своем мире: кто это там оказался таким шустрым? Уж они-то должны знать друг дружку, поди, постоянно общаются. Но этот вариант пока ничего не дал, видно, гений был еще и очень осторожен. Оставалось ждать, когда кто-то из прослушиваемых сам нечаянно раскроется и назовет если не фамилию, то, на худой конец, кличку — «ник нейм». А ребята после пошарят в хакерских сайтах в Интернете, где они обычно общаются, и, может быть, откроют анонима.

Но так просто ожидать у моря погоды Плешаков тоже не имел привычки. И за каждым из трех интересующих его лиц пустил агентов из собственного охранно-сыскного предприятия. Он хотел быть в курсе всех передвижений Западинского и компании, а также их возможных пересечений и встреч, которые все они очень не любили афишировать. Ну еще бы! Хорошая компанийка: вор, магнат и контрразведчик!..

И вот в один из по-осеннему уже тягостных, дождливых дней Анатолий Иванович получил информацию, что «нечестивая троица» собирается в ближайшие часы встретиться в ресторане «Русский дом». Это довольно далеко от Москвы, в районе Сергиева Посада. Чего их туда заносит? Или собираются грязные свои дела после замаливать в лавре? От них, вообще говоря, всего можно ожидать.

Плешаков не знал этого ресторана. Но посчитал, что подобный шанс упускать ни в коем случае не стоит. И немедленно отправил в Сергиев Поезд бригаду толковых специалистов. Сам он собирался подъехать позднее, когда подготовка уже закончится и, следовательно, можно будет, сидя в своем «мерседесе», спокойно попивать виски со льдом и слушать, о чем болтают посетители ресторана. Дело оставалось за малым: приехать и незаметно установить необходимую аппаратуру.

Не знал Анатолий Иванович, что операция, на

которую он дал отмашку с уверенной легкостью, столкнется с почти непреодолимыми трудностями. И первая из них состояла в том, что охрану «Русского дома» еще накануне взяла на себя матвеевская братва, для которой слово Формозы было законом. И раз это слово произнесено, значит, в ресторане не должно быть ни одного постороннего лица. Желаете спецобслуживание? Можно назвать и так. Впрочем, может подойти и закрытый съезд Святейшего синода, благо до лавры — рукой подать.

Опоздал Плешаков. Когда прибыли его люди, вопрос о допущении или недопущении посетителей уже не стоял. Зная взрывчатый характер своего хозяина, спецы приуныли. Ни электротехник, ни водопроводчик тут и близко не проходили. А до часа «икс» времени оставалось совсем немного.

Отчаявшиеся спецы стали названивать Плешакову, который уже держал курс на Сергиев Посад.

План, родившийся у Анатолия Ивановича, щедрого на подобного рода выдумки, был, конечно, вызывающе наглым, но, во-первых, и времени практически не оставалось на более изощренные действия, а во-вторых, он подумал, что с этой компанией, может, так оно и надо: чем наглее, тем продуктивнее...


Трубка мобильной связи, лежащая на столе генерал-полковника Матюшкина в закрытом чехле, вдруг запиликала нежно и призывно. Генерал поглядел на нее с сомнением, поскольку именно этим телефоном пользовался очень редко и исключительно для личной надобности, но достал и поднес к уху.

— Сергей Сергеич, — услышал негромкий, вкрадчивый голос Плешакова, — не сильно отрываю?

— Говори, Толя, что у тебя?

— Я сейчас недалеко от Загорска, ну, Сергиева Посада. Намечается одно мероприятие с участием известных вам фигурантов. Я понятно говорю?

— Да-да, слушаю. Так какие трудности?

— Они хорошо подготовились. Возникли сложности. А разрешить их нам вполне может какой-нибудь очень хороший человек, желательно из параллельного ведомства.

— Я понял тебя, дай маленько подумать... Слушай-ка, а что там у тебя за организация?

— Да какая организация, Сергей Сергеич! — мелко засмеялся Плешаков. — Обычный ресторан. «Русский дом» называется. А что, может быть, адрес?

— Я думаю, не мешай... Значит, так, Толя, слушай меня, — сказал генерал после короткой паузы. — Я тебе дам телефончик, позвонишь и спросишь, куда подъехать. Он поможет.

— Хорошо бы предварить мой звонок вашим, а?

— А ты как думал? — почти с насмешкой хмыкнул генерал. — Запоминай...

Плешаков позвонил по указанному телефону, как и условились, ровно через пять минут. Трубку там тотчас подняли.

— Полковник Киселев слушает.

— Здравствуйте, Иван Петрович, вас беспокоит Анатолий Иванович.

— Понял. Вы сейчас где?

— Прошли путепровод за Никольским, — выглянув в окно, сказал Плешаков. — Куда прикажете?

— В город не заезжайте, после моста берите вправо, по объездной. Встречу вас у поворота Подсосино. Вы на чем?

— «Мерседес» с охраной.

— Ну конечно, как я не сообразил. Ну а я — в «газонс». Жду.

Уже начинало по-осеннему темнеть, шел восьмой час. «Сходняк», как назвал его для себя Плешаков, намечался на девять вечера. Значит, уже, что называется, в обрез.

Автомобильное движение под вечер здесь уменьшилось, и обыкновенный зеленый «газик», стоящий на обочине, водитель увидел еще издалека.

— Вижу, справа, — сказал он.

— Я тоже. Подруливай.

К «мерседесу» направился средних лет мужчина в сером плаще и кепке — типичный такой представитель мелкой районной власти.

Левая задняя дверь предупредительно открылась. Плешаков высунул наружу руку и махнул. Мужчина ловко нырнул в салон и стянул с головы кепку.

— Киселев. Я вас внимательно слушаю, Анатолий Иванович.

Плешаков не стал вдаваться в подробности. Объясняя свой интерес оперативной надобностью, он рассказал о неожиданно возникших трудностях. И уж конечно не стал он говорить и о том, что среди интересующих его фигурантов есть начальник Управления ФАПСИ генерал Игнатов. Эта информация будет совсем лишней местному чекисту.

— Самое простое решение, — сказал Киселев, — это мне самому заглянуть к Грише и выпить с ним по рюмке. Но... есть и минус. Местная публика меня хорошо знает. А вам это надо?

— Верно, не надо, — улыбнулся Плешаков. — Какие еще варианты?

— У вас есть собственные предложения?

— Да вот... если вам не покажется... Поговорить бы с кем-нибудь из особо доверенных официантов. Можно даже немного прижать, легкий такой пресс. Чтоб он сам захотел помочь и при этом молчал, как рыба об лед. Тут могут быть любые варианты, скажем, от настойчивой просьбы собственной супруги до хорошего бакшиша, причем сразу, без подоходного, понимаете?

— А что? В этом есть... Сейчас вспомним, кто у нас имеется из таких... А разговор на себя возьмете? Или мне посоучаствовать?

— Как сочтете сами. В любом случае можете быть уверены, что свою штуку вы уже имеете.

— Ну, не будем терять времени. Я пошел, езжайте за мной до Чаркова, там заберем одну дамочку, и вы пересядете ко мне в машину. Этот ваш утюг светить не стоит. Стоянка там открытая со всех сторон, смысла нет. А те ваши ребятки, они могут ехать. У нас тут джипов как собак нерезаных.

И он покинул «мерседес».

Следующий этап начался после того, как Плешаков перебрался в «газон» полковника, где находилась двадцатипятилетняя дамочка очень эффектной внешности.

— Наташа, — скромно потупив сильно накрашенные глаза, протянула она ладошку-лодочку Анатолию Ивановичу.

— Очень приятно, — ответил тот, но представляться не стал.

— Мы сейчас к домику поедем, — говорил ей между тем полковник Киселев, — а ты нам аккуратненько выведешь и доставишь прямо в салон Ваську Рыбина. Ясна задача?

— А если он это... занят?

— Это уж твоя забота. Впрочем, если они оставят там тебя, мы с коллегой, — Киселев кивнул на Плешакова, причисляя его сонму сотрудников спецслужб, — возражать особо не станем. Но — сперва дело. — Быстро и ловко ведя тряскую свою машину, за которой едва поспевал джип охраны, по узким и кривым улочкам поселков, окружавших Сергиев Посад, он с провинциальной хвастливостью бросал реплики Плешакову: — А Натка — славная девочка... и помощница отличная. Одну только слабость мы имеем, да, Натка? А? Чего молчишь? Ладно, не красней, это дело житейское...

Охрана, сидевшая в джипе, тоже знала уже свою задачу. Надо подъехать понахальнее к самому входу, удивиться, что сегодня нет обслуживания, побазарить с охраной, но на крупный скандал по-возможности не нарываться. Словом, постараться как можно дольше отвлекать охрану от ее прямого дела.

На трассе, у поворота к ресторану, Плешаков увидел машину со своими специалистами. Один из них остался в салоне «рафика», где была смонтирована приемная и записывающая аппаратура, а второй быстренько пересел в киселевский «газик». Джип обогнал их и ушел вперед — отвлекать внимание и начинать занудный базар с братвой.

Окружной дорожкой Кисслев подогнал свою машину к задам ресторана, где к хозяйственным пристройкам почти вплотную подступали лесопосадки. Сюда и должна была Наташа вытащить своего приятеля Василия Рыбина, старшего официанта «Русского дома», парня разбитного, нагловатого и в меру трусливого.

Наташа вышла из «газона», огляделась, поправила кудри перед зеркальцем бокового обзора и, подмигнув Киселеву, независимой походочкой направилась к дверям служебного входа. Ей парадный ни к чему, ее тут достаточно хорошо знают. В иные дни отлично помогает обслуге лихо раскручивать подгулявших фраеров, и все это хорошо было известно Киселеву. Такие вот они получались — человеческие слабости, которыми не без успеха для своего дела пользовался полковник.

Минут через десять на крыльцо вышел покурить светловолосый стройный парень в русской рубахе навыпуск и наброшенном на плечи пиджаке.

Он огляделся, заметил «газон» под елочками и не спеша направился к нему.

— Здрасьте, Иван Петрович, — несколько развязным тоном начал он, увидев за опущенным боковым стеклом Киселева. — Чего не заходите?

— Садись, — полковник мотнул головой назад, — поговорить надо.

Но парень обошел машину и сел на пустое переднее сиденье, рядом с водителем.

— А вы не один? С компанией? Боюсь, сегодня у вас ничего не получится, сняли на всю ночь.

— Кто, не в курсе? — спросил полковник.

— Крутые — одно слово. Нас всех проверили, ну... чтоб ничего лишнего в карманах, ферштеете?

— Ферштею, — с улыбочкой кивнул полковник. — Они что же, или опасаются чего?

— Наверно, — пожал плечами Рыбин. — Охраны нагнали, еще с утра мужики из столицы приезжали, облазили тут все, проверили, обнюхали. Крутые ребята, одно слово.

— Ну и что, больше вас-то обыскивать не будут?

— А хрен их знает! Поэтому сторонним сегодня, сами понимаете... Разве если Гриша их попросит, но со мной — пустое дело. Так что пойду я, да?

— А мы и сами, Вася, не собираемся туда. И Грише лучше не знать про то, что мы с тобой беседуем. А уж крутым твоим — тем более.

— Не понял. Тогда чего звали?

— А вот мы с коллегами, — Киселев кивнул на заднее сиденье, где молча пока сидели Плешаков со спецом, — решили, что ты являешься как раз тем человеком, который нам поможет. Предупреждаю заранее, киксанешь, можешь пулю схлопотать — от них. Сделаешь, что скажем, сразу штуку баксов наличными.

— Не-е, Петрович, мне эта самодеятельность на хрен не нужна. Ищите другого дурака.

— А мы уже нашли, Вася, — ласково сказал Киселев. — Только не пойму, почему это ты считаешь себя дураком?

— Не-не, Петрович, давай считать, что никакого базара не было!

— А вот тут ты сильно ошибаешься, Вася, — тем же тоном перебил Рыбина полковник. — Разговор, и очень нехороший для тебя, еще очень даже может быть. Мы ведь взяли Гришиного гонца, и тот на допросе показал на тебя. Ну, это, сам понимаешь, для нас не новость, а вот если об том узнает Гриша?.. Надо дальше объяснять, или ты сам сообразишь?

Рыбин заметно сник. Нервно достал из кармана пачку «Мальборо», закурил.

— Ладно, чего хотите? Чтоб я провел кого? Но это же тухлое дело! Там на каждом углу — по мордовороту. Да и я задержался, сейчас снова шмонать начнут. Они каждого без конца проверяют.

— Мы туда не пойдем, Вася. Вот сейчас товарищи тебе объяснят, что надо будет сделать. — Полковник обернулся к Плешакову: — Прошу.

— Скажи-ка, Василий, — начал Плешаков, — где у них конкретно будут происходить посиделки? В общем зале или у вас есть отдельные кабинеты? И кто будет обслуживать?

— Кабинетов у нас нет. Есть антресоли, там тоже столы. Но велено приготовить зал как обычно. А где захотят сидеть, не знаю. На работе сегодня наша смена. Вот мы и будем.

— Так, хорошо. А чем они вас всех проверяют? Металлодетектором? Ну, хреновинкой такой, как в аэропортах, да?

— Ага. А утром с чемоданчиком ходили, все стены и светильники проверили. Экран у них там, в чемоданчике.

— Понятно. Ну, еще раз вряд ли станут, муторное это дело. Охрана ведь никого постороннего после тех в помещения не пропускала?

— Точно! Даже грузчиков. Нам самим пришлось ящики перетаскивать с продуктами. А после нас всех снова обшмонали. И по ящикам тоже прошлись.

— Ну вот, видишь? Значит, так, Павел, объясните молодому человеку, что надо делать. Этот человек, Василий, — показал на своего молчаливого соседа Плешаков, — очень большой специалист, поэтому послушайте его внимательно. Коли сделаете все так, как он скажет, вам ничего не будет грозить.

— Вот на эти микросы, Василий, — спец протянул на ладони несколько иголочек-булавок с крохотными головками, — металлодетектор абсолютно не реагирует. Один из них оставите в непосредственной близости от гостей. Можно в занавеску воткнуть — с обратной стороны. Или, если на столе будут стоять цветы, воткнуть в стебелек, вовнутрь розы скажем. И повторяю, не бойтесь, это керамика. При себе обязательно оставьте один любой. Свистеть умеете?

— Умею... А зачем?

— Когда вернетесь в ресторан и распределите микросы, ну, вот эти булавочки, где посчитаете нужным, но так, чтобы они оказались в непосредственной близости от гостей, с последней булавочкой зайдите куда-нибудь, да хоть в сортир, и просвистите парочку тактов «чижика», знаете? «Чижик-пыжик, где ты был?» И все. Это будет наш контроль. Зачем? Если у них вдруг появится потребность снова включить свой, как вы говорите, «чемоданчик», вы просто дадите сигнал: «Чижик...» Ясно?

— Да это ясно... А как же я их пронесу? — озабоченно спросил Рыбин, держа на своей ладони пяток булавочек-микросов.

— Бросьте в карман, да и все. А одну воткните куда-нибудь сразу. Только не за лацкан пиджака и не под воротник — эти места, как правило, проверяются на ощупь.

— Петрович, а может, я лучше Натку пришлю? — с тоской в голосе спросил Рыбин. Уж очень ему не хотелось участвовать в этой очень опасной, теперь-то ему стало ясно, игре.

— Ты ж мужик, Вася! — возмутился Киселев. — Как тебе не стыдно! Но... с другой стороны... А что, я ведь тебя уже прямо сейчас могу выручить, забрать с собой. Показания гонца у меня есть. Вызову сюда взвод СОБРа, устроим в вашем кабаке большой шмон, естественно, найдем «геру»...

— Да нету у нас, Петрович! Мамой клянусь! — испугался Рыбин.

— Дурачок! Мы-то ведь все равно найдем! И потопаете вы все, кроме гостей, во главе со своим Гришей в общую камеру, а там вас давно уже гонец дожидается. Понял, что тебя лично ждет? Такие вот дела, парень. А так мы даем тебе возможность исправиться, делу помочь. А Наташку можешь использовать только по прямому назначению, и не больше, иначе башку оторву!

— Да понял я уже, понял, Петрович. Ладно, согласен, пойду. — Рыбин стал выбираться из машины, бормоча: — Вот же, бля, влип...

— Не подведет? — спросил Плешаков, когда официант скрылся за дверью служебного входа.

— Не думаю. Я ж объяснил... в общих чертах...

— А кто такой Гриша? Директор ресторана?

— Гриша-то — вообще Гегам. Это мы его так, по-русски. Гегам Айвазов. Он — хозяин заведения. А директором здесь — его младший брат, Артур. Наркотой балуются. Но это пока не страшно, мы кое-кого отслеживаем, берем, когда надо. Приходится и использовать кое-кого, вот как нынче, никуда не денешься, оперативная необходимость... Ну так что делаем дальше? Ждем?

— Если вы уверены в своем кадре, тогда можем ехать слушать. Но, возможно, мы вас отрываем от более серьезных дел? Если так, то, как говорится, большое спасибо, в долгу не останемся. Павел, — обернулся он к спутнику. — Хочешь покурить? Можешь выйти на минутку.

И когда спец послушно покинул «газон», Плешаков вынул из внутреннего кармана пачку баксов и протянул полковнику.

— Здесь — две. Кадр ваш, вам, вероятно, и решать, на сколько он нынче наработает. И еще раз большая благодарность, я скажу директору самые хорошие слова...

Полковник Киселев подвез их к спецмашине. Туда же вскоре подкатил плешаковский «мерседес», а следом появился и джип. Они стояли примерно в полукилометре от ресторана, в темном придорожном «кармане», где обычно отстаиваются фуры дальнобойщиков.

Плешаков заглянул в «рафик», спросил:

— Ну как, пашет?

— Порядок, Анатолий Иванович, — отозвался

второй спец, сидящий с наушниками на голове. — Сделал выборку, запись чистая. «Чижик» на месте. Будете слушать сразу или по записи?

— Послушаю. — Он захлопнул дверцу, подошел к «газону» Киселева и протянул полковнику руку. — Все нормально, Иван Петрович, запись пошла. Всего вам доброго.

Киселев тут же уехал.

## Глава третья
## ТАЙНЫЙ СОВЕТ

— Ну что? Я пригласил вас, господа... — начал Виталий и засмеялся. — Абу, не вздрагивай, все путем!

— Почему это я должен вздрагивать? — хрипловатым баском отозвался Борис Абушахмин — тридцатипятилетний здоровяк с выбритым до блеска черепом и манерами «качка».

— Не бери в голову, — иронически хмыкнул третий сидевший за столом — пожилой человек с жестким седым ежиком и сухими чертами лица. — Виталик имеет в виду классику. Так говорят, когда хотят устроить большой шмон. Читал Гоголя?

— Сан Дмитрич, ничего он не читал и не нужно ему! — перебил Игнатова Западинский. — Абу у нас девственно чист, и слава богу. А я, в отличие от Гоголя, хочу сказать вам нечто приятное. Затем и попросил собраться тут. Все свои, стесняться некого.

— Да уж, мои здесь дважды все проверили и перепроверили. А кабачок — ничего, — добавил одобрительно Игнатов. — Чей?

— Почти свой, — продолжал улыбаться Западинский. — Мои люди. Ну так вот, вы знаете, что я — человек суеверный и раньше времени стараюсь информацию не обнародовать, но сегодня особый случай. Мы подбили некоторые итоги, и я имею честь сообщить вам, господа, что они — утешительные.

Генерал удовлетворенно хмыкнул, а Абушахмин лишь кивнул, будто ничего нового для себя не услышал, и потянулся за бутылкой «Абсолюта» — эту водку он предпочитал остальным.

— Я не кончил, — остановил его Западинский. — Итак, наши некоторые, как я сказал, итоги — утешительны. Но не более. По операции, которую мы назвали «Обмен», общая прибыль составила чуть больше тридцати двух миллионов долларов. «Обмен-2» принес еще сорок. Мы рассчитывали, если помните, на несколько большую сумму. Но потери были связаны с тем, что информация от тебя, Сан Дмитрич, поступила с опозданием. Правда, мой мальчик сумел-таки раскрутить свою шарманку. Но это я лишь для того, чтобы учесть на будущее: своевременная информация — основа основ...

— Это известно, — не очень вежливо перебил Виталия Абушахмин. — Прикинь, от своей доли я могу оставить в котле десять.

— Почему так мало? — глядя перед собой в собственную тарелку, сухо спросил Западинский. — Или ты решил, что твою братву я должен содержать на свои проценты? Не жирно, Абу?

— А почему мы с ним, — Абушахмин довольно

55

неучтиво кивнул вбок, на генерала, — должны твою семью содержать? Прикинь, прикинь?

— А вот тут я б тебе не советовал, нет. Семья, Абу, это наш совместный капитал! И ты прекрасно знаешь, что, если б ее не было, ты бы сейчас не суммы прикидывал, а срок тянул. Причем неизвестно который по счету...

Помнил Абушахмин, что очень даже немалых денег стоила тогда, в девяносто шестом, Западинскому операция по «отмазке» вора в законе Формозы, на котором висело две «мокрухи». Но ведь можно вопрос поставить и иначе: кто кому был в ту пору больше нужен? Виталька — Абу? Потому что те убийства еще надо было доказывать и доказывать, а это дело долгое. Или — наоборот: Абушахмин с его братвой Западинскому? Кто-то ж должен был профессионально запечатывать пасти Виталькиным конкурентам? Да еще в период самой важной раскрутки... Помнил Абу, ничего не забывал, однако терпеть не мог, когда ему напоминали о чужих благодеяниях.

Неожиданно его сторону принял и генерал Игнатов.

— А в самом деле, Виталий Борисович, дружище, чего это ты вроде как на танки с одной гранатой попер? Почему встала проблема — кто кого должен содержать? Но если уж на то пошло, про мальчика я не говорю, однако все, что касается Ленки и ее папаши, к нам с Борисом не должно иметь никакого отношения. Это я твердо заявляю. И при этом твои постоянные экскурсы в прошлое мне тоже не нравятся. Про Бориса, — он ткнул указательным пальцем в Абу, — уж и не говорю. Смотри, Виталик, достанешь ты нас однажды...

— Ах вот, значит, как?! — едва не взвился Западинский. И он бы вскочил и, вероятно, не менее темпераментно, этак артистично, отшвырнул бы стул, расколотил бы тарелку, но... его словно остановил холодный и абсолютно трезвый, несмотря на уже достаточное количество выпитого, взгляд генерала. И Виталий, отчаянно махнув рукой, словно подвел черту под разгоревшейся было ссорой.

— Ленка — хрен с ней, — вяло отозвался Абушахмин. — Ну держит он ее... для здоровья, ха! У каждого свои заморочки. А этот козел?

— Между прочим, семья, — спокойно заметил Западинский, — принесла вам, уважаемые мои оппоненты, поболе сотни миллионов на круг. Но и это еще не все... Вот же, твою мать, чуть что — базар! А главного-то вы так и не узнали! Только я теперь думаю, надо ли вообще?..

— А куда ты без нас денешься! — широко ухмыльнулся Абушахмин.

— Ладно, мужики, — рассудительно заметил Игнатов, — давайте, в самом деле, кончать базар. Что у тебя еще, Виталий? Выкладывай.

— Мой мальчик, — после непродолжительной паузы продолжил Западинский, — как вам известно, Интернет почитает за дом родной. И этот его интерес я, со своей стороны, всячески и постоянно в нем подогреваю. Чтоб не остывал, не отвлекался, не поглядывал на сторону в поисках более совершенных компьютерных технологий.

— Можешь не растекаться, — остановил надвигающийся поток красноречия Игнатов, — твоя почти отцовская забота о чужих детях всем известна.

— Хе! — отреагировал Абу и помотал головой.

— Так вот, мальчик, — словно и не слыша их, продолжал Западинский спокойно, — выдал мне давеча такую информацию, что я... экстренно предложил вам собраться. Но пока вы тут высказывали свое особое, так сказать, мнение о нашем партнерстве, я подумал: а почему эту информацию я получил от мальчика, который отыскал ее в каких-то там сайтах, где общается хакерская шпана, причем случайно, однако сразу обратил на нее свое внимание, в то время как... Ну да, эту же самую информацию я мог бы получить от тебя, Сан Дмитрич. И не вчера, а еще летом! Ответ вам, господа хорошие, нужен?

— Хотелось бы, — с иронией бросил Игнатов.

— А потому, что вы оба, мужики, — это Виталий по Игнатову прошелся, — вовсе перестали мышей ловить. Обленились на богатых харчах. Мальчик вам «капусту», понимаешь, стрижет, а мы, вот вроде Абу, посторонние дельца себе придумываем?

— Не тот базар, Виталий! — вскинулся Абушахмин. — У нас был твердый уговор. Ты отвечаешь за свои слова?

— А ты полагаешь, что я вам туфту гоню?!

— Не темни! Выкладывай! И если считаешь, что я нарушил наш уговор, так и говори! А я отвечу...

— Кор-роче! — рявкнул генерал. — Вы чего детский сад устраиваете! Зачем мы здесь? Давайте по делу. И ваш базар мне не нужен, у меня тоже собственных забот хватает. В чем ты меня обвиняешь,

Виталий Борисович? Меня, который тебя человеком сделал, а?

— Ну только не надо, не стоит, Сан Дмитрич, не бери на себя лишнего! А то не дотащишь. Что когда-то было, давно прошло. Вместе с нашими партбилетами... А вот нынче я хотел бы от своих партнеров полной отдачи! Стопроцентного вклада — во всех смыслах! Рано еще изображать из себя благополучных рантье, стригущих купоны. Не доросли, господа!

Зря, наверное, Западинский выбрал этот язвительный тон.

— Слышь, Игнатов, — всем телом повернулся к генералу Абушахмин, — а чего этот пуп со своей блядью совсем охренел, что ли? Ты его в малолетстве часто харил у себя на Лубянке? Че-то он будто с... сорвался?

— Да прекратите же вы наконец! — сорвался и генерал. — А то я сейчас пошлю вас обоих!..

Плешаков слушал и откровенно скучал. Перебранка в ресторане то вспыхивала, то становилась какой-то ленивой и вялой. А информации было практически ноль.

Ну какой-то малый чего-то нашел в Интернете... Ну наверняка даже очень важное... Ну никак доходы не поделят. А доходы, надо сказать, впечатляющие. Знать бы еще, что это за «Обмены»...

Партнеры все продолжали поминать друг другу прошлые обиды. Так бывает, когда худая судьба или вовсе уж злой умысел сводит людей, которые терпеть не могут друг друга, но понимают, к сожалению, что каждый из них сам по себе решительно ни на что рассчитывать не может, а вместе они — страшная сокрушающая сила...

Шла запись, едоки переругивались, молчали, сопели — это было очень чисто слышно: отменная техника. Но никак все не возобновлялась тема: «Я пригласил вас, господа...»

Что там за Ленка фигурировала, выяснить наверняка не особенно трудно, стоит лишь послушать сплетни, потолкаться среди бабья на «ТВ-Русь». Странно, что она, эта неизвестная пока Плешакову Ленка, вызывает столь бурное неприятие у партнеров Западинского. Папаша еще промелькнул. Мальчик... Нет, в этом деле надо обязательно разобраться... Но ради чего готовилась столь конфиденциальная встреча? Почему проверки и такая охрана? Ну, что все они — пауки, это понятно, но отчего они никак не могут перейти к делу?..

Запись действительно была скучной и малоинформативной.

Задумавшись, Анатолий Иванович как-то упустил, что собравшиеся в ресторане наконец нащупали точки соприкосновения и заговорили о деле. Точнее, о нем заговорил Западинский.

«Надо будет отмотать чуть-чуть назад и прослушать», — подумал Плешаков и весь превратился во внимание...


— ...адресами они, как правило, не обмениваются. У них приняты, как и у вас, Абу, своеобразные кликаны. Так вот, их условия были следующими. Те, кто заинтересуются предложением, должны оставить свои кликухи в Интернете. Ну а продавцы, стало быть, начнут сами выходить на них и так далее. То есть, как я понимаю, конфиденциальность в этих условиях соблюдается у них вполне приличная. Да, Сан Дмитрич? Это ведь больше по твоей части.

— Разберемся, — многозначительно пообещал генерал. — Но что это за информация?

— Сейчас объясню. Летом многие газеты писали, но никто, насколько я знаю, из нас не обратил внимание на сообщение об ограблении одного крупного медицинского НИИ. Сперли какую-то совершенно сумасшедшую компьютерную технику. Вместе со всей заложенной в нее информацией. Ты об этом слышал, Сан Дмитрич? Нет. И я — нет. И Абу — тоже. Но сведения об этом факте появились в свое время в Интернете. И мой мальчик запомнил. И когда прочитал сообщение о продаже этой системы, он мне назвал ее, только я в компьютерах, как Абу в архитектуре: если без решетки, значит, все по делу. Шучу! Вот он и сопоставил. И мне сказал, что было бы очень неплохо пощупать ту технику. В то время как я в первую голову подумал об информации. Приказал найти мне старую прессу и — ахнул! Если все, о чем довольно скудно сообщил корреспондент, правда, эта информация может стоить многие десятки миллионов баксов. Не здесь — на Западе. Я посчитал, что упускать подобный случай было бы величайшим грехом. И срочно попросил вас собраться. Чтобы обсудить, как нам добыть ту информацию. А заодно и технику для моего мальчика. В порядке большой награды. Компьютер тот действительно, как пишут, уникальный, их в России вообще несколько экземпляров. Я сказал свое слово. Давайте обсудим...

— Мне срочно нужны все данные на этот НИИ. Там, кстати, не было сказано, кто дело возбуждал? — спросил Игнатов.

— «Хамовники», по-моему. Все, что я на этот счет имею, включая информацию в сайте, ты, Сан Дмитрич, можешь получить у меня прямо завтра с утра. Но мой парень сказал, что в таких делах очень опасно спугнуть продавца. Поэтому я прошу действовать очень осторожно. Я бы вообще хотел лично ему и поручить раздобыть нужную нам информацию, касающуюся продавцов. Ведь ни адреса, ни фамилий, одни кликаны.

— Разберемся, — решительно заявил генерал. И трудно было понять: согласен он с Западинским или в корне возражает.

— А ты, Абу, — без всякого недавнего раздражения сказал Западинский, — бери уж на себя основную миссию: исполнение...


Плешаков послушал еще немного, потом сказал оператору, чтобы тот продолжал запись до самого конца, сам же, забрав записанную часть пленки, перешел в свой «мерседес» и приказал водителю пулей мчаться в Москву. Охрана неслась следом.

Из машины Анатолий Иванович позвонил Глебу Бирюку и сказал, что ждет его, несмотря на поздний час, в офисе на Шаболовке. Велел на всякий случай прихватить с собой парочку наиболее толковых хакеров из тех, что по заданию Плешакова до сих пор ищут гения, приютившегося у Западинского. Теперь, кстати, и о нем кое-что появилось новенькое. Может, эта информация что-то подскажет ребятам.

Весь путь занял у Анатолия Ивановича чуть больше часа, и за это время он сумел продумать все тактические ходы будущей операции.

Он еще раз внимательно прослушал текст «застольной беседы», обратив особое внимание на пропущенное им начало серьезной информации. Суть сводилась к сведениям, опубликованным в летних газетах, и предложению о продаже, надо понимать, похищенного в НИИ компьютера в сайте Интернета. И то и другое легко достижимо. И если какому-то умному мальчишке пришла в голову мысль сопоставить факты, а такому зубру, как Виталька Западинский, предпринять немедленные акции по обнаружению пропажи, значит, игра действительно стоила свеч. Виталий Борисович никогда на туфту не клевал, это всем известно. Оттого и сколотил крупный капитал к сорока годам...

А еще очень понравилось Плешакову неожиданное признание генерала по поводу Витальки: мол, я тебя человеком сделал. Это чрезвычайно любопытный факт. И если его раскрутить?..

Многим ведь известно, чем всю жизнь занимался генерал Игнатов. Ответственные сотрудники бывшего Пятого управления Комитета госбезопасности не любят афишировать собственное прошлое. А нынешнюю демократическую общественность — ее хлебом не корми, только пусти в огород, где власть старательно и успешно выращивала стукачей. Одно дело, когда успешно сотрудничают телебосс и представитель ФАПСИ, — кого это удивит сегодня? Но совсем другое, когда общественность узнает, что эти сотрудники — бывшие стукач и его шеф. Тут есть над чем подумать! А директор ФАПСИ Сергей Сергеевич Матюшкин, который сам не знает, как избавиться от собственного шибко ответственного работника, имеющего даже для него, Матюшкина, недоступную «крышу», с удовольствием поможет раскрутить в средствах массовой информации этот постулат: «Я тебя человеком сделал...»

Но это сейчас менее важное дело. Главной же была информация об ограблении какого-то важного медицинского НИИ, а также о том, что похитители наконец обнаружились и ищут себе покупателя. Вопрос лишь в том, кто первым придет к ним — Западинский или Плешаков. Приз в этой гонке стоит серьезного напряжения всех сил: по мнению Витальки, он тянет на несколько десятков миллионов долларов.

Все это Анатолий Иванович выложил Глебу, когда они усадили своих хакеров за компьютеры, выдав им задание: где и что следует искать, и остались вдвоем.

Затем Плешаков по одному из своих засекреченных мобильников связался с Сергеем Сергеевичем, для чего пришлось поднять генерал-полковника из кровати. Но дело не терпело отлагательств.

Виталька делает свою основную ставку по добыче информации на генерала Игнатова? Прекрасно! Значит, именно его и надо в первую очередь вывести из игры — хотя бы на время. Придумать ему срочное дело, командировку, услать его к чертовой матери!

Можно ведь что-то сделать в этом плане? Главное — опередить. Потому что, получив нужную информацию, бандиты матвеевского уголовного авторитета Абушахмина-Формозы уже не упустят ни минуты. А тем временем и плешаковская команда успеет развернуть свои войска.

Матюшкин по достоинству оценил информацию Плешакова и, немного подумав, сказал, что утром проведет совещание начальников управлений, после чего Александр Дмитриевич Игнатов будет вынужден немедленно вылететь в Приморье, где задержится минимум на неделю. Там действительно есть проблемы по линии радиоэлектронной разведки.

Плешаков поручил руководство всей операцией Глебу Бирюку. Не потому, что тот был его родственником, нет. Хотя, возможно, это обстоятельство тоже имело значение, все-таки свой человек. Но для Плешакова главным было всегда дело, а уже все остальное, включая семейные узы, — потом, Глеб его во всяком случае устраивал: решительный, четкий, грамотный и, к счастью, не зацикливающийся на некоторых принципах, свойственных людям старшего поколения. Для него тоже, как понял Анатолий Иванович, на первом месте стояло дело, а уже потом — все остальное, включая, кстати, вполне благополучно начавшуюся семейную жизнь. Лидка, дочь старшего брата Плешакова, трагически погибшего в явно подстроенной ему автокатастрофе, с Глебом была счастлива. Сквалыжный характер перезревшей племянницы Анатолий Иванович хорошо знал и был даже в некоторой степени удивлен, как это Глебу удалось приструнить эту кобылицу.

А в общем-то, они, Анатолий и Глеб, были почти ровесниками, пяток лет разницы — не в счет. Потому и понимали друг друга с полуслова. И значит, Анатолий мог доверить Глебу самую рискованную из своих операций...

Они просидели в офисе почти до утра, обдумывая и обсуждая детали возможных ситуаций и собственных действий в них, пока хакеры не принесли им ту же информацию, которой обладал Западинский. В ней действительно просматривались условия игры, точнее, ее задача, решение для которой еще требовалось искать. Но Плешаков с Глебом уже имели свой план, за реализацию которого немедленно и взялся Глеб.

## Глава четвертая
## ИСКОМОЕ В КАРМАНЕ

В самом начале рабочего дня в отделе кадров Института биомедицинской химии, что на Погодинской улице, названной, кстати, вовсе не в честь советского драматурга, а историка и академика, издателя «Московского вестника» Михаила Погодина, появились двое сотрудников Федерального агентства правительственной связи и информации. Их интерес к тем сотрудникам института, которые в черный для института день, точнее, в жаркую пятницу июня, находились на работе в лаборатории, откуда было похищено драгоценное оборудование, опытному начальнику отдела кадров был как еще понятен! Оказалось, что среди похищенной информации была и та, которая имела самое непосредственное отношение к безопасности государства.

Кадровику, в недавнем прошлом действующему сотруднику бакатинского Министерства безопасности, объяснять интерес ФАПСИ к печальному факту не было необходимости: «служба» ради досужего интереса старые дела не ворошит.

Что касается мэнээс Шатковской, то она, вероятно, на своем рабочем месте. А вот студент Махов давно, еще летом, завершил здесь свою практику, и искать его следует по адресу... Кадровик шустро пролистал тоненькую папочку с личным делом бывшего практиканта и назвал адрес его института в городе Химки. Что же касается места проживания, то в институте и скажут. Здесь упомянуто общежитие в тех же Химках.

Так же любезно кадровик предоставил сотрудникам родственной по сути «конторы» пустующее помещение одной из лабораторий для конфиденциального разговора с младшей научной сотрудницей. Позвал ее, познакомил с симпатичными молодыми людьми из важного учреждения и скромно удалился.

Если чего Римме и хотелось бы в жизни меньше всего, так это упоминания о той злополучной пятнице. Она так часто повторяла их общую с Игорем версию, что не только выучила ее наизусть, но и сама искренне поверила в нее. Вот и теперь она стала нудно повторять слово в слово не раз пересказанное. Впрочем, беседующих с нею сотрудников ФАПСИ это ее «слово в слово» никак не смущало: они ж не читали ее предыдущих показаний, хотя всячески демонстрировали возбужденной девице свою осведомленность. Не совсем верно истолковали они и причину ее столь явного беспокойства, полагая, что оно вызвано видом представительных корочек. Дело же было совсем в другом.

Даже полный дурак, повторяя изо дня в день, как попка, одно и же, однажды будет просто вынужден обнаружить, что за бред он несет. Римма же никогда дурой не была, она себя мыслила как раз наоборот — девушкой вполне разумной, ну, эксцентричной там, со своим бзиком, но уж никак не идиоткой. И вот, в сотый, возможно, раз повторяя свою версию, она вдруг увидела, что все это обыкновенная туфта и только действительно дурак этого не видит.

К тому же где-то в подсознании у нее гнездилась определенная обида на Игоря, довольно легко отказавшегося от продолжения отношений, пусть и несерьезных. Вот если бы она его отшила, совсем другое дело. А так получалось, будто это она ему надоела. Дело, конечно, прошлое, но если взглянуть на него так, как оно было на самом деле, рисуется совсем иная картина. Да и она сама, по прошествии довольно длительного уже времени, чем особо рискует? Какими еще неприятностями?

Были и более серьезные основания для размышлений. Дело о похищении дорогостоящей аппаратуры обреталось и по сей день где-то в милицейских сферах. И в институте о нем, похоже, забыли. Поэтому возникновение нового интереса к прошлому факту, да еще со стороны очень серьезной конторы, ибо для Риммы ФСБ и ФАПСИ были примерно одним и тем же, показалось ей более опасным, нежели все предыдущие допросы. И она решилась. На полуправду, поскольку полная правда была бы вряд ли кому интересна.

Да, она не все сказала во время следствия. А почему? Потому что Игоря пожалела. А сама она ушла тогда с работы раньше, и никого отсутствие элементарной дисциплины в институте до того рокового случая вообще не колыхало. Как снова не колышет и сегодня.

Затем гости и Римма определились со временем ее ухода с работы, и оказалось, что у злоумышленников был вполне достаточный срок для организации преступления.

Они показались Римме вполне нормальными мужиками — эти гости из ФАПСИ. Будто понимая, что в этой истории имеется какая-то пикантная деталь, они не стали настаивать на абсолютном признании, ограничившись самим фактом, и в свою очередь предупредили Римму, что их разговор должен остаться строго конфиденциальным. В этом случае и они не станут ворошить ненужные детали.

Но прежде чем уйти, они подробнейшим образом расспросили ее обо всем, касавшемся Игоря Махова: кто, что, каков характер, есть ли общие знакомые, круг интересов и так далее.

Возвращаясь на свое рабочее место, младшая научная сотрудница отстраненно подумала, не совершила ли все-таки ошибки своим неожиданным признанием. Но так же мимоходом решила, что связывать воедино преступление с фривольными приключениями на знаменитом диване шефа вряд ли придет в голову нормальному современному человеку. И на том успокоилась...

...Имея на руках выписку из личного дела Игоря Махова, сделанную кадровиком, сотрудники ФАПСИ больше не намерены были представлять эту организацию. «Ксивы», в которых на вклеенных фото изображены люди в военной форме, очень впечатляют тех, кому суют под нос эти книжечки с крупными золотыми буквами на красном сафьяне. Но это имеет смысл делать в серьезных учреждениях. А вот в местах более демократичных, типа студенческого общежития, такие удостоверения часто производят обратный эффект — сильно настораживают.

Поэтому в Химках недавние собеседники Риммы Шатковской появились, что называется, вместе, но порознь. Один отправился на улицу Машенцева, в Институт медико-биологических проблем, а второй — в общежитие института на Нагорное шоссе.

И там, и там Махова хорошо знали — парень видный, заметный, готовит диплом, но в последнее время что-то редко его видели в институте. И в общежитии — тоже. Ну в институте еще понятно: выпускник к ответственному шагу готовится, может, он в Ленинке днюет. А вот ночует-то где? Он же не москвич, собственной жилплощади не имеет. Вероятно, снимает жилье. Теперь многие иногородние студенты, подрабатывающие на фирмах, могут себе позволить снять, к примеру, комнату у какого-нибудь пенсионера. И хозяину не одиноко, и лишние деньги совсем не мешают. Вот и Игорь наверняка нашел себе что-нибудь подходящее. Вопрос: где? Надо его знакомых ребят порасспросить. Только так, чтобы ни в коем случае не спугнуть птичку. А в том, что это была именно та птичка, сомнений после доверительной беседы с Риммой не оставалось.

Сосед по комнате в общаге, где был прописан студент Махов, отнесся к Игорю без всякого уважения, мотивируя свое мнение «земляку», решившему навестить своего нижегородского приятеля Махова, тем, что характер у того жлобский и сволочной: за сотню-другую баксов пасть порвет и не чухнется. Словом, нехороший человек, редиска. Некоторые вещи свои: учебники, конспекты, зимнюю одежду — здесь держит, еще не забрал, хотя уже почти полгода проживает с каким-то напарником в Москве. Этот напарник тоже как-то приезжал. Электроникой он интересуется. И Игорь заявил однажды, что диплом ему нужен чисто для проформы, поскольку ни медициной, ни биологией он заниматься не собирается — гроши не те, а вот за электроникой, за компьютером — будущее. И сейчас он, вместо того чтобы вплотную заниматься дипломом, переключился на компьютеры. То ли ремонтирует, то ли продает — черт его знает.

После такого признания соседа стало уже совсем, что называется, «горячо».

Но где находится точка, на которой остановился теперь Игорь, сосед по общежитию не знал. Впрочем, он посоветовал «нижегородскому приятелю» Игоря поговорить с Нинкой Хабаровой, однокурсницей, у них с Маховым одно время намечалось нечто вроде романа, но закончилось как обычно: порезвились, попрыгали и разбежались. Может, она знает.

Подсказка оказалась верной. Эту развязную и много о себе понимающую девицу действительно связывали с Игорем одно время сексуально-меркантильные отношения, но не более. И с ней было просто договориться. Просто Игорь задолжал «земляку» некую сумму, от коей в том случае, если Нина поможет найти должника, ей будет отстегнут определенный процент. Дело есть дело. И ничего тут нет зазорного. Кстати, и долги надо возвращать, а у Игоря, по сведениям приятеля, появились сейчас хорошие деньги.

Нина решилась дать телефон бывшего любовничка. А чтоб у нее не оставалось сомнений, что это обычная сделка, и ничто иное, ей за помощь, как и было договорено, приятель Игоря тут же выплатил две сотни баксов, с условием, что она немедленно забудет тот номер телефона. Словом, ей дали хорошо понять, что история с долгом Игоря довольно темная и лучше всего в нее свой нос не совать.

Приятель Игоря проявил максимум вежливости к ней, но глаза его были неприятно холодными. Поэтому и в самом деле — лучше воздержаться от ненужного любопытства.

Телефонный номер принадлежал мастерской по ремонту компьютерной техники, расположенной на Новой Басманной улице, рядом с Разгуляем.

Созвонившись с директором мастерской, который назвался Семеном Григорьевичем Корневым, о срочном ремонте недавно приобретенного, но отчего-то забарахлившего домашнего компьютера, нерадивый покупатель умолял срочно его посмотреть. А то сынишка расстроился.

— Что за машинка-то? — поинтересовался директор.

— «Пентиум-сто», — со значением ответил покупатель.

— Эва! Да это же — каменный век. Где приобрели?

— По знакомству, — скромно ответил покупатель. — Сказали — после капитального ремонта сто лет прослужит.

— Поди, баксов двести заплатили? — продолжал иронизировать директор. — Ясная картинка. Ну и что там у вас? Материнская плата плохая? Сбои? Или с изображением? Тогда видеокарта подвела. Звука нет, значит, звуковая карта. Так что? Или дискета не читается?

— Вы такие вопросы задаете, — почти изумился лопух-клиент. — Может, мы сейчас привезем к вам телевизор? А вы посмотрите?

— Валяйте, тащите, — снисходительно разрешил Семен Григорьевич, понимая, что хозяин действительно самый настоящий чайник. — Только не телевизор, а монитор. И системный блок тоже.

— А это что?

— Ящик пластмассовый, который рядом с монитором стоит, понятно?

— Так точно! — радостно провозгласил лопух и одновременно чайник. — Так мы прямо сейчас и везем?

— Давайте, — усмехнулся Семен и крикнул в соседнюю комнату Игорю, который возился с платами: — Сейчас тут дедушку притащат, ты погляди, что там не фурычит, и затей что-нибудь на сотню баксов, чтоб этим жлобам мало не показалось. За дурость платить надо...

Вопреки ожиданиям, чайников оказалось двое, и

были они вовсе не старые, а вполне молодые, уверенные в себе люди. Семен уж подумал было, что его разыгрывают, но после парочки вопросов, на которые посетители не смогли внятно ответить, он убедился, что мужики просто в технике не секут — такое случается. Быстренько подключившись и побегав по клавиатуре, Семен навскидку назвал примерную сумму — надо поменять то и это, в общем, от сотни до полутора, устроит? Клиенты не возражали.

Вышел из другой комнаты Игорь и перенес монитор с системным блоком к себе. Увидев через открытую дверь, какая там находится техника, клиенты обомлели. Они, похоже, совершенно не петрили в этом вопросе, а свой случайный «Пентиум» посчитали верхом цивилизации. К месту пришлась и коротенькая лекция Семена, почуявшего, что клиентам можно втюрить чего и подороже. А те слушали, какими сегодня возможностями обладает человек, владеющий компьютером, какая от всего этого гигантская польза делу, а уж об экономии времени и средств и говорить не приходится. Развесили уши клиенты, стали интересоваться более новыми и новейшими моделями, их стоимостью, техническими характеристиками. Хотя видел Семен, что информация никак не задевала их сознания — лопухи, одним словом. Но с определенными претензиями.

Через час с небольшим, наглядевшись на технические диковинки в компьютерной мастерской, клиенты щедро расплатились с Семеном Григорьевичем, поблагодарили мастера Игоря и укатили на «девяносто девятой» «Ладе» вместе со своим «Пентиумом». О перспективах обещали подумать. И созвониться. Может быть, даже в самое ближайшее время.

С этой минуты за мастерской на Новой Басманной было установлено постоянное наблюдение. Круглосуточное. И вскоре выяснилось, что мастера снимают малогабаритную двухкомнатную квартирку в панельном доме на Разгуляе, а в мастерской ночуют по очереди. Видно, боятся оставлять дорогую технику без присмотра.

А поздним вечером двое сотрудников ФАПСИ, проводившие по поручению Матюшкина эту операцию, докладывали Анатолию Ивановичу и Глебу Васильевичу о проделанной ими работе. Они представились как Антошкин и Виноградов, но наверняка это были не настоящие их фамилии. Да и докладывали они опять-таки по указанию своего начальства.

— «Силикон график» у них, можете не сомневаться, — сказал Антошкин. — Он находится в самом углу мастерской. Вероятно, тот самый, что вывезли из института. Кстати, ребятки они крепенькие, а сервер, по моими прикидкам, больше полусотни кил и не весит. Так что они могли справиться без особого труда.

— Беспечно живут, — добавил его коллега. — Полагаю, что информацию держат не в банке каком-нибудь, а там же, в мастерской. Либо в квартире на Разгуляе. Последнее проверить проще простого: дом старый, ни кодов, ни замков, а днем они оба пашут в своем офисе.

— Техники у них много, — продолжил Антошкин. — А вот в каком из блоков они держат интересуюущую нас информацию, проверять жизни не хватит. Вывезти все и провести системный поиск?

— Их надо заинтересовать в продаже информации, — заметил молчавший до того Глеб.

— Может быть, ты и изобразишь богатого американского дядюшку? — усмехнулся Анатолий Иванович.

— А что? В этом есть смысл. Хороший покупатель... Легенду-то мы сочиним! Скажем, сумели воспользоваться некоторой информацией ФСБ. А разработки института, точнее, их основные направления, известны во всем цивилизованном мире.

— Хорошо, Глеб, — почему-то заторопился Плешаков, — этот вопрос мы обсудим позже. А пока вы, мужики, свободны. Спасибо, дело сделали грамотно. За то — особая благодарность. И соответствующее поощрение. Я распоряжусь. Глеб, ты мне еще сегодня будешь нужен, не уходи. Позвони лучше Лиде и скажи, что задержишься.

А когда они остались в кабинете вдвоем, Анатолий Иванович набрал по своему секретному мобильнику номер генерал-полковника Матюшкина. И разговор был у них короткий.

— Искомое в кармане, — сказал Плешаков.

— Встречаемся, как обычно, — тут же отреагировал директор ФАПСИ.

— Ты посиди здесь, подожди меня, — сказал Плешаков Глебу. — Я скоро вернусь.

На конфиденциальные встречи с генералом Анатолий Иванович предпочитал свидетелей не брать. Даже если это был и Глеб Бирюк. Матюшкин тоже не любил, когда при серьезных разговорах присутствовали лишние люди. А место встречи у них было удобное для обоих. От Шаболовки до улицы Косыгина, где жил Матюшкин, рукой подать.

Обычно в поздние часы возле бывшего Дворца пионеров, что на Ленинских горах, бывало тихо и пустынно. Генерал выходил на прогулку со своей овчаркой Рексом. Плешаков оставлял машину возле парка, где они и встречались. А затем, прогуливаясь неторопливо, давали возможность собаке сделать свои необходимые дела, решая при этом и более важные — свои.

Так было и на этот раз.

Как это ни показалось странным Плешакову, генерал выбрал вариант, предложенный Глебом. И мотивировал это не тем, что Глеб предлагал якобы бескровный вариант, нет, в любом случае те парни оказывались бы пострадавшей стороной: никто же не собирался в самом деле платить миллионы за украденную ими информацию. Тут вопрос мог стоять иначе: радуйтесь, что живы остались.

Анатолий Иванович возражал. Ему не хотелось оставлять свидетелей. В конце концов люди Западинского, так или иначе, вышли бы на них, и стало бы известно, куда ушла информация.

Матюшкин предложил ход хитрее. И Плешаков, подумав, согласился с ним.


Утром, придя в свой офис, располагавшийся в правом крыле одноэтажного старого дома, рядом с недавно открывшимся частным кафе, Семен Корнев увидел на противоположной стороне улицы крутой «шестисотый» «мерседес» с желтыми номерами, какими обзаводятся представители совместных предприятий. Почему-то Семену показалось, что за темными стеклами машины сидят типы, прибывшие по его душу.

И тут он увидел Игоря, выходящего из кафе.

— Что за тачка, не в курсе? — спросил Семен.

Игорь пожал плечами:

— С утра стоит... А я всю ночь в Интернете шарил. Странно, что никто на наше предложение не откликнулся.

— Это потому, что ты кликан взял несолидный, — улыбнулся Семен. — «Микс» — ну что это? Писк мышиный!..

— Не надо, — возразил Игорь, — когда-нибудь этот «писк» войдет в историю!

В офисе Махов уселся со своим паяльником, а Семен начал было постоянный и рутинный обзвон фирм, которым он предлагал свои технические услуги.

Звонок в дверь прозвучал резко и требовательно. Партнеры переглянулись: посетителей вроде не ожидали, может, кто случайный — вывеску увидел, решил поинтересоваться?

Семен открыл дверь и вернулся с высоким, относительно молодым человеком с глубокими залысинами на лбу и в модных круглых очках. Сопровождал посетителя явный с виду охранник с серебристым кейсом. Он же, видимо, исполнял роль переводчика в тех случаях, когда посетитель не мог найти нужного русского выражения.

— Господин Нордгейм, — сообщил охранник, —

московский представитель фирмы «Медикал инко» и института Дэвиса, Сан-Диего, Калифорния, США. — Рукой в темной перчатке он протянул Семену глянцевую визитку с английским текстом, но не отдал, а сунул в собственный карман. — Господин Нордгейм не считает нужным оповещать о своем визите в вашу фирму, господин?..

— Корнев.

— ...господин Корнев. Разговор сугубо доверительный.

— Ну что ж, проходите, садитесь. Правда, тесновато у нас. Чем обязаны?

Охранник предупредительно отодвинул стул для иностранца и вежливо кивнул ему, как бы приглашая к разговору.

— Господин Микс? — Он широко, по-американски, улыбнулся, но взгляд серых глаз оставался строгим и сухим. — Если я верно думаю, то мы пришли по адресу. Точно. Так?

Семен быстро взглянул в свою очередь на Игоря и после паузы кивнул.

— Да. Но как вам удалось?..

— Не будем отвлекаться не мелочные... детали. Так?

— И все-таки?

Иностранец кивнул охраннику, и тот вежливо объяснил:

— Господин Нордгейм хотел бы заметить, что фирма, с которой он имеет честь сотрудничать, очень внимательно следит за информацией в Интернете, касающейся новейших медицинских исследований в России, где, несмотря на некоторый... — охранник посмотрел на иностранца, тот кивнул, и он продолжил: — некоторый бардак в экономике, сохранились большие научные силы...

— Все это, вероятно, интересно, но какое отношение имеет к нашей фирме по ремонту и наладке компьютеров? — не очень вежливо поинтересовался Семен. Игорь внимательно наблюдал за посетителями, и в глазах его плавало откровенное недоверие.

— Позволь! — решительно поднял руку иностранец, охранник почтительно замолчал. — Мы сообщили о своем интересе. Вы, наверно, умные люди и легко поймете. В известном медицинском учреждении, и московская пресса это подтвердила, пропал компьютер с результатами исследований по ВИЧ-инфекции и онкологии. Скоро появляется информация о продаже, возможно, пропавшего компьютера. С некоторыми данными программами. Так?

— Ну, предположим. Я не в курсе, — пожал плечами Семен.

— Предположим, — повторил иностранец. — Но у нас имеются информаторы, которые без особого труда выяснили, что конкретно пропало, где, когда и с чьей помощью. Информация вполне достоверная. И тогда наша фирма, понимая, что результаты российских исследований могут иметь большое международное значение, не хотим... полагать, что они могут... как это? Уйти в песок. Так? Мы хотели предложить честный бизнес. Техника нас не интересует. — Иностранец снова широко осклабился, демонстрируя великолепные зубы. — Нас интересует информация. За нее, если она действительно того стоит, мы готовы хорошо платить. Что скажете?

— Вообще-то мы ни о какой информации в Интернете не указывали, — сказал Семен.

— И очень правильно! Выводы не для случайных пользователей международной сетью.

— А как вы собираетесь определять стоимость информации? — неожиданно вмешался в разговор Игорь.

— Вы невнимательно следите за собственной прессой, молодой человек, — наставительно заметил иностранец. — Газеты сообщали, что по весьма приблизительным подсчетам утерянная информация оценивалась в пределах полумиллиона американских долларов. Примерно столько же — и техника. Это был, если память не врет, «Силикон графикс», так?

Игорь не ответил. У него снова вспыхнуло подозрение, что здесь происходит какой-то странный розыгрыш. Странный — и потому опасный. А Семен, похож, клюнул.

— Да, вы правы, мистер... Нордгейм. В этих пределах. И если мы вас правильно поняли, то ваша фирма готова выложить за дискеты с программами кругленькую сумму в полмиллиона баксов?

— Да, дискеты. Компьютер не нужен. Есть более удачные новые модели.

— Понятно. И как же вы собираетесь проверять? Соберете консилиум? Пригласите экспертов? — Семен, конечно, шутил, но сердце у него прыгало как заяц: о подобной удаче он не мог и мечтать. Несмотря на все уверения Игоря о том, что дискеты из института — поистине бесценны.

— Я уполномочен лично удостовериться. Так?

Половина суммы — сразу, как только я увижу, что на дискетах действительно интересующая нас информация. Другая половина — после оценки информации.

Такой вариант не устраивал ни Семена, ни Игоря. Даже если этот американец из Сан-Диего — крутой спец, оценить информацию, хранящуюся в памяти компьютера, за короткое время невозможно. Растягивать же процесс ознакомления с исследованиями института никто из продавцов не собирался, справедливо полагая, что дело это чрезвычайно опасное. Лучше немного снизить сумму гонорара, зато решить вопрос немедленно.

Игорь и постарался максимально вежливо, чтобы не обострять отношений с покупателем, изложить свой взгляд на вещи.

Американец подумал и высказался в том смысле, что он в принципе мог бы и согласиться с мнением молодого человека, но существуют определенные служебные инструкции. Впрочем, можно поступить следующим образом: он сейчас посмотрит выборочно имеющуюся информацию, а затем переговорит со своим руководством. Если его первоначальное мнение перевесит инструкция, тогда он немедленно согласится на условия продавцов. Но этот процесс займет определенное время.

Они еще немного поторговались, уточняя сумму процента. Американец упирал на риск, которому он подвергает себя, вешая на собственную шею роль оценщика, а продавцы — тоже на риск, но совершенно иной: на кой им черт было растягивать операцию по продаже не принадлежащей им информации? Словом, за торгом все они позабыли главный принцип, которому никогда не стоит следовать: жадность фраера погубит.

Когда наконец они сумели договориться, американец, сопровождаемый ни на шаг не отстающим от него охранником с кейсом, проследовал в глубину тесной мастерской, где на столах и стеллажах стояло множество самых разнообразных мониторов, серверов, принтеров и прочей техники, к столу, где громоздился «Силикон графикс» метровой величины. Ему был предупредительно подвинут стул. Игорь принес откуда-то несколько дискет, одну из них передал американцу и сказал:

— Действуйте. Или вам надо помочь?

Через минуту-другую Игорь увидел, что покупатель знает дело, и отошел в сторону, чтобы не мешать и еще раз самому обдумать ситуацию.

Но сделать это толком он не успел. Настойчиво затрезвонил дверной звонок. Семен наблюдал за действиями американца. Обернулся к Игорю и кивком показал на дверь: открой, мол. «Кто там?» — взглядом спросил Игорь, но Семен раздраженно пожал плечами — сам разберись. И Игорь пошел к двери — разбираться. Посторонние посетители сейчас были совершенно ни к чему.

В дверной глазок он увидел прилично одетую даму. На вопрос: что надо? — она в свою очередь спросила, не здесь ли мастерская по ремонту компьютеров? Здесь, ну и что? Она хотела просто оставить монитор посмотреть, что с ним, а зайдет позже, когда скажут.

— Заносите. — Игорь открыл дверь и был тут же

отброшен в сторону. А тесная мастерская вмиг заполнилась рослыми людьми в камуфляже и в шапочках-масках.

Он попробовал извернуться и вскочить, но его попросту припечатали к полу, лицом вниз, и хорошо прошлись тяжелыми ботинками по спине и по почкам.

Закричал американец:

— Нельзя! Я есть американский подданный!

Видно, и ему тоже досталось в суматохе вторжения.

— Разберемся! — раздался грубый бас, вероятно, старшего этой группы захвата. — А если штатовец, вам будет предоставлена возможность побеседовать со своим консулом.

Тем временем за стол, небрежно сдвинув в сторону платы и инструменты, сел мужчина средних лет и невыразительной внешности и начал рассматривать документы, которые омоновцы, или черт знает, кто они такие были, вытащили из карманов задержанных и горкой сложили перед этим мужиком.

— Так, — сказал он, открывая паспорт, лежащий сверху, — Корнев Семен Григорьевич, год рождения... — Он перелистнул странички. — Прописан... Понятно. Поднимите его!

Семена посадили на стул. Руки его были скованы за спиной наручниками.

— Следующий... Махов Игорь Михайлович... Прописан... Студент, что ли? — не спросил, а скорее констатировал. — Посадите и его рядом.

Игоря грубо кинули на соседний стул, после чего тоже защелкнули на кистях наручники.

— А это? Американец, говоришь?.. Да, действительно. С тобой, значит, позже. И в другом месте. А четвертый кто? — Невзрачный мужик как-то неразборчиво пробурчал фамилию охранника, кивнул, задумчиво вытянув губы трубочкой. — Ладно, этих давайте сразу в машину. Потом разберемся отдельно. Ну-с! Приглашайте понятых! Вот постановление на обыск вашего заведения, господа хорошие, — тоном, не сулящим ничего приятного, сообщил невзрачный и достал из кармана лист бумаги. Развернул его, поднял над головой. — Можете убедиться.

Понятыми оказались та женщина, что звонила в дверь, и какой-то пожилой мужчина — наверняка их пригласили прямо с улицы.

— Сообщаю для сведения понятых и работников данной мастерской, по какой причине мы проводим обыск. По нашим сведениям, здесь находится похищенный летом этого года во Всероссийском научно-исследовательском институте биомедицинской химии Российской академии медицинских наук компьютер вместе со всей заложенной в него информацией. Марка компьютера — «Силикон графикс». Приступайте!

И трое оперативников, которые были в камуфляже, но без масок, сразу направились в угол, к тому компьютеру, за которым только что работал американец. Он даже выключить машину не успел.

— Здесь! — сказал один из оперов. — И марка, и информация.

— Ну и славно, можно заносить в протокол, — скучно отозвался невзрачный мужик, который, вероятно, являлся следователем. — Понятые, попрошу ваши документы... — Он взял паспорта женщины и пожилого, раскрыл на столе перед собой и стал списывать в лист протокола данные, бормоча при этом себе под нос. Вернул им документы. — Итак, господа понятые, только что в вашем присутствии были обнаружены искомый компьютер фирмы «Силикон графикс», а также дискеты к нему со специальной информацией, имеющей важное государственное значение. О степени важности я информировать не уполномочен...

Все дальнейшее Игорь воспринял как страшный сон. Даже и не сон, а как жуткую неправдоподобную мистерию, происходящую на грани сна, в которой он вынужден участвовать, уже заранее предчувствуя трагический финал.

Но животный страх, парализовавший все тело, длился относительно недолго. Когда техника была вынесена наружу и погружена в «рафик» защитного цвета, следователь поглядел на впавших в полную прострацию Корнева и Махова, уже подробно рассказавших о том, как было совершено преступление, и расписавшихся на каждой из пяти страниц протокола, и заявил, что арестовывать их нет острой нужды. Ну куда они теперь денутся? И он решил отобрать у них подписку о невыезде. Словом, работайте, больше не воруйте, а как понадобитесь следствию, вас вызовут.

И когда омоновцы ушли, сняв с их рук браслеты наручников, оба «предпринимателя» долго еще не могли прийти в себя. Слишком все как-то произошло стремительно и непонятно. Этот американец... ОМОН или СОБР — хрен их разберет... Налет, арест, обыск! Словно в дурном кино... Баснословные суммы, только что мелькавшие перед воспаленным взором, и полное фиаско!

— Ты не думаешь, что нас просто нагрели, как последних фраеров? — осторожно спросил Семен, потирая запястья рук.

— Я только об этом и думаю, — мрачно ответил Игорь. — Но откуда они могли узнать? И кто они?

— Действовали, как ФСБ, а кто на самом деле?.. Больше не придут?

— Они забрали только то, что им было нужно.

— Непонятно, — подвел итог Семен.


## Глава пятая
### БЕСПРЕДЕЛ НА НОВОЙ БАСМАННОЙ

Обычно сдержанный Плешаков хохотал, слушая рассказ Глеба, демонстрировавшего в лицах торг американца с нерадивыми «предпринимателями».

Получилось так, что предложение Глеба, грамотно оформленное стараниями генерала Матюшкина, немедленно принесло ожидаемые плоды. Специалисты, хорошо разбирающиеся в медицинской проблематике, сели изучать добытые материалы. И уже их предварительные отзывы поставили перед Анатолием Ивановичем вопрос первостепенной важности: кто способен по достоинству оценить результаты данных исследований и, соответственно, готов будет выложить за них круглую сумму? О том, чтобы вернуть материалы обратно в институт, даже и мысли не возникало: растяпы просто обязаны понести наказание — и моральное, и, естественно, материальное.

Одновременно возникала и другая проблема: продажа должна быть совершена в максимально короткий срок. Ведь со времени ограбления института прошло больше трех месяцев, и рассчитывать на то, что там не пытались восстановить утраченное, было бы попросту недальновидно. Это значит, что, продавая результаты исследований какому-нибудь богатому американскому медицинскому концерну, можно рассчитывать лишь на опережение, не более. Тайное все равно станет явным, но выиграет тот, кто первым придет к финишу.

Мировая история подтверждает это со всей очевидностью. Ни для кого уже не секрет, что разработки по атомной бомбе, по так называемому проекту «Энормоз», выкраденные, по сути, из американского атомного центра в Лос-Аламосе, невероятно ускорили осуществление подобного же проекта в Советском Союзе. И речь тогда шла о спасении человечества от последней безумной войны. Так не повторяется ли история сегодня, только в несколько ином контексте? Мировая гонка за панацеей от чумы XX века — СПИДа и рака — напрямую ведет все к тому же спасению. Просто опередивший сорвет приличный куш, однако в конце концов выиграет все человечество...

И Плешаков — не поручил, нет, — попросил генерала Матюшкина как можно быстрее очертить круг тех «зарубежных лиц», которых можно было бы всерьез заинтересовать российскими разработками в области лекарственного дизайна.

Ведь в свое время российские исследования уже заслужили у прагматичных американцев достойную оценку, когда те выделили институту специальный грант. Факт, между прочим, неординарный и достойный самого пристального внимания. Матюшкин пообещал решить этот вопрос в темпе.

Итак, одно дело можно было считать в общих чертах решенным. Витальке Западинскому и его команде лихо натянули нос. Они еще будут искать и выяснять, а материалы — тю-тю! Их уже и след простынет! Мораль: не зевай. Впрочем, какая тут, к черту, мораль! Бизнес и целесообразность — вот что главное. Да, лучше, конечно, если они будут в какой-то степени моральны, но в наш век, точнее, в наше время об этом можно только рассуждать, не более.

Плешаков слушал веселый рассказ Глеба о новобасманных дурачках, но почему-то никак не мог избавиться от ощущения где-то совершенной ошибки. Она была — это точно. Ведь любой мало-мальски грамотный в юридическом отношении человек знает, что подписка о невыезде — мера пресечения только для обвиняемых. И зачем же ее отбирать у тех, кому, по сути, не выдвинуто никакого обвинения? Отмудохали, забрали технику и увезли — но ведь так поступают не силовики, а бандиты!.. Вот она — элементарная ошибка: не надо было оставлять свидетелей. А Западинский — не из тех, кто прощает свои проигрыши. Все бы можно еще исправить, но Глеб с Матюшкиным против крови... И Анатолий Иванович постарался переключиться на другую тему.

Прослушивая полную запись застолья в «Русском

доме», он неожиданно для себя обнаружил еще кое-что очень интересное, что вчера ускользнуло от его внимания. Упомянутый в начале разговора, один факт всплыл еще раз уже в самом, вероятно, конце вечера. Когда снова зашла речь о таинственном мальчике, по словам Западинского — гении компьютерной мысли, этаком новом Билле Гейтсе.

Ну, то, что он, этот гений, взламывает банковские коды и попросту ворует деньги, то есть переводит их с одних счетов на другие, это понятно. Не впервые, не раз описано в прессе, и речь может идти разве что о величине сумм. Но дело в том, что Западинский в каком-то приступе хвастовства, что ли, дал некоторые наводящие сведения по операции «Обмен». И Плешаков понял наконец, откуда взялись такие цифры, как тридцать два и сорок миллионов долларов. Прокололся тут Виталик! Его юный хакер, так надо понимать, подобрал коды к компьютерным сетям одного из крупнейших мировых агентств — вполне возможно, что это мог быть Рейтер — и получил доступ к еще никому не известной информации о торгах на мировых биржах. Ну а дальше — дело техники: можно скупить доллары за несколько часов до скачка курса, а затем незамедлительно продать валюту. А если, к примеру, выяснится, что операции были проведены где-то в середине прошлого августа, не вызывает сомнения, что Западинский и компания сумели хорошо нагреть руки на российском дефолте. Вот откуда такие миллионы!..

Мальчик, мальчик этот нужен! Кто он? Где его прячет Западинский?..

Там, в разговоре, упоминалась семья: папаша,

дочка, мальчик. Скорее всего, надо танцевать от дочки, по поводу которой партнеры выдвигают обвинения Виталию. Вероятно, это одна из его сотрудниц. Так что там говорил герой «Бриллиантовой руки»? Будем искать...


В стане Западинского царила некоторая растерянность. Генерал Игнатов, вернувшийся с утреннего оперативного совещания у директора агентства, сообщил, что вынужден в срочном порядке вылететь на Сахалин, возглавляя комиссию в связи... ну, в общем, небольшие служебные неприятности. Хуже другое: директор не учел его просьбы назначить председателем комиссии другого начальника управления, более соответствующего профилю вопроса. И это означало, что все вчерашние наметки, касавшиеся розыска похитителей и похищенного материала, отправлялись, что называется, коту под хвост.

Абушахмин тут же выложил Виталию собственный вариант поиска: пусть бесхитростный, зато решительный и, по его мнению, максимально действенный. Он предложил, в сущности, тот же вариант, тот путь, которым накануне прошли люди Плешакова. Плясать от факта: кто тогда был в институте, где сейчас находится, ну и все остальное. Взять же за кадычок или надеть на голову целлофановый пакет — братве Формозы не проблема. Абушахмин почему-то был уверен, что кража дорогой техники — дело рук самих сотрудников. Западинский, отлично понимающий, что любая затяжка с решением этой проблемы чревата крупными потерями, был вынужден принять предложение Абу.

Представляться работниками правоохранительных органов или, еще хуже, корреспондентами телевидения братве Абушахмина никак не личило. Был избран самый простой и самый скорый способ получения информации — криминальный. За хорошие «бабки» и помощь в решении некоторых неафишируемых проблем Борису Михайловичу прямо домой были доставлены копии некоторых материалов следственного дела о краже в НИИ, из которых стало ясно, кому задавать вопросы.

Римма Шатковская, которую сам Абу в сопровождении парочки «быков» посетил на ее же квартире, увидев лица, не предвещавшие ничего хорошего, немедленно выложила всю правду. Не забыв при этом упомянуть, что ее уже допрашивали на этот счет сотрудники госбезопасности. Это неожиданное известие придало Абу еще больше решительности. И, посетив Химки, он к концу дня владел той же информацией, что и сыщики Плешакова.

В мастерской на Новой Басманной братва появилась в середине ночи. Вскрыв дверь офиса, бандиты обнаружили спящего на диванчике Корнева — была его очередь дежурить в мастерской.

Не потребовалось и пяти минут мягкой «беседы» Абушахмина с владельцем мастерской, чтобы тот полностью раскололся.

Доставленный сюда же час спустя Махов поначалу вообще ничего не мог говорить, а только мычал: немного перестарались «быки», объясняя вору свою нужду.

Не верящий никому в обыденной жизни, Абу-шахмин и тут не хотел верить ни единому слову привязанных к стульям и жестоко избитых подельников. Сомнительным казались ему их уверения, что в мастерской уже побывали следователь с целой бригадой омоновцев и забрали искомую технику, а у них самих отобрали подписки о невыезде.

Ну кто ж в такое поверит! Чтобы ментовка, а тем более госбезопасность, как утверждают эти засранцы, размотав дело о крупной краже, оставила бы жуликов на свободе? Да их бы сразу упекли!

И Абу, с настырностью упертого «быка», продолжал допрашивать свои жертвы, требуя сознаться: кому продали технику? Где деньги? Если обнаружится приличная сумма — а техника, по уверениям Виталия, стоила не менее пол-лимона баксов, — значит, эти врут и никакой ментовки тут не было.

А потом они «вспомнили» еще и американца, который приезжал, чтобы посмотреть на тот компьютер. Новая деталь! Она придала мыслям Абу иной ход. Он заставил Махова с Корневым подробно описать внешность этого иностранца, причем несколько раз уточняя при этом, какой был на нем костюм, да какой кейс у охранника, да какие очки... В общем, к утру у него имелся довольно подробный словесный портрет американца. Которого, кстати, вместе с охранником увезли с собой омоновцы. А вот Махова с Корневым почему-то отпустили. Подписка — это так, для дураков. Знающий человек ее в голову не берет.

Порядком уставший за прошедшие сутки, Абу-шахмин вышел в соседнюю комнату и телефонным звонком поднял из кровати Западинского.

— Ты вот чего, — сказал хрипло и без всяких

предисловий, — я тут зачту, а ты подумай, никого этот тип тебе не напоминает?..

И он стал читать написанный на листе бумаги, выдранном из какой-то приходной книги, валяющейся на столе, словесный портрет странного американца, советника непонятной медицинской фирмы. Абу не прочитал и половины написанного, как Западинский, сон с которого слетел мигом, перебил его:

— Абу, давай поподробней об американце. Чего он там хотел? Сколько хотел заплатить? И чего с ним случилось дальше?

Абушахмин рассказал все, что сумел выбить из своих жертв. Западинский его внимательно выслушал, больше не перебивая, и, когда тот замолчал, подвел итог:

— Знаю я этого американца! Обскакали, блин! Ну су-уки!..

— Кто?! — вызверился Абушахмин.

— Глеб Бирюк, падла! — Западинский от души, вразнос, выматерился. — Это он! Но откуда узнали?! Ну, Плешка, это тебе даром не пройдет... Ладно, Абу, с теми кончайте, они нам больше не нужны. Но сильно не шумите. Народ уже, поди, на улицах, скоро светать начнет. Кончайте и отваливайте. Последи, чтоб от вас ничего не осталось: пусть думают, что с «крышей» не договорились...


Анатолий Иванович Плешаков с джипом охраны ехал в «Русский дом».

Глеб получил весьма ответственное задание: одного из самых надежных своих людей отправить

94

в «ТВ-Русь», чтобы тот там поболтался с деловым видом, попил чайку-кофейку в многочисленных буфетах, потолкался в курилках и в бесконечных коридорах среди телевизионщиков и постарался выяснить, кто нынче обретается в фаворитках у Западинского. И вообще побольше узнал об увлечениях шефа канала в последнее время. Задачка, рассчитанная на максимум обаяния и общительности, а также неутолимую страсть служащих ко всякого рода сплетням, особенно касающимся интимной жизни высшего эшелона телевизионного начальства.

И еще один шаг решился-таки предпринять Плешаков. Не давали ему покоя те двое, которых гуманисты дерьмовые — Глеб с Матюшкиным — пожалели. Кто скажет с уверенностью, о чем рассуждают эти мальчики, когда их допросили, а затем оставили в покое? Ставя себя на их место, Плешаков больше не хотел смеяться. Он позвонил директору своего агентства Лаврухину и велел срочно подослать парочку грамотных людей, которые могли бы тихо и быстро выполнить его конфиденциальное задание. Лаврухин понял, сказал, что подъедут без промедления и что им можно называть вещи своими именами.

Анатолий Иванович положил перед каждым по пачке долларов и, чтобы несколько разрядить тягостную атмосферу, а иной и не бывает, когда ты берешь на себя роль Господа Бога, рассказал мужикам старый анекдот о канторе, который всякий раз, перед тем как петь в синагоге, требовал гонорар вперед. Его спрашивали: «Зачем вы торопитесь? Кончится служба, и мы вам торжественно вручим ваши десять тысяч». На что кантор всегда отвечал: «Знаете, когда десять тысяч уже тут, — и он хлопал себя по карману возле сердца, — ка-ак поется!»

Мужики, давно уже не новички в своем деле, хмыкнули и взяли деньги...

Машины свернули с шоссе на дорогу, ведущую к «Русскому дому».

Часы показывали полдень. Посетителей в ресторане — приехавших на собственных машинах — не наблюдалось. Еще самый-самый рабочий день, все крутые делают деньги, «быки» их охраняют. Откуда ж взяться посетителям, хотя для простого люда время, может быть, и обеденное? Правильнее сказать, обеденное, но не здесь...

Машины развернулись на площадке и остановились рядом, перед входом.

Швейцар с пышными традиционными усами и золотыми галунами услужливо распахнул перед гостями двери. Первыми вошли двое охранников, за ними — Плешаков, следом — еще пара мордатых крепышей.

Прошли в пустой зал, разместились за двумя столами возле окон. Официант в белом атласном жилете, надетом поверх русской рубахи навыпуск, и в черных брюках, заправленных в сапоги гармошкой, тут же положил несколько кожаных переплетов с меню, отошел в сторону, остановился в ожидании.

Плешаков до меню не дотронулся. Он поманил официанта и, когда тот почтительно склонил к посетителю голову с четким набриолиненным пробором, негромко сказал:

— А что, Артурчик с Гегамом уже на месте? Пригласи сюда.

Официант еще короткое время находился в этом положении полупоклона, а затем, сообразив, что продолжения не будет, выпрямился и, кивнув, сообщил:

— Сей минут! Как прикажете! — Они тут, видать, хорошо копировали всю холуйскую сущность трактирных половых.

Он появился минут пять спустя и с почтительным поклоном сообщил, что Гегам Гургенович приглашает посетителя пройти в его кабинет.

— Мы потом решим, где продолжить разговор. — Плешаков был неумолим.

— Как прикажете, — снова согнулся официант и быстрым, скользящим шагом исчез в глубине зала.

Наконец появился хозяин заведения: был он толстым и рыхлым, с абсолютно лысой головой, крупным носом и острыми, торчащими кончиками ушей. За Гегамом следовал рослый телохранитель. При виде последнего охранники Плешакова немедленно повернулись к нему и руки их нырнули под пиджаки. Но явной агрессивности никто не проявил — просто осторожность.

Шаркая, Гегам подошел к столу Плешакова, коротко кивнул и уставился в ожидании. Плешаков поднялся, отодвинул соседний стул и жестом пригласил хозяина присесть. Стул жалобно скрипнул под Гегамом.

— Вас я знаю, — сказал Плешаков, — а меня зовут Анатолий Иванович. У нас тут, — он хлопнул себя по карману, — имеется любопытная магнитофонная запись, и я хотел бы, чтобы мы с вами, Гегам Гургенович, послушали ее наедине, а после побеседовали. Тоже в приватном порядке. Если у вас нет серьезных возражений.

— Пойдемте, — после паузы предложил хозяин и тяжело поднялся.

Кабинет у Гегама был небольшим и уютным, отделанным в восточном стиле — низкая мебель, ковры по стенам и на полу, приятный полумрак. В дверях кабинета Плешакова встретила «копия» Гегама — Артур, догадался Анатолий Иванович. Был директор ресторана моложе — лысина только намечалась, а нос, и уши, и все остальное — один к одному. Прямо близнецы!

Поздоровались без рукопожатий, сели в низкие кресла. Артур, которому Гегам что-то сказал по-армянски, принес небольшой магнитофон и поставил на столик, посреди комнаты. Плешаков вставил в гнездо кассету, включил воспроизведение и вольготно откинулся в кресле.

Пошел звук. Братья Айвазовы какое-то время ничего не могли понять, потом насторожились, волчьи уши так и напряглись. Плешаков, чуть прикрыв глаза, наблюдал за ними. Братья переглядывались, и наконец до них, кажется, дошла суть дела. А запись была просто поразительно чистой и словно стереофонической — будто работали сразу несколько микрофонов.

Первая мысль: ну и что? Но следом возникла вторая: да ведь за такое Виталий Борисович немедленно отдаст их в буквальном смысле на съедение своему бандиту Формозе! Но как?! Откуда появилась запись?! Ведь все в ресторане тысячу раз проверяли! Однако запись есть, вот он, Виталий Борисович, обсуждает с партнерами свои финансовые дела, и ему будет чрезвычайно интересно узнать, каким образом производили эту запись... И он не примет никаких уверений в преданности, никаких «не знаю»...

Демонстрацию качественной записи можно было больше не продолжать, и братья уставились на непонятного гостя.

— Если неинтересно, — спокойно заметил Плешаков, — можете выключить.

Что и было сделано. Братья видели, что карты уже сданы и наступил момент торговли. Это — процесс длительный, и лучше, когда он обставлен соответствующим образом. Кивок Гегама, и Артур идет к застекленному шкафу в полстены, ставит на столик хрустальные рюмки, бутылку коньяка, что-то говорит по внутреннему телефону, и вскоре появляется блюдо, на котором горой уложены яблоки, персики, виноград. Артур разливает коньяк, и тонкий аромат розовых лепестков наполняет комнату. Настоящий Шустов!..

— Вас «кроет», извините за стиль, Абушахмин? — пока без всякого интереса спросил Плешаков, беря рюмку.

— Он, — кивнул Гегам.

— Менять вам «крышу» или добавлять дополнительные заботы у меня нет желания. И нужды. Напротив, я мог бы вам даже несколько облегчить это бремя.

— Каким образом, уважаемый? — спросил Гегам: он старший, он хозяин, ему и переговоры вести. Он уже сообразил, что начинается очередной наезд, а в таких случаях нельзя обострять. Пусть эти бандиты сами между собой свои дела решают.

— Сколько отстегивать приходится? Так, грубо.

Гегам поиграл густыми черными бровями, поморщил лоб:

— По-божески... тридцать процентов.

— То есть?

— Ну где-то в пределах тех же тридцати кусков, уважаемый.

— В месяц?

Гегам лишь развел руками: мол, что поделаешь!

Врет, подумал Плешаков. Не может этот кабак приносить в месяц сто тысяч долларов. Если, конечно, сюда не входит доход и от наркотиков. Но все равно на какое-то время игра стоила свеч.

— Ну что ж, я, пожалуй, готов взять этот груз на свои плечи, — с легким вздохом сказал Плешаков.

— А что гость потребует взамен? — осведомился Гегам.

— Только полной откровенности. И сегодня, и в ближайшем будущем.

— Надо думать, — осторожно заметил Артур.

— Не надо, — обернулся к нему Плешаков. — Иначе придется объяснять и Витальке, и генералу, и, что хуже всего, Абу, откуда взялась эта кассета.

— Уважаемый гость знаком с ними? — спросил Гегам.

— Конкуренты, — коротко ответил Плешаков. Он решил, что этого пока будет вполне достаточно и не надо объяснять — кто ты и чем занимаешься. Захотят — сами без труда выяснят. По номерам машин. Да и сам он, Анатолий Иванович, не такой уж закрытый для публики, не раз появлялся на экране телевизора.

— Может быть, теперь уважаемый гость Анатолий Иванович посвятит нас в свои неотложные заботы, которые привели его в «Русский дом»?

Ну вот, это уже конкретный шаг... Очень хорошо, что они оказались понятливыми, эти армяне, и что не произошло никаких эксцессов.

Плешаков потянулся за рюмкой, понюхал, отпил небольшой глоток, мимикой выразил свой восторг и отщипнул виноградинку.

— Я думаю, — сказал он, — что известие о нашем посещении наверняка дойдет и до Виталия, и до остальных. У вас есть все основания ответить, что наезжала очередная «крыша», что вопрос удалось уладить миром лишь после упоминания имени Формозы. С этим покончено. А теперь о главном. Сейчас мы снова послушаем запись, я буду вам задавать вопросы, а вы мне, по-возможности, комментировать...

Уехал в Москву Анатолий Иванович, облегченный на тридцать тысяч долларов — взнос за будущий месяц, однако довольный состоявшейся беседой. За простыми и, даже могло показаться, бытовыми вопросами Плешакова братья-армяне не увидели, или не пожелали увидеть, ничего опасного для себя лично. Часть вопросов касалась интимной жизни Виталия Борисовича: с кем здесь бывал, как зовут даму, как выглядит? Другие вопросы касались того, как часто здесь, в «Русском доме», бывают он и его партнеры, как оповещают о себе, когда и как происходят проверки и так далее. Он пока ничего не требовал от Айвазовых: все необходимое будет им высказано после обстоятельного разговора с Сергеем Сергеевичем Матюшкиным, а уж затем и установлена соответствующая аппаратура. Пусть директор посоревнуется со своим начальником управления — чья возьмет? Это даже любопытно! Но — потом. А в настоящий момент самой важной была информация о девочке по имени Елена, с которой Виталий, будучи не раз в «Русском доме», с удовольствием уединялся в «ковровом» кабинете Айвазова-старшего. Симпатичная девочка, часто ее можно увидеть по телевизору. Она погоду на завтра предсказывает — и ни разу не ошиблась.

Надо так понимать, что именно из-за нее едва не вспыхнула ссора между Западинским и его партнерами. Кто она и где живет, нетрудно уточнить, а там и вопрос задать, что это за гениальный мальчик взламывает секретнейшие коды различных финансовых структур и какую новую операцию он готовит по заданию Виталия Борисовича?

В свою очередь и братья Айвазовы, понимая, что никакими оправданиями свирепый Формоза не удовлетворится, решили подчиниться обстоятельствам. Тем более что Анатолий Иванович довольно прозрачно намекнул про наркотики, добавив, что лично его эта сторона их бизнеса абсолютно не волнует — каждый выбирает себе свою дурь. Но им все-таки следует быть более осторожными. И это было ими принято к сведению.

Словом, худо-бедно, а общий язык с Плешаковым они нашли, точнее, он — с ними. А еще пообещал им Плешаков не употреблять свои знания им во вред. Они поняли, что имеют дело не с бандитом, от которого можно откупиться, и согласились на сотрудничество — в пределах разумного, естественно...

В офисе Анатолия уже ждали две новости, как в известном анекдоте — плохая и хорошая. С чего начинать? Конечно, с плохой!

Первыми вошли двое мужиков, отправленные на Новую Басманную. Там полный амбец! Все окружено, оцеплено милицией, работает какой-то известный «важняк» аж из самой Генеральной прокуратуры — с иностранной фамилией. Любопытные — из публики, — которым до всего дело и которые всегда все знают, говорили, что тут, в «ремонте», замочили двоих парней-техников, что почерк явно бандитский, с контрольными выстрелами и остальным. Все внутри разгромили, будто чего искали, а этих — замучили до неузнаваемости. Наверняка те на большущих деньгах сидели, иначе какой смысл!

Это было как раз то, что предчувствовал Плешаков. Западинский, конечно, опоздал, но вместе со своим Абу совсем не зря устроил показательное «мочилово». Это очень опасное предупреждение. И с этой минуты необходимо проявлять максимальную осторожность и осмотрительность.

Кого видели и могли более или менее достоверно описать те мальчишки? Да в первую очередь «американца». То есть Глеба. Значит, ему придется какое-то время походить с усиленной охраной. Либо вообще отбыть в командировку — в Штаты, к примеру. А заодно, кстати, и прощупать там насчет возможных покупателей. Это будет правильное решение.

Анатолий Иванович тут же и высказал свои соображения Глебу, который сидел рядом с виноватым видом. Теперь-то он понимал, какую совершил оплошность. Ну не хотел мочить, черт с ними! Можно же было вывезти куда-нибудь подальше от Москвы, набить морды и вышвырнуть в стороне от населенных пунктов. Пока то да се, время бы и прошло... Но если за них взялись матвеевские, известные своей отмороженностью, дело швах, определенно выбили из ребят всю необходимую им информацию.

— До отъезда, — сказал Плешаков, отпустив своих агентов, — ты бы не светился, Глеб. В Кокушкино я прикажу отрядить пяток хороших парней, для охраны. А вот ты...

— Так я же могу перекантоваться пока на квартире, на Фрунзенской набережной. Там меня никто не знает.

— Ну уж — не знают!

— Я в том смысле, что квартира нигде не засвечена.

— Ах, Глеб, — вздохнул Анатолий Иванович, — кому надо, тот узнает... Но будем надеяться. Денек-другой, а там и улетишь. Сам же американца придумал... Ну и чего хорошего?

— Мои шпионы, — улыбнулся Глеб, — нашли фемину, к которой неровно дышит господин Западинский. Зовут ее...

— Елена, — спокойно перебил Плешаков. — В информационном блоке ведет метеоизвестия.

— С тобой неинтересно. Ты и сам все, оказывается, знаешь.

— Не знал, Глеб, не знал, — улыбнулся Плешаков. — Пока с народом не побеседовал. Ну давай подробности.

— Зовут Елена Олеговна Скляр. Двадцать шесть лет, незамужняя и в удовольствиях себе не отказывает. Бой-френду Артему Никулину, оператору с хорошими перспективами, тридцать лет. Дело было уже на мази, когда на нее положил глаз сам и вывел ее из редакторского кабинета в прямой эфир. Трехминутную метеосводку, включая рекламу, с подачи Виталия Борисовича — лично! — она превратила в миниспектакль с демонстрацией шмоток от ведущих кутюрье. Каждый выход в эфир оплачивается гонораром с тремя нулями — в баксах. Характер нордический. В том смысле, что наезжали многие, но оставались с носом.

— Хорошо — вообще не без носа, — мрачно пошутил Плешаков.

— Исключено. Бдит. Эгоистична, недоступна, в меру порочна, бой-френд — в полном отчаянии. Шеф, говорят, в ней души не чает. Таскает за собой по заграницам в качестве советницы по деликатным вопросам. Следовательно, еще и умна.

— Ладно, живописать ты умеешь. Подходы есть?

— Обиженный бой-френд. Для Виталия Борисовича она — приятная игрушка. До поры до времени, пока другая не попадется. А ей жить еще и жить. Подкормить бой-френда? Пообещать содействие? Перетянуть к себе? Можно организовать на нее впечатляющую компру, чем вызвать у него гнев. А в гневе человек непредсказуем. Западинский в этом плане почти неуязвим: мало ли кто с кем спит! Человек он неженатый, она — тоже свободна в своем выборе. Ну ладно, поехали дальше. Папаша Олег Николаевич Скляр, известный тебе ведущий «Хочу все знать». Полагают, что он полностью в курсе телодвижений дочери относительно их общего шефа. Еще говорят, что он — старый приятель Виталия. Нельзя исключить, что он всерьез заинтересован в устройстве будущего дочери, в любом варианте, и сам инициировал знакомство... Ну и последнее. Завтра мне обещали дать выписку из личного дела папаши. Тогда же мы узнаем и остальные подробности из жизни интересующей нас семейки. Пока сведения на этот счет самые расплывчатые. А адреса и все прочее — это имеется. Вот, — Глеб положил на стол перед Плешаковым тонкую папочку.

Анатолий Иванович открыл ее, пробежал глазами две странички, закрыл и отложил в сторону.

— Я надеюсь, ты догадался послать на Новую Басманную наших корреспондентов? Хорошо бы дать в вечерних новостях подробности. С упоминанием тех, кто конкретно ведет расследование убийства. Пробег камеры по лицам. Озабоченность — крупным планом. В комментарии — слухи, мнения, намек на матвеевских отморозков — почерк там и все такое прочее. Ребята наши знают, им просто подсказать. И в таком духе, понял?

— Я передам.

— И последнее. Вечером я встречусь с Матюшкиным, и мы окончательно утрясем с ним наши адреса и интересы. Ты же пока нигде не появляйся, скажи, чтоб немедленно начали оформлять твою командировку в Штаты. Пока на две недели. Задание получишь от меня завтра — и в путь. Давай, занимайся делами, переночуй в Москве. Лиде я сам позвоню и скажу, что нагрузил тебя, понял? Валяй, папочку оставь...

Глеб ушел. Плешаков посидел молча, словно прислушиваясь к удаляющимся шагам своего исполнительного директора, а потом снова придвинул к себе тонкую папочку. Раскрыл и снял телефонную трубку.

— Николай Андреевич? Привет, это я, — сказал Плешаков. — Есть нужда обсудить один вопросик. Я не сильно оторву тебя от дел насущных?

— Когда прикажете подъехать? — с готовностью откликнулся директор частного охранно-розыскного агентства «Выбор».

— Да как можешь...

— Выезжаю, — ответил тот и положил трубку.

— Леночка, бой-френд, — вслух произнес Плешаков, — хитрый папашка... А что, комбинация может сложиться совсем неплохая! Только вот где наш братик? Где гениальный мальчик?

Впрочем, не самому же бегать и это выяснять! Есть специалисты. Сейчас сюда подскочит на своем джипе их шеф Коля Лаврухин, большой профессионал по этой части, и все образуется...

# Часть вторая

## Глава шестая
## ПРЕСТУПЛЕНИЕ ВЕКА

— Папа, мы уходим! — закричала Нинка.

Следом хлопнула входная дверь. Квартира опустела. Ирина — на работу, Нинка — в школу. Турецкий стоял под душем, шумели струи, бьющие в полупрозрачную штору, и потому он не расслышал, что сказала дочь. А когда раздался пронзительный телефонный звонок — раз, другой, третий, он не выдержал и сердито закричал:

— Черт возьми! Может наконец кто-нибудь в доме подойти к телефону?!

Частые звонки продолжались. Так могли звонить только из другого города. Или из другой страны.

Продолжая чертыхаться, Турецкий отключил воду, накинул на плечи халат и, ступая мокрыми ногами по ковровой дорожке, пошел к трубке. Пока шел, телефон не умолкал. И только теперь понял Александр Борисович, о чем крикнула ему Нинка.

— Алло! Алекс, елки-палки! — прилетел издалека басовитый знакомый голос. — Я тебя не разбудил? Но я подумал: если у меня ночь, тогда у тебя уже утро!

Как не узнать голос старины Пита! Питера Реддвея, бессменного директора «Файф лэвел»!

— Привет, старый друг! — безо всякой, однако, радости приветствовал Турецкий. — Надо полагать, ты звонишь из Штатов?

— Да, надо, надо! Я хотел сообщить, что скоро может состояться встреча.

— Где? В Гармише? — Турецкий имел в виду штаб-квартиру «Файф лэвела», или «Пятого уровня», — международного антитеррористического центра, расположенного в баварском курортном городке Гармиш-Партенкирхене, где он бывал не раз, читал лекции, да и сам принимал участие в некоторых операциях против арабских и прочих террористов, являясь фактическим заместителем Питера от России. — Или ты приглашаешь в Сан-Диего?

Реддвей был родом из Калифорнии и имел не то виллу, не то ранчо почти у самой границы с Мексикой — словом, родовое гнездо, о котором вспоминал хоть и редко, но с большой теплотой. А когда Александр Борисович бывал по служебным делам в Штатах, если их пути пересекались, Пит всякий раз приглашал посетить окрестности Сан-Диего. Увы, обстоятельства не позволяли.

— Нет, Алекс! — радостно прокричал Реддвей. — Это ты приглашаешь! А я с приятным удовольствием это приглашение уже принял. Как тебе нравится?

— Чрезвычайно, Пит! — невольно засмеялся Турецкий. — И когда встречать?

— Завтра или на другой день, — прилетел ответ.

— Послезавтра, что ли?

— Да, после, после. Но я рад тебя слышать, Алекс! Какой ты больше хочешь сувенир?

Пит был верен себе, как всякий практичный американец: его подарок должен быть полностью согласован с желанием того, кому он предназначен. Однако Турецкий не стал помогать другу.

— Ты сам, Пит, лучший сувенир!

— Понял, понял! Ожидай другого звонка. Пока, да?

— Пока, Пит.

Турецкий положил трубку, посмотрел под ноги, обнаружил здоровое мокрое пятно на ковре вокруг себя, подумал, что Ирка наверняка устроит ему самый натуральный бенц. Собачку, что ли, завести? Чтоб при случае можно было на нее свалить — песик, что с него взять? Вот и Нинка тоже просит, чтоб в доме появилась какая-нибудь живность. Ага, а кто ее выгуливать станет? Нет, рано еще, не созрели...

Турецкий прошлепал на кухню, где на газовой плите остывала большая турка с кофе. Налил чашку, стоя выпил и наконец подумал: а чего это Питер звонил? Тем более — домой? У него что же, частный визит? Такого за Реддвеем вообще-то не водилось. Да и не великий он любитель отрывать свой огромный зад от широченного кресла, сделанного ему по специальному заказу с подачи, кстати, Турецкого в бытность его в Гармише. Тогда что же?

Размышления прервал новый телефонный звонок — не нервный, а нормальный, даже чуть задумчивый, местный, московский. Александр Борисович вернулся к аппарату.

— Саня, ты еще дома? — услышал он голос Меркулова. Это — в ответ на его «алло!». — Ты что молчишь? — Зам генерального прокурора был чем-то явно озабочен. — Что с тобой?

— Как всегда, поражен твоей проницательностью, — хмыкнул Турецкий.

— Чего? Ах да! Ну конечно, вопрос отчасти дурацкий!

— Отчасти, — согласился Турецкий.

— Это хорошо, что ты еще дома. — Меркулов пропустил мимо ушей сарказм подчиненного. — Потому что прямо сейчас ты примешь приличный вид и, не заезжая на работу, отправишься на Лубянку, в известный тебе серый дом, где на твое имя выписан пропуск к генералу Жигалову. А потом заглянешь ко мне, понял?

— Ничего не понял, но сделаю, как велит начальство. Два вопроса. Что означает по-твоему приличный вид? А второй — вот: только что звонил откуда-то, с той стороны, старина Пит, собирается приехать. Не в курсе зачем?

— Так. По первому вопросу проконсультируйся с Ириной Генриховной, ее советы тебе — всегда на пользу. По второму. Визит связан, понял?

— Нет. Я тупой, Костя. Или это не для телефона?

— Это вообще ни для чего! — почти вспылил Константин Дмитриевич, обычно спокойный и рассудительный. Но, видно, достал уже его Александр Борисович. — Ты у меня хочешь узнать, какой информацией располагает твой собеседник? Понятия не имею! Ты сам умный и знаешь, о чем можно говорить, а по поводу чего следует засунуть язык в... словом, туда, где ты постоянно пребываешь по причине своей неавторизованной активности. Самодеятельности, короче.

— Но вопросы связаны, ты говоришь?

— Вот именно. Думаю, нужна им консультация. Давай, потом доложишь. — И Костя дал отбой.

— Н-ну-с, кто следующий? — задал вполне риторический вопрос Александр Борисович, сбрасывая халат и выставляя на подзеркальник в ванной бритвенный станок «Жиллетт», баллончик с пеной для бритья — «Жиллетт» и наконец флакон туалетной воды — тоже «Жиллетт», словом, «лучше для мужчины нет!». Так, вероятно, решила Ирка, покоренная телевизионной рекламой.

А через двадцать минут, призывно пахнущий свежестью морских просторов, Турецкий усаживался за руль своей «семерки». Машина стояла на свежезаасфальтированной площадке, где с неделю назад взорвался шикарный БМВ Глеба Бирюка. Конечно, ставить свою машину на то место, которое можно было назвать в некотором роде могилой, наверное, было не очень здорово, но Александр Борисович прочно усвоил доставшуюся ему в наследство от старшего поколения фронтовую мудрость: снаряды дважды в одну воронку не падают.

Да, пошла уже вторая неделя, а дело об убийстве на Новой Басманной так и застыло на мертвой точке. И это злило Турецкого, который больше всего на свете ненавидел «висяки».

Он не поленился и сам съездил в ОВД «Хамовники», а затем и в межрайонную прокуратуру, где с лета пылилось дело об ограблении НИИ биомеди-

112

цинской химии. Он послал затем своего боевого помощника, следователя Сергея Карамышева, и в институт и затем в Химки, то есть, сам того не ведая, повторил дважды пройденный до него путь, а когда выстроилась более-менее понятная картина, все уперлось в непробиваемую какую-то стенку. В чем причина особой жестокости? Или парни действительно украли технику и продали ее — тогда понятно, что бандиты добивались адреса покупателя. И другой вариант — ничего они не крали, но бандиты им не хотели верить. В результате финал тот же самый. Вот и все, что известно, а дальше, как говорится, — тишина... Даже бывший Костин приятель, инициировавший расследование, о себе не напоминает. Костя, впрочем, тоже молчит.

Нужны были какие-то дополнительные толчки, хотя бы мелкие факты, чтобы сдвинуть дело с места, но их не имелось. Рассчитывать на счастливый случай? Это тоже не в характере «важняка» Турецкого. Вот он и злился. А теперь еще чего-то от него и ФСБ потребовалось!

Генерал Жигалов наверняка очень любил смотреть на себя в зеркало. Все в его внешности казалось тщательно отработанным: и прическа, и взгляд — чуть искоса и с максимальной доброжелательностью, как у известного телеобозревателя, и голос поставленный, и костюм строгий, и модный галстук, завязанный широким узлом. Человек с картинки. Раньше такие портреты выставляли в витринах парикмахерских — вот, мол, чего тут из обычных людей умеют делать.

И так же картинно был гостеприимен. Они сидели с Турецким за приставным столиком, перед ними стояли чашки с чаем и — в маленькой розеточке — горка птифуров, миниатюрных пирожных.

«Вот и буфет у них не изменился», — думал Турецкий. Всякий раз, когда ему доводилось посещать высокое начальство в этом доме, его обязательно угощали чаем с птифурами. Уж и перестройка давно кончилась и забылась, а от их птифуров никуда не денешься...

Говорил генерал.

— Вот, я вам просто покажу заголовки их газет... — Он взял со своего письменного стола пачку зарубежной прессы, перелистнул одну газету, другую. — Пожалуйста! «На Европу надвигается эпидемия электронных грабежей»... Нате еще: «Хакеры из Москвы становятся хозяевами американских магазинов»... «Электронные воры залезли в сети Пентагона». Ну и масса подобных. То есть о чем речь? Хакеры, Александр Борисович. Наши российские умельцы, понимаете ли! Гроза Пентагона, ЦРУ и ФБР, вместе взятых. Вот какое дело. — И без всякого перехода: — А что вам известно о Питере Реддвее?

«Хороший заход», — подумал Турецкий. Но только ведь и он сам, как однажды выразился Костя Меркулов, не от конфирмации.

— Питер, говорите, Леонид Эдуардович? А у вас, простите, допуск есть?

Жигалов замер от подобной наглости. Но тут же улыбнулся и кивнул.

— Тогда не понимаю сути вопроса, — пожал плечами Турецкий. — Директор «Файф лэвела». Бывший замдиректора ЦРУ. По-моему, у них там чинов нет, но он точно — генерал. Вот как мы с вами. Толстый такой генерал, — Турецкий развел руки в стороны, показывая габариты старины Пита. — И это известно определенному кругу лиц.

Ни один мускул не дрогнул на лице Жигалова.

— Он летит к нам. Время прилета будет еще уточнено. Хотелось бы...

— Понимаю, у меня наверняка будет с ним встреча. А вы, очевидно, связываете его появление в Москве с активизацией российских хакеров? Что, сперли что-нибудь из тех самых сетей Пентагона? Ну мастера! — восхитился Турецкий. — Ну артисты!

— В том-то и дело, что артисты... — На гладкий лоб генерала набежала тень озабоченности. — Но вот что эти артисты добыли, нам хотелось бы знать. То есть не факт, а-а... вы понимаете?

— Да уж чего тут! И вы хотите, надо полагать, заглянуть в файлы прежде Питера?

— В самую точку! — приветливо улыбнулся Жигалов. — Мы не исключаем, что по ряду причин именно вам, Александр Борисович, будет официально, но в рамках абсолютной секретности, поручено это дело. В принципе вопрос — это пока между нами — уже согласован с МИДом, Службой внешней разведки, с ФАПСИ, ну и мы, разумеется, лицо максимально заинтересованное.

«Вот так! — снова чем-то неприятным повеяло на Турецкого, как утром, после телефонных звонков. — Еще никто толком ничего не знает, а уже согласовывают, чего-то решают, стены возводят для несуществующего дома...»

— В своей работе, Александр Борисович, — продолжил генерал, — вы можете полностью рассчитывать на нашу помощь — кадры там, техника и так далее. По всем вопросам, вот, — он протянул свою визитную карточку, где значилось только «Жигалов Леонид Эдуардович». И номер телефона. — Можете звонить в любое время и по любому поводу.

— По любому? — не удержался Турецкий.

— Пейте чай, — ответил Жигалов и кинул себе в рот маленькое пирожное. — И вообще, вам, видимо, будет удобнее, просто для пользы дела, постоянно держать нас в курсе расследования. Во избежание неконтролируемых неожиданностей.

— Интересно, — хмыкнул Турецкий, — а каким образом вы собираетесь контролировать эти самые неожиданности? Если не секрет.

— Есть возможность.

— Боюсь, что преждевременная огласка может повредить следствию. Вспомните генерала Мюллера: где знают двое, знает и свинья.

— Остроумно. Но если мне не изменяет память, все без исключения материалы Юлиан Семенович получил именно у нас.

— А сами-то вы читали роман Семенова или только фильм видели?

— Когда-нибудь, на досуге, с удовольствием поговорю с вами на эту тему. Если у вас появится желание, — без всяких эмоций сказал генерал. — Закончить нашу краткую беседу хочу пожеланием руководства Федеральной службы завершить дело в максимально короткие сроки и с максимальной ответственностью. Впрочем, последнее я мог бы вам и не говорить.

Генерал вторично за время разговора приветливо улыбнулся.

«Однако же сказал, — подумал Турецкий. — Словом, как говорится, без меня меня женили...»

С этой фразой он и вошел в кабинет заместителя генерального прокурора по следствию Константина Дмитриевича Меркулова.

— Костя, объясни, почему знают все, кроме меня? И меня же окружают колючей проволокой секретности?

— Я был уверен, что ты все правильно поймешь. Потому и рекомендовал. Скажу честно, мне не нравится твое настроение в связи с тухлятинкой по Новой Басманной. Но у меня твердое убеждение, можешь назвать это интуицией, что новое дело даст необходимый импульс и столкнет «висяк» с мертвой точки.

— Ты полагаешь, что компьютерные войны, о которых мне живописал эфэсбэшный генерал, — он, кстати, чем конкретно занимается? — имеют ко мне прямое отношение?

— Век такой, Саня, — вздохнул Меркулов. — А генерал возглавляет в Управлении отдел по разработке специальных операций. Именно тот, что как раз и занимается компьютерной войной. И они, как я полагаю, знают гораздо больше о нашем деле, чем мы. Но — молчат.

— А спросить нельзя? Этот Леонид Эдуардович выдал мне свой телефон и предложил звонить в любое время и по любому поводу. Вот я и нашел такой повод, а? Или рано?

— Не торопись, Саня. И не забывай, что он, конечно, может дать тебе какую-то информацию, но обязательно в обмен на другую. И как бы это ни показалось тебе слишком обременительным, а отступления уже не будет. Понимаешь меня?

— Ты мудр, аки змей, Костя. Я восхищен тобой. Но, продавая мою душу соседям, ты наверняка что-то имел в виду. Не так?

— Я полагал, что ты умный человек. И психолог неплохой. Так вот ответь мне, что лучше: когда делают вид, что тебе помогают, или когда постоянно вставляют палки в колеса?

— Лучше, когда помогают, а не делают вид.

— Это в идеале. И так не бывает в наших службах. А сообщать им ты всегда можешь лишь то, что считаешь нужным. Впрочем, тебе скоро будет не до того. Я разговаривал с известной тебе госпожой Джеми Эванс, не забыл ее?

— Ну, Костя! — восхитился Турецкий. — Когда ты все поспеваешь?

Еще бы, как мог он забыть министра юстиции и одновременно генпрокурора США! Эту совершенно удивительную пожилую женщину, которая с легким ностальгическим вздохом передавала сердечный привет «мистеру Костье»! Ох, старый греховодник! Совсем недавно это было, в позапрошлом году...

— И о чем, если не тайна, был разговор?

— Разговор-то? — почесал переносицу Костя. — Она кое-что мне сообщила, а после сказала и про Питера. Что будет здесь. Что сам все объяснит. Единственное, что мне удалось из нее вытянуть, так это фразу о преступлении века. Смысл был таков, что оно уже совершено, это преступление, и только в наших совместных силах остановить возможные весьма неприятные последствия. Думаю, что этим она мне и так уже немало сказала.

— Значит, ты вешаешь мне на шею еще большую тухлятину, чем та, которую я заимел с подачи того твоего генерала? Разве это по-товарищески, Костя?

— Не знаю. Я, например, был бы просто счастлив расследовать преступление века. Но это — я. Вы — молодые, у вас свои интересы и взгляды на мир. И я вас, ребята, иногда просто не понимаю...

Костя обиделся. Он, вероятно, думал, что Турецкий немедленно станет плясать от радости от того доверия, которое ему оказано. А он не пляшет. Чешет затылок, крутит носом, словно и в самом деле уже почувствовал запах тухлятины.

— Ладно, — сказал Александр Борисович, поднимаясь. — Не могу сказать, что ты меня уговорил. В любом случае придется давать руководящее указание. Скажи хоть, мне что же, только под бравыми ребятками теперь и работать, или будет возможность опереться на своих? Славку подключить?

— Все после беседы с Питером. Он прилетает завтра.

## Глава седьмая
## ПО НОВОМУ СЛЕДУ

Сережа Карамышев был весьма приятным молодым человеком, весной окончившим юрфак МГУ и замеченным самим Меркуловым. Константин Дмитриевич, собственно, и привел его в Генеральную прокуратуру, заботясь о толковых кадрах в Следственном управлении, пока не обремененных дурными — разумеется, с точки зрения заместителя генпрокурора — привычками. А еще он Косте чем-то напоминал молодого Турецкого — тоже высокий, светловолосый, спортивный и, главное, целеустремленный, а следовательно, до поры до времени избавленный от Саниного нигилизма. На кафедрах уголовного права, криминалистики и криминологии Сергея характеризовали как человека серьезного и, что было Косте особо важно, не бабника. Словом, по мнению Меркулова, которое он, естественно, довел до Турецкого, молодой досрочно аттестованный следователь состоял из сплошных плюсов.

— Посмотрим, как вы умеете играть в шашки, — сказал слегка уязвленный Александр Борисович, но зеленого следователя принял. И тут же загрузил, насколько это было возможно. Карамышев старался, надо было отдать ему должное.

Вот и теперь, вернувшись от Меркулова, Турецкий пригласил к себе «свою юную копию», чтобы выяснить, что сумел наработать юный следопыт по «тухляку» с Новой Басманной. Александр Борисович был абсолютно убежден, что это дело совершенно не обязательно следовало вешать на Генеральную прокуратуру. Это в прежние времена, когда убийства, как таковые, еще не стали обычным явлением в нашей действительности, каждое из них рассматривалось как чрезвычайное событие, бралось чуть ли не на контроль ЦК партии, а на его раскрытие бросались все силы правоохранительных органов. Сегодня же... Ах, да что там говорить, если ежедневная демонстрация трупов по телевидению никакого содрогания у населения давно уже не вызывает. Разве что — любопытство...

Но тем не менее благодаря активности какого-то Костиного бывшего приятеля пришлось напялить и этот хомут на себя. Пришлось принять это дело к своему производству. Слава богу, оказалась под рукой шея помоложе да повыносливее.

— Давай, что у тебя? — сказал Турецкий, с сомнением поглядывая на разбухающий том дела: это ж сколько парень накопать-то успел!

— Согласно вашему указанию, Александр Борисович, — начал следователь, — я допросил практически всех сотрудников лаборатории лекарственного дизайна, включая самого профессора Дегтярева. Как вы помните, их уже однажды основательно помотали следователь и оперативники из межрайонной прокуратуры и милиции. Говорят: все, больше ничего нового не вспомним, поднимите старые материалы. Но все же удалось установить с достаточной определенностью, так сказать, номенклатуру их исследований. Этот чудак-профессор сперва горячился: «Это государственная тайна! Не имею права разглашать!» — и прочее. Но я ему доходчиво постарался объяснить, что тайной его работа, может, и была, пока не украли у них все результаты. А нам теперь, чтоб найти похищенное, надо хотя бы знать твердо, что искать. Кажется, он понял. Словом, я тут подготовил целый список — по файлам. Кое-что они у себя, конечно, дублировали, потом, надо же учитывать и возраст исследователей — народ там есть и пожилой, который к компьютеру относится с недоверием, лучше, как говорится, в собственной тетрадке держать — по принципу: самые бледные чернила лучше самой твердой памяти. В общем, если кратко, что-то они восстановили, собрали, и жизнь там продолжается.

— Это — одна сторона вопроса, — строго заметил Турецкий. — Но я, если ты помнишь, ставил проблему несколько в ином плане...

— Я не забыл. Но мой вопрос: кому эти исследования интересны? — вызвал у профессора непонимание. Он-то ведь считает, что его исследования — это и есть самый главный пуп земли.

— Стоимость, возможный покупатель? — раздражаясь, перебил Турецкий. — Нам же надо знать, где искать концы!

— Профессор Дегтярев назвал ряд западных фармацевтических фирм, которые могли быть кровно заинтересованы в получении этой информации. Список наличествует тут, — Карамышев ткнул пальцем в картонный переплет папки. — Но он такой огромный, что я просто не знаю, что мы с ним будем делать дальше. К каждому ведь не придешь с вопросом: «Скажите, вам панацею от СПИДа еще не предлагали?» Или там от рака.

— К каждому — нет. Но если информация, как утверждает твой профессор, бесценна, значит, стоимость ее, например в долларах, можно условно определить. И если она зашкалит пределы разумного, следовательно, и покупатель должен соответствовать. А таких покупателей, как мне подсказывает интуиция, может оказаться совсем немного. Два-три, и вряд ли больше. И еще, Сергей, обрати внимание на тот факт, что исследования далеко не закончены. Отсюда вывод: покупатель, скажем так, баснословно стоящей идеи должен иметь свой собственный медицинский центр, для того чтобы суметь эти самые исследования завершить. Вот и прикинь, кто на подобное способен. А когда у нас будут все данные на покупателей, мы легко отыщем искомого. Ну... не очень легко, однако отыщем. Поэтому работай в этом направлении. Дальше.

— А дальнейшее, Александр Борисович, касается машины.

— Какой?

— Той, что накануне убийства целое утро простояла напротив ремонтной мастерской.

— Ты уверен, что она имеет отношение к нашему делу?

— Уверен.

— Причина уверенности? — заинтересовался Турецкий.

— Объясняю...

«Ну нахал! — мысленно усмехнулся Турецкий, вспомнив, что и сам по-молодости частенько употреблял это слово из профессорского лексикона, чтобы придать себе солидности. — А может, Костя в самом деле прав? Сработаемся?..»

— Ну-ну, — поощрил он Сергея.

— Я проверил: на противоположной стороне никаких контор, куда мог бы приехать пассажир «шестисотого» «мерседеса» с желтым номером совместного предприятия, нет. Все жилые подъезды выходят во двор. Правда, рядом с мастерской недавно открылось маленькое кафе. Но и у них там посетителя из «мерина» не было, я опрашивал.

— Номер машины известен?

— Записан со слов дворника жилого дома, который в то утро убирал тротуар. Он бывший шофер и поэтому не мог не обратить внимания на слишком дорогую машину. Он и номер запомнил — ни для какой цели, просто так, удивившись, чего бы это понадобилось там миллионерам. Простой ведь народ на таких крутых «меринах» с затемненными стеклами и бронированными корпусом не катается.

— Молодец, — кивнул Турецкий. — Поди, уже попытался выяснить, кому принадлежит машина?

— Попытался, — сбросил наконец серьезную маску с лица Карамышев. — Но результат запутал еще больше. Этот «мерседес» из гаража фирмы «Эол» — совместное российско-греческое предприятие, направление деятельности — кожи, меха и текстиль. Гендиректор — некто Ионидис, но, как удалось выяснить, пятьдесят один процент акций принадлежит президенту холдинга «Ти-ви-си» господину Плешакову. А какое отношение телемагнат имеет к греческим мехам, один черт знает.

— Ха, так это, милый друг, нынче в порядке вещей! Известный врач коней разводит, а почему же хозяин телеканала не может иметь интереса в меховой торговле? Нормально. Но здесь другой вопрос напрашивается, о чем ты не подумал. Или подумал все-таки?

— Вы имеете в виду Глеба Бирюка?

— В десятку! — засмеялся Турецкий. — Ну раз ты сам пришел к такому выводу, начинай думать, какая может оказаться связь между беспределом на Новой Басманной и убийством наиболее доверенного лица господина Плешакова. Ко всему прочему потерпевший — еще и его как бы зять. Правда, женат был

Бирюк не на дочери Плешакова, а на его племяннице, однако сути это обстоятельство не меняет. Соответственно, срочно выясни, у кого конкретно в производстве дело об убийстве Бирюка и в каком оно состоянии. Беседовал ли следователь, ведущий его, с самим Плешаковым? Если возникнут трудности, говори сразу, я попрошу Константина Дмитриевича истребовать это дело в Генпрокуратуру для ознакомления и принятия решения. Ясна диспозиция?

— Так точно, господин государственный советник юстиции третьего класса!

— Вот так-то. Действуй! — улыбнулся Турецкий. Только месяц назад ему присвоен был классный чин госсоветника третьего класса, что равно воинскому званию «генерал-майор».

— Могу я понять из ваших слов, Александр Борисович, что вы как бы несколько отстраняетесь от э-э-э...

— Не можешь. Потому что на нас, кажется, уже завтра повесят еще и расследование преступления века. Так, во всяком случае, отдельные товарищи его характеризуют. Но пока — нам не дано предугадать... А ты — молодец, Сережа, думаю, сработаемся.

— Лестно слышать, шеф, — без всякого почтения отреагировал на похвалу молодой следователь, — но тогда, если разрешите, еще вопрос по делу.

— Валяй, — уже благодушно отозвался Турецкий, не обращая внимания на некоторую фамильярность юного юриста, члена своей бригады.

— Это касается предполагаемой вами связи нашего дела с потерпевшим Бирюком. Вы считаете, что Плешаков с командой наехал на более крутых? А дальше уже око за око?

— Вопрос, как говорят, конечно, интересный, — с усмешкой кивнул Турецкий. — Я и сам хотел бы иметь на него однозначный ответ. По собственному опыту могу пока сказать лишь одно: на Новой Басманной орудовали беспредельщики. Отморозки. Или кто-то очень талантливо работал под них. Но так как в столице уже давно братва действует не по собственному разумению, а исключительно в чьих-то интересах, вот этот самый интерес нам с тобой и надо обозначить. Муровцы помогают?

Сережа пожал плечами. Ему, наверное, было не очень ловко говорить, что двое прикомандированных к ним оперативников из МУРа, быстро учуяв, что руководитель следственно-оперативной группы Турецкий занят другими, вероятно, более важными делами, тоже охладели к явному «висяку». Но по мимике Карамышева Александр Борисович все понял.

— Учтем, — сказал он. — Придется немного активизировать уважаемого Вячеслава Ивановича Грязнова.

— Я, конечно, могу быть не прав, шеф, — возразил Карамышев, — но мне кажется, что это дело не начальника МУРа, а руководителя следственно-оперативной группы. Извините, шеф.

А ведь уел! Нет, не в том дело, что Александр Борисович как бы немного самоустранился, а в том, что, как всякий «важняк», он не мог позволить себе роскошь заниматься только одним конкретным расследованием. Точнее, Меркулов не мог ему этого позволить. Приходилось разрываться на несколько следственных дел, и уж тут самому определяться, какое неотложное, а которое может немного подождать. И в данном случае преступление на Новой Басманной на фоне дела о коррупции в Приморье, завязанном на целой серии заказных убийств, естественно, отходило на второй план. Но это так, к примеру. Однако парень прав. И Турецкий передумал звонить сейчас Грязнову, чтобы тот сделал втык своим кадрам.

По и вступать с собственным кадром в дискуссию Александр Борисович тоже не собирался. К тому же и заданный вопрос все-таки требовал ответа, иначе какой же он тогда учитель юной поросли следователей?

— Теперь о твоих крутых, на которых мог наехать Плешаков. Я думаю, что тебе есть прямой резон отправиться на Шаболовку, где имеет место быть офис этого самого телемагната, и прощупать там обстановку. В конце концов, идет расследование убийства исполнительного директора, появляются дополнительные вопросы. Потолкайся, понюхай, откуда ветер дует. Там наверняка на эту тему уже выстроены пирамиды домыслов. И в потоках пустой болтовни вполне может обнаружиться рациональное зерно. Впрочем, чего я тебя учу? Ты сам уже вполне сформировавшийся следователь, тебе и карты в руки. И докладывать не стесняйся. О наших перспективах ты в курсе.

И по глазам Сережи Турецкий понял, что стесняться тот не будет.

...Александр Борисович не переложил, конечно, это дело на плечи молодого следователя, поскольку работа есть работа и ты за нее головой отвечаешь. Вот беготня — это другое дело, ее точно переложил. Но он постоянно, даже занимаясь иными, не менее важными делами, держал в голове условия очередной задачи. Съездил он и в ОВД «Хамовники», поговорил с операми, которые были задействованы при осмотре ограбленного помещения. Внимательно прочитал он и материалы расследования, которое находилось в производстве следователя из межрайонной прокуратуры. Тут глухой «висяк», он сразу это понял, и будет числиться таковым до тех пор, пока не закончится следствие по Новой Басманной. Но соединять дела в одном производстве не стал: мало собственных хомутов, что ли?..

И теперь, сопоставив то, что было ему уже известно, с тем, что накопал Сережа Карамышев, Александр Борисович решил еще раз встретиться с начальником отдела кадров НИИ, разговор с которым оставил какое-то двойственное впечатление: будто хитрый кадровик что-то недоговаривал, умалчивал сознательно о чем-то. И Турецкий решил сегодня же навестить институт.

Начальник отдела кадров был на месте. Узнал Турецкого, но был сдержан и сух. Только поинтересовался, как движется расследование. О трупах на Новой Басманной ему, естественно, было известно и из газет, и из телевизионной информации, и, наконец, от самого Турецкого.

Александр Борисович на этот раз не стал ходить вокруг да около и взял быка за рога.

— Алексей Алексеевич, — начал он максимально доброжелательно, — вот вы во время прошлой нашей беседы высказали толковую мысль, что с самого начала чисто интуитивно так и предполагали: кражу наверняка совершил ныне покойный Махов, Ведь так?

— Точно так, Александр Борисович. Но — доказательства... Понимаете?

— Еще как! — поощрил кадровика Турецкий. — А отчего появилась такая уверенность? Из каких фактов вы исходили?

— Ну... как бы вам сказать?.. Впрочем, вам я, пожалуй, сообщу о некоторых своих подозрениях. Вы все-таки лицо не постороннее, Генеральная прокуратура хоть и сотрясаема в последнее время, однако ее же никто не отменял?

— Нет, не отменял. И не отменят, — убежденно сказал Турецкий. — Но какое это имеет отношение?

— Дело в том, Александр Борисович, — кадровик понизил голос и заговорил, как о секрете, — что недавно, до вас разумеется, этим же вопросов интересовались товарищи из ФАПСИ.

— Вы в этом твердо уверены? — насторожился Турецкий.

— Так же как и в том, что вы сидите передо мной.

— Вы видели их документы?

— Ну а как же! Не фальшивка. Уж я в этом толк понимаю, такая служба была.

— Фамилии случайно не запомнили?

Кадровик снисходительно хмыкнул, достал из ящика письменного стола небольшой блокнот, перелистнул несколько страничек и протянул Турецкому.

— Вот, пожалуйста, Антошкин и Виноградов. Оба из Управления спецопераций.

— Любопытно. И что же этих товарищей интересовало? Кстати, когда они у вас были? И почему вы сразу мне об этом не сказали? Извините, Алексей Алексеевич, за обилие вопросов, но ваши ответы на них будут для меня чрезвычайно важны.

— Если позволите, начну с конца. Почему сразу не сказал? А потому, что они весьма убедительно предложили мне никому не сообщать о нашем разговоре. На тех дискетах, что были украдены в лаборатории, имелась какая-то важная государственная тайна. Это во-первых. А во-вторых, они попросили меня предоставить им помещение для конфиденциального разговора со свидетельницей Шатковской. Я при этом, естественно, не присутствовал и о чем там говорили — не знаю. А было это... — кадровик посмотрел в потолок. — Было... семнадцатого. Точно.

Убийство было совершено в ночь с девятнадцатого на двадцатое. Судмедэкспертиза установила время — около пяти утра, плюс-минус полчаса. Это значит, что бандитам потребовалось почти двое суток, чтобы выйти на похитителей.

— И наконец последнее. Интересовало их практически то же самое, что и следователя, который был у нас со своей бригадой еще в июне. Я, должен заметить, намекнул, что им, возможно, стоило бы поговорить в прокуратуре, но они встретили мое предложение без энтузиазма и попросили повторить все по новой. Встретились, как я говорил уже, и с Шатковской.

— А больше никто вас по этому вопросу не беспокоил?

— Нет.

— Спасибо, Алексей Алексеевич. Информация весьма интересная. Фамилии товарищей, если позволите, я запишу. А вас попрошу о следующем. Я подошлю к вам своего помощника, и вы, пожалуйста, повторите ему данную информацию. Уже официально. Но я обещаю вам, что буду пользоваться ею крайне осторожно. Договорились?

— Раз надо... — не очень охотно согласился кадровик.

— А теперь и меня познакомьте, пожалуйста, с вашей Шатковской. Конфиденциального помещения мне не надо, мы просто выйдем на воздух и поговорим, если вы не возражаете.

Кадровик покорно развел руки в стороны.

Римма понравилась Турецкому. Ухоженная такая, самоуверенная кобылка. И, наверное, очень резвая, если хорошо раскочегарить.

Вежливо придерживая даму под локоток и спускаясь по лестнице в нижний холл здания, Александр Борисович меньше всего думал, что она — свидетельница, которую он собирался отвезти к себе в прокуратуру, где и допросить. Нет, официальный допрос он захотел оставить на потом, а пока поговорить по душам. Если не дура, сама все расскажет. По тому, как она тоже искоса поглядывала на него, непроизвольно облизывая полные сочные губы, Турецкий почувствовал, что, возможно, и сам он ей не так уж безразличен.

Они вышли во двор института и остановились

под широким козырьком главного входа. Погода по-прежнему была мерзопакостной. Не дождь, а какое-то сеево, и все перенасыщено влагой. И ветер противный.

Турецкий стал спиной к ветру, загородив Римму своим распахнутым плащом. Она улыбнулась его джентльменству и предложила зайти в кафе, где можно поболтать за чашкой хорошего кофе. Как он отнесется к такому предложению?

Поболтать за кофе! Ну о чем еще может мечтать старший следователь по особо важным делам, если напротив будет сидеть такая очаровательная дама! Консенсус был установлен сразу, правда еще не такой тесный, как хотелось бы.

Так, с шуточками-прибауточками, они перебежали институтский двор и выскочили на улицу. Пожилая охранница с неодобрением посмотрела вслед молодым. Ишь хохочут, будто им и непогода нипочем!..

Римма определенно догадывалась, о чем пойдет у них разговор. Кадровик предупредил, что ею интересуется очень важный следователь из самой Генеральной прокуратуры и с ним надо быть откровенной. А следователь оказался вполне приятным и вежливым мужиком, у которого при первом же взгляде на нее хищно вспыхнули глаза. Ах, как ей нравилось купаться в таких взглядах! И выглядит он очень даже вполне. Машинка, правда, не из престижных — «семерка», на которую он показал походя, но, может быть, это у них обычная маскировка. И какие-то странные флюиды, исходящие от этого абсолютно зрелого и уверенного в себе мужчины, указали Римме на то, что тут ее могут ожидать при-

132

ятные открытия. Такие мужики особо ценят в женщинах покорность, вот поэтому она и решила сыграть для начала роль невинной овечки, а уж потом, когда ситуация прояснится, выдать ему нечто неожиданное из тайного женского арсенала...

Об убийстве Игоря она, конечно, знала, вся лаборатория уже успела обсудить и забыть этот кошмар. Сама она в его нечаянных подельщицах нигде не значилась. Те парни из госбезопасности — Римме что КГБ, что ФСБ, что какое-то ФАПСИ — один черт! — возможно, о чем-нибудь и догадывались, но... признаний не требовали. А явные бандиты во главе со здоровенным наголо бритым «качком», которые и смотрели-то на нее не как на женщину, а будто на половую тряпку, вообще ничем не интересовались, кроме Игоря. И даже тот факт, что она перед уходом в тот день из института имела близость с Маховым, на них не произвел ни малейшего впечатления. Это ее признание, вызванное обыкновенным страхом за свою жизнь, им оказалось совсем ненужным. Правда, перед уходом они довольно в грубой форме предложили ей в дальнейшем держать язык за зубами, не совсем так, гораздо грубее, но ведь и предыдущие тоже велели молчать, однако же вот и Александр Борисович — «Можно, я буду звать вас Саша?» — «Буду счастлив!» — и он, вероятно, хочет услышать от нее всю правду и ничего, кроме правды. И он, конечно, добьется своего. Но правда будет... взвешенной! Или она ничего не понимает в мужчинах...

— Что вы предпочитаете к кофе? Коньяк, ликер? — с улыбкой спросил Турецкий.

— То же, что и вы, Саша.

— Жаль.

— Почсму?

— Потому что я — коньяк. Медики считают, что он сосуды расширяет.

— А что, в этом уже есть надобность? — Она в игривом ужасе округлила глаза.

— Пока нет, — таинственно сказал Турецкий. — Знаете анекдот, как Гоги умирал?

— Нет, но хочу!

— Так это же просто замечательно! — воскликнул он и усмехнулся откровенной двусмысленности. — Уехал на чужбину Гоги, заболел и умер. Случайные соседи захотели оповестить его родных, но решили сперва их подготовить к печальной вести. Дали телеграмму: «Гоги очень болел, наверно, уже умер». Родня недоумевает, пишет ответ: «Срочно сообщите: он жив или умер?» — и получает другую телеграмму: «Пока умер». Вот и у меня — пока нет. Но я за рулем.

Римма смеялась так прелестно, что смотреть на нее было сплошное удовольствие.

— А разве такого важного следователя, как вы, Саша, милиция еще останавливает? — спросила наивно.

— С чего вы взяли, что я важный?

— Алексей Алексеич предупредил. Такой, говорит, шибко важный, что с ним надо держать ухо востро! Это действительно так?

Флирт разгорался вовсю. Но ведь было и дело. И Турецкий постарался переключить даму на нужную волну, чему весьма способствовали две рюмочки коньяку, принесенные пухленькой буфетчицей.

Римма, выпив, снова разгорелась было, но от вопросов Турецкого быстро поскучнела. Стала рассказывать.

О «товарищах» из ФАПСИ Александру Борисовичу в общих чертах уже было известно. Так что Римма просто подтвердила сам факт их пребывания в институте и обнажила суть их интереса, проснувшегося, ни много ни мало, через три месяца после кражи. Это уже должно о чем-то говорить. Но настоящим открытием для Турецкого стала случайно брошенная ею фраза:

— Эти хоть вели себя пристойно...

— А что, были и другие? — осторожно спросил Турецкий, чувствуя, как стало вдруг горячо. То все тепло да тепло, а тут будто пламя полыхнуло.

Еще одна рюмочка и новая чашка кофе для Риммы пришлись как нельзя кстати. Сам Александр Борисович ограничился кофе.

Словно ощутив заново былой страх, Римма, со страстью подлинного художника, с такой яркостью изобразила картину посещения ее бандитами, что Турецкий восхитился и памятью ее, и темпераментом.

— Давайте еще раз: как они выглядели?

Лучше других у нее получился портрет главного, одетого как все московские «качки» — куртка, цепи, желтые зубы, отсутствие шеи, прижатые к черепу уши и прочее. Низкий, хриплый голос, жующая нижняя челюсть. Но речь — без мата, хотя очень грубая и жесткая. Одно ругательство всего и прозвучало: сука, но к кому оно относилось — к ней или Игорю Махову — она не поняла. Речь-то ведь шла главным образом о нем. Где живет, с кем, где работает и так далее. А она знала не больше всех остальных.

— Какого числа это произошло?

«Странно, — думал Турецкий, — кадровик показался человеком честным. И если он не упомянул новых посетителей, значит, их и не было у него? Или все же приходили, но настращали, подобно Римме? Нет, — решил Турецкий, — такое вряд ли возможно. Одно дело, когда к тебе являются домой трое громил в цепях и золотых браслетах, а совсем другое — в учреждение. Да их бы охрана не пропустила. Хотя, если судить по той бабке...»

— А произошло это... сейчас скажу... девятнадцатого числа. Двадцатого у нас получка, а это было накануне. Вечером. Представляете, Саша, какого я ужаса натерпелась? — Римма снова умело округлила глаза, видно, это была у нее «коронка», сильный прием. Кто ж выдержит? Обязательно тут же ринется защищать несчастную девочку! Всеми доступными способами. А их ох как много!

— Представляю, — совсем уже потеплевшим голосом сознался Турецкий. — И?

— Что — «и»?!

— Ну, вы же все им выложили? Так я понимаю?

— А что бы вы сделали на моем месте? Когда трое... таких? Вы бы, Саша, посмотрели мою однокомнатную квартирку и все поняли: где я и кто — они!

Намек был более чем прозрачен. Вообще-то Римма к себе домой мужчин не водила: для этого были подруги с их квартирами. Своя же для нее была табу. Турецкий, не подозревая о том, оказался первым, кто удостоился подобной чести. Но он этого не знал и отнесся правильно к сказанному якобы случайно.

— Заманчиво, конечно.

— Что именно? — удивленно вскинула брови Римма.

— Взглянуть на квартирку. И сопоставить, — улыбнулся Турецкий. — Когда прикажете?

— Ох, мужчины! — завлекающе протянула Римма. — Слова им не скажи, на лету хватают и сразу по-своему.

— Это очень плохо?

— Смотря для кого, — ненароком вздохнула Римма. И Турецкий понял, что фактически получил приглашение. Дело оставалось за малым.

— Тогда у меня имеется к вам встречное предложение. Позвоните к себе на работу и скажите, если у вас нет сегодня неотложных дел, что я вас вызвал в Генпрокуратуру. Есть несколько вопросов. Повестку я вам, естественно, вручу, прямо у себя в кабинете. А мы поедем ко мне, на Большую Дмитровку, посмотрите, как «важняки» работают. А заодно мы с вами попробуем создать фоторобот вашего «быка» и уточним кое-что. А после этого я обязуюсь лично доставить вас прямо на вашу квартирку. Если вы не возражаете.

— А у вас там надолго? — Это единственное, что ее волновало в данный момент.

— Все будет зависеть от нас.

— Тогда поехали! — решительно заявила она. — Только я забегу на минутку и возьму свою сумочку. А заодно и предупрежу, что сегодня уже не вернусь.

— Отлично. Жду вас возле машины...

Вечер сулил неожиданное приключение. Но ехать Александр Борисович в последнюю минуту решил не к себе в Генпрокуратуру, а на Петровку, 38, в МУР, к Славе Грязнову. Может, и не надо будет создавать фоторобот, достаточно девочке показать коллекцию крутых московских уголовников, и она опознает того, кто был со своей охраной у нее дома. Вечером — у нее, а уже ночью они пытали тех парней. Похоже на правду.

И показания ее можно будет записать. А потом... Потом, как камень ляжет. Приглашение он, во всяком случае, уже получил. Грех не воспользоваться. Такого бы и Грязнов не понял.


Пока Римма бегала отпрашиваться, Турецкий позвонил по мобильному телефону на Петровку и сказал Славе, что в течение получаса с небольшим подъедет с одной свидетельницей по очень важному делу. Грязнов отреагировал с присущей ему ехидцей:

— Что, опять негде?

— Славка, как ты можешь! — деланно возмутился Турецкий.

— Ладно, жду.

Римма появилась быстрее, чем он ожидал. На ее шее появился кокетливый платочек, от которого томительно пахло хорошими духами. Турецкий подумал, что после этой поездки Ирине Генриховне придется минимум неделю и близко не подходить к машине.

— Я готова, — радостно сообщила Римма, запрыгивая на переднее сиденье. — Все, на сегодня я полностью в вашем распоряжении. — И через паузу: — Саша.

Он легонько хмыкнул.

— Чему вы смеетесь?

— Я подумал, — сказал он, выруливая из ряда стоящих почти впритык машин, — что мне придется постараться, чтобы... чтобы вас не постигло разочарование.

Она внимательно посмотрела на него и кивнула:

— Такая постановка вопроса мне нравится.

«Эва, матушка, — вздохнул Турецкий, — все, оказывается, гораздо проще, чем можно было предположить... Но сперва мы все-таки сварим нашу кашу».

Римме было, в сущности, все равно — что Петровка, что Генпрокуратура, ни там, ни там она отродясь не бывала. Но крупный рыже-седой генерал, поднявшийся из-за большого письменного стола и по-приятельски приветствовавший ее спутника, впечатление произвел. И вообще это их «Слава-Саня», выглядевшее совсем по-домашнему, прямо показывало, что она волею случая действительно попала в общество людей весьма значительных. И это обстоятельство заставило ее собраться, отказаться от привычной развязности и постараться соответствовать, так сказать. Она сдержанно повторила свой рассказ.

Вячеслав Иванович поиграл клавишами непонятного телефонного аппарата и отдал какое-то распоряжение. Через несколько минут появился красивый полковник, который принес толстый альбом, в котором обычно хранятся семейные фотографии.

— Полистайте пока, — предложил Грязнов, кладя альбом перед Риммой, — может, кого знакомого встретите. А мы на минуточку покинем вас.

Грязнов и Турецкий удалились за дверь. Римма стала рассматривать фотографии мужчин разного возраста, вклеенные на страницы из толстой бумаги. Нормальные лица. Есть, правда, страхолюдные, но в основном такие, какие постоянно встречаются на улицах. Она уже поняла, что все тут обозначенные являются преступниками, но ведь не знай — и не угадаешь. Только подписи и непонятные номера под фото указывают, что этот Сычев на самом деле Сыч, а вон тот — Канторович — на самом деле почему-то Грифель.

Мужчины скоро вернулись. Они выходили не в приемную, а в другую дверь, в боковой стене. И от них, сразу уловила Римма, теперь уже от обоих, попахивало коньячком. Ах, негодяи! Нет чтобы и женщине предложить! Но наверняка чужим здесь нельзя. А она «своей» пока никак не могла себя назвать. Хотя льстило бы. Кому сказать: «А я вчера вместе с начальником нашего МУРа рюмочку дернула...» Не поверят же, а жаль.

Но вдруг ее воздушные размышления мгновенно нарушила фотография на очередной странице. На нее в упор смотрел тот самый «бык», как назвал его Саша, который девятнадцатого ворвался в квартиру. Ее вскрик сразу привлек внимание Турецкого и Грязнова.

— Что? — спросили оба в один голос.

— Вот он! — И Римма, щурясь, буквально по слогам прочитала текст под фотографией: — Абушахмин Борис Михайлович, Абу, но чаще — Формоза... И еще тут какие-то цифры.

— Цифры — это по нашей части, — ответил Грязнов и заинтересованно склонился над Риммой и над альбомом. Потом он выпрямился, лукаво подмигнул Турецкому и сказал: — Хороший след взяли! Ай да Саня!

Римма еще не понимала, чему они радуются, но их возбужденное состояние передалось и ей. А Турецкий тут же словно ушат воды на нее вылил.

— Вот теперь, дорогая моя, — почти по-отечески сказал он, — мы с тобой сядем, и ты снова повторишь для протокола все, что тебе наверняка уже надоело рассказывать. И только после того, как твои показания будут записаны, а после подписаны тобой, ты получишь передышку. Итак, начинаем с паспортных данных. Фамилия, имя, отчество, год рождения, домашний адрес...

Турецкий достал бланк протокола допроса свидетеля и отвинтил колпачок с красивой перьевой ручки. Римма была даже несколько шокирована неожиданной переменой. Во-первых, она никак не могла вспомнить, когда это они с Сашей успели перейти на «ты», а во-вторых, зачем же сразу такая официальность? Можно ведь и просто, по-человечески. Но, взглянув в глаза Турецкого, почему-то подумала, что блеск, который она приняла было за страсть, скорее всего отражение профессиональной сущности этого человека. Его взгляд, как у ищейки, загорается при виде добычи...

# Глава восьмая
## ПОГОНЯ

Директор охранно-розыскного агентства «Выбор» Николай Андреевич Лаврухин роста был невысокого, тщедушный и вообще невзрачный на вид. Но эта внешность была хорошей маскировкой для еще недавнего майора спецназа ГРУ Министерства обороны России. Коля, как по-свойски называл его Плешаков, лично выполнял наиболее деликатные поручения. Все остальное поручалось специалистам агентства, кадры для которого подбирал сам Лаврухин. В основном это были люди, прошедшие так называемые горячие точки. Получая весьма приличную зарплату, они безо всяких сомнений и эмоций выполняли любые указания своего начальника. От них требовалось только одно: действовать грамотно и без лишних вопросов.

Да, каждая эпоха требует своего героя. Сегодня это — профессиональный исполнитель. Ничего не поделаешь, раньше надо было думать, когда народ, худо-бедно приученный к плети и порядку, только собирались кинуть в бездну неведомой ему демократии. Кто ж теперь виноват, что маляр в государстве востребован в меньшей степени, чем киллер!

Стрелять у Лаврухина умели все. Но это было не главным. Розыск — вот на чем делал упор хозяин. Розыск и информация. Кстати, Анатолий Иванович весьма высоко оценил проведенную операцию с компьютером из НИИ. И премировал исполнителей. А вот с Бирюком — тут определенный провал, однако к агентству он никакого отношения не имеет.

И озверевший было поначалу хозяин в конце концов вынужденно согласился с Лаврухиным. Конечно, если бы последовала команда от Плешакова, никакой бы бомбист и на пушечный выстрел не приблизился к машине Глеба. Сами виноваты, господа хозяева. И тут Лаврухин полностью разделял мнение Анатолия Ивановича, что тех пацанов с Новой Басманной надо было убирать сразу.

А кто их на самом деле убрал, тоже особого секрета для профессионала не составляло. Зная расклад сил, он, на месте любого следака, сразу повесил бы эту «мокруху» на матвеевскую братву. И почерк уголовный, не интеллигентный, и результат наверняка нулевой. Отсюда — озлобление, а господин Бирюк стал его первой жертвой. Но мог бы и не стать, если бы господа хозяева не брали на себя проблемы, им не присущие. Каждый должен заниматься своим делом, тогда и в стране будет наконец наведен порядок...

Все это Николай Андреевич, нимало не стесняясь, высказал Анатолию Ивановичу и, кажется, попал в точку. Понял его хозяин. И тут же выдал новое задание. Не простое, как показалось поначалу. Вот уже вторая неделя пошла, а результатов — пшик.

За семьей Олега Скляра установили наблюдение. Такое плотное, что без ведома «топтунов» Лаврухина ни сам папаша, ни дочка его, ни ее хахаль и шагу сделать не могли. Но вот младшего сына Олега Николаевича, как ни старались, обнаружить так и не сумели. А время идет, и хозяин нервничает. Даже показалось при последнем разговоре, что Плешаков напрочь забыл о трагической гибели Бирюка. Нет, не забыл он, конечно, просто временно отложил вопрос в сторону, и Лаврухин чувствовал, что однажды придет момент, когда ему прикажут вспомнить ту обиду и сказать свое веское слово.

И еще об одном не преминул заявить хозяину Лаврухин. Он сказал, что не привык действовать с завязанными глазами. Какие-то особые тонкости могут оставаться тайной за семью печатями, но главные условия игры должны быть ему абсолютно понятны. Ибо только тогда он сам и сможет принять единственно верное решение.

Плешаков не смог тут ничего возразить и поделился планами относительно той информации, о которой вскользь упомянул в разговоре со своими партнерами Виталий Борисович Западинский. Теперь стало ясно и Лаврухину, что это за ветер и откуда он дует. Словом, все его действия должны были свестись к тому, чтобы обнаружить и нейтрализовать юного хакера. Нейтрализовать в том смысле, чтобы украденная тем информация плавно перетекла в карман Плешакова.

Оставалось еще, правда, выяснить, что это за информация и почему Виталий Борисович буквально сходит с ума от ее важности. А уж гордится своим выкормышем так, будто тот и в самом деле золотой клад нашел.

Западинского, естественно, об этом не спросишь. Значит, надо действовать через тех, кто стоит близко и может быть в курсе дела.

И Николай Андреевич Лаврухин, прикинув так и этак, принял наконец кардинальное решение...

...Шла ежедневная вечерняя информационная программа. В прямом эфире пресс-секретарь президента, как обычно, рассказывал о здоровье первого лица страны, о его потенциально боевом состоянии духа, несмотря на то что он уже вторую неделю находился в Центральной клинической больнице. Бодрое интервью иллюстрировалось съемками из ЦКБ, уклончивыми комментариями лечащих врачей.

Впереди еще были прямые репортажи из Совета Федерации, из Госдумы, материалы собкоров из Дагестана, где заваривалась новая военная каша, из-за рубежа...

Лена Скляр, одетая в строгий костюм от Шанель, с разрезом до бедра на узкой юбке, томилась в своем виртуальном пространстве в ожидании очереди предстать перед взором восхищенных телезрителей и, сияя тысячедолларовой улыбкой, уведомить их, что завтра их снова ожидает ненастная, дождливая погода с пониженным атмосферным давлением. Дела-то меньше трех минут, а ожидания...

Дальнейшее время было у нее уже распланировано. Перед эфиром позвонил Виталий и сообщил ей — не пригласил, а именно так: сообщил, — что вечером после информационной программы она едет с ним на прием в «Рэдиссон-Славянскую». Что она там забыла, Лена, естественно, не знала, но поняла, что нынче сопровождает самого. То есть исполняет роль, которая ей порядком надоела.

На первых порах ей нравилось и льстило изображать «герлу» всесильного Западинского, ловить на себе почтительно-завистливые взгляды других женщин, полагающих, вероятно, что у Витальки она из шампани ванны принимает. Но все было гораздо прозаичнее, хотя в том же шампанском она при желании и в самом деле могла бы искупаться. Она скоро поняла, что нужна Западинскому в качестве отвлекающей внимание, красивой ширмы. Пользовался он ею и для собственных нечастых физиологических утех, которые назвать сексуальными можно было с большой натяжкой. Как и многие другие азартные бизнесмены, ворочающие запредельными суммами, Виталий быстро терял свою мужскую потенцию. И чем меньше он становился мужиком в прямом смысле слова, тем жестче и эгоистичнее относился к ней.

Лена не была примитивной дурой, которую так уж ослеплял бы блеск показной роскоши: крутые машины, подобострастные официанты, дорогие наряды, представляемые всемирно известными фирмами исключительно для демонстрации в прямом эфире, и прочая шелуха. К тому же ей просто надоело находиться «при». Это папаша ее, мечтавший «устроить» дочь, мог рассуждать о каких-то там перспективах. Лена же понимала, что время сказок миновало и любая красивая кукла ею и останется — превращений не будет. И она сама нужна Виталию постольку поскольку. А в общем, и не она даже, а ее младший брат Вадим. Со всеми его компьютерными увлечениями и способностями, приносящими, как догадывалась Лена, баснословные барыши покровителю.

Вадим с некоторых пор вообще не жил дома. Виталий, как заявил однажды брат, создал ему все возможные условия для дальнейшей жизни. Даже в институт ходить не надо. Чтобы не тратилось полезное время на поездки и разговоры, договорились с преподавателями, что они будут ему сами назначать время для сдачи зачетов и экзаменов. Своеобразный такой экстерн, более чем щедро оплаченный Западинским. Вадима такая постановка вопроса устраивала, его покровителя — еще больше. Свой новый адрес Вадим никому не сообщал, иногда звонил по мобильному и интересовался здоровьем отца и сестры, о себе говорил, что у него все в порядке. Заедет тогда-то и тогда-то. И появлялся в сопровождении личного телохранителя — молчаливого гиганта, призера греко-римской борьбы.

Это ж что надо делать, чтоб обзавестись такой охраной! Лена могла лишь догадываться, поскольку Виталий от любых разговоров на данную тему уходил и немедленно раздражался.

Вот и сегодня ей предстояло снова изображать влюбленную в господина «герлу». Как это все осточертело!..

В эфир вышел спортивный комментатор. После его пятиминутки ее очередь. Сейчас и она начнет плавно водить руками в своем виртуальном пространстве, изображая перед нацеленной на нее камерой движение циклонов и антициклонов над территорией Европы и родного Отечества. А затем — быстро переодеваться, эксклюзивную одежду на вешалку, на себя — платье для приемов и бегом вниз, к подъезду, где в «ауди» из правительственного гаража ее уже ожидает Виталий, злясь на ее нерасторопность. До чего ж он обожает эти правительственные номера! Эти мигалки! Джип сопровождения!

Вспыхнула над камерой красная лампочка, и Елена широко улыбнулась многомиллионной зрительской аудитории заученной американской улыбкой...

Заканчивая, она радостно пригласила всех желающих немедленно посетить магазин дубленок и сделала прощальный жест гибкой рукой. Ну вот и еще тысяча баксов. И тут надо отдать Виталию должное: он не скупился, не был жмотярой. Но настроение все равно почему-то было нерадостным.

Лена пошла переодеваться. Увидела идущего ей навстречу Артема. Оператор тоже закончил свою работу и наверняка шел к ней с целью предложить какой-нибудь свой план на вечер.

С Артемом Лену связывали сложные отношения. То, что он в нее влюблен, не вызывало никакого сомнения, только слепой не видел. Когда-то и она испытывала к нему теплые чувства, и, вероятно, они-то и давали ему надежду на более серьезное продолжение. Но вмешалась судьба в лице Западинского, Кто такой простой оператор по сравнению с могущественным боссом телекомпании! А потом возникли и утвердились слухи о связи Виталия и Елены. Артем злился и искренне страдал, но отказаться от собственной любви никак не желал. Понимал, что смешон, но ничего не мог с собой поделать.

— Ленка! — еще издали закричал он. — У меня есть идея на сотню баксов!

Она уже готова была снисходительно выслушать его предложение поужинать где-нибудь вместе, а потом... вежливо отказать ввиду приема в «Рэдиссоне». Мальчик снова обидится, да что поделаешь! Бедный малыш с идеей на целую сотню баксов! Это ж надо придумать! И кому сказать... .

148

Елена не успела вылить ушат холодной воды на воспаленную голову бывшего любовника, потому что поток его красноречия прервал звонок сотового телефона, который Лена включила, выходя из студии. Она услышала голос секретарши Западинского.

— Елена Олеговна? — Голос был противно-заискивающим. — Виталий Борисович велел передать вам, как закончится эфир, что он выехал раньше и не стал вас дожидаться. Он встретит вас у «Славянской». Поедете в его «мерседесе», номер вы знаете. Счастливо погулять!

Непонятно, чего больше было в голосе этой противной секретутки, в недавние годы тоже Виталькиной подстилки, сарказма или ненависти. Господи, как же это все надоело! Но что поделаешь! Ехать-то все равно надо. И она пожалела, что и в самом деле не может послать всех к чертовой матери и завалиться с Артемом в какой-нибудь скромный кабачок, а потом рвануть к нему на дачу, в Малаховку, где им так хорошо было вдвоем, кажется, совсем еще недавно...

В минутном раздражении, спровоцированном самой же произнесенным про себя словом «тоже» — тоже ведь подстилка, не надо себе льстить! — она чуть было не приняла предложение Артема. Но тут же приготовленный для него ушат будто опрокинулся на ее собственную голову: «Мать, ты чего?! Совсем сбрендила?!»

Артем понял по ее взгляду, что ему ничего не светит, и словно погас сам. Мазохистски терзая свою душу, он оделся и вышел к автомобильной стоянке у входа, где приткнулся его «жигуленок». Он слышал слишком громкий голос секретарши Виталия Борисовича, глазами нашел «мерседес» босса, который ожидал Ленку, отметил и любопытные взгляды выходящих из здания сотрудников, отработавших свои смены. Да, конечно, куда ему со своим предложением и «жигулем» против Западинского! Он сел за руль, но с места не тронулся: мучился и ждал, когда выйдет Ленка, хотел увидеть, как она сядет в роскошную машину, и ее увезут.

Она вышла — в длинном платье и короткой меховой накидке — красивая до невозможности. Медленно подошла к машине. Открылась задняя дверь. Лена нагнулась и... словно прыгнула в салон. Быстро и резко. Так не садятся в машину. Так бывает, если человека дернут за руку. Если его рванут с такой силой, что он на ногах не устоит.

Артем подумал, что ему просто показалось, почудилось, что это его ревность вздрючивает до такой степени. Но тут же увидел, как к «мерседесу» с двух сторон быстро подошли двое мужиков в темных плащах и тоже сели в машину — один на заднее, другой на переднее сиденья. «Мерседес» как-то слишком шустро рванул от входа. Сам не соображая, зачем он это делает, Артем ринулся следом.

Вырулив на улицу академика Королева, «мерседес» стал стремительно удаляться в сторону проспекта Мира. Но у метро свернул на проспект не в сторону центра — это успел заметить Артем, — а к Ярославскому шоссе. «Странный путь к «Рэдиссон-Славянской», — успел подумать и твердо решил проследить по возможности, куда же все-таки отправилась Ленка. Уж как-то все это случилось неожиданно и странно. Мужики еще, не похожие на охрану...

Артем выжимал из своего «старичка» все, что мог.

«Мерседес» же впереди не особенно торопился, он плавно несся по Ярославке, и явно за город. Артем старался не отставать, но и близко не подходить: почему-то у него все больше зрело подозрение, что Ленку могли похитить. Почему? Да просто интуиция — и все! И значит, она в большой опасности. А за себя Артем не боялся — и тоже без всяких к тому оснований...

О том, что все не так, Лена поняла сразу, едва заглянула в открытую дверь «мерседеса». На нее с усмешкой смотрел совершенно ей не знакомый человек. Она машинально отшатнулась, но тот успел ухватить ее за руку и резко дернул на себя. Она упала лицом вниз на широкое заднее сиденье. И тут же его грубая рука сжала ее шею, притиснув к скрипящей коже. А еще через минуту-другую кто-то вскочил в машину и сел ей на ноги.

— Не станешь рыпаться, — хмыкнул грубиян, — ничего тебе не будет плохого. А поднимешь хипеж, харю изуродуем. Ну?

— Не буду... — сдавленно просипела она. И ее тут же, рывком за волосы, подняли и посадили, сдвинувшись с обоих боков так, что она оказалась зажатой двумя мужчинами.

— Не рыпайся и не вякай, — продолжал грубиян. — Сейчас отвезем тебя куда надо, там поговорим и, если не будешь дурой, отпустим.

— Чего вам от меня нужно? — спросила она наконец, сообразив, что эти мужики — не насильники какие-нибудь, а скорее всего, похищение связано с работой Виталия.

— Помолчи, — брезгливо посоветовал грубиян. — Успеешь еще...

Стекла у «мерседеса» были затемненными, и Елена, как ни старалась, не могла понять, куда ее везут. Только однажды похитители нарушили молчание.

Сидевший впереди, рядом с водителем, кинул через плечо, не оборачиваясь:

— Там какой-то хмырь тянется. Я заметил, от самой башни.

— Ну так уходим, — ответил грубиян. — Чего ждем-то?

— Я думал, случайность, а он — нет, повис...

Елена хотела обернуться, но ее остановил окрик грубияна:

— Кому сказано! Ну?! — Он повернулся сам и стал смотреть назад. — Который? Вон тот, красный, что ли?

— Ага.

Елене вдруг стало нехорошо: она подумала, что преследовать «мерседес» мог бы решиться только один человек — Артем, с его отчаянным безрассудством. А похитители между тем, нимало ее не стесняясь, заговорили о том, что надо сделать с этим «хвостом».

— За Тарасовкой берем левее, — предложил грубиян, — на Ивантеевку, а там, перед Зеленым Бором, тормознем. Он догонит, а ты, — он повернулся к сидевшему справа от Елены, — шмальни его.

«Тарасовка, Ивантеевка! — мелькнуло у

152

Елены. — Это значит, что ее везут куда-то в сторону Пушкино...» И тут же подумала, что шмальнуть — на их языке — это, наверное, убить. И покрылась холодным потом.

— Не надо, — сказала она.

— Чего — не надо? — буркнул грубиян.

— Убивать не надо.

— А это что, твой какой-нибудь? — Он даже с некоторым интересом посмотрел на нее. Она заметила, как в темном салоне блеснули его глаза — видимо, от проносящихся мимо фонарей.

— Я ничего не знаю, но убивать все равно не надо.

— Ну, не надо так и не надо, — неожиданно согласился он и добавил уже водителю: — Притопи! Хрен с ним...

И «мерседес» стал быстро набирать скорость, опасно обходя движущийся в загородном направлении поток машин. Елена вдруг подумала, что нагло летящую иномарку наверняка заметят и остановят бдительные гаишники, и вот тогда она закричит, устроит в салоне бучу, чтобы привлечь к себе внимание. Но никто, как назло, их машину не останавливал. А потом передний, наблюдавший происходящее сзади в зеркальце обзора, заметил:

— Отстал.

— Повезло хмырю, — отозвался небрежно грубиян.

И уже до конца, до приезда в какой-то лесной массив, окруженный высоким кирпичным забором, ими не было произнесено ни единого слова.

«Мерседес» проехал за железные ворота, покружил по слабо освещенной, блестевшей от дождя дорожке и подъехал к высокому, тоже кирпичному дому. Но не к подъезду с колоннами, а на задний двор, заставленный машинами. Водитель коротко посигналил, и сейчас же на стене дома загорелась лампочка, а под ней открылась почти неприметная дверь. Из нее, держа над головой раскрытый зонтик, вышел худощавый невысокий мужчина и махнул приехавшим рукой.

Первым из машины выбрался сидевший справа, молчаливый охранник. Он потянул за собой уже не упирающуюся Елену. И последним вышел грубиян — плотный и коренастый мужик, надевший от дождя кепочку. Он подошел к хозяину под зонтом.

— Забирайте вашу курицу. Все в порядке. У нее претензий нет.

Охранник подвел Елену ближе. Худощавый крепко взял ее за локоток и подтолкнул к открытой двери.

— Спасибо, все свободны. — Он вежливо кивнул им и, сжав кисть Елены железной хваткой, потянул за собой в темноту дома. Дверь, казалось, сама закрылась за ними. И тотчас вспыхнул свет. Они стояли на лестничной площадке. Ступеньки уводили вниз, в темноту подвала, и вверх, где сияла трехрожковая люстра.

— Прошу, — худощавый показал рукой наверх.

— Где я и что вам от меня надо? — ледяным голосом оскорбленной красавицы спросила Елена.

— Там все узнаете. — И повторил настойчиво: — Прошу.

Лестница вывела в просторный холл. Возле одной из стен удобно расположился камин. Дрова постреливали искрами, пламя чуть слышно гудело в трубе. Напротив камина, вокруг низкого стеклянного стола, стояли широкие тяжелые кресла. Окна были плотно затянуты гардинами. На стенах, возле трех дверей, слабо светились маленькие бра, и оттого полумрак казался уютным.

Худощавый сел в одно из кресел, жестом предложил Елене занять место напротив.

— Вы спросили, Елена Олеговна, где вы находитесь? Отвечаю: в приличном доме. Что от вас надо? Немногое. Я объясню. И если вы соизволите понять и принять мое предложение, которое, вообще-то говоря, лично вам ровно ничего не стоит, мы вас отвезем в город. Ну, опоздаете вы в эту «Славянскую», и что с того? Придумаете что-нибудь, вы, женщины, на этот счет очень даже сообразительные.

— Не надо эти ваши «ля-ля», — поморщилась Лена. — Я же понимаю, что люди с уголовными рожами и манерами занимаются подобными делами совсем не ради милой беседы. Поговорить можно было и в Останкине. Значит, вы хотите предложить мне сделку, причем самого неприятного свойства. Иначе бы не тащили за сто верст киселя хлебать.

— Приятно слушать трезво мыслящую женщину! — почти восхитился худощавый.

— Отчего ж вы тогда не представились? Меня-то вы знаете, а я вас — нет, что опять-таки говорит в пользу моего предположения. Вас интересует, вероятно, Западинский? Или что-то иное, но связанное с ним?

— Я ж говорю: приятно! — широко улыбнулся худощавый. — Можете называть меня... ну, скажем,

155

Иваном Ивановичем, если хотите. Это не имеет никакого значения. Что же касается вашего шефа и любовника, я предпочитаю называть вещи своими именами, но он нас интересует в гораздо меньшей степени, чем вы можете предположить. Дело же вот в чем. Как нам стало известно, ваш шеф активно пользуется услугами одного талантливого хакера...

— Значит, все-таки шеф? — хмыкнула Елена.

— Этот хакер, — не обращая внимания на ее реплику, продолжил худощавый, — является вашим родным братом. Его зовут Вадим. Итак, по нашим сведениям, господин Западинский, пользуясь своим положением в определенном смысле благодетеля вашей семьи, вполне сознательно подвиг вашего братца на ряд действий, которые подпадают под совершенно определенные статьи Уголовного кодекса. Западинский знает, что совершаются преступления, что отвечать за них придется в первую и главную очередь именно вашему брату, и тем не менее продолжает инициировать их со все большим размахом. Это естественно, потому что для людей, подобных Виталию Борисовичу, всегда основным было получение барышей, а судьбы людей не играют ни малейшей роли. Если вы достаточно хорошо сумели понять его за время вашего, так сказать, знакомства, то не можете не согласиться со мной.

— Ну предположим, так что вам нужно от меня?

— Мы хотим найти вашего брата и предупредить его об очень серьезной опасности, нависшей над ним. Западинский его прячет. Мы не знаем где. Вот вы и должны нам помочь в этом вопросе.

— А вы-то сами кто? Представители спецслужб?

Бандиты? Конкуренты Западинского? И почему вы говорите именно со мной на эту тему, а не с отцом, к примеру? Почему выбрали меня? Думаете, женщина — существо слабое, припугни хорошенько, и она на все согласится? Мне, между прочим, тот грубиян, что привез сюда, уже обещал харю изуродовать. Это как понимать?

— В нашей работе иногда действительно приходится пользоваться услугами, мягко выражаясь, не всегда законопослушного элемента. Однако никаких грубых шагов в отношении вас ими предусмотрено не было, можете быть спокойны.

— Да? Сомневаюсь, — ответила она, вспомнив короткий диалог относительно неизвестного преследователя на «Жигулях». Ведь убили бы и глазом не моргнули. Но говорить об этом не стала. — А вы, получается, изображаете из себя тайных сотрудников спецслужб? И документы соответствующие имеются?

— Вам следует поверить мне на слово, — возразил собеседник. — Так будет лучше для вас. Да и безопаснее. Повторяю, нам нужен ваш брат. Пока еще не поздно и не случилось большой беды, после чего уже никакие раскаяния ему не помогут.

— Увы, и я ничем вам помочь не смогу. Я не знаю, где он находится. Он изредка звонит домой, говорит, что у него все в полном порядке, хвостов в институте нет, работа нравится. Вот и все.

— Он давно приезжал в последний раз?

— Месяца, может, два назад. Мельком. Взял что-то и уехал. Но с ним был телохранитель — здоровый такой мужик. Вас бы он сложил пополам одним пальцем.

— Не сомневаюсь, — серьезно сказал худощавый. — Значит, вас надо понимать так, что никто из вашей семьи не в курсе места пребывания Вадима. Ясненько. Ну что ж, придется сделать парочку жестких встречных шагов.

— В каком смысле?

— Подержать вас здесь. Не у камина, нет. Там, внизу, имеются специальные помещения, они гораздо менее комфортны, но зато полностью изолированы от внешнего мира. И тогда мы поглядим, что важнее для вашего любовника — барыши или жизнь такой замечательной женщины, как вы.

— Значит, все-таки бандиты, — с издевкой заметила Лена.

— В принципе нам наплевать, что вы будете о нас думать. Но я бы все же посоветовал вам не делать ни лишних заявлений, ни ненужных телодвижений. И то, и другое может быть расценено нашей охраной как вызов, а некоторые, как вы изволили заметить, грубияны часто очень невоздержанны в отношениях с женщинами, особенно приятными, понимаете? Поэтому сами постарайтесь сдерживать себя и не говорить лишнего.

— Вы что же, собираетесь всем скопом насиловать меня до тех пор, пока здесь не окажется мой брат? — с вызовом бросила она.

— Если не окажется другого выхода, — спокойно ответил худощавый, — мы воспользуемся вашим предложением.

— Вы — скотина! — воскликнула Елена. Она схватила тяжелую хрустальную пепельницу со столика и метнула ее в голову собеседника.

Тот легко уклонился, а пепельница брызнула осколками где-то возле камина.

— Ай-я-яй, какая непослушная девочка, — с сожалением сказал худощавый и, приподнявшись в кресле, почти неуловимым движением ладони ударил ее по шее, возле уха.

Елена потеряла сознание.

Нажав на кнопку, вмонтированную в подлокотник кресла, худощавый сказал двоим вошедшим мужчинам:

— Отнесите ее вниз, пусть потихоньку приходит в себя. И — на цепочку.

Вошедшие легко подняли Лену, снесли по лестнице в подвал и положили в одной из небольших комнаток на кровать. А руку ее с помощью наручника на короткой цепи прихватили к спинке кровати.


Западинский был разъярен: Ленка стала слишком много себе позволять. Информационная программа давно закончилась, он сидел в кабинете, как идиот, и ждал ее.

Прием в «Рэдиссон», вообще говоря, не был для него обязательным. Но туда, по сведениям, имевшимся у Виталия, обещал подъехать посол Ирака, и вот с ним нужно было перемолвиться по поводу одного из американских проектов, к которому Ирак имел повышенный интерес и готов был хорошо заплатить за любые сведения о нем. Суть там заключалась в секретных разработках Пентагона, касавшихся дальнейшей политики США в ближневосточном регионе.

Как в руки Виталия попали эти суперсекретнейшие материалы, другой вопрос. Важно, что он их имел, а предварительные консультации с иракскими военными показали их большую заинтересованность.

И еще одна немаловажная деталь: посол имел слабость к красивым женщинам, вот Ленка и должна была сыграть в контакте Виталия с послом определенную роль. Отвлечь внимание окружающих от серьезных переговоров.

Но Ленка — черт бы ее побрал! — исчезла.

Западинский наорал на секретаршу, будто она была виновата в том, что эта стерва Скляр подвела шефа. Секретарша, молодая и весьма привлекательная женщина, какой-то год с небольшим назад лично удовлетворявшая сексуальные потребности Виталия Борисовича, искренне и открыто ненавидела соперницу. И о том было известно достаточно широкому кругу сослуживцев. Поэтому несправедливые обвинения шефа воспринимала с удвоенной яростью.

Она сама спустилась в редакцию, опросила всех, кто присутствовал при окончании информационной программы, но так ничего и не узнала. Кто-то видел, что Елена Скляр сразу после «погоды» выскочила из студии, потом ее видели вместе с Никулиным в коридоре, а потом она исчезла. Кто-то ею интересовался по телефону, но ее не нашли. Никулина тоже, кстати, на студии нет. Может, вместе куда рванули? У них, по слухам, вроде когда-то что-то было...

Эти сведения окончательно добили Западинского, и он заорал на секретаршу, чтоб с завтрашнего утра этой Скляр и не пахло тут, что она уволена без всяких объяснений, что он никому не позволит пренебрегать его распоряжениями. Секретарша стояла с видом огорченной невинности и была так застенчиво мила, что Западинский, сорвав на ней гнев, поутих и вдруг увидел, что эта Ирка ничуть, между прочим, не хуже той поганки, а в постели, если ему не изменяет память, может еще и потягаться со строптивой Склярше́й.

— Давай быстренько дуй к костюмерам, я им позвоню, оденься для приема и поедешь со мной. Поняла?

— Поняла, — зарделась та и потупилась. А сердце бухало от счастья, что прошлое может так неожиданно легко вернуться...

«В конце концов, какая разница, — подумал Виталий, — брюнетка или блондинка? А эти восточные ребята как раз чаще всего и клюют на таких вот, как Ирка, сытеньких блондиночек...»

Вопрос же с увольнением Елены надо будет завтра решить спокойно и без нервов. Олег — полезный мужик и может еще не раз пригодиться со своими связями и знакомствами на среднем уровне. Важные дела только решаются в высоких кабинетах, а исполняются именно на среднем, чиновничьем уровне, куда иной раз сам со взяткой не придешь, поскольку можно легко потерять общественное лицо. Вот для таких ситуаций и незаменим Олег Скляр — известный телеведущий, человек открытый и компанейский. Но дочку его надо будет наказать примерно, чтоб сбить эту чертову спесь, чтоб указать ее истинное место.

Он удивленно расширил глаза, когда короткое время спустя перед ним предстала Ирка в эксклюзивном вечернем платье от Юдашкина, подчеркивающем главные прелести женщины, которые когда-то обожал Виталий.

«Черт возьми, — снова мысленно ухмыльнулся он, чувствуя волнующие флюиды, истекающие от эффектной женщины, — а ведь господин посол, пожалуй, не устоит... Не-а, не обломится ему, мы и сами с усами. А вот потом — почему бы и нет, если Ирка сильно возражать не станет? Надо же когда-нибудь и ей судьбу устраивать. А пока... Это может стать удачным завершением не менее удачных переговоров...»

— Завтра этого мудака Никулина — ко мне! — приказал он и махнул рукой: — Поехали, и так уже опоздали!


Тот, кого походя упомянул Западинский, пригибаясь, крался вдоль высокого кирпичного забора и старался найти хоть какой-то приемлемый способ безопасно проникнуть за ограду. Забор казался бесконечным. Значит, не бедный человек здесь обосновался, поди, добрый гектар леса заграбастал.

«Старичок» не подвел Артема. Никулин, конечно, крупно отстал от «мерседеса», но подумал, что с самого начала вел себя слишком нагло и наверняка подставился. Поэтому он ловко спрятался в потоке машин, больше не высовывался, однако старался не упустить здоровенный «утюг» из поля зрения. Шикарные габаритные огни похитителей и синяя мигалка были для него отличным маяком. И когда «мерседес» свернул с шоссе в сторону, Артем не стал торопиться и догонять его. Он подождал, пока похитители скроются между домами поселка, и, погасив фары, отправился следом.

Российская глубинка никогда не могла похвастаться хорошим освещением улиц. А вот красно-оранжевые огни иномарки и синий проблеск были видны издалека. Таким образом Артем и добрался до длинного кирпичного забора. Съехал с асфальта в небольшой «карман», засыпанный гравием, поставил машину носом к Москве — на случай экстренного бегства — и дальше отправился пешком.

Было темно, но за забором имелось освещение, поэтому кромка его виделась отчетливо. В одном месте, где почти вплотную с забором росло дерево, Артем, поднатужившись, забрался на эту кромку и огляделся. Вдоль асфальтовой дороги стояли низкие светильники, а в стороне, за кущей облеплевших уже берез, высился ярко освещенный трехэтажный, типичный для новых русских миллионеров, особняк.

Но на территории могли быть собаки, поэтому рисковать не стал, а последовал дальше вдоль забора, время от времени подтягиваясь на руках и оглядывая участок. Так он обошел все владение по периметру. И, подтянувшись в очередной раз к кромке ограды, обнаружил задний фасад дома и стоящий среди других машин уже знакомый «мерседес». И тут отчаянно залаяли собаки, кинулись к ограде. Кто-то закричал на них, но собаки яростно прыгали на сплошную кирпичную стену, не в силах ее преодолеть. Послышались уже несколько голосов. Артем сообразил, что его дело — тухлое. Надо делать ноги. И он сделал. Благо до оставленной у дороги машины оказалось не так и далеко.

Собак на волю не выпустили, и поэтому никто его не преследовал. Машина завелась с ходу, и Артем врезал по газам. Теперь бы только узнать, что это за территория, чей особняк, куда привезли Ленку. Но выяснить это он мог только в поселке, лежащем вдоль трассы. Или у милиции. Но к последней обращаться он пока не собирался: наверняка все здесь давно уже куплены, а его странный интерес к обитателям поместья может вызвать нездоровую реакцию.

В середине поселка, возле единственного столба с фонарем, работал ночной магазинчик. Артем притормозил возле него и вошел в тесное помещение. За прилавком скучали две девицы.

— Девушки, я совсем запутался, — стал объяснять Артем. — Мне надо в Коровино, показали дорогу, а я уперся в какой-то поселок с кирпичным забором.

— Коровино? — удивленно переспросила одна. — Что-то я не помню у нас таких деревень. Вальк, а ты?

— Не, у нас таких нету.

— А что это за поселок? — вернулся к своему Артем.

— Да какой там поселок! — пожала плечами Валька. — Отгрохали домину. Богатенькие буратины живут. Какой-то важный дядька из Москвы. Он с охраной ездит, а к нам ни разу не заглянули. Мы туда не ходим.

— А чего? Охрана не разрешает?

Девушки переглянулись.

— Сам поди попробуй, живо без портков останешься. Там такие псы, как в кино, зверюги.

Артем невольно поежился. Больше вопросов он не имел. Кивнул на прощание и вышел к своей машине. Отъезжая, увидел, что со стороны того «богатенького буратины» быстро приближается какой-то большой автомобиль — лучи от его фар словно шарили по обочинам. В любом случае привлекать к себе внимание было бы опасно, и Артем шустро рванул к шоссе, по которому катились встречные потоки машин...

Девушки не успели обсудить непонятного посетителя, как дверь их магазинчика слова распахнулась, и на пороге появился крепыш в кожаной куртке нараспашку и полосатых спортивных штанах.

— Чего этот хмырь искал? — спросил с порога, будто уже знал, о чем тут шла речь.

— Какое-то Коровино. Говорит, заблудился, не туда заехал. А у нас никакого Коровина нету.

— А чего он к нам ездил? — с непонятной угрозой снова спросил крепыш.

— А ты догони да сам спроси! — дерзко ответила Валька и улыбнулась.

— Поговори мне... — сердито бросил парень и хлопнул дверью так, что звякнули бутылки на стеклянных полках.

— Во наглый! — сказала Валькина подружка, когда большой черный джип отъехал от магазинчика...

...Артем выскочил на МКАД и поехал в сторону Ново-Рязанского шоссе. Он был очень расстроен своей неудачей и решил, что приедет домой, в Малаховку, и напьется до чертиков. Настроение было поганое. И во всем случившемся сегодня он винил одного себя. Почему-то ему казалось, что Елена была близка к тому, чтобы согласиться провести вечер с ним, но он не сумел настоять. А если б настоял, давно уже сидели бы на даче в Малаховке, пили бы шампанское, которое Ленка очень любит... А теперь придется пить одному и слушать, как на кухне ворчит бабка. Родители жили отдельно в Москве, а Артем предпочитал бабкино жилье — тихо, спокойно, да и до Москвы, в общем, недалеко.

Он загнал машину во двор и вошел в дом. Бабки не было, вероятно, ушла поболтать к соседке. Не снимая куртки, Артем подошел к холодильнику, достал оттуда початую бутылку водки и налил полный стакан. Махом выпил, решив, что завтра на работу поедет на электричке. Но водка почему-то не брала. Тогда он долил в стакан остатки, опрокинул в рот и подумал, что надо сходить на станцию, купить еще бутылку — ночь-то длинная.

Выйдя из калитки, увидел джип, стоящий на другой стороне улицы.

— Мужик! — крикнули ему оттуда. — Подскажи, как на Красноармейскую проехать?

Артем подошел ближе, чтобы объяснить, но ничего не успел сказать, потому что его чем-то тяжелым ударили по голове, и он тут же испустил дух.

— Давай его сюда, — негромко сказали из салона джипа.

Тот, который ударил Артема кастетом по темени, подхватил падающее тело и сунул в открытую дверь головой вперед.

— Как он? — спросил ударивший сиплым голосом.

— Мудила, ты ж его замочил! — удивленно воскликнул сидящий в салоне.

— Да быть не может! Я ж вполсилы!

— Не, хана... Че теперь делать-то? Делать че будем? Ну?

— Че делать, че делать! Заладил, блин! На путя кинуть!

— Залазь в машину! — зло крикнул водитель. — Засранец! Ничего те поручить нельзя! Отрастил кувалду!

И джип, не включая фар, умчался в темноту...

А утром на железнодорожных путях, на перегоне между Красковом и Томилином, было обнаружено тело мертвого человека. Экспертиза показала, что в момент гибели этот человек находился во второй стадии алкогольного опьянения. Из удостоверения, найденного в заднем кармане джинсов, стало ясно, что этот человек работал на телестудии Останкино. В середине дня в управление кадров позвонили из морга люберецкой больницы и сообщили, что у них находится труп Никулина Артема Васильевича, по всей вероятности в пьяном виде выпавшего из электрички. Есть такие лихачи, надерутся до чертиков, а потом отодвигают механические двери и курят: свежий ветер им, видишь ли, необходим! Впрочем, следствие покажет, а пока надо приехать на опознание личности покойного, поскольку при падении лицо

167

его превратилось в сплошную кровавую массу. Желательно, чтобы на опознание приехали люди с крепкими нервами...

## Глава девятая
## ТАЙНЫ БОЛЬШОГО ПИТА

Пользуясь своим привилегированным положением, Александр Борисович встречал Питера Реддвея прямо возле выхода из «гармошки». Старина Пит слегка враскачку, как все очень полные люди, двигался по протянутому до самолетного люка рукаву, и казалось, что рукав раскачивается от грузных шагов.

Турецкий приветственно поднял обе руки, словно дирижер, подающий команду оркестру. Питер понял жест и небрежно махнул ладонью: мол, оркестра не надо. Все формальности не заняли и пяти минут. Просто пришлось немного подождать, пока не подъехали два чемодана Пита. Турецкий окинул зал глазами в поисках тележки или носильщика. Но Пит уверенно подхватил один, предоставив второй Турецкому. Чемоданы были на колесиках. И они отправились к машине.

Александр сам сидел за рулем. Поэтому разговор о деле, приведшем Реддвея, и на дух не переносящего любых путешествий и просто перемещений в пространстве, в Россию в такое нехорошее, неприветливое осеннее время, должен был начаться сразу, едва они выехали со стоянки.

Зная, что на подобные подвиги старину Пита

могли действительно подвигнуть лишь чрезвычайные обстоятельства, а также хорошо понимая, что мир, в котором нынче приходится жить, необычайно прозрачен, легко просвечивается и прослушивается, Турецкий перед выездом в аэропорт заскочил в охранно-розыскное агентство «Глория», коим управлял племянник Вячеслава Ивановича Грязнова — Денис, и попросил Денискиных умельцев пошарить в его «Волге». Машина хоть и служебная, однако могла быть полна, как говорится, неожиданностей. И оказался прав. Умельцы очень скоро обнаружили «маячок» под кожаной обивкой салона. Маленькую такую игрушку, которая четко указывает преследователю, где в настоящий момент находится преследуемый. Штучка в принципе безобидная, но не на служебной же машине! Заказ на автомобиль, кстати, был сделан еще вчера, значит, кто-то успел постараться, если, конечно, этот «маяк» не стоял здесь давно. Все равно плохо.

Пит, естественно, не был бы Питом, если бы не поинтересовался, чья это машина. Он знал, что финансовые возможности его боевого заместителя по «Файф лэвел» далее примитивного российского варианта итальянского «фиата» не распространяются. А тут такое роскошество, где он без особых забот смог разложить свое могучее — никак не иначе! — тело.

Турецкий, понимавший, что успех его с Питом дела может в первую очередь зависеть лишь от взаимного и полного доверия, объяснил, откуда эта машина и что было обнаружено в ней. Пит почему-то был доволен. Он многозначительно хмыкнул и стал расстегивать ремни чемодана, который находился в салоне, поскольку не поместился в багажнике, который полностью занял второй чемоданище. Ну да, уж если и ехать куда, так со всем хозяйством — это было полностью в правилах Реддвея. Потом он начал рыться в пижамах, рубашках, нижнем белье и наконец извлек небольшой черный футляр с двумя рожками антенн.

— На, — торжественно протянул он футляр Турецкому. — Можешь пользоваться. Там индикатор, видишь? Когда он светится, значит, рядом есть постороннее. Понял?

— Понял. Светится, когда что-то постороннее, так ты говоришь?

— Да. Это очень удачная и самая последняя разработка наших... как ты сказал? Умельцы? Это кто?

— Те, которые умеют думать головой и делать руками. Причем все, что угодно.

— У-мель-цы... Хорошее слово, пойдет в мою копилку. Ты легко разберешься. Если направленно слушают. Если микрофон. Даже если мина. А чтоб найти источник, надо походить вокруг, скажет звуковой сигнал. Учти, Алекс, у нас их пока имеют несколько человек. В ЦРУ.

— Горит, однако, — озабоченно сказал Турецкий.

— Почему горит? — всполошился Пит. — Дай!.. Действительно, горит...

Он ловко поманипулировал прибором, потом оглянулся, стал всматриваться в бегущие сзади машины и наконец сказал:

— Он реагирует на лазерный луч. Нас слушают.

170

— Ясно. И на каком расстоянии берет?

— До километра.

— Это очень хорошо, Пит. А кто кроме меня и Кости знал о твоем приезде?

— Ты странно спрашиваешь... У нас — пять человек. Включая меня. У вас? Это вам должно быть виднее. Но — определенно знают, иначе так бы не встречали.

— Ну ладно, тогда давай пока помолчим.

Турецкий резко съехал на обочину и остановился. Оглянулся, начал рассматривать следующие за ним машины. Они не останавливались. Но вот впереди, метрах в ста, тоже съехала на обочину серая «Волга». Турецкий взглянул на индикатор: красный огонек светился. Тогда Турецкий включил зажигание и подъехал к серой машине почти вплотную. Вылез, подошел к водителю, постучал в боковое стекло. Тот неохотно опустил его. Турецкий заглянул в салон и увидел на заднем сиденье пассажира с наушниками на голове и раскрытым чемоданчиком на коленях. На крыше «Волги», где обычно у оперативных машин стоят «маячки», было нечто, напоминающее маленькую спутниковую тарелку.

— Извини, друг, не подскажешь, как на Ленинград проехать? — спросил Турецкий у водителя.

Тот смотрел на Александра и ничего не говорил.

— А-а, немой? Ну извини! — Турецкий быстро сунул руку в салон и вытащил ключ зажигания. А из подмышечной своей кобуры ПСМ — по нынешним временам «важнякам» приходится ведь лично защищать свою жизнь. — Отдохните немного, ребята. — Он на прощание махнул им пистолетом.

Быстро вернувшись в свою машину, Турецкий нажал на педаль газа. Когда его «Волга» миновала мост через Москву-реку, огонек индикатора погас. Александр набрал по мобильному номер Грязнова-старшего и, когда Слава отозвался, попросил:

— Сделай мне личное одолжение, выясни, кому принадлежит машина с номером... — И он продиктовал цифры номера серой «Волги». — А потом перезвони на мой мобильник, ладно?

— Бу сделано, ваше превосходительство, — хмыкнул Грязнов.

— Ну вот, теперь, Пит, можно и поговорить...


Информация Реддвея была неожиданной для Турецкого, которому всякого рода кибервойны представлялись детскими забавами в залах игровых автоматов. Но если на этот раз и шел разговор об игре, то о такой, чьи масштабы были сопоставимы разве что с тщательно продуманной и проведенной разведывательной операцией типа похищения советской резидентурой секретов атомной бомбы.

Реддвей рассказывал, что в принципе современные вычислительные системы и сети общего назначения имеют серьезные проблемы с безопасностью. И уже давно ни для кого не секрет, что серверы многих компаний вскрываются, можно сказать, постоянно. Но до последнего времени специалисты в области компьютерной безопасности полагали, что это касается лишь вычислительных систем именно общего назначения, и цель нападения здесь выбирается, как правило, случайно. Когда же необходимо обеспечить высший уровень секретности информации, применяются специализированные защитные системы.

Как и многие другие узкие специалисты, компьютерщики нередко бывают достаточно консервативны. И миф о непробиваемости сверхсекретных военных компьютерных сетей, изолированных от сети Интернет, долго тешил их самолюбие.

Первые попытки взлома были обнаружены в начале этого года. Объектами стали частные исследовательские институты и фирмы, занятые разработкой передовых технологий. При этом американские специалисты выявили совершенно новый и довольно-таки эффективный способ взлома. Автоматическая система проникновения в сеть обладала и диагностической программой для обнаружения слабых мест в защите. Ущерб, нанесенный хакерами обворованным фирмам, по мнению экспертов, составил несколько сотен миллионов долларов.

Специалисты забили тревогу, поскольку вскоре были зафиксированы уже массовые попытки проникновения в военную компьютерную сеть в окрестностях Сан-Антонио, штат Техас. Засекли также и факты нападения на локальные сети Пентагона. Одним словом, по мнению военной контрразведки США, объектам, связанным с вопросами национальной обороны, была объявлена настоящая кибервойна.

Слушая Питера, Турецкий не мог отделаться от ощущения, что становится невольным зрителем, если уже не участником, какого-то фантасмагорического виртуального фильма. Чем-то нереальным, выдуманным веяло от этого рассказа. Но, зная Релдвея, он понимал, что никакими шутками и розыгрышами здесь и не пахнет. Одного пока не мог понять: какое отношение ко всему рассказанному имеет Россия?

Следы взломщиков, заметил Питер, привели сюда. Пентагон, ЦРУ, министерство юстиции Соединенных Штатов очень надеются на помощь русских сыщиков в расследовании этого преступления века. Уходящего уже века.

— Но откуда у вас такая уверенность? — с сомнением поинтересовался Александр Борисович. — Нет, Пит, ты пойми меня правильно, я вовсе не высказываю недоверия ни к тебе лично, ни к вашим спецслужбам. Но мне нужны вполне реальные доказательства.

— Они есть уже, Алекс, — вздохнул Питер. — По некоторым сведениям, стратегические разработки, например, наших военных в отношении ближневосточного региона стали предметом торга между Россией и Ираком. Я имею в виду не ваши государственные структуры, Алекс, ты меня должен понять. Возможно, это частные лица, сумевшие хорошо организовать взлом наших оборонных сетей и теперь желающие сбыть важный стратегический товар именно тем, в отношении кого и проводится определенная политика Штатов. Я надеюсь, тебе не надо объяснять серьезность возникшей проблемы?

— Не надо, Пит. Но если у вас уже имеются конкретные подозрения, возможно, ты захочешь ими поделиться с нами? И отчего это вдруг ваши ученые оказались такими простофилями?

— Момент! Простофиля? Просто... это что? —

Как бы ни был серьезен Питер Реддвей, какой бы суперважный вопрос он ни решал в данную минуту, страсть коллекционера российских непонятных выражений, идиом ни на миг не оставляла его.

— Просто до идиотизма, Пит. Глупец, вот что это значит.

— Я понял, — кивнул Реддвей, записывая в свою пухлую книжицу. — Это действительно так. Но яйцеголовые постоянно пребывают в мире собственной уверенности, чего не можем себе позволить мы, рядовые налогоплательщики. Что же касается доказательств, то мы имеем также факт переговоров нашей крупной фармацевтической фирмы с представителем одной из ваших спецслужб, предложившим новейшие лекарственные разработки для лечения СПИДа. Мы, конечно, не можем запретить частной фирме с громким именем вести конфиденциальные беседы и покупать новейшие технологии, однако сам этот факт может говорить о многом. Тебе не кажется? Особенно если сделка тянет на миллионы долларов.

— Но какая связь? — не совсем понял логику американца Александр.

— Может быть, никакой. А возможно, самая прямая. Дело в том, что эти лекарственные технологии, по сведениям из вашей же печати, были в свое время похищены в головном медицинском учреждении, которому и принадлежит приоритет в их разработке.

— Я немного слышал об этой истории, — уклончиво сказал Турецкий, стараясь ничем не выдать своего интереса. Ишь ты, как оно все переплетается. — А что, Пит, у нас, значит, есть возможность вернуть на родину украденное?

— Я этого не сказал, Алекс. Сведения я получил постфактум. И назвал как пример.

— Но ты уверен, что продавцом был действительно кто-то из наших спецслужб?

— Это почти факт, Алекс. И мы, вероятно, сможем помочь вам в решении данного вопроса. Но главным сейчас является другое.

— Я уже понял Пит, можешь не продолжать, — ответил Турецкий с легкой усмешкой. Ну конечно, какими бы ни были у них отношения, Питер оставался в душе все тем же бывшим заместителем директора ЦРУ, истинным американцем, для которого безопасность собственной страны является фетишем и никакому обсуждению, а тем более торговле с выдвижением встречных условий не подлежит.

Из компьютерных сетей Пентагона или какой-то иной, не менее значительной конторы похищены секретные сведения, касающиеся военных планов, систем жизнеобеспечения страны в критических ситуациях, секретных кодов и систем наведения стратегического оружия. Что может быть важнее! В подобных ситуациях речь уже, в сущности, идет не о том, что России станут известны супертайны африканских военных, они и сами в достаточной степени владеют нашими тайнами. Беда может случиться, если эти сведения получат экстремисты, которых хватает и в обоих заинтересованных государствах, и особенно в странах третьего мира. Вот тогда цепная реакция экстремизма и мирового терроризма может быть неостановима. Просто выйдет из-под контроля.

Но при всем при этом Пит прежде всего имел личный интерес. Иначе, как было уже замечено, он не был бы Питом...

А Америка — Америкой...


«Проснулся» мобильный телефон.

— Помнишь, ты когда-то рассказывал анекдот про одну еврейскую семью, в которой мужик был женат поочередно на трех сестрах и все они благополучно умирали? Помнишь? — Непонятно, что веселило Грязнова.

— Ну помню, а что? Мы будем сильно смеяться, но Розочка тоже дала дуба?

— Вот именно. С тобой, ваше превосходительство, одно удовольствие иметь дело. Номер, которым ты интересовался, помер еще в прошлом году. Автокатастрофа в Наро-Фоминском районе. Время действия — сентябрь. Автомобиль в разобранном состоянии по сей день находится на смотровой площадке дорожно-патрульной службы у пересечения автоартерий М-три и А-сто семь. Марка, если тебе необходимо, «Жигули» двадцать один — ноль четыре, хозяин Рожков Иван Терентьевич похоронен на Митинском кладбище. Что скажешь?

— А то, что серую «Волгу» «двадцать четвертой» модели с этим номером я видел на Ленинградском шоссе в районе Химок. И даже ухитрился, пользуясь служебным положением, точнее, служебным оружием, отнять у водилы ключи от зажигания. Такие вот пирожки, Вячеслав Иваныч!

— Ну ты у нас этот... Давид Копперфильд, Саня! А чем тебе покойник не угодил?

— Очень любопытным оказался. Хотел узнать, о чем я говорю с гостем. А нам это, сам понимаешь, но понравилось.

— Уразумел, невелика сложность. Кажется, я сам тебя этому нехитрому приемчику и обучил. Не так?

— Все так. И ключи у меня.

— Забрось их ко мне, а я отдам ребятам из седьмого отдела, пусть разберутся на досуге. Только я полагаю, что твоего номера уже и в природе не существует. Однако посмотрим. Звони, ваше превосходительство.

На Грязнова еще продолжал действовать факт получения Турецким генеральского погона. Не какой-нибудь теперь там старший советник, а бери выше — государственный советник. Пусть и третьего пока класса. Не может ведь нынче сказать Славка: «Мы — генералы...», обнимая при этом за плечи Костю Меркулова. Закончились подковырки в адрес, казалось бы, вечного полковника.

Турецкий сунул мобильник в карман и сказал Реддвею:

— Я должен тебя доставить в гостиницу, в ваше посольство или в собственную контору? О чем вы договаривались с Костей?

— О, «мистер Костья»! — явно передразнил Питер известную Джеми Эванс. — Это — позже, вечером. А мы едем в «Балчуг», так? Мне заказан большой номер. Я ведь известный американский бизнесмен, Алекс. Мне полагается проживать широко.

— О том, кто ты, к сожалению, давно всем известно. Так что твоя тайна, скорее всего, уже ни для кого не секрет. Поэтому наблюдать за тобой станут в сто глаз. Ибо никто, наверное, толком не знает о цели твоего визита. Вот и давай делать вид, что ты прибыл для каких-то узкоспецифических консультаций. Да к тому же только дурак не поймет, что просто так один генерал встречать другого не станет.

— Да-да, — поощрительно засмеялся Редвей по поводу столь нехитрого хвастовства Турецкого, — я уже знаю о твоем повышении, Алекс. Позже, в отеле, я смогу тебя поздравить. Я еще, помню, подумал, что мне, в моем положении, я имею в виду наш «Файф лэвел», будет очень престижно иметь заместителя генерала...

Вид из окон люкса, заказанного Питу накануне, был восхитительным. Замоскворечье с его обилием храмов, золоченых куполов даже под хмурым московским небом выглядело по-своему празднично и притягательно.

Турецкий гостеприимно показал за окно, но Питера больше волновали широченная кровать в спальне и вполне устойчивый диван в гостиной. Походя Александр достал подарок Пита, включил его, и номер мгновенно наполнился тонким прерывистым писком динамика. А красный огонек даже и не мигал ни в одной из комнат, включая туалет и ванную. Да, постарались ребятки! Это хорошо, что Питер, сам высокий профессионал, относился к подобным штукам снисходительно. Наверняка и подарок такой Александру сделал совсем не зря, продемонстрировав ему лишний раз свое полное доверие.

Он обошел номер вслед за Турецким, хмыкнул и сказал:

— Очень хороший номер, Алекс. Удобный. И вид отсюда просто прекрасный. Но я основательно проголодался, поэтому предлагаю, не откладывая дела в долгий ящик... так?.. немедленно идти в ресторан.

Еда для Реддвея стояла на втором месте после спокойного отдыха в любимом кресле, которое здесь, в Москве, вполне мог бы заменить и прочный, на дубовых ножках, старинный диван. Или наоборот — сперва все-таки плотный обед, а уже потом — отдых. А ведь впереди была назначена важная встреча в прокуратуре, у Константина Дмитриевича Меркулова. Естественно, что к ней Пит хотел подготовиться основательно. То есть закусить и отдохнуть.

Фортель с ключами от «Волги», который выкинул Турецкий, чрезвычайно обеспокоил Сергея Сергеевича Матюшкина. Хотя он был уверен, что случившийся прокол не имел непосредственного отношения к его службе. Уж тут-то все было чисто. Правда, слухачи успели записать кое-что о каком-то приборе, который привез с собой американец, но что это было такое, никто из специалистов пока не знал. Результат же — налицо. Поэтому, не дожидаясь, пока фальшивым номером, с подачи Турецкого, заинтересуется дорожный патруль, парни Матюшкина быстро сменили номера на «Волге» и кинулись вдогонку, но преследуемых так и не нашли.

Особенно заботил Сергея Сергеевича приезд Питера Реддвея, о котором ему было многое известно из секретных материалов, коими располагали по долгу службы предшественники Матюшкина. Знал он, что гость был матерым разведчиком, в недавнем прошлом вторым или третьим человеком в ЦРУ, а кроме того, специалистом, к слову которого прислушивались не только руководители тайных ведомств Соединенных Штатов, но и лица из Белого дома.

И еще одна связь настораживала. Встречал в аэропорту Шереметьево-2 американца «важняк» из Генеральной прокуратуры Турецкий, который в настоящее время вел дело об убийстве двух парней в ремонтной мастерской на Новой Басманной улице. А про этого следователя было известно, что ему руководством всегда поручаются дела архиважные, такие, которые лично находятся на контроле у президентской администрации. И он практически всегда справляется с ними. Не исключено, что будет раскручено и новобасманное преступление. И кто тогда может поручиться, что следы не выведут этого Турецкого на совсем нежелательный адрес? А тут еще и приезд Рэдвея с неизвестно какими целями.

Операция с материалами, взятыми у дурачков с Новой Басманной, подходила уже к своему логическому завершению. Люди Матюшкина вышли на представителей американской фармацевтической фирмы «Медикал Рисёч», расположенной в штате Коннектикут, и дали им возможность ознакомиться с некоторыми выводами российских исследований, которые специалистам несомненно показали, что им предлагается не кот в мешке, а почти готовые результаты многолетней кропотливой работы ученых, освоивших совершенно новое направление в конструировании лекарственных форм. Такие исследования и стоили дорого.

Запрошенные десять миллионов долларов, однако, американцы сочли слишком несерьезной, большой для них суммой. А если говорить всерьез, то ровно половина, то есть пять миллионов, их вполне бы устроила. Но эта сумма абсолютно не устраивала русских. Вот и шла пока торговля. А Матюшкин дал тем временем указание своим связаться с конкурентами этих упрямых коннектикутцев. Но в принципе дело было, что называется, на мази. Похоже, что «Медикал Рисёч» согласилась бы на восемь миллионов. Во всяком случае, и Плешаков не возражал против этой цифры.

Тут возникал другой, не менее важный фактор — время. Надо было торопиться. Известие о том, что какая-то неизвестная русская фармацевтическая фирма предлагает за большие миллионы результаты своих новейших исследований, сразу вызывает вопрос: что это за фирма? А там, где появляются подобные вопросы, неизбежен моментальный провал. Мир нынче очень прозрачен, идеи носятся в воздухе, они нередко находят свои гнезда в сайтах Интернета, специалисты хорошо знают, где и что искать. Вот поэтому, исходя из жестких обстоятельств, еще раз хорошо подумав и посоветовавшись с Плешаковым, Матюшкин дал команду немедленно приступить к реализации проекта, соглашаться на семь с половиной миллионов. Жадность, известно, всегда губит. И не только фраеров...

И теперь генерал ожидал из Штатов сообщения, что указанная сумма переведена фирмой в «Бэнк оф Нью-Йорк» на два названных ей счета — на каждый половину суммы, так было оговорено Матюшкиным и Плешаковым. Ответственность — поровну.

Оставалось срочно выяснить: зачем в Москву прибыл Реддвей?..

Выяснить, где он собирался остановиться, для директора ФАПСИ особой сложности не представляло. И номер, заказанный для гостя из Штатов, утром посетили специалисты агентства, чтобы под видом проверки помещения установить там необходимую тайную аппаратуру.

Однако и тут ничего не получилось. Конечно, этот цэрэушник был стреляным воробьем, и на гостиничной мякине его, разумеется, не проведешь, но абсолютный ноль информации — это тоже явление редкое. Два старых приятеля так и не удосужились ни словом обмолвиться о причинах встречи? Да этого же просто не бывает! И тем не менее. Какие-то купола... Погода... Или им стало уже известно о расставленных «клопах»? Другого быть не может. Потом отправились обедать. Будто этому толстяку трудно было заказать любой обед в собственный номер! А после этого они оба, не возвращаясь в люкс, отбыли в Генеральную прокуратуру. Но там уже, несмотря на все старания службы Матюшкина, дело было тухлым.

Что ж, придется искать, причем срочно, иные подходы...

Сергей Сергеевич позвонил Плешакову, чтобы назначить ему обычную встречу — вечерком, во время выгула Рекса. Но Анатолий Иванович был чем-то явно тоже озабочен, выслушал, согласился подъехать в условленное время и закончил разговор. Причины Матюшкин, естественно, не знал, но мог догадаться, что наверняка там у них, телемагнатов, снова возникли сложности. Впрочем, у кого их нынче нет!

Но даже при всей своей прозорливости и склонности к анализу Сергей Сергеевич и предположить не решился бы, что произошло на самом деле и какие пласты сдвинулись, грозя быстро приближающейся катастрофой...

Звонок Матюшкина пришелся очень не вовремя. За приставным столиком напротив Плешакова сидел молодой парень, назвавшийся следователем Генеральной прокуратуры, а явился он сюда, в офис президента Ти-ви-си, для того чтобы поговорить о возможных причинах гибели исполнительного директора телеканала Глеба Бирюка. Следователь этот был определенно из молодых, но ранний. Он чрезвычайно не понравился Анатолию Ивановичу.

И сразу возник вопрос: почему этим делом вдруг занялась Генеральная прокуратура? Ведь, насколько известно, оно находится в производстве не то Московской городской, не то окружной прокуратуры. Во всяком случае, именно оттуда уже приезжали следователи, допрашивали сотрудников. Зачем возвращаться к одному и тому же и отвлекать занятых людей от серьезной государственной работы? Непонятно! В высшей степени странно!

А этот наглый малый, простодушно глядя Плешакову в глаза, вдруг заявил, что причина особого интереса Генпрокуратуры заключается, по всей видимости, в том, что у следствия имеются основания для утверждения, будто недавнее убийство на Новой

Басманной улице, расследованием которого занимается государственный советник юстиции Александр Борисович Турецкий, а также убийство Глеба Васильевича Бирюка, которое произошло буквально на его же глазах, тесно связаны между собой. А значит, они вполне могут быть соединены в одно производство. И в этой ситуации следствию весьма важно знать о том, что думают по этому поводу служащие и руководство канала Ти-ви-си, что могло послужить причиной убийства исполнительного директора, наконец, как обстоят дела в холдинге, и не может ли быть убийство Бирюка, например, местью конкурентов за какие-то действия исполнительного директора, которые нанесли им серьезный урон. Ведь, к сожалению, уже и телевидение можно отнести к одной из наиболее криминализованных структур нашего общества.

Плешаков подумал, что этот следак, как их называют уголовники, вероятно, сам того не подозревая, дал ему хороший козырь в руки.

— Конкуренты? — Анатолий Иванович огорченно покачал головой. — Да, это была первая мысль, которая пришла в голову большинству тех людей, которые хорошо знали Глеба. Да, Глеб Бирюк не любил компромиссов, он был слишком убежденным в своей правоте человеком, чтобы обсуждать двусмысленные проекты и соглашаться с тем, что противоречило бы его жизненным убеждениям.

— Красиво, но лучше по существу, — как-то уж совсем бесцеремонно перебил этот Карамышев... так, кажется. — Кто, где, когда? Вот на чем должно сосредоточить свое внимание следствие. А моральная сторона пусть остается для некрологов. Давайте попробуем конкретнее. Кто ваши основные конкуренты, которые, будем называть вещи своими именами, крепко обижены вами? Потому что в противном случае, надо понимать, дело не дошло бы до смертоубийства, так?

— В ваших словах есть определенная логика. В любом большом проекте, где участвуют несколько партнеров, всегда кто-то может считать себя обойденным. Таков, знаете ли, мир современного российского бизнеса. В этой связи нельзя исключить...

— Но вы, Анатолий Иванович, разумеется, можете хотя бы предположить, перечислить этих обойденных?

— А если мои предположения окажутся несправедливыми, тогда как?

— Это уже наша забота — проверять всевозможные версии.

— Ну хорошо... — после долгой паузы задумчиво произнес Плешаков. И видно было, что ему очень не хочется говорить на эту тему. — Понимаете, Тиви-си — это, по сути, холдинг, объединяющий несколько различных фирм. Я не стану всего перечислять, возьмем лишь один аспект, чисто информационный. Итак, наша служба новостей считается одной из наиболее сильных среди других средств массовой информации. И круг ее клиентов до последнего времени был весьма обширен. Глеб Васильевич, будучи исполнительным директором телеканала, одновременно являлся и руководителем этой службы. Среди пользователей нашей фирмы до недавнего времени был и канал «ТВ-информация», входящий в концерн «ТВ-Русь». У нас с ними был договор о взаимных услугах. Но с некоторых пор этот канал перестал выполнять свои обязательства перед нами, создал собственную службу, отказавшись, естественно, от наших услуг, поставил нас в трудное финансовое положение, а проще говоря, объявил нам своеобразную информационную войну. Применяя при этом, мягко говоря, недозволенные журналистской этикой приемы. Впрочем, если у вас после, как говорится, трудов праведных остается время посмотреть на экран телевизора, вы и сами можете сравнить качество наших информационных передач, оценить уровень профессионализма, а также принципиальность — с одной стороны и полнейшую беспринципность — с другой. Однако вам судить. Вот, собственно, и все, что я могу сказать на этот счет. Но — убивать?! Поверьте, в голове не укладывается.

— Не понял, извините, — пожал плечами Карамышев, — а при чем здесь убийство? Как я уловил из вашего рассказа, те сами отказались от ваших услуг. Зачем же было убивать Бирюка? Скорее, это вы имели против них зуб, не так?

— Я... не затрагивал некоторых финансовых проблем. В ответ на их демарш Глеб Васильевич, насколько я помню, принял со своей стороны тоже довольно жесткое решение, касающееся демонстрации рекламных роликов, которое тем обошлось в несколько сотен тысяч долларов. А что вы хотите? Нарушивший договор должен платить неустойки. Увы, не нами придумано.

— Значит, все дело в нежелании тех, я это подчеркиваю, платить неустойки?

— Не исключаю.

— Что ж, будем иметь в виду и эту версию.

— А у вас есть иные? — небрежно спросил Плешаков.

— Да видите ли... Александр Борисович Турецкий — из тех асов следствия, которых иногда в шутку называют мастерами версий. Иными словами, он никогда не упускает из виду абсолютно всех возможных аспектов дела. Но самое главное, что он всегда докапывается до воды.

— А при чем здесь вода?

— Присказка есть такая: если он начинает рыть колодец, то до воды обязательно докопается. Поэтому я и думаю, что темнить в таком деле, как убийство вашего зятя, вам не следует. Смысла нет никакого. Просто уйдет немного больше времени.

На что намекал этот наглец, Плешаков, конечно, понял, но тут же решил: ничего иного, никакой другой версии эти деятели из него не вытянут. А Глеб?.. Что ж, жалко, разумеется, но три с половиной миллиона долларов — худо-бедно — неплохое утешение. И это только начало. Господин Западинский и компания еще и не подозревают, какой силы удар уже приготовился нанести им Анатолий Иванович, никогда не спускавший обид. А эту они надолго запомнят.

Все уже практически просчитал Плешаков. Все учел, кроме одного фактора, о котором пока даже и не подозревал.

А сам фактор в это время сидел на двух составленных вместе стульях, ибо другой подходящей мебели в кабинете Меркулова не нашлось, и потягивал из рюмочки вкусный коньяк, который Константин Дмитриевич ради приезда столь почетного гостя достал из сейфа и самолично разлил...

# Глава десятая

## ЖЕСТКОЕ РЕШЕНИЕ

Сияющая Ирина, к которой, благодаря неустанным ночным стараниям, кажется, возвращалось прежнее благоволение хозяина, поторопилась доложить Виталию Борисовичу, что «капризная стервоза» — так она про себя величала Ленку Скляр — на работе не появилась. Молчал и ее мобильник. Домашний телефон тоже не отвечал.

Западинский потребовал немедленно разыскать ее отца — Олега Николаевича. Уж этот-то не мог пропасть! И заодно выяснить, где в настоящее время находится телеоператор Артем Никулин. Как отыщется, сразу его на ковер.

Ирина, посвященная во многие студийные сплетни, злорадно торжествовала. Однако повеления шефа выполняла неукоснительно. Набирала номера, спрашивала, снова набирала, а перед мысленным взором ее проплывали вчерашние картинки — одна прекраснее другой.

Приемчик оказался — дай бог! Кого там только не было! Вот это настоящая тусовка! Это тебе не светская халявная вечеринка с какой-нибудь Орбакайте в качестве почетной гостьи и Трофимом на закуску. Здесь собралась самая элита! Те, от кого вся жизнь зависит. Виталик ей прямо так и сказал. Гляди, говорит, во все глаза, больше такого нигде не встретишь! И она глядела. А на нее, оказывается, тоже положил глаз совсем непростой человек — ни много ни мало сам господин посол. Она не поняла, он из Ирака или Сирии, но видный дядька, заметно темпераментный. Виталий их походя познакомил, а посол задержал ее ладошку в своей руке и на довольно чистом русском негромко сказал, что был бы совсем не прочь однажды продолжить знакомство.

А что? У Виталика, ясное дело, она далеко не первая, да и не последняя, это факт. Тряпки и бижутерия, на которые он, надо ему отдать должное, не скупится, все равно тряпками и остаются. А годы катятся по третьему десятку. Конечно, с послом дело дальше постели тоже не пойдет, но и благодарность будет не «тряпичная».

Задумчиво глядя в потолок, Ирина размечталась о том, как это у них может случиться...

Ее мягкую задумчивость разом оборвал требовательный телефонный звонок по внутренней связи. На проводе был искомый Олег Николаевич. Видно, ему передали, что его срочно разыскивает сам шеф.

— У себя? — не здороваясь, резко спросил Олег Николаевич, едва Ирина взяла трубку.

— Да, и велел вас разыскать. Я соединяю?

— Не надо. Через десять минут я сам зайду! — Он был очень возбужден и говорил отрывисто, что было так не похоже на всегда мягкого и обходительного телеведущего.

Вскоре дверь распахнулась, и Олег Скляр быстрыми шагами пересек приемную, даже не взглянув на Ирину, и рывком распахнул президентскую дверь. Это было просто невероятно, подобного себе еще никто, на памяти секретарши, не позволял...


— Привет, — не поднимая глаз от стола, хмуро бросил Западинский вошедшему. — Проходи, садись... Олег, скажи, у нас с тобой нормальные отношения? Или я в чем-то виноват перед тобой?

Скляр пожал плечами. Несвойственными ему торопливыми движениями достал из кармана сигареты и зажигалку, не спрашивая разрешения, закурил.

— А чего ты хотел бы услышать? Что ты осчастливил мою семью? Трахаешь дочь, где-то взаперти держишь сына и при этом еще рассчитываешь на публичную роль благодетеля? Да оно мне уже вот где! — Олег схватил себя двумя пальцами за кадык.

— Это что-то новое... — оторопел Западинский, вовсе не думавший о такой неожиданной реакции. Он-то был уверен в обратном — что Олег начнет мяться, извиняться, как обычно, за дочерние капризы и так далее. А оно вон куда!

— Ты можешь мне объяснить, зачем тебе это было нужно?! — уже почти закричал Скляр, багровея лицом. — Можешь, как мужик, однажды правду сказать, мать твою!

— Ты что?! — вызверился и Западинский. — Ты что это за счет мне предъявляешь?! Ты вообще каким тоном разговариваешь?!

— Вы тут сучьи свои дела решаете, а мне с бандитами разбираться, да?! Не выйдет!

— Какие бандиты? — вмиг словно осел Западинский. — Я ничего не понимаю... Объясни! Я, честное слово...

— Ну да, — тоже успокаиваясь, понизил голос Олег. Жадно затянулся пару раз, закашлялся, швырнул в пепельницу недокуренную сигарету. — Вчера вы все всё знали, а сегодня вдруг стали такие забывчивые! Как Ленка оказалась у бандитов?

— У кого?.. Ей-богу, Олег, ничего не знаю!

— А ты у своей секретарши, у бляди этой, поинтересуйся, от кого она Ленке привет передавала?

Западинский немедленно нажал на «вызов».

— Слушаю, Виталий Борисович, — раздался в динамике вкрадчивый голос Ирины.

— Зайди! — рявкнул Западинский.

Ирина вошла, раскрыла блокнот для записей, уставилась на шефа.

— Спрашивай! — кивнул он Олегу.

— Хорошо. Вчера вечером, это было около десяти вечера, Лена позвонила мне домой и сказала, что ее планы изменились. Мы с ней собирались... ну, неважно теперь. Словом, она мне сказала, что времени у нее совсем нет, она переодевается, а у подъезда ее уже ожидает его, — он ткнул пальцем в Западинского, — «мерседес», и что она вынуждена ехать на какой-то совершенно ей ненужный прием в «Рэдиссон-Славянскую», так?

— Ну примерно, — брезгливо передернувшись, ответил за секретаршу Западинский. — И какой из этого вывод?

— Так был «мерседес» или нет? — настаивал Олег.

— Да не было никакого «мерседеса»! — повысил голос Западинский. — Все не так! Я ждал ее вот здесь, сидя за этим столом, чуть ли не до половины одиннадцатого! И эта твоя сучка едва не сорвала мне важную встречу! Потому что так и не появилась, понял?!

— Тогда зачем твоя секретарша послала ее вниз, сказав, что ты не смог дождаться и уехал один, а ее будешь встречать прямо у гостиницы?

Западинский резко обернулся к Ирине и уставился на нее ледяным, змеиным взглядом.

— Я ничего такого не говорила... — залепетала секретарша. — И никуда не звонила... Не отлучалась со своего места, вы же знаете, Виталий Борисович... Вы же сами тому свидетель!

Западинский тем же взглядом уперся в Олега.

— Она мне, как я сказал, сама позвонила и объяснила. Так вот, господа, кто и что у вас тут говорил, разбирайтесь сами, а мне сегодня утром был звонок. Неизвестные люди сообщили, что Лена находится со вчерашнего вечера у них и что за нее я должен заплатить определенный выкуп. Это понятно? Все остальное, Виталий, я могу тебе сказать только наедине. Потому что ни одной такой вот, как эта, сучке здесь верить нельзя.

— Выйди! — холодно приказал секретарше Западинский. — Потом разберемся.

— Виталий Борисович! — зарыдала Ирина. — Клянусь!..

— Я сказал! — И когда та покинула кабинет, кивнул Олегу: — Продолжай. Тут явная путаница. Но мы сейчас разберемся. А ты, друг мой, мог бы и без нервов... Рассказывай...

— Да? Без нервов?! Это когда у тебя требуют поменять дочь на сына?! — Олег вскочил и забегал по кабинету шефа.

— А при чем здесь сын? — Западинский спросил, но ответ уже знал сам.

— А при том! — зло выкрикнул Олег. — Что им нужен он, а не она! И даже не столько он, сколько его дискеты. В противном случае они Ленку... — Скляр рухнул в кресло и закрыл лицо руками.

— О каких дискетах речь? — осторожно спросил Западинский.

— А черт их знает! Сказали, он в курсе... Так! — Олег снова вскочил. — Я заявляю в РУБОП! Пусть ставят мой телефон на прослушку, пусть делают, что хотят, но ни Ленку, ни Вадима я этим бандитам не отдам... Я ведь чувствую, Виталий, что здесь без твоей руки не обошлось! Я все чувствую! Ты решаешь свои финансовые проблемы за наш счет, вот что я тебе скажу. И тебе это нравится! Я, наверное, и дальше бы молчал, если бы ты, ну как нормальный мужик, мог хотя бы гарантировать нам всем безопасность. Но ты об этом не думаешь, тебя больше волнует твой собственный карман! И отсюда сам собой напрашивается вывод: на тебя в крайних ситуациях положиться нельзя! Вот о чем я подумал, Виталий. И значит, действовать мне нужно, только опираясь на собственные силы.

— Зачем же ты меня оскорбляешь? — возмутился Западинский.

— Разве? Я что-то не заметил. Больше того, твой первый и единственный вопрос касался не положения Елены, а все тех же проклятых дискет. Ведь так? Значит, они тебе важнее людей. И это мне не нравится, потому что я больше не желаю, чтобы моего сына прятали от меня на чужих квартирах! Поэтому я несу заявление в милицию!

— Да подожди ты! — поморщился Западинский, которого совсем не устраивала подобная постановка вопроса. — Ты ведь и сам еще ничего мне толком не объяснил. Кто-то тебе позвонил, кто-то что-то

194

потребовал, а ты сразу в истерику! Олег, мы же с тобой старые друзья! Зачем же ты на меня такую бочку катишь? Остынь, и давай разберемся. Куда ты сунешься со своим заявлением? В отделение милиции? Ну да, а там его подошьют в папку и забудут. Если еще подошьют. А я могу выйти на верхние уровни! Есть разница? Вот так-то. Что требуют похитители? Какие дискеты? Это хоть они сказали? Что им нужнее — Вадим или эти проклятые дискеты? Это же все надо знать, прежде чем принимать решение! И потом, я ничего не понимаю с каким-то телефонным звонком. Кто ей мог позвонить от моего имени? Вот что нам надо выяснить в первую очередь. А не бежать в милицию... — Западинский ткнул клавишу вызова: — Ирина! Принеси коньяк и два кофе... Сейчас мы с тобой выпьем, немного успокоимся, расслабимся, и ты все расскажешь с самого начала. А я потом позвоню одному товарищу... есть у меня сильный мужичок... Там, — он ткнул пальцем вверх, — и подумаем, как нам самим выйти на похитителей. Чтоб без лишнего шума... А что касается Вадика, я тебе, Олежка, так скажу: хочешь, чтоб он дома жил? Да ради бога! Сам-то он захочет ли? Вот вопрос. А он, между прочим, очень талантливый парень, мы ему отличную студию оборудовали, новейшая техника. У нас даже у самих такой нету. Я не исключаю, что, занимаясь своими компьютерными разработками, он вполне мог въехать в чью-то чужую епархию. Отсюда и наезд. Но такие вещи легко устраняются. Иногда путем обычных переговоров, иной раз и с привлечением третьей силы, по-разному. Но самое главное, этот вопрос решаем.

Вошла Ирина с бутылкой коньяка на подносе,

двумя рюмками и двумя чашками черного кофе. Поставила на круглый столик в углу кабинета, пошла к двери.

— Останься и сядь, — приказал Западинский. — Давай, Олег, все по порядку. Когда тебе позвонила Лена и что сказала?..


С Абушахминым Западинский встретился в середине дня в ресторане «Арбатские встречи». Совершенно естественно, что пригласить известного московского уголовного авторитета к себе в офис он бы никогда не решился. Абу, конечно, не был заметно-узнаваемой фигурой, но кто его знает, вдруг какой-нибудь сукин сын возьмет да случайно опознает. Потом же не отмоешься!

Темнить вору в законе Виталий не собирался. Но и раскрывать полностью свои карты — тоже. Тем более что Боря с некоторых пор как-то очень ревниво относился к взаимоотношениям Западинского с Ленкой Скляр. А что, может, глаз на нее положил? Почему бы и нет?

Западинский рассказал о вчерашнем ложном звонке Елене. Не поверить истекающей верностью и собачьей преданностью хозяину Ирине ни сам Западинский, ни Олег Скляр не смогли. Это точно, кто-то лихо скопировал ее манеру разговора. Причем сказано было так, что как бы исключалась и сама необходимость проверки. Как будто такие ситуации не случались раньше! И не раз. Но тут другое. Если поначалу Виталий грешил на прежнего Ленкиного бой-френда Артема Никулина, и, кстати, не без оснований, тот действительно преследовал свою бывшую любовницу, то после сообщения кадровика любые сомнения в его причастности отпали полностью. Его нашли на путях где-то по Казанке, в районе Люберец, что ли, изувеченного, каким может оказаться человек, выпавший из мчащейся электрички. Или выброшенный из нее. Так вот, гибель одного и похищение другой практически совпадали по времени.

Говорят, сразу после информационной программы ее видели вместе с этим Никулиным. К сожалению, его уже спросить ни о чем нельзя. Но, хочешь не хочешь, а мысль о его участии в похищении девушки сама напрашивается. И тут вступала в действие новая сила.

Вообще говоря, Толя Плешаков со своей командой давно уже сидел в печенке у Западинского. Кстати, все факты, выбитые из тех парней с Новой Басманной, указывали именно на президента Ти-ви-си. Косвенно, разумеется. Но зятька его тем не менее решили убрать — для острастки. И теперь можно предполагать, что демарш парней Абу вызвал ответную реакцию со стороны Анатолия.

Но самое плохое, видимо, заключалось в том, что Плешаков, какими-то ему одному ведомыми способами, что-то сумел узнать о Вадиме Скляре. Иначе почему бы в требованиях шантажистов возникли вообще дискеты? Словом, все обстоятельства этого дела указывают на то, что святая святых Западинского оказалась досягаема конкурентом. Поэтому проблему надо было решать кардинально.

Если именно Плешаков перешел дорожку с компьютером из НИИ, это ему станет хорошим уроком.

Абушахмин внимательно выслушал партнера по бизнесу, который, судя по всему, влип-таки в историю с этим семейством. Впрочем, против Вадима он ничего не имел, тот приносил ощутимый доход. Но остальные, то бишь папаша с дочкой, — от них был только вред. Западинский, по мнению Абушахмина, слишком легко и несерьезно отнесся к угрозам старшего Скляра обратиться за помощью в ментовку. И если прямо сейчас, на блюдечке, ему не положить готовое решение, если ему немедленно не вернуть его дочь, он вполне способен заложить своего товарища и шефа. Следовательно, пока он может это сделать, от него будет исходить постоянная опасность. И значит, следует продумать, как обезопасить дело. Услать Олега куда-нибудь подальше — нереально. Остается только убрать. Совсем. Чтоб им больше и не пахло. Но убрать так, чтобы все подозрения пали на конкурентов. Украли дочку? Замочили папашу? Так это же явления одного порядка!

Западинский нутром, что называется, чуял, как во всем прав Абу. Но постарался максимально искренне изобразить свое возмущение: «Да ты что?! Как можно?!» Однако и Абушахмин был непреклонен: или делать так, как он предлагает, или — разбирайся сам со своими проблемами. Он видел «игру» Виталия и в принципе ничего бы не имел против нее — каждый придуривается по-своему. Но уж раз попал в дерьмо, сиди и не чирикай.

К сожалению, логика в словах Абу была железная. К примеру, исчез папаша, куда теперь должны обратиться похитители? К самому Западинскому. Почему не сделали этого сразу? А потому что не знают, где Вадим и чем он занимается, зато из папаши, под угрозой насилия над любимой дочкой, можно выбить эту информацию. Но они будут вынуждены уйти в подполье, если на них повесить еще и убийство отца — известного тележурналиста. А Елена — ну что ж, значит, как говорится, не судьба. Да она и не знает ничего, иначе бы они Олега не искали. Вот такая логика...

И Западинский вынужден был согласиться с партнером по бизнесу. После чего они приступили к обеду.

Олег Скляр казнил себя за слабость.

Шел к Виталию, чтобы со всей прямотой и резкостью высказать ему прямо в глаза все, что накипело в душе. Хотя бы словесно расквитаться за дочь, о связи которой с шефом не знает только ленивый, а потому все сочувствующе и неприязненно поглядывают на него, Олега, — мол, вот откуда у тебя и своя передача, и гонорар немалый, и условия работы сносные. На родной дочурке карьеру строишь! Обидно было и за Вадима, талант которого откровенно эксплуатировал Западинский. В общем, давно нагорело, а получился пшик. И коньячку тяпнули, вроде как на мировую, да еще и при свидетельнице этой, натуральной шлюхе. И ушел из кабинета шефа будто оплеванный...

Сам плюнул на все съемки, отменил режиссера и уехал в Дом журналистов. А там встретил старых приятелей. Те поняли, что у мужика не все в порядке, что есть проблемы. Выпытывать не стали, но хорошо посидели, вспоминая добрые старые времена с их цензурой и тупым начальством, прямо надо сказать, с легкой ностальгией. Ну да, дураки, жесткие рамки, зато какие девочки были! Так вот и набрался...

Пришлось даже машину у Домжура оставить, иначе — до первого постового....

Домой, на Кутузовский, приехал на троллейбусе глубоко за полночь. Дождь вроде кончился, но было сыро. И фонари окуталась этаким радужным сиянием. И еще — они определенно двоились. Но это понятно почему, надо просто сосредоточиться и сказать себе: спокуха, парень, арка одна, а не две, и не асфальт выскальзывает из-под твоих ног, а это ты сам неустойчив на данной планете...

Олег Николаевич, придерживаясь рукой за стену под аркой, ведущей в полутемную глубину двора, неспешно двигался в эту темноту. Его подъезд был далековато. Можно было сократить путь, если двигать прямо через двор, по тропинке между деревьями. Гипотенуза всегда короче двух катетов, сказал он себе. Но тут же поправился. Катеты освещены лампочками у подъездов, а вот гипотенуза — темная и извилистая, а еще там часть двора обтянута сеткой — зимой у ребятни каток. И эту сетку тоже придется огибать в темноте. А это опасно. И Олег решил смириться с желанием поскорее добраться до подушки. Он пошел мимо подъездов.

Вдоль всего тротуара впритык стояли припаркованные на ночь машины. Их было очень много. А некоторые, которым не нашлось места в общем ряду, заезжали задом на газон, под деревья.

В очередной арке у последнего подъезда курили, держа сигареты в кулаках, двое мужчин. Они были в длинных темных плащах и вязаных шапочках. Услышав шаги позднего прохожего, один из них выглянул из-под арки и кивнул второму. Тот плюнул на сигарету, смял ее и отшвырнул на улицу. Другой рукой он достал из-за пазухи пистолет с длинным, навинченным на ствол глушителем и осторожно передернул затвор.

Олег медленно брел по проезжей части, бурча себе под нос незамысловатого «Мишку» — того еще, из прошлого. У которого улыбка, полная задора и огня. Углубленный в себя, Олег ничего не понял. Он услышал, как вдруг почти рядом с ним ударила автоматная очередь. А потом чьи-то жесткие руки ухватили его под бока и грубо затолкали в машину. Он рухнул головой под чьи-то ноги, которые тут же прижали его лицом к полу. И машина дернулась.

Какое-то время он пробовал сопротивляться, кого-то хотел оттолкнуть ногами, но ему чувствительно врезали пониже спины, и Олег просто устал бороться. А уставши, взял да и заснул. Хоть и было очень неудобно в этой позе...

Потом ему показалось, что он плывет по реке, он стал вспоминать, как она называется, но почему-то не мог, хотя она была очень знакомой — узенькой, неглубокой и тенистой. Но солнце ухитрялось палить даже сквозь густую листву, странное такое солнце.

С трудом разлепив глаза, Олег Николаевич

понял, что река никакого отношения к нему не имеет. Просто кто-то вылил ему на голову не меньше ведра воды. И солнца не было, а в глаза ему светила сильная лампа, вроде тех, что закрепляются у чертежников на столах с помощью длинных ног. А сам он сидел на стуле, руки его были связаны за спиной и притянуты к спинке. Тех, кто находился в комнате, он не видел, слишком яркий был свет, он ослеплял.

— Ну, пришел в себя? — сказал чей-то хрипловатый голос. — Это ж надо уметь так надраться! — послышался сдержанный смешок.

— Где я?..

— На этом свете! Не бойся, Олег Николаевич. А мог бы вполне оказаться и на том.

— Почему я здесь? — упрямо качнулся вперед Олег. — Кто вы?

— Поговорим, — без всякой угрозы пообещал голос. — Не успели тебя шлепнуть те двое, что в арке затаились. Поэтому ты и оказался здесь. За что это они тебя?

— Меня? Убить? — равнодушно спросил Олег. — Не знаю. Развяжите руки, больно.

— А ты буйство не учинишь?

— Зачем? Если вы поговорить, давайте, только я...

— Да видим, видим! Развяжите его и свету сделайте поменьше. Но ты не вставай со стула, Олег Николаевич. Чего тебе дать — водки, коньяку? Чего нынче пили-то?

— Водяру.

— Ну вот, как велел классик, надо лечить подобное подобным. Принесите грамм сто для начала.

Олегу подали полстакана водки и еще полный

стакан, запах из которого точно указывал, что там налит капустный рассол. Операция несколько оживила мозг. Да и тяжесть из организма куда-то задевалась.

— Ну, пришел в себя, телезвезда? — насмешливо спросил все тот же голос. Видимо, обладатель его не собирался представляться Олегу, оттого и свет в лицо. Может, он имел на то основания. После всего, что произошло, если это не туфта, тут всякое можно ожидать.

— Так с кем я имею честь? — спросил Олег.

— Ты лучше скажи, Олег Николаевич, какого хрена ты к Западинскому поперся? Чего тебе было неясно? Или ты считаешь, что с дочерью тебя кто-то разыграл? Так мы тебе ее сегодня покажем. Она сейчас спит, отдыхает. И так будет до тех пор, пока ты не ответишь на заданные тебе вопросы. Если не ответишь, боюсь, что больше отдыхать ей не придется. Все в твоих собственных руках. Ясная картинка? Или еще раз объяснить?

— Да уж куда яснее... А я как раз за этим и пошел к Виталию...

— Умнее ничего не придумал?

— Так я ж не знаю ни хрена! — почти завопил Олег. — Хоть это-то вы можете сообразить?

— Ну и что же он? Посочувствовал? Или послал куда подальше?

— Да ничего он мне так и не сказал...

— Тебе, похоже, да. А вот своим бандитам — даже больше, чем мы ожидали.

— Ну так раз вы уже сами все знаете, отпустите Ленку! Девочка вам зачем?

203

— Девочка — это разговор будет отдельный. На нее, оказывается, уже достаточно претендентов. Так твой шеф полагает. А на тебя, Олег Николаевич, как это ни грустно, он просто положил, понимаешь? Ты для него не представляешь ни малейшего интереса.

— Вообще говоря, — философски заметил Скляр, — я мог бы об этом догадаться и без подсказки. Все мы, к сожалению, грешим завышенными самооценками.

— Мудрено, но, в общем, верно, — усмехнулся невидимый собеседник. — Ну и какие же выводы ты, Олег Николаевич, готов сделать?

— Послушайте! — воскликнул Скляр. — Черт вас возьми, что это за амикошонство? Почему на «ты»? Я что, имел честь с вами свиней пасти? Или хлебал из одного корыта?

— Молодец! — засмеялся собеседник. — Наконец-то пришел в себя! Еще налить или хватит?

— Можно налить, — разрешил Олег. — Но я хочу видеть лицо того, с кем разговариваю.

— Не возражаю, теперь пожалуйста. Погасите лампу.

Яркий свет погас, и Скляр увидел перед собой невзрачного худощавого человека, смотревшего на него вполне дружелюбно.

— Как вас зовут? — спросил Олег.

— Николай. Можно Коля, — улыбнулся худощавый. — Предлагаю вам, Олег Николаевич, по-честному выпить на «ты». Есть возражения?

— В принципе нет. Это вы меня спасли от убийц? Но ведь я их даже и не видел. Может, врете, а? Давайте и в самом деле по-честному?

— Ваших убийц мы просто сами замочили. Они и рыпнуться не успели. А знаете почему? Потому что мы в курсе того, что ваш друг Западинский дал команду своим киллерам немедленно убрать вас. Чтобы полностью изолировать Вадима. Ну а Лена — она должна была стать своеобразной наградой одному из главных его киллеров. Это известный в Москве уголовный авторитет, кстати большой приятель вашего друга, Формоза. Его еще Абу зовут. Абушахмин, главарь и фактический создатель матвеевской оргпреступной группировки. Есть еще вопросы?

— А вы-то кто? Откуда появились неожиданные благодетели? И какую цену они ожидают за свои благодеяния?

— Тут все просто. С подачи Западинского ваш сынок Вадим влез в сети нескольких очень секретных американских научно-исследовательских институтов и выкачал их информацию. Теперь Западинский собирается сделать себе на этом крупный бизнес. Но методы его, как вы сами видите, Олег Николаевич, преступны. Он должен быть наказан. Мы предлагаем вам, кстати за достаточно приличную сумму, помочь нам совершить справедливый суд. Наши условия, как вы видите, просты. Вы нам помогаете добыть дискеты Вадима, а мы обеспечиваем вашу с Еленой безопасность плюс гонорар, который вам позволит наконец почувствовать себя вполне независимым человеком. Думайте. Еще выпить хотите?

— Я бы пожрал чего-нибудь...

— Это организуем, — сказал Николай и кому-то махнул рукой.

— А как же с Вадимом? Он ведь полностью в руках Виталия.

— Помогите его найти. А все остальное — уже наше дело. Но мы вам гарантируем, что с его головы и волос не упадет. А что касается его противозаконных действий, мы найдем возможность замять это дело. Абсолютная гарантия.

— Вы мне все время повторяете «мы». Я хочу знать, кто вы?

— Если я скажу — конкуренты, то вы обязательно заподозрите меня в коварстве. И будете правы. Но сути дела это не меняет. Такая постановка вопроса вас устраивает?

— В конце концов... Ну конечно, воровать людей, делать из них заложников... Наверное, вы не виноваты, так поступают сегодня все.

— Я рад вашей оценке. Давайте перекусим, а потом я отведу вас к дочери. Поговорите, примите решение. Все в ваших руках...

Тут подкатили сервировочный столик. Если бы Олег не знал, что и он сам — жертва похищения, он решил бы, что так и не покидал Домжура. На большой сковороде, поставленной на спиртовую горелку, жарилось знаменитое домжуровское ягнячье ассорти. А запах!

— Ну так что, на «ты»? — Николай поднял рюмку.

— Я думаю, что нам другого и не остается, — с искренней грустью отозвался Олег, накалывая вилкой поджаристую отбивную...

...Его подвезли и высадили метрах в ста пятидесяти от дома. На тот случай, если оперативно-следственная бригада еще работала на месте убийства. Посоветовали идти к своему подъезду вокруг дома, а не через главную арку. Но Олега какая-то невидимая сила просто тянула под ту, боковую, возле которой он услышал выстрелы.

Народу уже никакого не было. Ветер шелестел обрывком полосатой ленты, которыми обычно окружают место происшествия. И еще — на влажном асфальте под аркой были нарисованы мелом два силуэта человеческих фигур. Значит, действительно, не врал этот Коля...

С ним, оказывается, вполне можно было разговаривать. Во всяком случае, нажим Олег испытал только в начале беседы. А дальше все шло без напряга. И еще Олег понял, что невзрачность его собеседника была, скорее всего, отличной маскировкой: даже если бы пришлось сильно постараться, Олег так и не сумел бы описать внятно внешность этого человека. И речь его была грамотной, так бандиты с большой дороги не изъясняются. Наверное, из спецслужб, решил Олег.

Но, с другой стороны, услугами этих контор мог пользоваться только человек, обладающий большой властью и немалыми средствами. Кто мог быть таким из противостоящих Западинскому? Вопросик детский, и ответила бы на него даже уборщица из числа тех, кто метет пыль в руководящих кабинетах, — Анатолий Плешаков. Когда-то, по слухам, коллега и товарищ Виталия, а с некоторых пор — «закадычный враг».

«Не исключено», — решил про себя Олег Скляр, суеверно обходя стороной нарисованные на асфальте белые силуэты. Это значило, что именно в таком положении, вернее, в таких позах его несостоявшиеся убийцы покинули этот мир...

Но что же мог на самом деле добыть Вадька, этот чертов фанат, если разгорелся подобный сыр-бор, в котором человек — туда, человек — сюда уже разницы не делают? Вот и Ленка толком не сумела ответить на этот проклятый вопрос...

Коля не соврал, он отвел пришедшего окончательно в себя Олега в одну из подвальных комнат этого большого и весьма прилично обставленного дома, где находилась Елена. Дочь полулежала на застланной серым одеялом кровати, какие обычно бывали в сельских больницах — с невысокими железными спинками. Одна рука ее была пристегнута длинной цепочкой к этой спинке. Но это совсем не мешало дочери рассматривать кипу каких-то зарубежных красочных журналов.

Увидев входящего отца, она сделала было движение ему навстречу, но Олег сам кинулся к ней.

— Это еще зачем? — с возмущением воскликнул он, указывая Коле на цепь. В соседней комнате он видел двоих амбалов, которые с выражением египетских сфинксов на физиономиях смотрели американский боевик по «видюшнику». Кстати, когда они вдвоем с Колей вошли в ту комнату, амбалы словно по команде поднялись и снова сели лишь после разрешающего жеста. Дисциплинка-то, похоже, армейская! Но зачем же при такой охране еще и эта идиотская цепь?!

— Это скорее психологический фактор, — без улыбки усмехнулся Николай. Он расстегнул стальной браслет на руке у Елены, но саму цепь оставил на месте. — Впрочем, пепельниц здесь нет, можно быть спокойным. Вы, наверное, хотели бы поговорить несколько минут наедине? Я вас оставлю. Но и вы, Олег Николаевич, — он снова демонстративно перешел на «вы», — не забывайте, что для полной конспирации должны сегодня ночевать дома.

— Как ты здесь оказался? — был первый вопрос Лены, когда этот худощавый, «вырубивший» ее накануне одним неуловимым жестом, вышел.

— Наверное, так же, как и ты, — сокрушенно ответил Олег. — Это все из-за Вадьки. А правильнее, из-за Виталия. Предлагают своеобразный обмен: деньги и безопасность на Вадькины дискеты. Между прочим, это не Ирка тебе звонила, кто-то сыграл под нее, но теперь уже и неважно. Я другого боюсь: из Виталия ведь ни за что не вышибить, где находится Вадим, вот в чем дело... Они тут тебя не обижали?

— Да нет... — как о постороннем качнула головой Лена. — Что же делать-то?

— Еще не знаю... Поеду, буду думать. Попробую их уговорить, чтоб тебя отпустили со мной.

Но Николай с ним не согласился. Уже на выходе из дома он сказал:

— Она у нас здесь в большей безопасности, чем где-либо. Да и ты, Олег, кстати, тоже. Давай-ка я все-таки пошлю с тобой своего человека?

— Нет-нет, я категорически против, — запротестовал Скляр. — Все должно быть так, будто я ничего не знаю. Напился. Гулял с какой-то шлюхой. Вот и приехал черт-те когда...

— Не уверен. Но была бы, как говорится, честь... Ты не обижайся, однако глаза тебе придется завязать. Меньше знаний — меньше и печали.

Олегу наложили на глаза тугую повязку и, взяв под руку, проводили до машины. Единственное, что он сумел почувствовать, это острый и чистый запах хвои. А повязку разрешили снять, когда машина катила уже по Садовому кольцу, приближаясь с Смоленке...

Он набрал дверной код и стал медленно подниматься по лестнице. Решил прямо завтра с утра устроить новый бенц Виталию, шум поднять, добиться встречи с Вадимом, а там уже и видно будет. И об этих киллерах под аркой, о которых ему расскажут соседи, он тоже не преминет громко сообщить. Словом, давай, Виталий, свою охрану! Это правильный ход, когда потенциальная жертва делает убийцу заложником своей безопасности. Интересно, как теперь станет выкручиваться господин Западинский со своими матвеевскими бандитами?

Олег Николаевич, уже давно протрезвевший от всех событий, открыл дверь одним ключом, вторым. Вошел в темную прихожую и, захлопывая за собой дверь, потянулся к выключателю. Но сейчас же прямо перед его глазами сверкнула вспышка, и одновременно он почувствовал сильнейший удар в грудь, который отбросил его к стене. Никакого звука он так и не успел услышать...

Вскоре из его квартиры вышли двое в плашах с

поднятыми воротниками, заперли дверь и тихо пошли по лестнице вниз.

Уже когда свернули в подворотню, один спросил второго:

— Контрольный не забыл?

— Да ты че, братан?

Снаружи их ждала черная «девятка».

## Глава одиннадцатая
## ПОД МУЗЫКУ ШОПЕНА

В Останкине царил траур. В вестибюле в траурных рамках висели большие портреты Олега Скляра — известнейшего телеведущего и Артема Никулина — талантливого телеоператора, творческая биография которого оказалась столь короткой. Под ними стояли живые цветы в корзинах. Портреты висели уже второй день, и местная публика успела к ним привыкнуть, как ко всему неизбежному в жизни. Коротенькие некрологи, написанные от руки на ватмане, были эмоциональными, но они ничего не сообщали о покойных. Только одно: их любили и уважали коллеги, обещали долго помнить и сожалели о раннем уходе из жизни. О времени траурной церемонии прощания руководство обещало информировать позднее.

— Это ж надо, а? — услышал Турецкий печальный вздох рядом. Обернулся и увидел стоящую рядом смазливую девушку. У нее были стройные ножки и странная короткая юбочка — среднее между кожаными трусиками и фартучком. Очень забавно!

Александр Борисович участливо уставился на нее, ожидая продолжения. — Ну да, — поделилось с ним тут же своими сожалениями ссксуальное создание, — сразу и папашу, и жениха угрохали. А Ленка исчезла с концами! Во, блин! А ты говоришь, дядечка! — И она с независимым видом удалилась по коридору, лишая Турецкого всякой надежды на случайное знакомство...

Сережа Карамышев подробно пересказал Александру Борисовичу свою беседу с Плешаковым. О допросе и речи идти не могло, поскольку дело Бирюка находилось в производстве Мосгорпрокуратуры, и как оно могло дальше повернуться, было неясно. Беседа эта заинтересовала Турецкого, особенно в той ее части, где речь шла о канале «ТВ-Русь», принадлежавшем крупнейшему телемагнату России Виталию Западинскому. Таким образом появлялась новая фигура, однако прощупать ее Сереже было бы не по силам. Это решил сделать сам Турецкий.

Итак, войдя в останкинское здание, он первым делом уткнулся в траурные рамки с фотографиями. И услышал первую версию от простого народа. Ситуация подсказывала, что ему, как представителю Генеральной прокуратуры, следует быть более информированным.

Он вернулся в свою машину и набрал по мобильному номер Славы Грязнова. Уж если не МУР, то кто же!

— Мой генерал, — сказал он, когда в трубке раздалось привычное «Грязнов слушает», — что ты мог бы сообщить мне об убиенных сотрудниках Останкина господах Скляре и Никулине? Пошарь, пожалуйста, по своим службам.

— Обождешь?

— Само собой...

— А время есть?

— Навалом.

— Так подъезжай! Будет гораздо лучше. И погода шепчет...

— Я ведь как раз в Останкине.

— Ах вон оно что! Мальбрук, надо понимать, в поход собрался?

— Так точно, мон женераль! Ты бы, кстати, не тянул, а отдал команду.

— Какие мы умные! Уже отдал, сиди и жди... Да, к слову, откуда тебе известно, что они убиенные? И чем вызван твой интерес?

— А потому что очень любопытная картинка рисуется. Я, понимаешь, стою возле траурных портретов, а тут какая-то пигалица заявляет: вот, мол, замочили папашу и жениха какой-то Ленки. А ко всему прочему и сама Ленка сгинула без следа. Что скажешь, главный сыщик? Знает народ, что говорит?

— Насчет пропаж людей за последние два дня у меня сведений нет. Но это ничего не значит, надо по отделениям проверить, а иногда родственники прямо на РУБОП выходят. Можно узнать. А тебе зачем?

— Помнишь, Славка, мужичка, которого рванули в моем дворе?

— Ну?

— Так вот, он был зятем некоего Плешакова, хозяина «Ти-ви-си». А сам олигарх выразился в том

213

смысле, что, по его версии, это дело рук его конкурента, и назвал фамилию Западинский. А оба убиенных и пропащая душа Ленка, видимо Елена Скляр, все вместе служили у Западинского. Не странно? В общем, не нравится мне все это. Будь другом, прикажи, чтоб пошарили.

— Ага... Сейчас, подожди малость... — Пауза длилась довольно долго, наконец Грязнов откликнулся. — Есть кое-что для тебя, Саня. Слушай... По первому, то есть по Скляру, картинка прозрачная. Имеется заключение судмедэксперта. Сквозное пулевое ранение грудной клетки... Выстрел произведен практически в упор. Частички пороха и так далее... Вот еще. Контрольный выстрел в затылок... Найдены две гильзы, «ТТ», семь-шестьдесят два.

— Идентифицировать догадались?

— Угадал, Саня. Кланялась тебе низко Новая Басманная. Поехали дальше. Убийство произошло в трехкомнатной квартире покойного на Кутузовском, тридцатый дом, ты его знаешь, генеральский, между четырьмя и половиной пятого утра. Следы борьбы отсутствуют. Вывод: убийца был знаком Скляру. Либо нападение произошло неожиданно, если твой Скляр в это время заявился домой. Тело найдено возле входной двери в прихожей, жертва не успела раздеться. Либо все наоборот, собирался выходить из дома в такую рань. Что вряд ли. Если желаешь мою версию, убийца мог проникнуть в квартиру заранее и спокойно ожидать жертву. А потом ушел. И еще тебе, Саня, информация к размышлению. В двенадцать — половине первого той же ночи возле подъезда этого Скляра были застрелены из «калаша» — гильзы и пули в наличии — двое «бычков» из матвеевской ОПГ — Кирсанов и Злодин. Оба значатся в нашей картотеке. При Кирсанове найден тоже «тэтэшник» с глушителем. Китайское производство, номер спилен. Засветка отсутствует. Не знаю, имеется ли тут связь, но уж больно много совпадений. В общем, думай, начальник, тебе и карты в руки.

— Спасибо. А по Никулину?

— С ним много неясностей. Тело найдено на междупутье между Томилином и Красковом, ближе к первому. Сам проживал в Малаховке. Дело в люберецкой прокуратуре. По всем данным выпал в пьяном виде из электрички. Или его выкинули, что тоже не исключено. Если у тебя просматривается связь между двумя этими происшествиями, можно будет затребовать акт судебно-медицинской экспертизы. У них есть сомнения.

— В каком смысле?

— В том, что смерть, как зафиксировано, наступила от проникающего черепно-мозгового ранения. Удар тяжелым острым предметом. Или удар об этот предмет. Но на месте падения тела такового не обнаружено. В этой связи высказывалась версия, что человек был убит в другом месте, а тело — подброшено, словом, смотри сам, если надо, могу послать за актом.

— Сделай одолжение. Если и тут убийство, то вкупе выходит вполне целенаправленная акция. Вопрос: почему она направлена против семейства Скляр? Чем они успели так отличиться?.. И о девице постарайся разузнать, Славка. Чего-то меня это дело все больше интересует. Похоже на войну кланов.

— Поспрошаю, за нами не задержится. Только и ты постарайся подскочить ко мне. Я ж не просто ради собственного удовольствия. Хотя не исключаю, что от хорошей рюмочки ты бы не отказался. Дело в другом: кое-что появилось на твоего Формозу.

— Сегодня же буду!

— Ну давай, — засмеялся Грязнов. — Только не сильно суетись, помни, чем тот Мальбрук закончил!..

Когда Западинскому доложили, что в его приемной сидит следователь Генеральной прокуратуры, он не сразу врубился.

— Зачем? Я разве вызывал?

— Извините, Виталий Борисович, — сказала пожилая женщина, временно заменившая заболевшую от огорчения Ирину, — но, по-моему, это он собирается вас вызвать. Во всяком случае, вид у него такой.

— Меня не интересует ваше мнение! — резко оборвал словесный поток Западинский. — Выясните, чего ему надо, и отправьте в соответствующие службы.

— Я попыталась, но он возразил, заметив, что в противном случае будет вынужден вызвать вас в прокуратуру. На допрос, так я думаю.

— Я повторяю, мне в высшей степени наплевать, что вы думаете! — вовсе уже взорвался Западинский. — Усвойте это наконец! Или вы немедленно покинете приемную! И вообще Останкино!

Женщина оскорбленно поджала губы, но с места не сдвинулась.

— Ну, какого черта стоишь? Зови!

Турецкий спокойно проследовал в кабинет. Хозяин его даже не оторвал зада от своего жесткого кресла, смотрел исподлобья. Ну что ж, ты хочешь так, пусть тебе зачтется. Александр слышал сквозь неплотно прикрытую дверь в приемную грубый диалог с секретаршей.

Он отодвинул стул от приставного столика, сел, достал свое служебное удостоверение и, раскрыв, показал его Западинскому. Подержал на весу, чтоб тот мог ознакомиться, и, щелкнув корочками, сунул в карман. Генеральские погоны на фото, вероятно, произвели впечатление.

— Чем обязан, Александр... извините?

— Борисович. Мы тезки по отцам. Я в связи с вашими печальными событиями. Хочу задать несколько вопросов.

— Это официальный допрос?

— Пока не вижу нужды. Если вы ответите на мои вопросы. Но если будете настаивать, можем и официально составить протокол допроса свидетеля согласно Уголовно-процессуальному кодексу.

— Ну зачем же? — неискренне улыбнулся Западинский. — Вообще-то я очень занят...

— Охотно верю.

— Я обычно планирую такого рода встречи...

— Постараюсь не сильно занять ваше время.

— Тогда я слушаю вас. Чай? Кофе?

— Нет, благодарю, не будем отвлекаться.

— Спрашивайте. — И наклонившись к переговорному устройству, сказал: — Мне одно кофе.

«Эх ты, грамотей хренов! — мысленно усмехнулся Турецкий. — Волнуешься? Ну ничего, сейчас я тебе испорчу его вкус...»

— Меня, собственно, привел к вам интерес, касающийся семьи погибшего Скляра. Убит известнейший телевизионный журналист. Одновременно убит телеоператор, считающийся женихом дочери этого Скляра. Наконец, как говорится, пропала сама Елена Скляр. Так, или я ошибаюсь?

— К сожалению... — Западинский мялся. — Ничего не могу сказать по поводу оператора Никулина, вы ведь о нем?

Турецкий кивнул.

— Откуда вам известно, что он убит? Мы знаем другое. В пьяном виде, извините, выпал из электрички. И он вообще...

— Разве? А в вашем некрологе такие теплые слова! Получается, это — липа? Недостоин уважения и памяти?

— Ну... вы заостряете зря. Некролог, вам же известно... на кого рассчитан! Нельзя же писать: в пьяном виде... Непедагогично.

— Наверное, я вас огорчу, Виталий Борисович. Или обрадую? Никулин — есть такая версия — был сперва убит, а уже потом, возможно с целью имитации самоубийства или просто падения в пьяном виде, подброшен на железнодорожные пути. Но к этому вопросу у нас будет возможность вернуться. А что это за история с пропажей дочери Скляра?

Народ у вас, я заметил, волнуется! Кому они все могли перейти дорожку?

— Да какая история! — поморщился Западинский. — Ну работала она у нас, погоду вела, да вы ее небось видели постоянно.

— К сожалению, для телевидения не остается времени...

— Понимаю. Я и сам не успеваю... Да, так вот, работала, а несколько дней назад не вышла на работу. Число можно уточнить в секретариате. Но у нее и прежде бывали такие нарушения. Девица с норовом, могла взбрыкнуть и куда-нибудь на юга податься — на недельку. Проветриться.

— Говорите, и раньше бывало?

— Ну... — Западинский, улыбаясь, развел руками. — Информация о погоде — не самая рейтинговая передача, вы понимаете. Замена ведущей всегда найдется. Вот и терпели.

— И не звонила, и не предупреждала, ничего?

— Не-а.

А глаза Западинского, заметил Турецкий, были настороженны.

— И дома у нее — никто ничего?

— Она с отцом жила. Он, по-моему, тоже был абсолютно не в курсе. Я спрашивал, он... говорил как-то неопределенно.

— А больше родственников у нее нет?

— Это вам надо в отделе кадров поинтересоваться. Честно, не знаю.

— Воспользуюсь вашим советом. А относительно двух убийств у вас нет никаких собственных мыслей, соображений?

— Нет, все это как-то не укладывается в голове...

— Понимаю вас. Когда собираетесь хоронить?

— Да вот, как ваши коллеги разрешат.

— Значит, Шопен за общественный счет?

— Простите?

— Поскольку родственников нет, получается, и доброе слово сказать на могиле некому?

— Вы не правы. А коллектив? Где они пользовались уважением!

«Чего-то ты заврался, парень... — снова мысленно усмехнулся Турецкий. — А как же пьяница?»

— А потом, этим кадры занимаются... У Никулина-то определенно кто-то есть.

— Да-а? Прошло уже два дня, а вам так и не удосужились доложить? Непонятно.

— Не помню, — резко заметил Западинский. — Возможно, и докладывали. Но только у меня масса неотложных дел, вероятно, просто запамятовал. — Ему уже явно надоел следователь со своим занудством.

— Хорошо, тогда закончим. Если что-то мне понадобится, я надеюсь, вы не будете возражать? Нет?

— Только предварительно...

— Договорились. Извините, что заставляю вас пить холодный кофе. Пока мы беседовали, он остыл.

И Турецкий отправился в отдел кадров телестудии.

Звонок сюда уже последовал, это Александр Борисович увидел по глазам пожилого кадровика, по его предупредительности.

— Вам сообщили обо мне?

— Мне? — сделал большие глаза кадровик, но

вовремя спохватился: — Ах, ну да, конечно. Так что вас интересует?

— Личные дела Скляра и его дочери.

— Ваше удостоверение, пожалуйста.

— Прошу... Надеюсь, они государственной тайны не представляют?

— Что? Ах да, конечно, нет! Садитесь. Сейчас я вам их представлю... Сейчас, сейчас, сейчас... — повторял он, словно попугай, роясь в большом ящике, стоящем в несгораемом сейфе величиной со старинный буфет. У Кости Меркулова был в кабинете одно время такой. Полстены занимал. — А вот, прошу, и они. — И кадровик положил на стол перед Турецким две тоненькие коричневые папочки. Всего и делов-то...

Но самым любопытным для Турецкого оказался тот факт, что в анкетах отца и дочери указывалось на еще одного члена семьи. Это был Вадим Олегович Скляр, студент Московского физико-технического института, который расположен в Долгопрудном, почти в черте Москвы. Знаменитый Физтех. И учился он уже, судя по дате заполнения анкеты, на третьем курсе. Вполне взрослый мальчик. И адрес проживания указан был общий — с отцом и сестрой. О других родственниках анкета умалчивала.

— А разве Виталий Борисович не в курсе, что у Елены есть брат? — спросил Турецкий наугад. И в ответ увидел легкую ухмылку, скользнувшую по почти бескровным губам кадровика. Но она мелькнула и исчезла.

— Не могу сказать, — ответил тот. Турецкий понял, что кадровик врет. Зачем? Этот вопрос стоило выяснить.

Сев в машину, Турецкий набрал номер Карамышева.

— Слушай меня внимательно. Звони в Долгопрудный и выясняй, где находится студент Физтеха Скляр Вадим Олегович. Когда узнаешь, оставь мне координаты, а сам подъезжай в Останкино, на студию, и начинай свое любимое дело: толкайся, как это делал на Шаболовке, но — кровь из носа! — собери мне все слухи и сплетни про семью Скляров и некоего Никулина. Их портреты обнаружишь в вестибюле. Задание понятно?

— Есть, шеф.

— Приступай, — добродушно разрешил Александр Борисович. — По мере надобности найдешь меня у Грязнова...

Алексей Петрович Кротов по кличке Крот был удачливым бизнесменом. И хоть был его бизнес невелик, на жизнь и всякого рода удовольствия ему вполне хватало. Он держал в Ясеневе небольшое казино «Сомбреро», где в основном ошивалась братва из матвеевской, липецкой, ореховской и щербинской преступных группировок. Не брезговали зайти к всегда спокойному, респектабельной внешности хозяину и «законники», и авторитеты. Здесь для них было как бы нейтральное поле, где всякие разборки отменяются. Сам Крот был мужиком крепким, владел одному ему ведомыми приемами силового решения проблем, и кое-кто из посетителей этого злачного заведения мог бы при случае припомнить, как Крот быстро и эффективно, но главное — в одиночку, легко успокаивал зарвавшихся «быков». И в «крыше» он тоже не нуждался, поскольку именитые уголовники предпочитали здесь сохранять нейтралитет.

Но это была видимая часть айсберга. Очень немногие, в том числе Грязнов и Турецкий, были в курсе основной деятельности Алексея Петровича, отставного майора милиции, одно время трудившегося в грязновской «Глории» и поднявшего в агентстве наружное наблюдение до высочайшего профессионального уровня. Он был своим и среди личностей глубочайшего московского дна, и среди крутых «новых русских». А его агентами были бомжи, проститутки, швейцары ресторанов и завсегдатаи всяческих казино. Как все это ему удавалось, толком не знал никто, но именно ему Грязнов при великой нужде поручал самые ответственные задания. К таковым он отнес и разработку Формозы.

Крот, не любивший в серьезных делах спешки, молчал несколько дней, а затем позвонил Вячеславу Ивановичу и сказал, что готов пересечься где-нибудь в центре. Выбрали кабинетик в «Узбекистане», благо и время подходило обеденное. За безопасность этого помещения Грязнов мог заранее не беспокоиться. Здесь они с Турецким не раз решали служебные проблемы.

Алексей Петрович представил весьма любопытную информацию. Ну, во-первых, что особенно насторожило Грязнова, Формоза, оказывается, был одним из совладельцев ресторана «Арбатские встречи» — факт сам по себе не столь значительный, если бы в соучредителях, так сказать, не имели место быть две весьма неожиданные фигуры — генерал Игнатов из ФАПСИ и господин Западинский — известный телемагнат. Странная, одним словом, компания. А вот кротовское «во-вторых» уже прямо указывало на то, что где-то рядом было «горячо». Доверенное лицо Алексея Петровича, с которым у него были в какой-то степени даже приятельские отношения — тоже из отставников, — сообщил, что днями в «Арбатских встречах», где он осуществлял охрану, состоялась тайная встреча двух хозяев — Западинского и Абушахмина. Причем перед этим в ресторан приезжали специалисты и тщательно проверяли помещение, особенно тот кабинет, где обедали эти двое.

Сопоставив даты, Кротов увидел, что по странному совпадению той же ночью во дворе дома на Кутузовском проспекте были убиты двое «быков» из матвеевских, а в самом доме — известный тележурналист Олег Скляр. Впрочем, о фактах убийств Кротову было уже известно из разговоров посетителей «Сомбреро».

Напрашивались любопытные выводы. Но Грязнов не стал дальше разрабатывать тему, попросив Алексея Петровича особо обратить внимание на эту связку: Абушахмин — Западинский. Игнатов? Этот требовал отдельного разговора. И уже не с Кротовым.

Словом, для Сани у Грязнова имелось кое-что...

Турецкий слушал и рисовал на листе бумаги чертиков. Отклонял голову, разглядывал, что-то подправлял, короче, был занят исключительно изобразительным искусством. Грязнов, рассказывая, начинал злиться на подобное невнимание. И когда он уже хотел довольно резко выразиться по поводу художественного таланта исполнителя, Александр скомкал рисунок и ловко закинул его в грязновскую корзину для бумаг.

— Я догадываюсь, Славка, чья это работа. Крот?

— Ну!

— Высший класс. Кажется, теперь Новая Басманная у меня в кармане!

— При чем здесь Басманная? — Грязнов посмотрел на друга с недоумением. Об этом убийстве он как раз думал меньше всего.

— А при том, что это дело висит на мне. А все остальное — так, попутно, вроде гарнира к хорошей отбивной. Вот только боюсь, что именно это «все остальное» и станет для нас главным. Недаром же Питер сам прискакал сюда.

— Ты мне, кстати, ничего не говорил на этот счет. Я — не любопытный, но имею все основания...

— Не берите в голову, мой генерал, все еще впереди. Вот проверю парочку версий, а тогда и видно будет. Что-то мой кадр молчит.

На столе Грязнова зазвонил телефон. Слава поднял трубку.

— У тебя, — оказал он Турецкому, — обнаружился новый дар: вызывать духов. На, кадр на проводе.

— Александр Борисович! — донесся издалека знакомый голос Карамышева. — Тут творятся странные вещи, но вам определенно понравится.

— Погоди, ты откуда звонишь? Слышно плохо.

— Из Долгопрудного! По поводу Скляра!

— Так чего ж ты орешь на весь божий свет?!

— А я из автомата! Значит, слушайте. Есть у них

такой Скляр. Говорят, толковый малый, но в последний раз его видели на весенней сессии. Он вообще в институте не бывает. Только экзамены сдает.

— Ничего не понимаю! А как же он учится? Живет где?

— Живет в Москве, но адреса тут, в деканате, не знают. Значит, теперь он должен появиться накануне нового года, на очередной сессии. Правда, говорят, что один из профессоров вроде бы сам ездил к нему в Москву принимать экзамен, только это слухи.

— Постарайся обязательно отыскать этого профессора! Что еще говорят?

— Парень — ас по части компьютеров. Любому профессионалу сто очков даст. Хотя они тут все немного не от мира сего, ну, чокнутые по компьютерной части. Вроде одно время даже компания какая-то сложилась. И наш там тоже активно тусовался.

— Сережа, обрати на это обстоятельство особое внимание. И обязательно поговори с ними. Наверняка — хакеры. Чего делали, куда лазали? Понял?

— Понял, шеф. Приступаю. Поеду сейчас в их общагу, поэтому сегодня уже не ждите.

— Интересное кино! — сказал Турецкий, кладя телефонную трубку на место. — Не исключено, Слава, что наш юноша еще и толковый хакер. Вот Питер-то обрадуется!..

— Чему ж тут радоваться-то?

— А это, Славка, длинный рассказ. Но у нас есть время...


Вадим позвонил очень некстати. Западинскому меньше всего хотелось бы сейчас обсуждать с парнем собственные действия, вызванные в некотором роде чрезвычайными обстоятельствами. Неожиданный бунт Олега, похищение Елены... Да и вообще, в последнее время как-то сгущаться стали события, выходить из-под контроля. То ли где-то в системе пошли сбои, обнаружились утечки, вызванные расхлябанностью исполнителей, то ли это была целенаправленная кампания против империи Западинского, как не без самодовольства привык думать о своих делах Виталий Борисович. Но и то, и другое — отвратительно плохо...

Неприятным оказалось и то, что Вадим сразу заговорил о гибели отца. Откуда узнал? Ведь Виталий особенно старался, чтобы никакая мешающая делу информация не просачивалась к парню. Но загадки тут не было — все тот же компьютер! Кто привык газеты читать, а кто с утра пораньше в информационные сайты забирается. А убийство известного тележурналиста — совсем не рядовое событие. Хотя заказными убийствами уже давно никого не удивишь.

Западинский немедленно придал своему голосу скорбно-бархатистые интонации, сообщил, что уже провел собственное расследование, из которого стало ясно, что тут опять происки конкурентов и все такое подобное. Он знает, кто конкретно виноват, но нужны дополнительные доказательства, словом, официальное следствие тоже идет, и нужно теперь ждать его выводов.

Обтекаемо объяснил, что пока на весь мир кричать об убийце еще рано, потому что тот сразу смоется. Но этот вопрос будет нужно обсудить отдельно, в самое ближайшее время. Западинский полагал, о чем и сказал Вадиму, что серия ударов, нанесенных противником, скорее всего, вызвана активностью Вадима в известных ему делах. Это не телефонный разговор. Но очень важно, чтобы парень немедленно сделал из этого выводы и вообще на какое-то время залег на дно. Шум должен утихнуть. И, ради бога, никаких контактов — ни с друзьями-приятелями, ни с Ленкой, которой, кстати, пришлось ненадолго отъехать из Москвы. С ней все в порядке, а вот искать ее пока не надо. Что же касается отца...

Виталий очень настойчиво предлагал, практически требовал от Вадима отказаться от участия в похоронах. В настоящий момент это просто чрезвычайно опасно. Ленка, к слову, поняла и согласилась отказаться от риска.

Но Вадим, непонятно, с какого лиха, вдруг заартачился. Заявил, что Ленкины соображения пусть и остаются при ней, она никогда к отцу горячих чувств не испытывала, а он обязательно будет на похоронах — и горсть земли в могилу кинет, и цветы положит, и...

— Ладно, — не выдержал напора не на шутку разозленный Западинский, — черт с тобой, упрямец! Загримируем тебя, дурака, как-нибудь, или посидишь в моей машине. Найдем возможность дать тебе проститься с родителем! А вот отсвечивать в толпе сослуживцев Олега и другой никому не нужной публики, которая особенно охоча до дармовых поминок, запрещаю категорически! Это мое последнее слово. И ради твоего же здоровья.

— Пусть, — подумав, согласился Вадим. — А Ленке скажи, что она все-таки стерва.

— Скажу... при случае. — И Виталий Борисович

усмехнулся про себя, чувствуя хотя бы минутное облегчение. Ведь и обострять с парнем отношения нельзя, и терять его — просто абсурдно. А ему еще и о сестрице, оказавшейся в заложницах, однажды узнать предстоит. И совсем неизвестно, какова будет тогда его реакция. И давить на него нельзя. У этих сукиных сынов, побратавшихся с компьютерами, любое может оказаться на уме. Вот и вертись тут с ними...

Пока шел совершенно бессмысленный, с точки зрения Западинского, диалог по телефону, случайно родившаяся мысль о прощании с покойным стала оформляться во вполне реальные действия.

Парню можно паричок приспособить, усики приклеить, ограничить доступ к телу, разрешить одному проститься, а потом пусть себе сидит в салоне за темными стеклами, пока народ с кладбища поминать не потянется. Вот и положит тогда свой букет на могилку. И может, даже значительность момента ощутит, свою особую роль. Это тоже неплохо.

Хоронить придется на Ново-Хованском, там и жена Олега давно уже почивает. Только надо будет, чтобы братва Абу все как следует там осмотрела, на предмет разного рода неожиданностей, и побродила в сторонке, охраняя, но не высвечивая свои слишком уж характерные рожи. И пару-тройку больших автобусов под провожающих. Чтоб ни у кого не возникло желания после похорон еще пошататься по кладбищу. Поминки надо будет организовать в Домжуре, мелочиться не стоит, пусть уж коллеги нажрутся, напьются, меньше болтовни будет.

Закончив наконец разговор с Вадимом, Западинский тут же отдал соответствующие распоряжения, касающиеся печального ритуала и последующих традиционных возлияний. Да, и обязательно, чтоб оркестр присутствовал. Не халтурный, а свой, чтоб Шопен был на самом деле Шопеном, а не деревенской фантазией пожарной команды. Все ведь это тоже входит в имидж руководителя крупнейшего телеканала страны. Как ты — к людям, так и они — к тебе. Ну а печали в голосе достанет, Олег и в самом деле заслуживал в конце нескольких теплых слов.

Абу говорил, что он покинул этот свет, так и не успев ничего понять...

Александр Борисович Турецкий в сопровождении Сергея Карамышева поднимался на лифте в конференц-зал огромного здания Останкинской телестудии, держа четыре гвоздики. Большее количество цветов выглядело бы в его руках вызывающе. А четыре — на двоих — в самый раз. Народу было много — и в коридорах на всех этажах, и в лифтах. Прощание с Олегом Скляром было назначено на два часа дня. Потом друзья и сослуживцы отправлялись на кладбище, а уже оттуда — в центр, в ресторан Дома журналистов. О программе, стараниями секретариата Западинского, все были оповещены заранее. Это чтоб не случилось нестыковок.

В оставшиеся до похорон дни Сергей Карамышев не оставлял ни на час усилий отыскать таинственно исчезнувших ближайших родственников покойного журналиста. Ну то, что дочь провалилась словно сквозь землю, это понятно. Тут были свои причины, пока не объясненные, но они были. Но сын-то куда девался? Почему он будто за семью замками? Именно эта фигура теперь больше всего интересовала Турецкого.

Сергею удалось обнаружить парочку бывших приятелей Вадима и побеседовать с ними, и они подробно описали его внешность, манеру поведения, по которым можно было бы составить хотя бы словесный портрет человека. Странно, но последние семейные фотографии, которые удалось обнаружить в домашнем архиве Скляров, когда в квартире после обнаружения трупа производился обыск, были двух-трехлетней давности. И на фото фигурировал длинный и нескладный мальчик с коротенькой стрижкой. Естественно, он уже не такой, в его возрасте некоторые мужают достаточно быстро. Такая же детско-школьная, три на четыре, фотография имелась и в институтских бумагах. Между тем приятели уверяли, что видели его в последний раз с длинными, до плеч волосами, раздавшимся в плечах... Независимый вид, безапелляционные суждения. Ну да, парень почувствовал свою силу, деньги завелись, наверное, и независимость от предка. Понятное дело.

Мир изменился для позавчерашних школьников. Они теперь встречаются весьма редко, а общение между ними происходит в Интернете. Модно, удобно, престижно. Но о каких-то возможных общих делах парни не сказали ни слова, уходили, молчали, переводили разговор на другие темы. Видно, существовало у них какое-то табу, и посторонним в этом их мире места не было. Настаивать — значит определенно насторожить их.

Вспомнили и профессора, который, говорят, лично ездил принимать экзамен у своего студента.

Но и тут Сергея ожидало фиаско. Сравнительно молодой профессор, вероятно, исповедовал новейшие принципы взаимоотношений, где все построено на рациональности, полезности и предоплате — вариант подходов к российскому доморощенному капитализму. Все, что помимо, его не интересовало. Да, он вкладывает в этих оболтусов определенные знания. Они хотят сверх — извольте платить дополнительно. И платят. Так почему же не пойти навстречу и не принять экзамен отдельно ото всех? Ничего незаконного не происходило, мальчик старательный, но хилый здоровьем. Вполне стоило разок-другой съездить к нему, поскольку машина оплачена в оба конца, а временем своим свободным профессор вправе распоряжаться по собственному усмотрению. Привезли — отвезли домой. Какие проблемы? Ах, адрес? Этого он не помнил. Во-первых, темно было, а во-вторых, вон уже добрых полгода прошло, где все упомнить... В Москве, где-то в центре. Нет, не в районе Кутузовского. Скорее, где-то в Филях.

В Филях, в районе бывшей партноменклатуры, по сведениям от Грязнова, имелась квартира господина Западинского. Одна из. Потому что он имел их несколько. Олигарх — одно слово! Но, к сожалению, эти сведения мало что проясняли.

Турецкий был уверен, что Вадим должен обязательно появиться на панихиде по отцу. А если это так, его надо будет вычислить. И после постараться не потерять из виду. Собственно, никаких претензий ему пока предъявить нельзя, а вопросы, напротив, обязательно насторожат. Но если дело поворачивалось таким образом, как теперь думал Александр

Борисович, нельзя было исключить, что его хищный и привычный к остросюжетным ситуациям нос ведет его по правильному следу. Или одному из возможных правильных. Вот с этой целью и прибыл в Останкино старший следователь по особо важным делам в сопровождении своего боевого помощника.

Зал был набит народом, но сильно скорбные лица виделись только в ближайшем к гробу окружении. Вероятно, на настроение действовала музыка Шопена — это Турецкий мог бы определить даже и без подсказки собственной супруги, для которой музыкальные пристрастия мужа всегда были загадкой.

Из глубины коридора, из дверей смежного с конференц-залом помещения, вышла группа высоких молодых людей в темных пальто и шляпах. Они быстро прошли к выходу. На одного из них — стройного блондина с поднятым воротником плаща и низко опущенными на лоб полями шляпы — Турецкий почему-то обратил внимание. Потом толкнул Сергея и шепнул:

— Ну-ка последи за этой компанией. Видишь блондинчика?

— Понял, шеф, — тихо ответил Карамышев и вразвалочку направился к лифту.

Турецкий же протиснулся поближе к основным участникам действа.

Речь начал говорить Западинский. Он картинно взмахивал узкой рукой с длинными пальцами, прижимал внешнюю сторону кисти ко лбу, встряхивал волосами. Но говорил красиво. С чувством. Большой артист явно пропадал в нем. Закончив, он поклонился покойному, постоял в этой нелепой позе, а затем с сознанием выполненного долга вышел к дверям зала, закурив и предоставив другим продолжать панихиду. Глаза же его, замстил Турецкий, беспокойно шарили по лицам присутствующих.

Александр Борисович и сам отошел поближе к дверям, чтобы не упускать из виду главное действующее лицо.

Кто-то заходил в зал, кто-то выходил, на студии кипела и своя творческая жизнь. Разговаривали, некоторые негромко смеялись, обсуждая собственные проблемы. Но вдруг в какой-то момент — Турецкий не понял, как это произошло, — возникла некая напряженная пауза. Так бывает, когда неожиданно совершается нечто непредвиденное.

Взглянув на Западинского, Александр Борисович увидел, как тот сразу напрягся с поднятой к губам сигаретой. Прикрыв лицо сбоку гвоздиками, Турецкий выглянул в коридор. От лифта двигалась группа людей. В середине шагал коренастый мужик в темном костюме. Его окружали охранники, один из которых нес большой букет почти черных роз.

— Ну, блин! — услышал Турецкий сдавленный голос рядом. — Это ж сам Плешак!

«Плешаков?!» — мелькнуло у Турецкого. Это значит, прямо на его глазах вот тут, сию минуту, у гроба Скляра, должны были встретиться лицом к лицу два врага. И один из них — убийца того, кому сейчас говорят традиционно скорбные слова.

Они и замерли друг против друга. Высокий, аристократического вида Западинский и приземистый, крепкий, словно маленький броневик, Плешаков. Пауза длилась недолго.

— И у тебя хватило совести, Анатолий? — негромко сказал Западинский.

— Зря ты это сделал, Виталик, — в тон ему ответил Плешаков.

— Это ты мне говоришь? — У Западинского словно горло перехватило.

— Тебе. От меня он уехал живой и здоровый. Сильно ты ошибся, Виталик.

«Вот это текст!» — воскликнул про себя Турецкий.

А между тем сопровождающие Плешакова как-то даже не очень и вежливо отстранили Западинского, Плешаков забрал букет у охранника, словно ледокол, прошел сквозь толпу и, подойдя к гробу, рассыпал розы в ногах покойного. Молча постоял, опустив голову, и тут же, ни на кого не глядя, вышел в коридор, где его окружила охрана, и все двинулись обратно к лифту.

Западинский некоторое время находился словно в шоке, но вот его взгляд стал осмысленным, он нервно оглянулся и буквально уперся глазами в Турецкого. Александр Борисович спокойно смотрел на него, и от этого Западинский вмиг покрылся алыми пятнами. Нервы! Он резко повернулся и ушел в противоположном лифтам направлении.

«Самое время брать обоих и устраивать им очную ставку», — запоздало подумал Турецкий, понимая, однако, что ничего этого он не сделает, ибо говорить можно все, что угодно, а слова к делу не пришьешь. Особенно слова таких монстров, как эти оба... Но!..

— Виталий Борисович, позвольте? — не стесняясь, закричал Турецкий, догоняя Западинского.

Тот резко обернулся, увидел подбегающего Турецкого и вдруг ощерился, словно приготовился встретить удар своим ударом.

— Что с вами? — спокойно удивился Турецкий. — Кого вы так испугались? Меня, что ли? Господь с вами! Или чего почудилось? А ведь у меня просто вопрос к вам. Могу?

— Извините, — приходя в себя, успокаивался и Западинский. — Устал со всем этим, нервы ни к черту... Вы ведь — Турецкий, правильно я вас вспомнил?

«Опять играет, — подумал Александр Борисович. — Но чего-то он все же испугался. Чего? Свидетеля разговора?..»

— Вы угадали, Виталий Борисович, у вас отличная память на лица и фамилии. Вопрос вот какой: когда собираетесь хоронить Никулина? Или все теплые слова исключительно Олегу Николаевичу?

— А вы разве не в курсе? Его родители отказались от этой... — он махнул рукой в сторону торжественно убранного траурного зала. — Они договорились о панихиде в Люберцах, там же и хоронить будут. А возить туда, сюда... Опять же поминки. Люди скромные... Но наших товарищей я туда отрядил — помочь, поднести, то се, понимаете? Кстати, открылось что-нибудь новенькое в этом деле?

— Открылось. Скончался от удара тяжелым заостренным предметом, предположительно — кастет.

— Откуда такое? — растерянно развел руками Западинский. — Смирный парень...

— Если у вас нет на этот счет предположений, может, стоило бы поинтересоваться у Плешакова? Не объясните, в чем он увидел вашу ошибку?

Как ни сдерживал себя Западинский, как ни

играл, как ни изображал то отчаяние, то страх, то растерянность, злость мелькнула-таки в его жестком взгляде. Ничего не ответив, он повернулся и ушел.

На кладбище Турецкий не поехал.

Когда завершилась панихида, присутствующим сообщили, что процессия заедет еще в церковь Тихвинской иконы Божьей Матери, которая здесь рядом, в Алексеевском. А потом — на МКАД и по кольцу до Профсоюзной, и там уже рукой подать — Хованское. Проделывать этот длинный путь желания у Турецкого не было, тем более что ничего неожиданного наверняка дальше не случится. Все уже произошло.

Заботил лишь белокурый юноша, окруженный охраной. Вадим, кстати, по показаниям всех, кто его знал, был жгучим брюнетом. Но ведь можно и парик натянуть, подумал вдруг Турецкий. Благо здесь, на студии, такого добра должно быть с избытком.

А что? Если Западинскому требуется сохранить полное инкогнито парня, а родственные чувства того мешают это сделать, можно ведь и загримироваться. Кто его знает в лицо? Да никто практически, потому что те, кому он известен, либо отсутствуют, либо... ну да, занимает почетное место во главе собственной процессии.

Так значит, если следовать заявлению Плешакова, незадолго до своей гибели Олег Скляр беседовал с ним? И что же мог сделать Западинский «зря», какую совершил ошибку? Вывод простой: сам дал команду убить приятеля... Киллер же допустил грубейший промах. Он не выбросил оружия, из которого были застрелены парни на Новой Басманной, а из того же ствола отправил к праотцам свою новую жертву.

И другой вопрос. Отправил просто или отправилтаки? Куда списать ту парочку матвеевских, которых нашли в подворотне, буквально распоротых автоматной очередью? То есть довершил дело, с которым, вполне возможно, не сумели или не успели справиться те двое? Было о чем подумать Александру Борисовичу, о чем посоветоваться со старым другом Вячеславом Ивановичем.

Покинув здание Останкина, Турецкий позвонил Грязнову и попросил помочь Сереже Карамышеву обеспечить наблюдение и прикрытие на кладбище. После чего отдал мобильник Сергею и велел не спускать глаз с того юноши, который, по уверению Карамышева, сидел сейчас в темно-малиновом джипе «тойота», окруженный охраной. Вероятно, он собирался следовать за процессией.

Турецкий же, подхватив такси, отправился на Петровку, 38, к Грязнову. Чтобы оттуда координировать действия оперативников. А заодно и поразмышлять по поводу приоткрывающихся фактов. На сегодня траурной музыки ему было уже более чем достаточно...

## Глава двенадцатая
### ОШИБКА ГЕНЕРАЛА

Для Матюшкина предстоящий разговор с Игнатовым был труден и неприятен. А причиной тому являлась состоявшаяся накануне краткая встреча с Анатолием Ивановичем Плешаковым.

Президент Ти-ви-си, не затягивая дела излишними подробностями, изложил генералу суть беседы Западинского с Абушахмином, которая у тех состоялась в «Арбатских встречах». Как там они ни старались обезопасить себя, специалисты Матюшкина оказались на голову выше игнатовских. Те ничего не обнаружили, и запись получилась чистой. Вот поэтому и решился Плешаков сделать демонстративный шаг и появиться на панихиде в Останкине. А при случае, если Виталий полезет в бутылку, обрезать его: мол, сиди и не вякай, знаем мы, откуда ветер дует и кто свою руку приложил.

Матюшкин послушал произведенную запись, и его очень неприятно поразил тот факт, что Игнатов, оказывается, был не просто подельником Западинского и Формозы в их грязном бизнесе, но что ему отводилась этими двумя важная роль в продаже украденной информации.

Точнее, той ее части, где речь шла о разработке Пентагоном новейшей секретной техники. В информации на эту тему, как походя заметил Западинский, были весьма заинтересованы и собственные российские спецслужбы. Получается так, что Игнатов уже с кем-то вел переговоры на этот счет. То есть торговля шла, что называется, вовсю, а директор ФАПСИ ничего не знал о противозаконной деятельности собственного подчиненного. Свою же деятельность таковой Сергей Сергеевич не считал. Тут есть немало нюансов — что чем называть и в каких обстоятельствах. Недаром же утвердилось в общественном сознании, что у нас — исключительно разведчики, а вот у них — только шпионы.

И еще одна тайная забота одолевала Матюшкина, сказать о которой он, правда, почему-то не решился: Анатолий и без того, похоже, запутался теперь с этой девкой. Держать у себя — опасно, а отпускать — тем более. То можно было хоть на папашу как-то влиять, а теперь что? Так вот, забота Матюшкина заключалась в том, что уже практически подошедшие к своему логическому завершению переговоры о продаже лекарственных разработок по СПИДу и онкологии фирме «Медикал Рисёч», когда обе стороны уже пришли к согласию о цене, эти самые контакты вдруг по какой-то причине притормозились. Чего-то они там у себя темнить начали, вроде как бы еще раз подумать захотели... Это не бизнес, здесь уже пахнет какой-то провокацией. Все, что они захотели, им показали, откуда же появились сомнения? Может быть, дело временное? Но беда в том, что и двое агентов Матюшкина, которым было поручено решение данного вопроса, тоже ничего не понимали. Они обращались за советом к нему, а в принципе это он должен был спрашивать у них, в чем дело...

И вот на этом несколько тревожном фоне обнаружилось, что генерал Игнатов как-то непонятно активизировал свои действия. Если, конечно, Матюшкин с Плешаковым правильно понимали суть диалога своих антиподов. Проанализировав еще раз ситуацию, Сергей Сергеевич решил самостоятельно, не посвящая в это дело пока Плешакова, предпринять решительный шаг. Он попросил помощника вызвать к нему в кабинет начальника управления Игнатова.

— Присаживайтесь, Александр Дмитриевич. Как самочувствие? Как настроение? На пенсию не собираетесь?

Игнатов удивленно вскинул брови: набор вопросов был самый недвусмысленный.

— Полагаете, пришло время? — с легкой издевательской улыбочкой спросил он, зная, что Матюшкин старше его на два года.

— Да вот, слышал, вы приболели...

— Нет, чувствую себя вполне. Чего, как говорится, и вам желаю, товарищ генерал-полковник.

— Очень хорошо. Значит, выслушаете без эмоций... Вот тут у меня имеется запись одного любопытного разговора. Впрочем, что я вам говорю, вы и сами, Александр Дмитриевич, голоса легко узнаете. Вот послушайте. — И Матюшкин нажал клавишу пуска на портативном магнитофоне.

«— Короче! — услышал Игнатов свой собственный голос. — Вы чего детский сад устраиваете? Зачем мы здесь? Давайте по делу. И ваш базар мне не нужен, у меня тоже собственных забот хватает. В чем ты меня обвиняешь, Виталий Борисович? Меня, который тебя человеком сделал, а?

— Ну только не надо, не стоит, Сан Дмитрич, не бери на себя лишнего! А то не дотащишь. Что когда-то было, давно прошло. Вместе с нашими партбилетами. А вот нынче я хотел бы от своих партнеров полной отдачи! Стопроцентного вклада — во всех смыслах! Рано еще изображать из себя благополучных рантье, стригущих купоны. Не доросли, господа!

— Слышь, Игнатов, а чего этот пуп со своей блядью, совсем охренел, что ли? Ты его в малолетстве часто харил у себя на Лубянке?..»

— Пока достаточно? — учтиво спросил Матюшкин, глядя в побагровевшее лицо Игнатова. — Го-

241

лоса узнаете? Западинский, Абушахмин — известный уголовник, генерал Игнатов... Подходящая компания. Так что будем делать, Александр Дмитриевич?

Игнатов молчал, глядя в стол.

— Вы сами напишете рапорт или будем передавать материалы, а у меня их за последнее время скопилось немало, в службу собственной безопасности?

— Чистосердечно? — поднял наконец глаза Игнатов.

Матюшкин пожал плечами:

— Не уверен, будет ли толк. Впрочем... послушаю.

Матюшкину и в голову не приходило, что проблема может решиться с такой легкостью. Ну, поупрямится Игнатов, даже слезу прольет, неискреннюю, конечно, попробует покаяться, упрашивать станет, хотя против таких аргументов — увы, не попрешь.

— Каюсь, товарищ генерал-полковник, бес попутал. Думал к старости деньжат подкопить, здоровье-то и в самом деле неважное...

— Значит, рапорт? — жестко спросил Матюшкин.

— Да мне б хоть до конца года, товарищ генерал-полковник, честью клянусь, разорву все отношения. Самому так гадко...

«Чего тут до конца года-то, — прикинул Матюшкин, — три, по сути, месяца...» А с другой стороны, взять да уволить генерала, начальника управления — для этого веские основания нужны. Как наверху еще посмотрят. Черт с ним! Позору не оберешься. Пусть до конца года. Но рапорт напишет сегодня. А вот число проставим, когда придет время...

Против такого решения директора Федерального агентства Игнатов не возражал, даже поблагодарил за снисходительность к его человеческой слабости.

И пошел дослуживать. А его рапорт остался на столе Матюшкина.

Вечером Александр Дмитриевич устроил в ресторане «Арбатские встречи» настоящий профессиональный шмон. Уж если в «Русском доме», где все заранее и тщательно проверили, их все равно облапошили, словно сосунков, то тут вообще никакого доверия быть не может.

Генерал был не просто зол, он был разъярен и всю свою ярость немедленно обрушил на головы спешно прибывших Западинского и Абу. Удар, нанесенный Матюшкиным, был действительно под дых. Но здесь, как ни старались, как ни обнюхивали стены сотрудники Западинского, ничего предосудительного так и не нашли — ни глазков телекамер, ни «жучков», ни «клопов», ни какой-то иной мерзопакостной живности. Чисто было. Что и позволило партнерам немного сбросить пар, успокоиться.

Сели в своем закрытом кабинете, и генерал потребовал водки. Много водки. Напряжение нуждалось в существенной разрядке.

Когда немного отпустило, Игнатов заявил, что в отношении Матюшкина необходимо немедленно принимать кардинальное решение. Компромат, который у него имеется на всю троицу, подобен бомбе замедленного действия, но поистине убойной силы. Поэтому тянуть нельзя.

К сказанному генералом Западинский добавил факт потрясающей наглости Плешакова во время гражданской панихиды. И, естественно, тут же возник вопрос: нет ли связи между двумя этими действиями, не желание ли это противника перейти в решительное наступление? Но тогда получалось, что Матюшкин и Плешаков действуют единым фронтом, а разве подобное возможно?

Если возможно, то, значит, все трое партнеров могут быть уже давно у них на крючке. При этом особенно важно теперь знать, каким объемом информации владеет противник.

Но самым главным оставался тот вопрос, на который пока никто из троих не мог ответить: каким образом их тайные переговоры стали доступны Матюшкину? То, что этот хитрый лис следил за своим подчиненным, стало уже фактом. Но почему же он только теперь предпринял решительные действия? И то, получается, не очень и решительные. Все-таки предложил подать рапорт, хотя при этом пригрозил и службой собственной безопасности. Последнее было бы гораздо хуже, ну просто из рук вон плохо! Однако же не настоял, а предоставил выбор. О чем это может говорить?

Сам старый и опытный интриган, Игнатов искал ясность в поступке начальника. И в конце концов пришел к тому, что Матюшкину было очень невыгодно раздувать его, игнатовское, дело. А невыгодно, скорее всего, оттого, что он и сам крепко замешан в чем-то подобном. Связь с Плешаковым вроде бы

244

ставила все на свои места. Правда, догадка нуждалась в жесткой проверке. Но на собственные силы и кадры Игнатов теперь абсолютно рассчитывать уже не мог. Где-то был сбой, кто-то продал, проверка займет слишком много дорогого сейчас времени. А действовать надо немедленно и решительно. В последнем никто из троих не сомневался.

Самый трезвый из них, Абу, заявил, что у него появились сомнения относительно опекаемых им армян из «Русского дома» и что он собирается проверить, каким образом к Матюшкину попала запись их разговора.

Западинский, уже сообразив, какие крупные неприятности может принести делу публикация пусть даже в какой-нибудь и «вшивой» газетенке, не говоря о каналах Ти-ви-си, записи «задушевной беседы» телемагната, генерала госбезопасности и вора в законе, немедленно пожелал Борису Михайловичу успехов в его расследовании. Он и сам не заметил, что едва ли не впервые уважительно назвал по имени-отчеству своего жестокого и, чего скрывать, абсолютно беспринципного подельника. Лишь после усмехнулся мысленно: права классика — ради пользы дела заключишь договор даже с дьяволом...

Добавил свою толику и Абу. Как было заранее обговорено, его братва во время похорон должна была контролировать ту часть кладбища, где находилась процессия. А после завершения церемонии погребения очистить место, чтобы туда мог подойти Вадим с охраной и кинуть горстку земли, если теперь уже не в могилу, то хотя бы на могильный холмик. В этом не смог отказать Западинский парню, от которого требовалась постоянная собранность и готовность работать до полного изнеможения. Надо иногда идти на небольшие уступки, чтобы не потерять случайно гораздо большего.

Ну и оцепила, по существу, братва кладбище. Оделись попроще, чтоб сойти за ритуальную службу. Смотрели за теми, кто старался проявить излишнее любопытство, кто выглядел подозрительно: будто не на похороны пришел, а с какими-то иными, непонятными целями. Да таких-то, в общем, и не было, поэтому наблюдали больше на всякий случай. О чем и докладывали бригадиру, который сидел в джипе на автостоянке, у входа в крематорий.

Все проходило спокойно, но когда, собственно, похороны завершились и немногие братья журналисты, боясь опоздать к автобусу в Домжур, торопливо совершали последний ритуал, то есть плескали водку на свежую могилу и глотали сами из пластмассовых стаканчиков, невесть откуда появились посторонние. И матвеевские «быки», бесцеремонно выдворяющие последних участников проводов, сами вдруг оказались в их роли.

— Кто такие? Документы предъявите, пожалуйста? Охрана! Чья? Адрес и название предприятия? — И пошло-поехало.

Ну какие могут быть документы у братвы? Разве что паспорта, да и те носить не очень привычно. Хотя и надо. Менты стали в последнее время часто цепляться. Связано это, понятное дело, с пропиской, но без пары сотенных от них никак не отвязаться. И не жалко, но обидно.

Поэтому когда двоих «непонятливых» повели к

246

«пазику» с занавешенными окнами, приткнувшемуся сбоку, все на той же автостоянке, бригадир дал команду своим — не привлекая внимания, отваливать. Тут нынче штрафов не оберешься!

И таким вот образом темно-красный джип остался, по сути, без прикрытия. О чем думали сидящие внутри его, неизвестно. Как, впрочем, и чем они конкретно думали. Неожиданно для всех джип вырулил со стоянки и двинул прямиком по аллейке между рядами могил, в сторону свежего захоронения. Странно, хотя на кладбище оставалось еще немало народу, ему никто не помешал, не остановил, не сказал, что частным машинам тут разъезжать не положено. А может, подействовала магия наглого действия. Начальство, мол, само знает, куда ему ехать. А что джип принадлежит большому начальству, наверняка никто и не сомневался.

Сомнение было лишь у одного человека, которого, кстати говоря, ни братва, ни странный какой-то ОМОН, почему-то решивший навести здесь порядок, не заметили. Или просто не обратили на него внимания. А человек этот аккуратно и даже любовно сгребал самодельным веничком сор и опавшие листья внутри кладбищенской ограды вокруг неприметной могилки, заросшей дикой травой. Потом так же методично он стал выпалывать траву.

Но когда в десятке метров от него, у свеженасыпанного холма, заваленного венками и живыми цветами, тормознул джип и из него выбралась небольшая компания молодцов в темных по случаю похорон одеждах, человек этот не проявил особого любопытства, разве что голову поднял, а потом стал

247

дуть на замерзшие ладони и согревать их на груди, за отворотами хилого пальтеца.

Компания молча постояла возле могилы, один из молодых людей принял от второго букет гвоздик и аккуратно, как-то даже замедленно, положил их поверх других. После чего вытер рукавом глаза и быстро залез в машину. За ним исчезли в чреве просторного салона и остальные четверо. Джип почти неслышно тронулся с места и пропал из поля зрения одинокого человека за оградкой.

И тогда тот поднялся с колен, оглядел дело рук своих и спокойно ушел, закрепив калитку кусочком проволоки.

Человек был уверен, что на него никто не обратил внимания. Он ошибался. Один из братков, видевших его во время похорон, теперь готов был поклясться, что этот мужичок, выйдя к автостоянке с другой стороны, из-за здания крематория, сел в «пазик», куда уже затолкали нескольких особо агрессивных «пехотинцев». И по всему выходило, что был этот неприметный мужичок неопределенного возраста, да и вида непривлекательного, «топтуном», или, попросту говоря, ментовской сукой.

А может, при виде решительных омоновцев в непонятной форме у братвы мозги поехали? Выслушав Абу, Западинский был уже склонен считать, что никакая тут не милиция, а всё они — конкуренты. Разве тот же Матюшкин не мог направить какое-нибудь свое спецподразделение? А ради чего? Ответ напрашивался сам: ради одного человека, из-за которого, по существу, и разгорелся сыр-бор, ради Вадима Скляра. Это его очень хотели вычислить и Матюшкин, и Плешаков. Отсюда следующий вывод: Ленку Скляр надо искать у кого-то из этих двоих. Хотя, в общем-то, в ней теперь и нужды большой нету.

За своих задержанных парней Абушахмин не волновался: у тех все в порядке, как взяли, так и отпустят. Он очень умно поступил, запретив им брать с собой на кладбище оружие. Как в воду глядел.

Немного беспокоил неизвестный, подсевший к ментам. Но тут уж ничего не поделаешь, упустили...

На генерала, видно, крепко подействовала встряска, которую ему учинил шеф. Поэтому он быстро и окончательно «расслабился». Западинский же нервничал: ситуация возле джипа с Вадимом ему не нравилась. И названивал старшему охраны — все ли у них там в порядке? Не заметили ли за собой хвоста? Как доехали? Чем занимается малыш? Сведения были, похоже, утешительными: никто не преследовал, малыш, правда, разнервничался, но, выпив в машине целый бокал виски, успокоился и даже вздремнул на обратной дороге. Сейчас читает что-то, просил не входить к нему. Однако все же заглянули — действительно лежит на тахте и читает.

Абу, которому стало уже надоедать трусоватое занудство генерала и быстро угасающий воинственный пыл Виталия, решил, что со свиданкой пора кончать. И сказал, что они могут тут продолжать свои игры, а он едет на разборку в «Русский дом».

— Позвони потом, — мрачно бросил Западинский.

— Чего, советом хочешь помочь? — Улыбка у Абу вышла неприятно злой.

— Да нет, чем кончится... — равнодушно отмахнулся Западинский. — А если они скурвились, ты и сам знаешь, что делать.

— Я поеду мимо Останкина, позвони своим, скажи, чтоб мне к машине фотки Матюшкина и Плешака вынесли, я их халдеям предъявлю для опознания, понял?

— Разумно, — закивал Западинский. — Езжай, я распоряжусь... Ну что ж, мой генерал, — он снисходительно хлопнул Игнатова, следившего за происходящим осоловелыми глазами, — впервые так сильно расслабился «старичок», — как гласит мирская мудрость: посеявший ветер да пожнет бурю? Ну вот, можно сказать, буря уже в пути. А тебе известно, Сан Дмитрич, почему Абу зовут Формозой, нет?

Генерал отрицательно покачал головой.

— За характер. Ты помнишь, как маленькая Формоза послала на хер очень даже большой Китай? И тот, сколько ни угрожал, так ничего и не смог сделать. Вот это и есть характер. Я в него верю.

Генерал кивал, и непонятно было: соглашался он с Виталием или отвечал каким-то тайным собственным мыслям...


Поскольку охрану и безопасность «Русского дома» осуществляли матвеевские, Абушахмину не было нужды тащить с собой дополнительные силы. Он сам, пара охранников и водитель-тяжеловес, чего еще!

Пока ехал, созрел план допроса. Он не хотел в такой поздний час поднимать хипеж в ресторане, куда нередко большие гости из лавры заворачивали.

Пройдет слух, что в «Доме» случаются разборки — и хана, лохи за версту его обегать станут. Какая же тут польза делу!.. Он был, несмотря ни на что, все же деловым человеком, этот Формоза.

Пышноусый швейцар приветствовал «уважаемого Бориса Михалыча», распахнул створки, показывая свою преданность. Абу походя хлопнул старика по плечу, а затем вдруг остановился, взял его за локоть и отвел в сторонку, к закутку возле вешалки, где на тумбочке было разложено нехитрое хозяйство швейцара.

— Ну-ка, Гордеич, — Абу достал из кармана фотографии Матюшкина и Плешакова, девять на тринадцать, те, что передали ему в конверте сотрудники Останкина, и, сдвинув в сторону кружку, ложку и заварной чайник, положил перед стариком. — Внимательно гляди! Видел тут их?

— Погодь, Борис Михалыч, — старик сдвинул фуражку к затылку, — дай вспомнить-то... Ага, вон етот — определенно, да. Был он у нас, когда жа?.. Припомню, ага. Крутой, навроде тебя, Михалыч.

— Чем ж крутой-то? — усмехнулся Абушахмин.

— А как жа! И джипа у него, как ета, и охрана — рослая, навроде твоих, ага. И «мерседес» еще. Только ты вон здороваешься, а он — как етот... баба скифская, мимо протопал... А вот и скажу — в обед дело-то было. На той неделе, ага.

— А про второго что скажешь?

— Не, етого не знаем. А чего, тоже крутой?

— Ладно, Гордеич. Помалкивай пока.

Абушахмин забрал фотографии и кивнул своим: пошли.

Он сразу заметил беспокойство в глазах Гегама, привставшего со своего широкого кресла за письменным столом. Ну оно консчно понятно: когда «крыша» приезжает, какая может быть особая радость! Но все-таки. Значит, душа нечиста.

— Пойдем туда, — качнул головой в сторону боковой двери Абу.

Они вошли в ковровую комнату.

— Артур где? — Абу сел на низенький диванчик. Охранники его остались у двери.

— Артур? — словно не поняв, переспросил Гегам. — Артур отъехал ненадолго. А что, к нему срочные дела? Я не могу решить за него, Борис Михайлович? Вы по делу или поужинать? Так я распоряжусь.

— Сядь, — грубо оборвал Гегама Абушахмин. — Тебе эта личность знакома? — Он сунул под нос армянину фотографию Плешакова.

Гегам задумался. Сказать: «Знаю» — пойдут вопросы — откуда? «Не знаю» — может быть еще хуже. Зачем это Абушахмину? Можно сказать, что этот тип был тут, обедал, потом разговор о «крыше» вел, но, узнав, кто «кроет», видимо, отказался от своих намерений. Поэтому здесь сидел, обслуга, конечно, видела, если спросят, скажут. Кто захочет связываться с этим бандитом! Ах, только бы Артурчик раньше времени не вернулся. Успеть бы с ним договориться!..

Он понимал, что пауза слишком затягивается и надо что-то говорить, а то уж больно все получается подозрительно.

— Ну, вижу, вспомнил? — оборвал стремительный поток мыслей Абушахмин.

— Вспомнил, Борис Михайлович, конечно, вспомнил, как можно не вспомнить? «Крыть» нас приезжал. Очень грубый человек. Но когда узнал, что мы в «крыше» не нуждаемся, стал ругаться, угрожать стал, а потом пообедал и уехал. Платить не стал. Грубый человек.

— Почему я об этом не знал? — спросил Абу, но ответ ему был не нужен. Врет, старая задница. Не стал бы Плешаков лично кому-то свою «крышу» навязывать. У него для этого «шестерки» есть. Но почему врет Гегам? Чего боится? Может, сговорились уже?

— Значит, «крыть» собирался... — сделал вид, что поверил, Абу. —А угрожал как? Может, что показывал? Шантажировал, да?

Гегам вспотел. Неужели этот бандит все уже знает?! Но откуда? Они с Артуром договорились, что ни одна живая душа не пронюхает об опасном договоре с Плешаковым, на который им пришлось пойти из боязни, что бандиты узнают о той записи. Выходит, что-то где-то просочилось? Но где? Откуда?..

— Просто угрожал... Шею свернуть обещал.

— Это тебе-то? — презрительно хмыкнул Абу. — Так у тебя ж ее и так нет! Разве что у Артурчика... Так куда, говоришь, брат отъехал? Сейчас мы его разыщем.

— В Сергиев поехал.

— Домой, что ли?

— Может, домой, — неохотно согласился Гегам. — Не знаю. Попросил меня побыть тут, на всякий случай. С кем-то из поставщиков встретиться хотел.

— Ну ладно, подождем, а там видно будет. Теперь скажи, кто и как помогал этому Плешакову записывать все наши застольные беседы?

Вот оно — самое страшное! Лоб Гегама стал не просто влажным, а потек. И это тоже не ускользнуло от пронзительного взгляда бандита. Если они начнут пытать, Гегам был просто уверен: он долго выдержать не сможет. А если не сможет, значит, смерть. Другого от бандитов ожидать невозможно. Если бы Артур был рядом, может быть, им удалось бы вдвоем убедить Абушахмина, что они тут абсолютно ни при чем, что они в первый раз об этом слышат, Артур умеет убеждать, хоть и младший брат...

— Я не... — умирая от ужаса, простонал Гегам.

— Не хочешь говорить правду? Тогда ответь, сколько Плешаков тебе заплатил за эти записи?

Гегам рухнул на колени, молитвенно сложив пухлые руки у лица:

— Поверьте, Борис Михайлович...

— Как знаешь, сам виноват. — Абу принял жесткое решение. — Миша! — кивнул он одному из своих охранников. — Позови сюда моего Жору. Хочу, чтоб он по-своему поговорил с этой жирной свиньей.

Охранники быстро переглянулись и хмыкнули: им были известны гомосексуальные наклонности громилы-водителя. И картинка здесь предстояла забавная.

Через несколько минут, в течение которых толстый армянин, валяясь в ногах Абушахмина, слезно выкрикивал что-то на родном языке, вернулись Миша с Жорой. Шофер посмотрел на Гегама, перевел взгляд на хозяина и усмехнулся. Хмыкнул и Абу.

— Жора, он — не лучший вариант, но пока для тебя другого нет. Вот найдем его братца, подрючишь и его. А пока надо этого в умат уделать, понял? Темнит он! Давай займись им. А вы, братва, если базлать станет, перо ему в бок!

Абу поднялся и еще раз посмотрел на распростертое у ног жирное тело хозяина «Русского дома». Он махнул рукой, и, повинуясь его жесту, Жора поборцовски схватил Гегама и резко швырнул того ничком на диван. А сам сбросил на пол куртку и взялся за свои брюки.

Выходя, Абу услышал почти звериный рык и пронзительный вопль и визг несчастной жертвы.

Он подошел к бару, велел подать себе бокал лучшего коньяку и лимон в сахарной пудре. Пока бармен быстро готовил заказ, Абу обернулся и, привалившись к стойке, стал внимательно оглядывать наполовину заполненный зал. Попались на глаза несколько смазливых девочек, ну это наверняка местные. В дальнем углу гуляли бритые — тоже, поди, из местных, оттягивались шампанским. Особо солидной публики как-то не наблюдалось.

Он стал вспоминать обстоятельства и обстановку того, прошедшего ужина, который, как оказалось, был кем-то записан слово в слово. Кем? Кто мог такое сделать?

Между столиками сновали официанты в расшитых русских рубахах и жилетах поверх них. Тогда их всех тщательно осматривали, проверяли карманы. Все было чисто. Но запись-то шла! Абушахмин смачно выругался, чем несколько испугал бармена, принявшего было восклицание на свой счет. Но Абу забрал у того свой бокал, сплюнул на пол и выпил двумя огромными глотками.

Вот же блядство! Ну разве это его дело — заниматься всякими ментовскими заморочками? А генерал на что, мать его?! Нажрался там себе, в штаны наклал и моргалами хлопает, а ты тут...

Абу снова зло сплюнул и сунул в рот пару долек обсыпанного сахаром лимона.

Допрашивать всех официантов? А их тут две смены — это ж всех собирать, каждому сопли на кулак наматывать, никто по доброй воле не сознается! А что, есть другой путь?

В глубине зала, возле ширмы, за которой расположена дверь в директорские помещения, показался Миша. Поймал взгляд хозяина и кивнул. Абу понял: экзекуция принесла свои плоды.

Конечно, вид голого жирного мужика, раскоряченного на диване мордой вниз и глухо взывающего, приятным зрелищем назвать было нельзя. Однако сам виноват, что заслужил, то и поимел.

Жора, развалившись, сидел на стуле и потягивал из высокого стакана апельсиновый сок. Охранники с довольными рожами примостились на подоконниках. Хором, что ль, протянули? Нет, не похоже. Но Гегамчику сильно не повезло, у Жорки та еще волына! Потому так быстро и сдался армянин. А что сдался, было понятно по довольному кивку ухмылявшегося водителя.

— Порядок, Борис Михалыч, — заметил Миша, — под вашим Жоркой кто хошь расколется. Обещал все рассказать, что знает. Очко-то — жим-жим!

Гегам между тем лишь глухо и протяжно стонал.

Жорка рывком за руку и за ногу ловко перекинул его с живота на спину. Постоял над ним, будто утверждая свою победу: вид поверженного и опозоренного Гегама, похоже, возвышал его в собственных глазах.

— Ну, я слушаю тебя, — сказал Абу, садясь вместо Жорки на стул.

Закрыв глаза обеими руками, словно страшась увидеть лица мучителей, Гегам стал говорить, как все происходило в тот день, когда приезжал Плешаков. Он ничего теперь не скрывал, но выходило так, что и нового для себя Абушахмин тоже не услышал. Ну, деньги проклятые, которые оставил в качестве задатка за будущие предательства Плешаков. О технике записи Гегам ничего не знал, и, следовательно, главный вопрос оставался по-прежнему открытым.

Можно было, конечно, поставить на хор и младшего брата, но Гегам клялся всеми святыми, памятью родителей, что Артур тоже ничего не знает. Жаль, потому что предательство все равно будет наказано. В назидание другим.

Весь кабак действительно не перетрясешь и раком не поставишь, хотя и надо бы. Но страх эти молодцы должны почувствовать. И твердую руку нового хозяина. Абу уже подумывал о том, что дом этот «русский», он русским и доход должен приносить. А то армяшки какие-то! В общем, с этим вопросом покончено. Виталий наверняка не будет ничего иметь против того человека, которого назовет Абу. И ему есть кого назвать.

— Миша, — сказал он, — мы поехали, не будем

больше терять времени. А ты останься, дождись Артура и завершай дело, понял?

— Там, во дворе, — охранник кивнул за окно, — их машина...

— Ну вот, ты сам все и понял. Наших тебе тут достаточно.

Абушахмин с водителем и охранником проследовал через зал к выходу и сделал рукой «привет» швейцару. Кто считал, сколько народу приехало? Да никто! Приехали и — уехали, и никому дела нет до того, кто это были...

Плох был бы Сергей Сергеевич Матюшкин, если бы, отпустив Игнатова, поверил хотя бы одному его слову. Все прошлое Александра Дмитриевича указывало на то, что никакого доверия заслуживать он не может. Ярость же — плохой советчик. А покинул кабинет директора Федерального агентства генерал Игнатов явно не в себе, как ни маскировался растерянным и сломленным. Таких людей никогда не воспитывал КГБ, да он бы и дня не продержался на прежней своей службе.

Наружное наблюдение за генералом Игнатовым было поручено оперативникам из спецподразделения агентства, которые получали задания лично от самого директора. Перед ним и отчитывались.

Игнатов, как было доложено вскоре, прямиком рванул на Арбат. Вскоре, по сообщениям оперативников, туда же прибыли Западинский и Абушахмин.

И Матюшкин дал команду немедленно подключить систему спецподслушки. Специалисты Западинского, прибывшие со своими «акулами» и прочей прибористикой, рассчитанной на выявление прослушивающих и подсматривающих систем, против новейших американских разработок, примененных Матюшкиным, были бессильны. И волна тотальной проверки быстро улеглась. А когда все закончилось, по сигналу, переданному из ресторана одним из оперативников, эксперт, сидящий в машине, припаркованной недалеко от входа в ресторан, надел наушники и включил свою аппаратуру. После короткой настройки заработало записывающее устройство.

Спустя примерно полчаса Матюшкину доставили первую часть записи. Прослушав ее, генерал-полковник побагровел и связался со старшим опергруппы.

— Как у тебя обстановка?

— У них усиленная охрана. Допуск в ресторан практически прекращен. На дверях — «спецобслуживание». Наших всех поперли, вместе с другими посетителями разумеется. Но запись идет нормально. Там такое, товарищ генерал-полковник! — оперативник даже присвистнул, но тут же поправился: — Прошу прощения.

— Можешь не извиняться, я уже прослушал начало. Значит, сильно мешаю я им?

— Так точно.

— Я еду к вам, — решительно заявил Матюшкин, вставляя кассету с записью в компактный магнитофон и кладя его в карман.

Все мог бы представить себе Матюшкин, любой мат услышать из уст подчиненного, — а как еще мужики способны реагировать, если их душит

259

ярость! — но то, что услышал, окончательно вывело его из себя. Тут ни о каких трех месяцах и речи быть не могло! Записанное на пленке — достаточный повод для ареста этого мерзавца, явно перепутавшего служебные обязанности с откровенным криминалом. И это ему не пройдет...

Он еще не окончательно решил, как будет действовать, но то, что Игнатов должен быть немедленно взят под стражу, сомнений не вызывало. Сколько там народу, возле этих «Арбатских встреч»? Пять-шесть оперативников? Достаточно. Вот и будет последний разговор — жесткий и прямой, без всяких околичностей и жалоб на сердечную недостаточность...

Двери ресторана были закрыты изнутри и плотно занавешены.

Матюшкин, решивший лично возглавить оперативную группу, подошел и нажал кнопку вызова швейцара. Но там царила полная тишина. Никто за дверьми не показывался. Оперативники, уже экипировавшиеся соответствующим образом, то есть в бронежилетах и с «каштанами» в руках, проявляли нетерпение. Наконец после нескольких безуспешных попыток привлечь к себе внимание они увидели появившегося за стеклом швейцара, который удивленно уставился на них, а затем отрицательно покачал головой и ткнул пальцем в табличку, на которой была надпись: «Свободных мест нет». Это было расценено как хулиганство. Ему тут же предъявили пистолет-пулемет и знаками показали, что через мгновение ни от стекла, ни от него самого ничего не останется.

Швейцар на этот мимический приказ сделал многозначительное лицо и... пропал. Но через короткое время шторки раздвинулись, а на месте швейцара появился человек в белом пиджаке, который стал возиться с замком. Что-то у него не получалось, то ли ключ не подходил, то ли еще что, но похоже было, что он просто тянул время.

— Служебный выход под контролем? — на всякий случай спросил Матюшкин, хотя мог бы этого и не делать: его оперативники хорошо знали свое дело. Старший лишь кивнул.

Наконец дверь — одна ее створка — распахнулась и человек в белом встал в проеме.

— Прошу прощения, господа, но мне кажется, что вы немного перепутали, тут ресторан, а не банк.

— При чем здесь банк? — опешил Матюшкин.

— Грабят-то банки, а мы... — метрдотель, вероятно, это был он, сокрушенно пожал плечами. — Да и публики у нас нынче нет. Технические неисправности, не работаем, господа. А банк, если желаете, он рядом. — Этот «мэтр» явно издевался.

Матюшкин вынул свое удостоверение с золотым орлом и огромными буквами «ФАПСИ» и сунул его под нос «мэтру». А затем, небрежно оттолкнув его плечом с дороги, шагнул в холл. Оперы с автоматами — за ним.

— Здесь никого нет, господа! — забегая сбоку, частил «мэтр». — Исключительно обслуживающий персонал!

— Поглядим! — многозначительно пообещал ему Матюшкин. — Всех собрать здесь!..

О том, что в ресторан рвутся непонятные типы с автоматами, Западинскому доложил примчавшийся, запыхавшийся швейцар. От уехавшего Бориса Михайловича оп имсл указание никого в заведение не пускать. А эти рвутся и оружием угрожают.

Игнатов лыка не вязал, и Западинский махнул на него рукой — никакой пользы, генеральская «ксива» тут не поможет. Он и сам хорошо взял на грудь — нервы, будь они прокляты! Не железный ведь!

— Не открывайте, я сам гляну, — сказал он, поднимаясь.

Пока швейцар, отодвинув занавеску, пытался объяснить, что мест свободных нет, поскольку ресторан сегодня не работает, Западинский из-за его спины разглядел стоящих у дверей и глазам своим не поверил: быть того не может! Сам Матюшкин со спецназом?! Да это же, блин...

Да, появление здесь директора ФАПСИ не могло быть случайным. Значит, опять прокол! Но Матюшкину он, Западинский, вовсе не нужен, ему нужен наверняка Игнатов, который час назад, брызжа слюной, высказал вслух все, что он думает о своем начальстве. И что он сейчас здесь, ни для кого не секрет.

И вдруг шальная мысль мелькнула у Виталия Борисовича. Настолько неожиданная, что он сам изумился.

— Скажи «мэтру», чтоб он открывал, но потянул, сколько может. Меня здесь давно уже нет. А этот, — он кивнул на Игнатова, — пусть отдыхает. Служебный, конечно, перекрыт?

Швейцар в ответ развел руками.

Подхватив свое пальто, Западинский заглянул в соседний кабинет, где смотрели «видик» его охранники.

— Быстро за мной! Игорь, к тебе у меня особое дело. Остальные — вниз, я догоню... Слушай меня. Сейчас сюда ворвутся опера из ФАПСИ, это за генералом, понял? Шеф его прибыл. Лично. Надо, чтоб он тут и остался, ясно говорю?

Игорь кивнул. Хлопнул себя под мышкой, слева.

— Правильно понял. Ключ будет в двери, там, — Западинский указал пальцем в пол. — Сразу уходи. Позвонишь завтра. Давай.

Виталий Борисович быстро, почти бегом, устремился по коридору, ведущему на кухню, но, не доходя ее, свернул на лестницу, ведущую в подвал. Оттуда было два выхода — к люку во дворе, куда подавались продуктовые машины, и дальше, в глубину подвала, где имелась железная дверь в электрощитовую. А вот уже из нее был выход через почти неприметную дверь в подземный переход под Новым Арбатом.

Дверь в щитовую была уже открыта, там светилась тусклая лампочка. Западинский остановился, перевел дыхание и вынул из кармана пальто мобильник. Набрал номер и, когда отозвался водитель «мерседеса», сказал:

— Там шумно?

— Есть маленько, шеф.

— Давай отъезжай потихоньку и кати к «Праге», мы будем там через десяток минут. Прямо на углу и встретимся...

В подземный переход, что напротив кинотеатра «Октябрь», вышла небольшая группа людей, и были они похожи на муниципальных работников, которые проверяют всяческие городские службы — электрооборудование, водопровод, подземные коммуникации и прочее. Впрочем, никто из торопливо снующих людей не обратил на них внимания: в переходе под улицей было сумеречно и неуютно, лампы едва светились. Даже уличные торговцы держались ближе к лестницам. А дверей таких в подземных переходах всегда бывает по нескольку штук — за ними, в тесных каморках, обычно уборщики метлы свои и лопаты хранят.

Обернувшись к одному из своих охранников, Западинский сказал:

— Обожди здесь. Когда Игорь выйдет, заберешь у него ключ. И вали домой. Отдыхай сегодня.

— Сколько ждать?

— А ты сам поймешь. Не отсвечивай тут. Пока.

И Западинский с тремя охранниками отправился в противоположную от кинотеатра сторону, а потом они по лесенке между магазинами спустились в Большой Николопесковский переулок и вышли на Старый Арбат, по которому пошли уже спокойным, прогулочным шагом в сторону «Праги»...

Стоявший в укромном месте Игорь наблюдал, как получившие наконец доступ в помещение спецназовцы — или кто они там были, один хрен! — разбежались по немногочисленным кабинетам ресторана в поисках им одним ведомых преступников. Они же, следуя команде старшего — рослого мужика в кожаном пальто и такой же кепке, стали довольно неучтиво «приглашать» в холл ресторанную обслугу. Наконец из коридора вывели под бели руки бухого в дым генерала Игнатова, который упирался, не желая идти, и громко матерился. Все обернулись к нему.

А в фойе гремела музыка, и она, естественно, заглушала басовитый генеральский мат.

Приказ шефа был понятен: этот седой в кепке должен остаться здесь. Зачем, почему — такие вопросы Игоря не интересовали, поскольку немалые гонорары он получал не за свое любопытство, а за четкое исполнение указаний шефа. Выбрав удобный момент, он бесшумно поднялся на антресоли, откуда только что без всякой добычи спустились двое спецназовцев. Никого не нашли, а там никого и не было. Неграмотно работают, подумал Игорь и остановился за портьерой.

Холл отсюда был как на ладони. Посредине стоял «большой начальник». Кем бы он ни являлся, Игорю до него не было никакого дела. А вокруг толпились служащие ресторана — кто в вечерней форменной одежде, кто в белых халатах, фартуках и колпаках.

— Прекратите этот балаган! — закричал седой начальник и замахал рукой. Вероятно, он имел в виду, чтобы выключили громкую музыку, которая мешала ему расслышать генеральскую пьяную матерщину.

Кто-то из обслуги не торопясь отправился в радиорубку, чтобы выключить или хотя бы убавить звук.

Игорь достал из-под мышки револьвер с навинченным на ствол глушителем. Хорошая у него штука: оружие отечественное, приспособленное под макаровский патрон. Гильза остается в барабане, вот и ломай себе башку, из чего стреляли.

Пока стоял шум, пока бились в истерике музыкальные синкопы, грех было этим обстоятельством не воспользоваться. Игорь выставил кончик ствола из-за портьеры, прищурил левый глаз и нажал на спуск.

За нестихающим воинственным грохотом музыки никто не мог услышать легкий щелчок, а вспышку не видели, поскольку пуля прошла между балясинами ограждения антресолей. Никто и не понял, почему генерал Матюшкин, поднявший руку, чтобы снова потребовать прекратить шум, вдруг странно дернулся и начал медленно оседать. Пока не упал со странно вытянутой рукой. Только после этого раздался общий не то крик, не то вопль. Спецназовцы, расталкивая людей, кинулись к лежащему, потом вскочили, развернулись и одновременно из двух стволов врезали поверх голов — по стенам, по антресолям. Народ тут же повалился на пол.

А Игорь в это время уже миновал электрощитовую, вышел в подземный переход и, спокойно оглядываясь, стал запирать дверь снаружи. Наконец увидал возле лестницы одного из охранников, который медленно кивнул ему и показал, что надо подняться на улицу.

Игорь пошел за ним, тут же, возле гранитного парапета, отдал ключ, и они отправились в противоположные стороны...

Садясь в «мерседес», Западинский все никак не мог отвязаться от мысли, что произошла не случайная накладка, а идут вполне целенаправленные действия против него конкретно, ну и партнеров, поскольку они на нем же и завязаны. Но самое печальное заключалось в том, что Матюшкин действительно имеет серьезную компру на Игнатова. Имел, поправил себя Виталий и взглянул на водителя. Тот чего-то ждал.

— А-а, ну да... домой. — И, подумав, добавил: — Не в Фили, а на дачу...


Зря Формоза был так уверен в своей «пехоте», да и вообще в своих кадрах. Если уж Грязнов брался помогать Александру Борисовичу Турецкому, то доводил дело до конца. И поэтому, когда ему сообщили, что у некоторых задержанных на кладбище не оказалось при себе документов, он велел всех привезти на Петровку, к нему.

Три оперативные машины между тем уходили по МКАД в сторону Можайки за темно-красным джипом. Чтобы сбить преследуемых с толку, машины менялись местами, о чем сообщали начальству, а о перемещениях «тойоты» доносили дорожно-патрульные посты. Последнее сообщение гласило, что джип развернулся под эстакадой и пошел в сторону Шереметьева.

По-осеннему быстро темнело, да и небо снова готово было просочиться дождевой моросью, поэтому преследователи приблизились на максимально допустимое расстояние, чтобы случайно не потерять «тойоту» из виду, если она захочет вдруг уйти куда-нибудь в сторону. На глаза по-прежнему не лезли.

Тем временем Грязнову принесли стопку еще

влажных, только что отпечатанных снимков. Снимавший скрытой камерой оперативник выбрал очень удачную точку для себя. Лица произносивших прощальные речи были словно специально обращены прямо к объективу. И Вячеслав Иванович вместе с Александром Борисовичем немедленно приступили к их изучению.

Оказалось, что Западинский, как, впрочем, и Плешаков, на кладбище не приехали. То есть они, возможно, и были где-то поблизости, но именно в стороне, а не в эпицентре действия. Попадались лица легко узнаваемые — известные телекомментаторы, журналисты, растиражированные газетными снимками думские деятели, для которых мелькание «на глазах» было одной из форм завоевания популярности. Но наибольший интерес представляли фотографии, сделанные в самом конце ритуальной процедуры. Вот она — группа молодых людей в темных одеждах. Среди них — блондин в низко надвинутой шляпе и с поднятым воротником. Он кладет цветы на могилу. Снимает шляпу... Но что это? Следующий кадр — просто фантастика какая-то! Шляпа снята, но и светлые волосы почему-то странно сдвинуты набок. А из-под них вылезают черные патлы. И тут же, на следующем снимке, чья-то рука сбоку прикрывает фальшивого блондина своей шляпой. Наконец, блондин, снова в нахлобученной шляпе, согнувшись, забирается в салон.

Потрясающе! Грязнов с Турецким снова вернулись к последним четырем снимкам, выложили их в один ряд, всмотрелись, потом переглянулись и... довольно рассмеялись.

— Он? — воскликнул Грязнов.

— Сто к одному! — ответил Турецкий. — И вот теперь, Славка, мы просто не имеем права упустить этого малого.

Но в этот момент пришло весьма неприятное сообщение. Докладывал старший наружки майор Егор Спиридонов.

— Вячеслав Иванович, ушел, гад! Как сквозь землю провалился!

— Где? — резко спросил Грязнов. — Место! — И подошел к огромной карте Москвы и ближнего Подмосковья, занимавшей в его немалом кабинете почти полстены.

— Солнечногорск — трафарет в ста метрах. Справа — автозаправка.

— Слушай меня. Один экипаж пойдет направо, к Сенежу, второй доезжает до железнодорожной станции и — тоже направо, вдоль озера. Тут могут быть два ориентира: дом отдыха с базой рыболова, а также подальше, через плотину, — новый поселок. Рядом со школой «Выстрел». Знаешь?

— Так точно!

— Сам координируй, но с места не уходи, может, он где-то рядом затаился. И докладывай, не молчи! — Грязнов отключился и сокрушенно покачал головой. — Прокололись ребятки... Там ведь тоже, поди, не дураки сидят. Ишь ты, чего с париком удумали! Значит, он и есть это, Саня.

Турецкий внимательно разглядывал карту, даже водил пальцем по ней.

— А знаешь, — сказал наконец, — где-то здесь, и скорее всего в окрестностях озера, есть у Западинского собственное жилье. Неафишируемое, но достаточно безопасное. Ты бывал в этих местах?

— Рыбу ловил когда-то, — буркнул Грязнов.

— Тут же санаторное место, самое то для «новых русских». Вот и надо искать, исходя из вкусов нынешних олигархов, которым деньги девать некуда.

— Все так, но это — время...

Постучав, в кабинет вошел заместитель Грязнова.

— Вячеслав Иванович, вы лично будете беседовать с «быками»? Они в следственном изоляторе.

— Много их?

— Четверо. Были зафиксированы попытки дачи взятки.

— И почем нынче свобода? — усмехнулся Грязнов.

— По двести баксов.

— Интереса к ним никто не проявлял?

— Пока нет. Двое из них назвались, а двое других отказываются. Может, на что-то рассчитывают. Только теперь вряд ли, мы их опознали по картотеке. Матвеевские, у каждого — по судимости, сто шестьдесят третья, часть вторая. Вымогательство с применением насилия. По трояку имели.

— Очень хорошо, вот с них и начнем, — сказал Грязнов, поднимаясь и кладя в карман мобильник. — Пойдем, Саня, потолкуем с братвой, а потом тебе не грех бы с моими парнями пошурудить у них дома. Наверняка обнаружится что-нибудь очень интересное.

Но у самой двери Грязнова остановил звонок его мобильника. Вячеслав Иванович достал из кармана трубку, включился и, выслушав короткую фразу, с ходу насторожился и махнул рукой заму, мол, иди. Тот вышел. Грязнов вернулся к столу, сел на край.

— Я слушаю, слушаю...

Сообщение было коротким. Но Грязнов, отключившись, продолжал молча сидеть, о чем-то размышляя. Турецкий кашлянул.

— Это Крот звонил, — сказал Грязнов. — Вся троица сейчас в «Арбатских встречах». Там идет крупный разговор, похожий на разборку. И никак не на поминки. Хотя Западинский Дом журналистов посетил и даже помянул усопшего одной рюмкой. Но тут же умчался. Благо все рядом. Ну? Что скажешь? Генерал уже набрался, Западинский — на подходе. Бандит, как всегда, трезвый.

— Ты думаешь, это у них надолго? — спросил Турецкий.

Грязнов засмеялся:

— У меня та же мысль мелькнула. С Костей бы только посоветоваться. Можно, конечно, изобразить квартирную кражу. Но тогда я для этой цели Дениску бы использовал, а?

— Но Костя определенно будет против. Ты ж его знаешь.

— А у нас может иной возможности и не представиться.

— Авантюристы мы с тобой, Славка! — засмеялся Турецкий.

— У тебя есть способ получше?

— Ну а как же с этими? Не разорваться же! — Турецкий ткнул пальцем в дверь.

— И без нас справятся. Скажи своему Карамышеву, чтоб подъехал. Ах да, он же там, в Солнечно-

271

горске. Молчат, однако... Ну пусть ищут. — Грязнов нажал на клавишу внутренней связи и сказал секретарше, чтоб та вернула в кабинет его зама. И когда тот вошел, распорядился: — Значит, так поступим. Мы сейчас с Александром Борисовичем отъедем по важному делу, а ты бери опергруппу, этих «быков», что с судимостями и без оных, и дуйте по адресам. Они известны?

— В картотеке... А двое сами назвали.

— Отлично. Шмон по высшему разряду. Наверняка что-нибудь найдете — оружие или наркотики, понял?

— Так точно. — Улыбка едва скользнула по губам заместителя начальника МУРа, но Грязнов заметил ее.

— Я серьезно сказал. За самодеятельность башкой ответишь, усек?

· — Усек, Вячеслав Иванович.

— Особо обратите внимание на тех, что без судимостей. Кто имел ходку, тот осторожен, а пернатая молодежь — беспечна.

Уже выходя из приемной, Грязнов напомнил секретарше:

— Будет звонить Спиридонов, сразу переключай его на меня, на этот, — он показал мобильник. — И посиди, пожалуйста, до моего звонка, это очень важно... Для остальных меня нет, и ты ничего не знаешь...

— А может, все-таки заскочим к Косте? — с большим сомнением в голосе сказал Турецкий, когда шикарный полицейский «мерседес» Грязнова покинул служебный двор на Петровке.

— Поджилки трясутся? — язвительно заметил Грязнов, но сказал водителю: — Давай сперва на Большую Дмитровку, в Генеральную. А пока суд да дело, поговорим с Дениской.

Набрав номер директора агентства «Глория», Грязнов послушал отзыв и передал трубку Турецкому:

— На, тебе надо, ты и проси. Не могу же я постоянно пользоваться родственными связями!

— Привет, Денис, — сказал Турецкий, — это тебя дядя Саша беспокоит... Тут, понимаешь, одна нужда объявилась...

— Ой, как хорошо, что вы позвонили, дядь Саш! — закричал Денис. — А то все с ног сбились! Вас с дядь Славой разыскивают!

— Давно разыскивают? — удивился Турецкий. — Мы ж на Петровке только что были.

— Ну вот, вы уехали — и все. А Константин Дмитрич прямо икру мечет! Вы бы звякнули к себе на службу?

— Так мы ж туда и едем. А что произошло? Власть переменилась?

— Не знаю! — засмеялся Денис. — Но очень похоже! А ко мне какая просьба?

— Теперь уже после. Ладно, привет. Не уходи, я чуть позже позвоню. — Отдавая трубку Славе, Турецкий сказал: — Непонятное чепе. Костя рвет и мечет, требует на ковер. Пойдем?

— Ну и жизнь! — вздохнул Грязнов. — В сортир выйти не дадут... Зайдем, куда теперь денемся...

В приемной у Меркулова царило некое смятение. Из Костиного кабинета вывалились трое больших начальников — все с генеральскими звездами — и, увидев входящих Грязнова с Турецким, как-то странно посмотрели на них и ушли, так ничего и не сказав.

— Здрасьте, Константин Дмитриевич, — на правах гостя первым поздоровался Слава.

— Привет, наконец-то, — озабоченно отозвался Меркулов. — Садитесь. Что такое, когда позарез надо, вас нет? — Он вдруг напрягся и шумно потянул носом. — Странно... не пахнет. Чем заедали?

Турецкий с Грязновым расхохотались.

— Все в порядке, Костя, как стеклышки. Хотели провернуть одну авантюру и ехали к тебе посоветоваться. Ну а на ловца, как известно, и зверь бежит. Так что давай сперва ты свое, а потом мы. — Грязнов огляделся и добавил: — А чего это у генералитета рожи таинственные? Будто мы с ним, — он кивнул на Александра, — чего не то сп... пардон, украли?

— Шутки в сторону, ребяты, как говаривала когда-то Шурочка... Только что на Старом Арбате убили директора ФАПСИ Матюшкина.

— Ни хрена себе! — раздельно произнес Грязнов. — А чего его к шлюхам потянуло?

— Он был не у шлюх, оставь, Вячеслав, свои нечистые подозрения!

— А что еще можно делать на Старом Арбате? Не в театр же его потянуло?

— Он убит в ресторане «Арбатские встречи».

— Ну а я что говорил? — не унимался Грязнов, но, увидев вмиг насторожившегося Турецкого, смолк. — Как ты назвал? Так ведь это же...

— Вот именно! — воскликнул Турецкий. — Кабак, принадлежащий нашим троим фигурантам? Как это получилось?

— А все дальнейшее предстоит выяснять тебе, Александр Борисович, — с печальным видом Костя развел руки в стороны. — И тебе, Вячеслав. Мне известно только одно: в ресторане в момент убийства находился генерал Игнатов. Других посетителей не было. Да и он оказался в невменяемом состояния.

— Сдвиг по фазе? Перенервничал? — спросил Турецкий.

— Нет, просто пьян в стельку. Лыка не вяжет. Одним словом, пока там не сильно наследили, бери, Саня, экспертов-криминалистов, бери кого хочешь, карт-бланш тебе, и чеши на Арбат. Там тебя уже ожидают... А ты, Вячеслав?

— А когда я друзей бросал, Костя? Едем, я своим операм дам команду из машины... Да, жаль, хорошенькая намечалась авантюра...

— Вы о чем?

— Потом, Костя, теперь уже все — потом.

# Часть третья

## Глава тринадцатая
### ТРЕВОЖНАЯ НОЧЬ

Турецкий с Грязновым прибыли на место происшествия одновременно с дежурной оперативно-следственной бригадой Главного управления внутренних дел Москвы. Оперативники из ОВД «Арбатский» уже оцепили полосатыми лентами часть территории перед входом в ресторан, расставили постовых, которые предлагали слишком любопытным гражданам не задерживаться и проходить по своим делам. Внутри все оставалось в том положении, как во время покушения. Труп не трогали, ожидая прибытия медицины. Впрочем, она здесь была уже не нужна, тут судмедэксперт требовался. Полковник Завьялов, командир спецотделения ФАПСИ, сам определил, что шеф мертв, и позвонил ответственному дежурному по ГУВД. Этот бывалый, профессиональный служака был явно растерян.

Одного взгляда на лежащее тело, на характер

смертельного ранения было достаточно, чтобы увидеть, что тут действовал также профессионал-киллер. Пуля вошла точно в середину лба, над переносицей. Вопрос: откуда сделан выстрел? Это могли сказать эксперты-баллистики. Возможно, с антресоли. Но там ничего нет, никаких следов. Тем более гильзы. И выстрела никто не слышал, правда, музыка ревела...

— Давай, Саня, — сказал Грязнов, — пока мы тут будем заниматься, поговори с народом. По-моему, этот полковник должен что-то знать, только вот фиг скажет, но все равно забери его, чтоб он тут нам не мешал.

Турецкий с полковником удалились в кабинет, где еще недавно шел пир, о чем свидетельствовали разнообразные пустые бутылки и обилие несъеденной дорогой закуски. Хотя это как сказать, если кому-то и дорого, то уж никак не хозяину. А хозяевами здесь были люди далеко не бедные.

Генерал Игнатов, так до сих пор и не протрезвевший, несмотря на трагическое событие, был нетранспортабелен и потому спал в соседней с кабинетом комнате на диване.

— Ну, рассказывайте, — вздохнул Турецкий. — Что произошло, как и почему? С какой целью прибыли в ресторан? По чьему распоряжению?

— Это допрос?

— Разумеется.

Полковник, при всей его растерянности, никакой вины за собой не чувствовал. Поэтому отвечал четко и кратко, по-военному. Приказ директора агентства. Цель? Задержание генерала Игнатова. Причина? Это было ведомо самому Матюшкину. Приказы начальства не обсуждаются. И далее — в таком же духе. То есть он практически ничего не знал — одно слово: служака. Или знал, но не собирался говорить правду. Потому что не имел на то отдельного приказа.

— Тело обыскивали?

— Никак нет.

— Помещение осмотрели?

— До того, как... Ну и после, естественно, но никаких следов убийцы не обнаружили. Правда, имеется подозрение...

— Какое?

— В подвале расположена электрощитовая комната, а из нее куда-то ведет дверь. Но ключей здесь ни у кого не имеется, а взламывать не стали, ожидая прибытия специалистов. Другие выходы из здания были перекрыты, но из них никто и не появлялся.

— Работников ресторана опрашивали?

— Так... — полковник помялся. — Вскользь. Исключительно на предмет помещений и посторонних людей. Большинство утверждает, что посетителей ресторана выпроводили примерно часа за два до происшествия. Были недовольные. Но объяснялось все техническими причинами. А генерал здесь находился чуть ли не с обеда. И еще двое позже приехали. Один — это хозяин заведения Западинский Виталий Борисович, а второй — его приятель Абушахмин Борис Михайлович. Но они скоро и уехали. По словам швейцара. Другие подтвердить не могли. Вот, собственно, и все, что удалось выяснить. Мы — не по этой части, — объяснил наконец полковник свою позицию.

— Ну и что ж вы теперь делать собираетесь? Начальник — погиб. Задержанный — пьян в стельку. Каковы ваши дальнейшие действия?

— Надо сообщить первому заместителю. Возможно, он в курсе.

— Выясняли. Не в курсе.

Когда Турецкий с Грязновым покидали уже Генпрокуратуру, Костя сказал вдогонку, что в агентстве, между прочим, полная растерянность, никто не в курсе того, что Матюшкин собирался затевать какую-то операцию. Поэтому, надо думать, на место происшествия обязательно подъедет кто-то из высшего начальства ФАПСИ.

— Ну что ж... Тогда... письменного распоряжения я не имею. Значит?

— Это значит, вы пока свободны, полковник. Прочитайте протокол допроса свидетеля и распишитесь в положенных местах. Вы знаете, как это делается. А теперь... — Турецкий забрал у него подписанные листы протокола и положил перед собой новые. — Давайте приглашайте всех ваших. По одному. Может, кто-то видел больше.

— Я не уверен.

— И тем не менее. Сами подождите за дверью...

Нет, это был пустой номер. Никто ничего не мог объяснить толком. Выстрела никто не слышал. Посторонних — тех, кого можно было бы подозревать, — никто также не заметил. Просто пуля пролетела и — ага! На последнее, кстати, указывали и деятели из местного обслуживающего персонала. Ну а о поварах и судомойках речи вообще не шло, те от своего хозяйства и на шаг не отходили. Тут строго. Опять же и посторонние через кухню не пробегали.

То есть он или они, конечно, пробегали, но не здесь. Видимо, через подвал.

Грязнов со своими операми подвал исследовал, а эксперт-криминалист с помощью обыкновенного «гребешка», иначе говоря, набора отмычек, легко вскрыл непонятно куда ведущую дверь. И всем все сразу стало понятно. Отсюда и ушел убийца, заперев дверь собственным ключом. Значит, убийцей был кто-то из своих. Может быть, из обслуги. Или из охраны.

На всякий случай опросили теток, сидящих со своим товаром у противоположных концов пешеходного туннеля, не видели ли кого-нибудь выходящего из двери — во-он в той стене? Тетки перепугались, что их сейчас погонят, но, сообразив, что строгим мужикам не до них, осмелели.

— Тут, милок, за собственным товаром следить не успеваешь! — заявила одна из торговок, продающая всевозможные канцелярские принадлежности с лотка.

Ну да, место оживленное, народ без конца перебегает с одной стороны улицы на другую.

Практически ничего не дал и обыск карманов покойного. Документы, ключи в кожаном футляре, очки, носовой платок. Ну, естественно, ПСМ — игрушка для высшего командного состава, положенная по штату. Это скорее проформа. Не стал бы стрелять генерал-полковник Матюшкин в своего подчиненного генерал-лейтенанта, начальника Управления радиоэлектронной разведки. А больше ничего в карманах не было.

Грязнов поинтересовался, на чем приехали сюда

спецназовцы. Полковник сказал, что в микроавтобусе, который дожидается их на стоянке.

— А что, и директор тоже с вами?

— Зачем? У него «ауди» — «сотка», вон, рядом
стоит...

Не промахнулся Грязнов. Правда, водитель
малость поартачился, не желая без разрешения от-
крывать машину, но начальник МУРа быстро убедил
его не делать ошибок. На заднем сиденье в машине
лежала черная папка. Из нее Грязнов извлек небольшой плоский магнитофон с находящейся внутри
кассетой.

И с этой минуты вся дальнейшая следственная
деятельность по данному делу приобрела стройные
формы. Уединившись с Турецким в собственном
«мерседесе», Грязнов включил магнитофон...

Запись была недлинной, точнее, только ее начало, зато какое!

— Вот это — Западинский, — указывал Турецкий на отдельные реплики. — А этих не знаю. Хотя...

— Судя по матерному смыслу и особым интона-
циям, — поправлял его Грязнов, — один из них —
точно генерал. Второй же, думаю, и есть Борис Абушахмин, он же Формоза. Словарь бандитский: замочить, отдуплить...

— Да они все на таком языке говорят, — возражал
Турецкий. Но больше из упрямства, прав, конечно,
Славка. Но сейчас, пожалуй, даже и не это было
главным. Требовалось узнать, каким образом сдела-
на данная запись. И где ее продолжение? Версия
ведь могла быть теперь и такой.

Предположим, эта троица развлекалась в засто-
лье, гадая, каким образом избавиться от Матюшки-

на, который очень уж рьяно взялся за Игнатова. Сам Матюшкин не упустил возможности установить прослушку. Узнал, о ком и о чем речь, сошел с резьбы от ярости и... Вот он результат. Захотел арестовать мерзавца, а оказался сам жертвой киллера.

Грязнов подтвердил, что версия вполне подходящая. Нужно найти аппаратуру и продолжение записи. Турецкий тут же залез в свою папку и сказал удовлетворенно:

— Все на месте, Славка, пошли проверим. Но... в том кабинете больше о деле ни слова. Очень возможно, что запись продолжается. А я — балда, совсем забыл... — Он достал из папки подаренный Питом сканер и показал Грязнову. — Вот мы сейчас и определим, кто там «пишет»...

А ведь действительно писали! На это тотчас указал сигнал красной лампочки. Одновременно прерывисто запищал динамик. Ориентируясь на убыстряющийся писк, Турецкий обшарил штору и вскоре вытащил из плотной ткани крохотную булавочку. Протянул Грязнову, тот надел очки и внимательно рассмотрел. Кивнул, мол, слышал о таких.

— На обычные металлодетекторы и сканеры не реагирует. Керамика.

— Теперь посмотрим, откуда нас пишут, — сказал Турецкий и остановился напротив окна. — Иди сюда, Слава. Погляди, узнаешь?

— Серая? — спросил Грязнов. — Так это та самая «Волга»?!

— Похоже, она, родненькая. Номера только не вижу!

И немудрено, в оранжевом свете фонарей «двадцатьчетверка» была неприметной, а вот антеннка выдавала. И еще то обстоятельство, что машина все-таки казалась чужой в ряду блестящих «меринов», крутых джипов и моднючих «ауди». Плебей среди аристократов.

— Ах вы, засранцы! — забывшись, закричал Грязнев. — Щас мы вас уделаем! — Грязнов кинулся из кабинета в холл, где находились его оперативники.

А Турецкий, стоя у окна, держа в руке сканер, направленный рожками прямо на «Волгу», вдруг увидел, что красный сигнал у него погас, а машина, словно вспугнутая ворона, рванула с места и скрылась за углом здания. Все, удрали. И Славкины орлы теперь ее вряд ли догонят.

В одном деле наконец появилась ясность: «слухачи» наверняка из ведомства покойного Матюшкина. Ну что ж, на эти задницы есть в конце концов их служба собственной безопасности. Но это уже Костины проблемы.

Когда вернулся расстроенный неудачей Грязнов, Александр Борисович был спокоен и даже ироничен. Ну неудача. Зато полная ясность. В конце концов важно то, что существует полная запись, и совсем нет убежденности в том, что нельзя стать ее обладателем.

— Я чего думаю, Славка, — не обращая внимания на нервно вышагивающего Грязнова, сказал Турецкий, — мы с тобой тут свою миссию выполнили. Сейчас приедет кто-то из руководства ФАПСИ, им надо будет отдать копию нашей записи, а заодно и генерала. Пусть сами решают, что с ним делать, это не наша с тобой епархия. Поскольку сейчас, с ходу, предъявить ему мы ничего не можем. А сюда надо срочно подключить... ну, ты знаешь кого...

— Я тоже считаю, что нам местная публика ничего не скажет. А вот у Крота получится. Тогда я поехал, а ты дожидайся. Чего-то наши молодые кадры помалкивают. Как у них там?..

Молодые «быки» явно были не в себе. Причина их нервного поведения скоро прояснилась. У обоих парней — один-то был не московский, прописку имел временную и снимал квартиру у алкаша-пенсионера, а второй, татарин, напротив, жил в большой семье в районе метро «Автозаводская», — так вот, постоянной работы у них не было. Оба уверяли, что не покладая рук трудятся на Москворецком рынке, у азеров, переносят и охраняют товар, тем и зарабатывают на хлеб свой насущный. И дома у них, что у одного — в практически пустой комнате с раскладушкой по-спартански, столом и табуретом, что у второго — в четырехкомнатной квартире, забитой старой мебелью и кишащей детворой, ничего противозаконного не нашли. Ни оружия, ни наркоты, на что, особенно во втором случае, все-таки рассчитывали. Так вот, в первом случае парень испугался всерьез, что его выкинут из Москвы и придется жить нелегально, как большинству бомжей, а у него, видать, уже имелись планы по поводу хозяина-алкаша. И все это видел заместитель Грязнова подполковник Евгений Злотников: на роже ведь у молодого бандита перспектива написана. Но зацепки нет, а вот с дедом надо будет провести разъяснительную работу.

Ничего не найдя у него, подполковник принял самостоятельное решение отпустить его. Но напоследок сказал, что теперь с него глаз не спустит, чтоб знал и боялся пойти на крайность.

Со вторым оказалось проще. Семья была, по всему видно, простая и работящая. И папаша, старый кадр с ЗИЛа, Ахмет Газитулин, увидев милицейскую команду, заявившуюся с обыском, тут же пообещал, если чего преступное обнаружат в доме, самолично спустить шкуру с сукиного сына. К счастью для оболтуса, там тоже ничего криминального не обнаружили. И за дальнейшую судьбу его можно было не сильно волноваться.

А вот у Жилы и Зуба, как они числились в картотеке МУРа, то есть у Жилина с Горевым, было обнаружено и оружие, и травка. Последняя — в количестве, достаточном для того, чтобы отравить население маленького поселка. Зуб, обладатель сего богатства, тут же заявил, что требует адвоката, говорить отказывается, а наркоту ему только что подбросили приехавшие для обыска менты. Но ведь и замнач МУРа тоже был не дурак, не забыл про закон и первым делом ввел в квартиру Зуба соседей — в качестве понятых. А те давно имели на этого уголовника зуб. Может, отсюда и пошла его кликуха? Со ртом у него вроде все было в порядке, опять же и фамилия — Горев, а не какой-нибудь Зубов. Или Зубков. Зубатов там. Но теперь это было второстепенным. Составили протокол изъятия вещдоков, чем и решили дальнейшую судьбу Зуба.

А вот оружие, найденное у Жилы, представляло самый живой интерес для экспертов-криминалистов. Был это такой же, как найденный возле убитого на Кутузовском матвеевского бандита, «тэтэшник» китайского производства со спиленным номером. Ну просто брат-двойняшка!

В отличие от «нервного» Зуба, похоже уже прикинувшего свой очередной срок, Жила волнения не проявлял, хотя отвечать, откуда оружие, также отказался. Как и признавать его своим. Ну, естественно, недруги подбросили. Ничего, криминалистическая экспертиза разберется, недолго ждать. Жила казался индифферентным, но скулы его были напряжены, а прикрытые глаза беспокойно взблескивали.

Заметив это, подполковник Злотников велел своим следить за преступником, что называется, во все глаза.

Но — не уследили.

Когда обыск и составление протоколов завершилось, сотрудница местного РЭУ в сопровождении участкового опечатала опустевшую квартиру, и теперь, вероятно, надолго, поскольку ни семьи, ни родных Жила не имел, а даже за хранение оружия по статье двести двадцать второй Уголовного кодекса России, с учетом прошлой судимости, ему грозил как минимум новый трояк, — словом, когда все закончилось, Злотников дал команду двигать к машинам. Задержанный — со скованными за спиной руками.

Но на площадке второго этажа случилось непредвиденное.

Дом был старой постройки, и лестничные окна выходили во двор, где вплотную к стенам подступали сараи и гаражные ракушки, вопреки всем противопожарным и санитарным нормам.

Никто не обратил внимания на то, что окно на площадке было приоткрыто. Да и свет на лестнице был, прямо надо сказать, сиротский. А Жила заметил все и, более того, сделал так, что его конвоиры, чтобы не тесниться на узкой для троих лестнице, чуть прошли вперед. И в этот момент Жила, оттолкнувшись от ступенек, сделал гигантский прыжок, вперед плечом вылетел в приоткрытое окно и загрохотал по крыше сарая вниз.

Во все стороны полетели осколки стекла, перекосилась разбитая оконная рама. Оперативники ринулись к окну и успели увидеть, как мешком скатилась с крыши темная фигура. Оба тут же ринулись следом, выхватывая оружие. Темный двор раскололся от выстрелов, раздались крики, чьи-то вопли, удары падений...

Когда все, находившиеся на лестнице, сбежали к подъезду, завернули за угол, к воротам, а там еще пробежали с полсотни метров, уже по двору, мимо сараев, все было кончено.

Труп Жилы валялся в десятке метров от сарая, с которого он так ловко скатился. Лежал ничком. Подбежавший Злотников кинулся к нему, руку — на шею... поздно.

— Свет дайте! — крикнул, поднимаясь с колен.

Место действия осветили фонариками. Со всех сторон стал собираться неизвестно откуда взявшийся народ. Поздно ведь, спали бы себе, так нет, происшествие, вишь! Мало нынче по Москве стреляют!

— Да, — покачал головой участковый, обращаясь к работнице РЭУ, — не повезло мужикам. Ну, с одной-то стороны, оно, может, и лучше, дело закроют — и концы в воду, а с другой...

— А чего? Он же убечь хотел? — возразила полная «рэушница», кутаясь в пуховый платок.

— Тут, милая, вопрос о правомерности применения огнестрельного оружия возникает. Ведь у нас как? Преступник на тебя с ножом, а ты не моги! Ты должен его предупредить — словесно сперва, потом — только в воздух. Ну а ежели не послушает он тебя, можешь вполне и опоздать. Так что ежели станут тебя спрашивать: кричали они — «Стой! Стрелять будем!»? — отвечай, что слыхала, а после долго палили, прежде чем попали. Вот тогда все будет по закону. И никакая комиссия носу не подточит.

— Ох! — вздохнула «рэушница». — И все-то у вас, Григорьич, не как у людей... Проводи-ка лучше меня до дому, страсть не люблю на покойников глядеть. Пойдем, хоть и бандит, да наш жилец, помянем.

Злотников махнул участковому рукой: можете идти. Вдогонку сказал, что, когда потребуются как свидетели, к ним подъедут. И тут же приказал оперативнику вызвать труповозку.

Зуб, узнав о печальной участи своего товарища, почему-то даже оправился как-то, повеселел, что ли. Сказал, покачивая головой:

— Эх, братан...

— Родственничек, что ли, твой? Брат? — спросил конвоировавший его оперативник.

— Да не, присказка у него была — «братан». Для между своих. А так-то — Жила. Жилистый, крепкий мужик был...

Вот и разъяснилась тайна кликана — не от фамилии, тут просто совпадение. Впрочем, это уже никакой роли не играло.


Прибывший к себе Грязнов, первым делом выяснив про звонки и неожиданные происшествия, отпустил секретаршу домой. Попросил ответдежурного доставить ее на машине: поздно уже, жалеть надо людей.

Оказалось, что звонки были. Но важным являлся лишь один — из Солнечногорска. Старший оперативной группы майор Спиридонов просил передать начальнику, что на подъезде к городу неожиданно появился «мерседес» Западинского. Эту машину узнал Сергей Карамышев, находившийся в салоне рядом с майором.

Была дана немедленная команда двум остальным экипажам прекратить поиски джипа и переключаться на новую «дичь».

Больше Спиридонов с МУРом не связывался, вероятно, им всем там было не до телефонных разговоров. Не собирался своим оперативникам пока звонить и Грязнов, мешать вопросами — самое последнее дело. Но вот сама весть о появлении Западинского, или его автомобиля, в Солнечногорске заслуживала внимания. Тут было два варианта. Отправив парня с кладбища, Западинский решил и сам к нему съездить. А мог просто послать за ним свой автомобиль. В любом случае первым делом надо было выяснить, где он в настоящее время пребывает сам. Ведь если его филевская квартира пуста, было бы очень любопытно заглянуть в нее. Без всяких санкций. Приватным, так сказать, порядком. Для утоления любопытства. Конечно, задача бы очень облегчилась, если бы хозяин квартиры находился сейчас за тридевять земель...

Не поступало также пока сведений от группы Злотникова, заместителя начальника МУРа, производящего обыски у задержанной братвы. Грязнов не сильно рассчитывал на успех в этом смысле. Но...

То, что Абушахмин, он же Формоза, со своими «быками» работал на Новой Басманной, и то, что он же причастен к убийству тележурналиста, было ясно, как божий день. И там, и там работало одно оружие, и подставки здесь быть не могло. Наоборот, присущее отморозкам хамство и полнейшая беспечность. Оружие немедленно должно быть ликвидировано после его использования — таков закон всех киллеров. Каким бы оно ни было дорогим, даже заветным, стрелять оно может лишь один раз. Однако, если в обоих делах был задействован не профессиональный убийца, ошибка могла быть совершена и по незнанию специфики работы экспертов из криминалистического управления, и просто из жадности. Ствол все-таки больших денег стоит.

Досье на Абушахмина, имеющееся в МУРе, частично дополненное из картотеки регионального управления по борьбе с организованной преступностью, было впечатляющим. Именно поэтому не имел Грязнов оснований предполагать, что Формоза мог сам совершать такие непростительные ошибки. Да и своим бы не позволил. Значит, могли быть задействованы новички. И кстати, вот эти четверо дневных «быков», взятых на кладбище, вполне подошли бы для подобной роли. Двое — вообще пороха не нюхали, а другие двое — этих рэкет и сравнительно легкое за него наказание только раззадорили...

И тем не менее, уверен был Грязнов, Формоза никакого отношения к сегодняшнему убийству директора ФАПСИ Матюшкина не имел. Психология уголовника вряд ли подвигла бы его на политическое убийство. А оно так и будет выглядеть до тех пор, пока следствие не докажет, что здесь могла стать причиной обыкновенная уголовка.

Точно так же вряд ли и Игнатов решился бы на подобный шаг. Можно материться, ненавидеть, грозить, можно стращать любыми смертными карами, можно даже публично признаваться в своем стремлении нанести непоправимый вред своему начальнику, но... опять же от обещаний до конкретного дела — неизмеримое расстояние. Если теперешнее состояние генерала не является гениальной маскировкой уже содеянного.

А вот вопрос: смог бы совершить это убийство Западинский? — увы, пока оставался без четкого ответа. Недаром говорится, что озверевший фраер — страшнее бешеной собаки. Грязнов не раз видел в жизни тому живые примеры.

Теперь об исполнителях. Не сами же Игнатов или Западинский разрядили револьвер в башку Матюшкина. Так вот, вряд ли у Игнатова нашелся бы исполнитель, готовый замочить директора ФАПСИ. Тут действовал скорее кто-нибудь из уголовников, профессиональных киллеров, которых нанять могли двое: Западинский и Абушахмин. Но вор в законе не мог знать, что приедет Матюшкин, поскольку он, по словам официантов и швейцара, отбыл гораздо раньше. Западинский тоже ушел, но где-то незадолго до стрельбы. Со слов одного швейцара. Другие не видели.

Картина с Игнатовым в общих чертах ясна. Если он сразу не принял оглушающей дозы. Что в его возрасте опасно. А он помирать совсем не собирается.

Значит, решающее слово во всей этой истории

должен сказать источник Алексея Петровича Кротова. Кто он — неизвестно, да и знать посторонним не следует, у Крота своя агентура. И Грязнов, окончательно сформулировав для себя и Крота вопросы, набрал его номер.

Алексей Петрович внимательно выслушал, удивился столь нелепой развязке в ресторане. Все мог предположить, но не убийство руководителя Федерального агентства. Он пообещал Вячеславу Ивановичу постараться прояснить этот вопрос до... ну, скажем, до середины завтрашнего дня. В конце концов, ночи созданы Богом также и для того, чтобы люди могли отдохнуть...

Наконец позвонил Турецкий и сообщил, что протрезвевший и пришедший в ужас генерал Игнатов передан из рук в руки первому заму Матюшкина. Поведение его показалось Александру Борисовичу искренним. Труп увезли для вскрытия, хотя картина более чем ясная. Допросы закончены, протоколы подписаны. Что дальше?

Грязнов сказал, что ожидает с минуты на минуты известия из Солнечногорска, где ловят автомобиль Западинского. Если олигарх окажется там, то лучшего времени, чтобы заглянуть в Фили, и не придумаешь.

Турецкий пообещал тут же приехать. Не мог же он передоверить даже лучшему другу такую авантюру! Отвечать, так всем вместе.

И пока он ехал на Петровку, пришли сразу два известия.

Первым позвонил Женя Злотников и рассказал о неудавшемся побеге Жилы. Об оружии и наркоте у Зуба. Также и о том, что труп Жилина уже отправлен в морг. А Зуба везут в «Петры», чтобы завтра решать, что с ним делать дальше. Ну а оружие, как положено, на экспертизу.

— Давай действуй, заместитель, — сказал Грязнов. — Закончишь, отправляйся отдыхать. Все на сегодня свободны.

— Так от «сегодня» остались уже считанные минуты, — пошутил Злотников.

— Вот и исполняй, — без тени юмора отозвался Грязнов и положил трубку, потому что стал надрываться другой аппарат.

— Ну наконец-то! — воскликнул Вячеслав Иванович, услышав голос Спиридонова. — Вы где?

— Поймали, товарищ генерал! — прилетел издалека голос майора, перебиваемый шорохами и скрипами в трубке. — Он сам привел к своему дворцу. Ну, доложу вам! Тут и батальона будет мало!

— Сам-то, сам где? — крикнул Грязнов.

— Да тут! Видели его. И джип тот красный — тоже. Что будем делать?

— Во всяком случае, штурмовать запрещаю. Оставь наблюдателей. Пусть, если что, немедленно сообщают. Выехал там, или еще что случится. До утра наблюдение не снимать. Потом сменишь, но так и не слезай. Можешь даже продемонстрировать наглую наружку — разок-другой засветись, чтоб они замандражировали. Но глаз все равно не спускайте. Остальные свободны.

Ну что? Ночка, кажется, началась неплохо!

Вот теперь, сказал себе Вячеслав Иванович, самое время спросить у Дениски, что он думает по поводу небольшой ночной прогулки в обществе крупных специалистов по проникновению в чужие квартиры. Если ничего не будет иметь против, останется только дождаться Саню и приступить к операции под кодовым названием, ну, скажем... «Воры в доме». Кажется, когда-то даже роман был с таким названием, только писал его хохол и потому назывался он смешно — «Злодии у хати»...

Что, если вдуматься, совсем не одно и то же.


Славкина настойчивость понравилась Александру, хотя он, прознав о том, что у Западинского имеется свой замок на побережье Сенежского озера, который можно взять разве лишь штурмом всех правоохранительных сил, вместе взятых, не сомневаясь, заявил: данная операция ничего не даст.

— Но почему? — чуть не возмутился Грязнов, уверенный в Саниной абсолютной поддержке своей идеи. Он уже забыл, чья она была первоначально — его или Турецкого, но это было теперь и неважно.

— А потому, мон женераль, что все необходимые нам материалы могут и должны находиться лишь там, где они в полнейшей безопасности. Для интереса задай свой вопрос Питеру, который тебя не забыл, и узнай его мнение. Убежден, он согласится со мной.

— Так что же? — обескураженно спросил Грязнов. — Отменяем операцию? А я приготовился... Название придумал...

— Ну в принципе, если для очистки совести... можно попросить Дениску с его орлами. Им эти трудности, как два пальца... Но я считаю, что там нас ожидает пустышка. Вот Сенеж — это другое дело.

— А я бы рискнул. Хоть и незаконно, но...

294

— Звони в «Глорию». Под кого они станут работать?

— Разумеется, под грабителей, — ничуть не сомневаясь, сказал Грязнов. — Но их спугнут.

— Ты и в самом деле все продумал! — восхищенно засмеялся Турецкий. — И кто же?

— Есть у меня в ОВД «Фили» умный человек, которому ничего не надо объяснять. Он и спугнет, и протокол при нужде составит, и сам подежурит до прибытия хозяина. Если появится нужда.

— Ну-ну... — философски хмыкнул Турецкий. — А мы пока подождем?

— Что ж теперь остается, — вздохнул Грязнов и поднял трубку, чтобы звонить Денису...

Время тянулось медленно. Телефоны молчали.

Наконец, уже в третьем часу, раздался звонок и бодрый Денискин голос сообщил:

— Все в порядке, дядь Слав, пусто-пусто.

— Ясно... — протянул Грязнов. — Вы там сильно не наследили?

— Как можно!

— Проверять за вами не надо?

— Дядь Слав!

— Ладно, все свободны. И всем — мое большое спасибо.

— Народ тебя благодарит тоже, дядь Слав. — Дениска, видимо, имел в виду своих сотрудников, проводивших вместе с ним обыск в пустой квартире Западинского.

— Перед народом Грязновы — запомни! — никогда не были в долгу. Так и передай своим архаровцам.

Положив трубку, развел руками: мол, сам видишь. Да, полностью оказался прав Александр Борисович, ничего не скажешь. Но — попытка, как по легенде любил повторять мрачный Лаврентий, совсем не пытка.

— Ничего, Слава, — взялся успокаивать несколько расстроенного неудачей друга Турецкий. — Зря, конечно, старались ребятишки, зато и мы можем быть теперь спокойны. Кое-что мы все-таки имеем.

— Ты о чем?

— А я уже имел беседу — накоротке — с первым замом покойного Матюшкина — Никоновым. Он прямо сказал: Игнатов будет немедленно отстранен от своих обязанностей, и по нему назначат служебное расследование. Значит, один фигурант уже выбыл.

— Это когда ж ты успел?

— Так я дал ему послушать пленку! Там хоть и немного, зато — во! — он показал большой палец. — Никонов пришел в изумление. Это у нас с тобой один плюс. Триада разрушена. Дальше. У Формозы мы можем завтра же, в связи с его «быками», провести обыск. Оружие, наркота — пусть оправдывается, что он ни при чем. Наконец, вычислили, где находится Вадим. И где то, за чем приехал Питер. Наконец...

— Наконец, Саня, давай-ка поедем ко мне, примем по граммулечке и постараемся немного отдохнуть до завтра, — решительно заявил Грязнов. — Кстати, надо звякнуть моему дружку, чтоб не надрывался. Никакой кражи не было...


И еще одно событие случилось в эту тревожную ночь. В пятом часу утра Бориса Михайловича Абушахмина поднял с кровати телефонный звонок. Абу в темноте нашарил трубку, нажал кнопку и услышал голос своего охранника Михаила. Тот был возбужден.

— Борис Михалыч! Беда ведь случилась! Мы уж ехать собрались, когда во дворе ка-ак рванет! Айвазовская «девятка» к едреной матери! А в ней, оказывается, оба братца находились. Артур только за руль сел да зажигание включил, как тут же и рвануло. В клочья! Ну, мы, от греха подальше, отъехали, чтоб не маячить зря. Потом ментовка подскочила — что да почему? В общем, говорят, что кто-то братанам бомбешку под днище сунул. А кто — хрен его знает. Да такую сунули, что и «скорая» не понадобилась.

— А чего это ты мне рассказываешь? — сердито, спросонья, осведомился Абу. — На хер мне твой базар? Мало где чего рвануло! Я что, за каждого думать должен? До утра дождаться не мог? Сплю я!

— Так вы ж...

— Я — это я, заруби на своей поганой репе! Ты ж не один щас в машине?

— Не-а...

— А я о чем? Мудила!.. Ладно, завтра доложишь.

Но когда раздались испуганно-короткие гудки, Абу поднялся, прошел к буфету, налил там себе стакан коньяку и выдул его. Дело сделано. Теперь надо будет поторопить следствие и принять кабак под свою руку. Ничего, перебьется Виталик! Эти армяшки были его людьми, чего-то там ему варганили... перебьется. Они его уже раз кинули, кинули бы и в следующий. Так что все случилось к обоюдной пользе...

А свалить разборку можно на кого угодно. На любого их конкурента. Пока разберутся, Виталику будет не до того, а точка должна приносить пользу своему новому владельцу. Ничего, договоримся...

И с этой мыслью еще ничего не знавший о стрельбе в «Арбатских встречах» вор в законе Формоза отправился досыпать.

## Глава четырнадцатая

### «СТРЕЛКА»

— Саня, я понимаю твои трудности, но ко мне уже поступили звонки из администрации президента, из аппарата правительства, из... да что говорить, сам, что ли, не знаешь? И все требуют, чтобы мы назвали имя убийцы, не говоря уже о заказчике. Ты готов держать ответ?

— Папа, вы будете сильно смеяться, но... я готов. Только вряд ли кого мой ответ обрадует.

— Ты шутишь, надеюсь?

— Я-а-а?! Костя, я что, в самом деле похож на полного идиота?

— Заметь, это не я сказал!

Такой короткий диалог произошел утром, едва Турецкий вошел в свой кабинет, еще из-за двери слыша надрывающийся телефонный звонок.

— Но я не понял, — продолжил Меркулов, — ты не шутишь?

— Какие могут быть шутки, Костя! Иначе зачем бы мы с твоим любимым Вячеславом и его племянником провели почти бессонную ночь!

— Та-ак... Что-то мне это ваше общее дело подозрительно. Ты не мог бы набраться смелости и заглянуть сюда?

— Там есть свидетели?

— Я бы не сказал именно так, но... кое-кто есть. Жду.

Первым, кого увидел Турецкий, открыв дверь меркуловского кабинета, был необъятный Питер Редвей, разложивший свой зад на двух составленных стульях.

— Хай, Алекс! — он приподнял руку.

— Тем же концом, Пит, — озабоченно отозвался Турецкий, оглядывая кабинет в поисках затаившихся врагов. Нет, Меркулов с Редвеем были вдвоем.

— Садись, — сказал Костя, — и слушай внимательно. А потом и ты поделишься своими соображениями. Итак...

Старина Пит оказался хозяином своего слова. Когда Костя, еще в прошлую встречу здесь же, проявил живейший интерес к сделке «Медикал Рисёч» с некими российскими предпринимателями, предлагавшими американцам новые фармацевтические технологии, Редвей отнесся к этой проблеме спокойно. Начать с того, что престиж Америки для него был превыше всего. А потом любые частные сделки, не приносящие вреда государству, только приветствовались. Но Костя был неумолим и настойчив. Более того, он поставил в определенную зависимость выполнение того контракта от расследований обстоятельств кибернетической войны. Питер размышлял недолго: он пообещал узнать все детали сделки, даже приостановить ее, если потребуется, в обмен на активизацию расследования «преступления века».

Безопасность страны всегда важнее интересов

какой-то частной фирмы. Так считал он, старый, прожженный ас разведки. Но еще он был уверен, что ни Меркулов, ни, разумеется, Турецкий никогда не станут водить его за нос. Кстати, очень симпатичная идиома, достойная занять место в его блокноте. Поэтому принцип: вы — нам, а мы — вам — не вызывал у него чувства протеста. И все дальнейшее было проделано с той скоростью, на которую способны американские спецслужбы, подстегнутые идеей высшей безопасности Соединенных Штатов, точнее, защиты их глобальных интересов.

К счастью, сделка еще не состоялась. Хотя уже была оговорена сумма гонорара, указаны счета в «Бэнк оф Нью-Йорк», на которые покупатель должен был перечислить миллионы долларов. Но продающая сторона, то есть двое молодых людей с фамилиями Кононов и Царькевич, ожидали буквально с часу на час прибытия курьера из России с оригиналами материалов. Пока ведь демонстрировались лишь фрагменты исследований, из которых американские специалисты вполне могли сделать далеко идущие выводы. Иными словами, до окончательного решения вопроса продавец проявлял определенную осторожность.

В ответ на послание заместителя генерального прокурора России господина Меркулова министр юстиции Штатов, она же генеральный прокурор, госпожа Эванс дала указание задержать граждан России, торгующих материалами повышенной секретности, выкраденными из файлов московского научно-исследовательского института. А затем, в соответствии с положением об экстрадиции преступников, передать их представителям правоохранительных служб России.

Самым же пикантным во всей этой незамысловатой истории оказалось то, что все преступники, пересекающие в настоящее время Атлантический океан на «боинге», являются, по их утверждению, представителями вышеуказанных спецслужб. А выполняли они личное поручение директора Федерального агентства правительственной связи и информации Сергея Сергеевича Матюшкина.

Накануне американская сторона не смогла связаться с господином директором, а потом, как выяснилось, было уже поздно. Известие об убийстве Матюшкина появилось в утренних американских газетах. И оно, как ни странно, убедило американцев, что, сделав шаг навстречу России, они избежали неприятного международного скандала.

Фотографии русских были переданы по факсу.

Меркулов протянул Турецкому листы с запечатленными на них физиономиями вполне еще молодых людей и сказал, что уже отдал распоряжение провести тщательную проверку в ФАПСИ. Для агентства это — чрезвычайное происшествие. Тем более что и против начальника одного из ведущих управлений возбуждено служебное расследование.

Словом, вот тебе, Саня, «портреты лиц», действуй!

А теперь о том, ради чего, по сути, собрались в кабинете ответственные лица, представляющие теперь, по завершении первого этапа, общий интерес сторон.

— Что ты там намекал по поводу собственной уверенности? Если не секрет.

— Значит, так, Костя. У меня уже есть абсолютная уверенность, но нет еще железных доказательств конкретной вины не менее конкретных лиц. Однако это всего лишь дело времени. Будут. Поэтому, если вам нужна рабочая версия, я готов. Более того, я бы даже голову положил, но... Я хорошо знаю, с кем имею дело — в общегосударственном масштабе. Значит, пока не буду.

— Чего? Голову на плаху? Или в залог? — усмехнулся Костя.

— А у нас как делают, Пит, — пояснил Александр Реддвею. — Сперва смахнут башку, а потом станут думать: правильно или нет? Система, отработанная веками. Поэтому — что сказал, то и сказал, а больше вы от меня ничего не добьетесь. Хотя в этой нашей компании я даже могу назвать поименно фигурантов данного дела. Тут, Костя, все так плотно переплетено, что без поллитры не разберешься.

— Ах, так вот чем вы всю ночь занимались с Вячеславом! Разбирались! Я правильно понял? — иронически хмыкнул Меркулов.

— Это тебе, Костя, враги нашептали. В лице дражайшей супруги Ирины Генриховны. Видит Бог, греха за нами со Славкой нет. Просто мы в четвертом часу утра закончили работу. У одного из фигурантов. Специально, чтоб ты не успел нам помешать. Со своей законностью и чистоплюйством.

— Кажется, обижаешь! Нет?

— Тебя обидишь!.. Так вот, господа хорошие, мы можем указать, где скорее всего в настоящий момент находятся твои секретные материалы, Пит. Но сперва это дело предстоит доказать, попутно раскрыть десяток, фигурально выражаясь, убийств и при этом не понести потерь в живой силе. А они могут быть большими. Штурм по-русски — это более чем серьезная акция. Вот мы и хотим — не числом, а умением, как выражался наш великий полководец Суворов. Можешь записать афоризм. Он исключительно русский, потому что у нас получается всегда наоборот.

— Значит, ты предлагаешь нам еще подождать?— спросил Костя.

— Недолго. А кстати, Пит тебе не рассказывал, что его конурка в «Балчуге» стонет от напичканной там прослушивающей и просматривающей техники? Не задавались вопросом, чей интерес?

— Успокойся, там уже все снято. Но это совсем не исключает...

— Главное, чтоб Питер это помнил.

— Я помню, — засмеялся Реддвей. — Но мне интересно, почему мы не можем, если тебе уже известно, где украденные программы, прийти и забрать их? Или тут есть другая тактика?

— Тактика здесь одна, Пит, — ответил Турецкий. — Мы должны твердо знать, а не догадываться. Сотый процент ошибки может испортить все дело. И твои материалы сгинут без следа. А один из господ, о котором может идти речь, Западинский, замечен был днями в контакте с господином Аббасом, иракским представителем в России. Так что ваши ближневосточные планы, Пит, могут неожиданно обрести новых хозяев.

— Тем более надо быстро! — воскликнул Реддвей.

— Быстро только у кошек бывает, Пит. Но господин Западинский, о коем речь, Костя, вряд ли сам

303

хотел бы афишировать свои контакты с иракцами. Это его подставили. Молодежная пресса все видит и все разоблачает. Особенно когда дела происходят на светских тусовках. Вот тут им желанное поле деятельности. Поэтому я бы сам и не обратил внимания, да мой кадр сработал: представил целое досье по части передвижений фигуранта. В свете известного никак не могу исключить особого интереса олигарха к ближневосточному региону.

— Давай конкретнее, в чем суть твоих предложений? Все остальное — из области предположений — пусть остается на твоей совести.

— Если его брать с налету, то, во-первых, не дадут, а во-вторых, может сорваться с крючка. Поэтому хочу обложить его со всех сторон. Лишить партнеров. Чтоб он заметался и начал лепить ошибки. Вот тут мы его и захомутаем. Кстати, когда ему задницу припечет, он помчится за поддержкой. А мы сможем наконец узнать, откуда ноги растут. Если у вас есть иные соображения, готов выслушать.

Поразмышляв, Меркулов сказал, что он, в общем, согласен с точкой зрения Турецкого, однако дело требуется форсировать. Слишком много заинтересованных лиц появилось. Он многозначительно посмотрел Турецкому в глаза, и Александр понял, на кого намекал Меркулов: ну конечно, это генерал Жигалов со всей своей конторой. Вероятно, госбезопасность решила, что без нее тут никак не обойдется.

Турецкий сказал в свою очередь, что план расследования у него имеется и что он готов показать его Косте, если у того появится острое желание. Но ситуация складывается таким образом, что в общую орбиту втянуто уже несколько «убойных» дел, на первый взгляд далеких друг от друга. По ним идет следствие, но реальный результат появится лишь тогда, когда он, Турецкий, ответит себе на главный вопрос. Питер уже сделал свое дело, теперь его очередь.

На том и остановились. У Реддвея во всяком случае не было оснований не верить Александру Борисовичу.

Турецкий же, аккуратно свернув фотопортреты в трубочку, откланялся и отправился в НИИ биомедицинской химии Российской академии медицинских наук, где трудилась обиженная его невнимательностью пылкая девушка тридцати лет Римма Шатковская.

Плешаков чувствовал себя так, будто на его голову рухнул потолок. О гибели Матюшкина он узнал из последнего выпуска новостей. Причем сразу понял, что на самом деле произошло. Не мог представить лишь одного: кой черт понес генерала в пасть к тигру?!

События длинного дня слились в одно, почему-то в сознании постоянно сопровождаемое траурной музыкой. Прямо как наваждение!

Эти похороны, наглый Западинский, проглотивший-таки сказанное им, Плешаковым, не нашедший и слова для возражения, а потому покрывшийся красными пятнами и растерянный. И вот — финал! Грубый, хамский — это от полнейшего бессилия, не иначе... Но что в этом кабаке забыл Матюшкин?!

И из Штатов непонятные вести: деньги на счет

не поступили... То есть, говоря другими словами, ситуация полностью выходила из-под контроля. И самое скверное заключалось в том, что Матюшкин — по разным причинам — предпочитал обходиться в личных делах весьма узким кругом особо доверенных лиц, доступа к которым Плешаков практически не имел. Не знал их. Генерал также ни разу нигде не обмолвился о своем тесном партнерстве с Анатолием Ивановичем. И вот наступила своеобразная расплата за чрезмерную самостоятельность каждого из них: со смертью Матюшкина Плешаков попросту потерял всяческие контакты с американской фармацевтической фирмой. И теперь не узнать, что там у них случилось, почему нет денег на счете, чем вызвана задержка?..

Впрочем, одна зацепка оставалась.

Анатолий Иванович вызвал Николая Андреевича Лаврухина. Директору охранно-розыскного агентства «Выбор» предстояло провести тонкую работу, такую аккуратную, чтобы о ней никто и не догадался в ФАПСИ. Он мог справиться, недаром же добрая половина его сотрудников пришла именно из этого Федерального агентства.

— Коля, напомни-ка мне фамилии тех ребят, что работали по делу НИИ на Погодинской? Ну, тех, которым я объявлял особую благодарность, помнишь?

— Извините за вопрос, Анатолий Иванович, зачем они вам?

— Тебе важно знать? — поднял брови Плешаков.

— Естественно, потому что их подлинных фамилий я не знаю. Хотя выяснить могу. Но это — время. Вам же, полагаю, надо срочно?

— Правильно полагаешь.

— У нас они проходили как Антошкин и Виноградов. В своей конторе наверняка значатся под другими. А настоящие знает либо их непосредственное начальство, либо служба собственной безопасности. Начать выяснение?

— Надо... — Плешаков решил, что скрывать сейчас что-то от Лаврухина — значит навредить делу, стоящему, как он уже чувствовал интуитивно, на грани провала. Если бы все шло хорошо, вряд ли попер бы Матюшкин танком на Западинского и компанию.

— Вам последние новости известны, Анатолий Иванович? — сдержанно спросил Лаврухин.

— Относительно нашего партнера? — Плешаков сознательно не назвал фамилию Матюшкина.

— Его... — кивнул Лаврухин. — Я поинтересовался... в пределах возможного... В общем, инициатива, надо понимать, исходила от Западинского. Кто-то сработал из его собственной команды. Потому что в это время Формозы в кабаке не было, а Игнатов — в стельку. Его и арестовали.

— Посадили, что ль? — встрепенулся Плешаков. Этого он в новостях не слышал.

— Домашний арест. От дел отстранен, начато служебное расследование. А вот на основании чего, пока узнать не успел. Так зачем вам, извините, те двое? Полагаете, связано?

— Нет, тут другое. Если я не ошибаюсь, наш генерал именно им поручил специальную миссию в Штатах. Ты можешь их найти и связать со мной?

— Буду стараться, Анатолий Иванович. А если они окажутся уже там, не опасно?

— Я найду форму для вопросов... Как наша подопечная?

— По-моему, ей даже нравится, — усмехнулся Лаврухин.

— Ну да!

— Говорит, вроде отпуска, ни тебе забот, ни проблем. Об отце ей ничего не известно. Читает, спит. Не знаю, зачем ее держим? Идеи не понимаю.

— Это я тебе, Коля, объясню при случае. Значит, к нам претензий не имеет? Это хорошо. А вы ей не надоедаете часом? Девка-то в соку, а?

— Команда от вас не поступала, но если прикажете... От желающих отбою не будет.

— И не поступит, Коля. Она нам для более серьезных дел понадобится. Берегите ее.

Разговаривая с Лаврухиным, Плешаков обдумывал неожиданно возникший в его голове план. Был он, конечно, не от хорошей жизни, но в складывающейся ситуации просто необходимо было предусматривать любые варианты: от щадящих до крайне негативных.

И он, как всегда, оказался прав. Во второй половине дня позвонил Лаврухин и сказал, что, кажется, новости есть, но они не самые приятные. Естественно, по телефону такие вещи не сообщаются, и Николай Андреевич тут же примчался на Шаболовку.

Новость была не просто неприятной, она была ужасной. И это мог оценить только Плешаков, ибо Матюшкин не сумел бы сделать того же при всем желании, которое, кстати, тоже полностью отсутствовало. Вместе с ним. Через помощника Матюшкина Николаю Андреевичу удалось выяснить, что в Штатах случился какой-то облом. Почему-то задержаны сотрудники ФАПСИ, выполнявшие специальное задание покойного уже шефа. В чем оно заключалось, помощник не знал, но что задержанных уже везут домой под охраной оперативников из ФСБ было известно. Кажется, «пашет» управление генерала Жигалова, которое по спецоперациям. Но это можно уточнить, короче, влипли, видать, матюшкинские оперы.

Если все это действительно так, то на исследованиях известного института, как и на возможности заработать на них миллионы долларов, можно спокойно ставить крест. Жирный и обидный.

Вообще-то правильнее сказать: можно было бы. Подчеркивая последнее «бы». А это как раз то самое, что родилось в голове Плешакова на крайний случай. К которому и пришли.

— Слушай меня внимательно, — решился наконец Плешаков. — Сейчас я буду говорить с Западинским... Да, — подтвердил он, увидев изумленные глаза директора своего агентства. — И мы назначим встречу. Не там, где скажет он. Будет выбрана нейтральная территория. Но ты там должен оказаться первым. Чтоб никаких ловушек. Нам кровь не нужна. Я попробую договориться с ним о перемирии. Может, даже о сотрудничестве. Чем-то придется пожертвовать, но... Потом сочтемся, понял?

— Понял, — вздохнул Лаврухин. — Забиваем «стрелку»?

— Тебе не нравится?

— Когда нет иного выхода...

— Ты считаешь, что его нет?

— Анатолий Иванович, я в ваших планах не секу. Мое дело — исполнять. Как будем действовать? Я должен дать команду приготовиться, а потом ваши телефонные переговоры? Так, наверное, правильнее?

— Что ж, объявляй свою готовность... — теперь уже вздохнул Плешаков.

Институт биомедицинской химии встретил Александра Борисовича уже традиционным унынием. Не представлял исключения и начальник отдела кадров Алексей Алексеевич, не ждавший абсолютно ничего хорошего от появления старшего следователя по особо важным делам. Подобные гонцы радости не приносят. Не проявил он и чрезмерного желания принять участие в опознании лиц, которые представлялись ему в качестве сотрудников ФАПСИ. Он тут же вспомнил, что с ними, если ему не изменяет память, довольно долго беседовала мэнээс Шатковская, она молодая, у нее и память на лица наверняка отличная. Особенно если это лица молодых людей. Турецкий не возражал, ибо на этот раз вовсе не собирался лишать себя удовольствия от общения с обиженной им девушкой. Речь, конечно, тут не о какой-то грубости или, не дай бог, физическом оскорблении, нет. Просто в прошлый раз по настоянию Грязнова Римму пришлось отправить из МУРа домой на служебной машине. На том тогда и закончилось их свидание. Александр потом позвонил было ей, чтобы объяснить неловкость ситуации, но она была холодна и недоступна. Именно так и расценил ее тон Турецкий. Ничего, все на свете поправимо. Была б нужда. А вот нужда и оказалась под рукой.

Собираясь сюда, Александр Борисович попросил

знакомых ребят из Экспертно-криминалистического управления ГУВД Москвы переснять листы с лицами задержанных в Штатах на обычный формат фотографии-визитки и добавить к ним десяток подобных случайных лиц. В целях более объективной картины опознания.

И вот теперь на столе перед Алексеем Алексеевичем были разложены тринадцать фотографий молодых людей, а от него требовалось только одно: указать на знакомых ему Антошкина с Виноградовым, если таковые тут окажутся.

Пришлось даже несколько подыграть кадровику, напомнить ему, что служба в органах очень заостряет глаз и тренирует память. А он — такой орел! Куда там каким-то мэнээсам...

Он рассматривал лица недолго. Через минуту-другую стал откладывать в сторону явно «не те», пока перед ним не остались четверо.

— Вот этот, если не ошибаюсь... А вот точно — Антошкин...

— Переверните фотографии, — предложил, улыбаясь, Турецкий.

Тот перевернул и... сам радостно засиял. Все правильно, фамилии на обороте соответствовали его показаниям.

— А вы боялись! — уже откровенно смеялся Турецкий. — Нет, старый конь борозды не портит!

— Однако и пашет неглубоко, — с большим подтекстом хитро добавил кадровик. Впрочем, хитрость его тут же стала прозрачной. — Ну так как, будем приглашать и Шатковскую? Или вы уж с ней сами, а?

— Сам, — продолжал смеяться Турецкий. — Но протокол опознания мы с вами все же заполним.

— А эти? — становясь снова серьезным, спросил кадровик. — Они что же, выходит, аферисты? Только ведь документы были подлинные.

— К вам нет претензий, Алексей Алексеевич. Ими, вероятно, будет ФСБ заниматься. Так что не берите в голову.

Закончив с протоколом опознания, подписанным Алексеем Алексеевичем и понятыми, Турецкий поднялся и, изобразив на лице глубокое размышление, заметил, что, вероятно, так сказать, на всякий случай, хотя у него лично уже никаких сомнений нет, все-таки, видимо, стоит показать данные физиономии и Шатковской. Пусть просто подтвердит. И достаточно. Для чистоты, как говорится, эксперимента.

Житейская хитрость возвратилась на лицо кадровика. Легонечко хмыкнув, он снял трубку и набрал номер. Сказал, что в кадры надо срочно зайти Шатковской. Нет, не откладывая, именно сейчас.

— Здесь будете? Или пойдете куда? — спросил у Турецкого.

— Ну еще! Мало я вас от дела отрываю! Да хоть в коридоре на подоконнике. Теперь ведь пустая формальность.

— Ага, — подтвердил кадровик свои предположения, а они у него точно были — на лице ж написано. — Тогда, стало быть, до свидания. Если нужда какая, к вашим услугам...

— Вы?! — искренне изумилась Римма, быстро и как-то нервно шагающая по коридору в отдел кадров. — Почему такая срочность? Опять кого-то опознавать, да?

Она была сердита и неприязненна. От нее так и несло холодом.

— Вы будете сильно смеяться, но — да, — заулыбался Турецкий. — Впрочем, если вы настроены решительно против?.. Может, вас официально пригласить в прокуратуру?

— Извините, — она взяла себя в руки. — Если что-то срочное, тогда... А так...

— Срочного, если честно, уже ничего нет, я провел опознание с Алексеем Алексеевичем. Однако мне думалось, что... Да и вообще я сильно виноват перед вами, Римма. Наговорил бог знает чего, смутил девушку, чуть не сбил с пути истинного, вот и мучает раскаяние. Даже не знаю, как теперь и подступиться.

Она слушала с большим сомнением, которое читалось в ее весьма выразительных глазах. Лед таял, и отчуждение готово было, кажется, перерасти в приятие.

— Не поняла, — по-прежнему строго спросила она, — от чего раскаяние: от того ли, что не сбили с пути? Или есть и другая причина?

— Есть, конечно, — вздохнул Турецкий. — Это, по-моему, даже он понял. — Александр показал большим пальцем себе за спину, на дверь отдела кадров. — Здесь, говорит, будете проводить опознание или другое, более удобное, место найдете? Я подумал, что было бы очень хорошо найти другое место... Где нет никакой службы. Как?

— Восемь.

— Что — восемь? — слегка опешил Турецкий.

— А что — как? Дурацкий вопрос. Я на работе. И никто меня отсюда не отпускал.

— Но я всегда могу использовать свое служебное положение. Во зло или во благо, это уж как вы посчитаете, Римма.

— Ох, какой же вы все-таки!.. — сморщилась она будто от кислого. — А если можете, чего не используете? Вам подсказки нужны? Ну и мужики пошли! Дубы стоеросовые!

— Остановитесь! — Турецкий поднял обе руки, сдаваясь перед ее неожиданным натиском. — Я все понял, я виноват, я немедленно исправлюсь, и даже несколько раз!

— Нахал! — она посмотрела на него уничижительно. — Он, вероятно, думает, что после нанесенного оскорбления я готова удовлетвориться лишь единожды?! Никогда! Ладно, давайте ваши эти, чего вам надо, а то мы снова начинаем зря терять драгоценное время.

— Вот это мне в тебе, дорогая, очень нравится, — почти запел Турецкий, мигом раскладывая на подоконнике ряд фотографий. — Покажи мне, которые тут тебе мозги пудрили, что они из госбезопасности? Узнаешь?

— А чего узнавать — вот они, оба, рядышком.

— Все. Но для официального оформления следственно-процессуального документа мне придется увезти тебя в... назовем это место Генеральной прокуратурой. Повестку я тебе вручу. Беги докладывайся своему начальству, что появился опять этот настырный тип, который, кажется, уже нащупал концы вашей пропажи. Так что не исключено, что скоро ваши умные разработки вернутся в альма-матер. А я нетерпеливо жду тебя за проходной. Машинку мою ты знаешь.

У Риммы, по ее более позднему признанию, выросли крылья. И полностью исчезло то дорогое ей рациональное, чем она в себе гордилась, и не без оснований. В принципе у нее никогда не было острой и безутешной нужды в мужчинах. Красивая девка, самостоятельная, характер вполне покладистый — чего им еще надо! Но одноразовые мужчины, подобно одноразовым шприцам, не представляли для нее непреходящей ценности. Использован и — на помойку. Хотелось большего. А не только сиюминутных эмоций. И как женщина, умеющая читать в мужских взглядах не только вожделение, она решила, что Турецкий и в самом деле может стать ей близким человеком, не обязательно мужем, хотя это был бы идеальный вариант, с ее точки зрения, но верным другом и уж наверняка отменным любовником. Только не надо садиться ему на шею, не надо экзальтации, банальных упреков типа: «Я тебе вон чего отдала, а ты...», и все будет хорошо, а главное, долго. Пока не надоест. Ведь всему в конце концов приходит этот самый конец, зачем же бездумно торопить его наступление?

Трезвые, рассудительные мысли будто убаюкивали Римму. Хорошо мечтается, когда вот так, рядом, надежный мужик. А в том, что Турецкий надежный — в человеческом плане, — Римма почему-то не сомневалась. И тот, прошлый, случай, когда двое — Сашка и рыжий генерал — как бы выдоили ее, а потом, распалив воображение, отправили домой, словно уже ненужную вещь, казался не таким уж и обидным теперь. Ну работа такая у мужиков, что некогда им лишний раз бабу обнять, так что же, казнить их за это? Этак добрых мужиков и вовсе не останется.

Римма твердо решила, что пора некоторым образом поступиться принципами, нечего валять дурака, а надо Сашку тащить прямо к себе. Нечего по подругам шляться и минуты считать. Она буквально так и заявила, садясь в машину. Ха-а-арооший поцелуй был ответом. От него не пахло ни табаком, ни спиртным, значит, искренне. Приятно. Вот только с обедом у нее туговато. Так, по мелочам, что-то найдется из того, что вполне приличествует сохраняющей спортивную форму молодой женщине, но, увы, не более. Вряд ли подобный расклад устроит вечно голодного мужчину.

Шутка шуткой, а вопрос ставился серьезно. Заехать куда-нибудь пообедать или набрать с собой, чтоб потом терять время на приготовление пищи, отстраняя тем самым то, ради чего вся затея? В постели, известно из старого анекдота, жарят совсем не котлеты по-киевски.

Посмеялись уже с откровенным взаимным желанием, и Александр предложил сделать высадку десанта в Покровском-Стрешневе, тем более что прямо по дороге: Римма обитала на улице поэта Исаковского, и окна ее однокомнатной квартиры выходили на окруженную высокими ивами излучину Москвы-реки. Летом — просто чудо.

Что же касается ресторана, то в прошлые годы Турецкий, было дело, посещал его не раз, но тогда заведение имело обличье охотничьего домика, и там подавали жареных перепелок, глухарей, котлеты из оленины и поили весьма распространенным тогда в столице зеленым чешским напитком, именуемым «бехеревкой». Сладкая сорокоградусная настойка на тринадцати с чем-то травах отлично подходила к жареной дичи. Теперь это был ресторан «Стрешнево». Вот в нем и предложил пообедать Турецкий, вспомнить молодость.

Ресторан конечно изменился, но не до такой степени, чтобы уж совсем не узнать. Поглядев меню, Турецкий прикинул свои возможности и решил, что небольшое роскошество позволить себе можно. Но только не зарываться.

Конечно, ни о какой «бехеревке» уже и упоминания не было. Но котлеты по-киевски обещали сделать как положено. И картофель соломкой с зеленым горошком. Даме Александр предложил самой выбрать любимый напиток, остановились на терпком молдавском «саперави». Сам он не пил ничего, кроме минеральной воды: руль не позволял. Да и ночевать у Риммы Турецкий, помня о почти бессонной прошлой ночи, пока не собирался: столь странному совпадению не поверила бы никакая Ирина Генриховна, и без того подозрительно относящаяся к рассказам Александра Борисовича, вечно оправдывавшего свое отсутствие возле родного очага служебными необходимостями. Поэтому перебирать без острейшей нужды он бы не хотел. Вероятно, и Римма это понимала. Для первого раза. Дальше? Там и будет другой разговор...

Народу в ресторане было немного. И Александр с Риммой удобно устроились в уголке, возле окна: виден весь зал, а сами словно на отшибе.

Официант не спешил, да и они, устроившись, как-то успокоились, расслабились: ведь все уже

317

предопределено, куда торопиться! А время, если ты не торопишься, летит незаметно. Вот уже и за окном стемнело — наступал ранний вечер, по-осеннему длинный. Они перешли к десерту, и тут Турецкий позволил себе рюмочку коньяку. Одну. Римма же выпила не одну, и глаза ее снова заблестели дневной жаждой. Пора было завершать обед и переходить к еще более приятным процедурам. Но в этот момент, миг, так сказать, решения, случилось непредвиденное.

В зал вошли несколько весьма характерно одетых человек с бритыми затылками, с соответствующими золотыми цепями на мощных шеях, ну и при всех остальных причиндалах тяжелого «бычьего» труда. Пока они о чем-то беседовали с «мэтром», пока осматривали помещение, пытливо скользя пустыми глазами по сидящим немногим посетителям ресторана, появилась примерно такая же другая группа атлетов в кожаных куртках. Нет, они явились явно не для объявления войны. Видимо, тут должна была произойти обыкновенная по нашим временам бандитская «стрелка». Встретятся паханы, воры в законе, и станут обсуждать, как поделить добычу. Присутствовать при этом действе Турецкому, да еще с дамой, было совсем неинтересно. Не говоря уже об опасности. Но просто замучило проклятое любопытство: кто?

Предварительное появление братвы говорило о том, что паханы определенно не доверяют друг другу, а «быки» должны обеспечить им безопасность. «Славке, что ли, позвонить?» — подумывал уже Турецкий. Но решил этого не делать, во всяком случае, прямо здесь. Мобильник можно включить и сидя уже в машине. От глаз подальше. Так он и поступил.

Официант положил на поднос счет, принял чаевые и пожелал доброго здоровья. На вопрос, заданный Турецким походя: чего это тут назревает? — ответил неохотно, что какие-то крутые «стрелку» забили, но клянутся, что разборки не будет. И на том спасибо.

Свою машину Турецкий поставил грамотно, в стороне от входа. А главное место теперь занимали здесь два здоровенных джипа с затемненными стеклами, стоящие радиаторами друг к другу.

— Давай, дорогая, немножко подождем. Не будем торопиться, — попросил Турецкий. — Я хочу узнать, что здесь назревает. И только. Ни во что вмешиваться не стану, обещаю.

— Что с тобой поделаешь? — ревниво отозвалась Римма, потягиваясь, словно сытая ленивая кошка. — Смотри, но второй раз я тебя никогда не прощу!

И Турецкий смотрел, старательно изображая, что машина не хочет заводиться. Он и выходил, и капот поднимал, и снова захлопывал — не фурычит, хоть ты тресни.

Наконец из темноты к ярко освещенному фасаду вынырнули машины: первым шел «мерседес», за ним два джипа. Турецкий глазам своим не поверил: из «мерса» показался плотный и кряжистый Плешаков, которого тут же окружили охранники и повели к дверям ресторана. Джипы отъехали в сторону, в темноту.

Да, это был Анатолий Иванович Плешаков, не смог бы его ни с кем спутать Турецкий. Но когда из второго «мерседеса», подкатившего также в сопровождении двух джипов, выбрался высокий пижон и движением головы откинул назад длинные волосы, Турецкий едва не вскрикнул. Всего мог ожидать, но не приезда на «стрелку» господина Западинского. Вот это номер! Значит, крепко их обоих припекло!

Ну, о том, чтобы вернуться в ресторан и по присутствовать при разговоре, и речи идти не могло. А сидеть возле ресторана и ожидать, чем все закончится, тоже глупо. И Александр Борисович поступил максимально мудро.

Он позвонил Грязнову и сказал, что имеет сведения о том, что в ресторане «Стрешнево» сегодня встречаются Плешаков с Западинским, и было бы очень неплохо если не узнать, о чем у них пойдет речь, то хотя бы посмотреть, чем дело закончится. Словом, работа для обычного опера.

Грязнов спросил, откуда у него такие сведения, но, не получив вразумительного ответа, сказал, что попробует что-нибудь предпринять. И отключился, чтобы начать руководить. Турецкий же скомандовал Римме:

— Вперед!

И это слово стало их общим девизом до... до одиннадцати вечера. Ну что ж, пятичасовой марафон — удел сильных людей. Такому позавидовать не грех...


Они сели друг напротив друга. Охрана расположилась по углам зала. Посетители сами быстренько разобрались, что их присутствие на столь важном бандитском мероприятии неуместно, и как-то быстро растворились в пространстве. Однако ничего откровенно уголовного, тем более — вызывающе бандитского во встрече двух известных и уважаемых в своих кругах людей даже и близко не было. Охрана могла пугать, но не больше.

— Есть будешь? — со странной улыбочкой спросил Виталий.

— Выпью чего-нибудь. Попроси на свой вкус, — также без всякой задней мысли ответил Анатолий.

А ведь сиживали когда-то вот так, без вражды и подозрений. Куда это все ушло? Куда провалилось?..

— Скажи, зачем воюем? — сморщился, как от зубной боли, Плешаков. — Неужели не можем сесть вот так, тяпнуть по сотке и снять все вопросы?

— Давно такая мысль пришла в голову? — без злости поинтересовался Западинский. — Хорошая мысль, между прочим.

— Тогда за чем же дело?

— Ты сделал первый шаг. Я ответил. Продолжай. Вдруг в самом деле договоримся?

— Не веришь, что это возможно?

— Толя, кончай трепаться, — с улыбкой махнул ладонью Западинский. — Говори, чего на душе. С чем пришел. Потом я скажу о своих претензиях. И не будем «стрелку» превращать в разборку, как говорит один мой деятель.

— Формоза, что ль?

— Какая разница... Слушаю.

Он взял бутылку принесенного официантом коньяка, понюхал и налил две рюмки — себе чуть-чуть и Плешакову — полную.

— Давай! — и вылил себе, как лекарство, под язык.

— Хорошо, я скажу, только постарайся без обид. Чем тебе мешал Матюшкин?

— Он мне совершенно не мешал, — равнодушно пожал плечами Западинский. — Кто тебе сказал? Только потому, что его какая-то сволочь шлепнула в моем ресторане? Это не доказательство. Я бы того ублюдка сам задавил. Скажи, мне нужна такая слава? Там же, блин, вся Генеральная прокуратура на ушах стоит. На хрен мне это, Толя?

— Может, он твоему приятелю Игнатову помешал?

— Спроси у него. Они, по-моему, давно цапались. А с генералом у меня совершенно конкретные дела были. Если бы у нас с тобой не было этого, — Западинский постучал кулаком о кулак, — с удовольствием рассказал бы. А так — конкуренция... Ну хорошо, ты спросил, теперь разреши и мне. Ты сам себя по отношению ко мне не чувствуешь виноватым?

— Чувствую, — с достоинством ответил Плешаков. — Затем и предложил встретиться.

— Вот это уже интересно! — прямо-таки загорелся Западинский. — Валяй, излагай!

— Мы оба наделали ошибок. Сперва о своих. Я, в общем, знал предмет твоей охоты. Но успел раньше. Это не карается смертью, Виталик. Сам сказал: конкуренция. И ребят тех я просто пожалел. Зачем дурачков жизни лишать? А вот ты — не пожалел. И не только их. А почему? Жаба тебя, Виталик, задавила. Ну ладно, оставим это. Бог тебе судья. В финансовых делах, особенно крупных, родни, сам знаешь, не бывает. Но ведь больше я у тебя на дороге не становился. Решая свои проблемы, ты захотел ответственность за неудачи переложить на меня. И снова ошибся, заметь. Так вот, чтобы окончательно закрыть этот вопрос и больше к нему не возвращаться, я предлагаю нам обоим объединить два интереса и разделить их честно пополам. Другими словами, ты вступаешь в мою операцию с лекарствами, а я — в твою, обеспеченную Вадиком. Кроме того, возобновляем статус-кво на каналах: ты — мою информацию, я — твою рекламу. Полагаю, так будет без обид.

— Это все? — спокойно спросил Западинский. Плешаков кивнул. — Тогда послушай и меня. Ты, дружок Толя, сильно отстал от жизни. Я так понимаю, что в данной ситуации не тебе, а мне можно диктовать условия и предлагать сделки. Ты вот осуждаешь резкость некоторых моих движений. И не прав. Мир-то совсем другой нынче, не тот, в котором мы с тобой начинали...

— Ну, начинали мы в разных ипостасях, — хмыкнул Плешаков. — Я — своим горбом, а ты в стукачах у Игнатова обретался. Так что и перспективы у тебя, Виталик, были более отчетливые. Но суть не в том. Кто там у вас кого сделал?.. Вы и разбирайтесь. И я не следователь по особо важным делам, чтобы давать оценки твоим поступкам. Поэтому, Виталик, давай ближе к телу, не надо кашу по столу.

— Ты, Толя, даже не представляешь, как сейчас не прав. — Западинский, видно было, сдерживался, но алые пятна на скулах выдавали. Нервишки, черт бы их побрал! — Ты хочешь доказать мне, что чист морально, а не получится. Ты вот жалеешь тех пацанов с Новой Басманной, а поступил бы ты с ними, как с моим оператором в Томилине, и не было бы у тебя никаких забот. Ошибся. А я взял да и вычислил

323

тебя. Так что тут уже не баш на баш, тут ты мне просто элементарно дорожку перешел. А я таких ходоков не жалую. И поэтому дележка неуместна. Тебе придется вернуть мне все. Плюс издержки. Вот тогда, может быть, дальнейший разговор у нас с тобой и получится. А нет... ну, ты и сам знаешь: с волками жить...

— Не слишком ли высоко ты вознесся, Виталий? Неужели и в самом деле возомнил себя всесильным? Не понимаю... — Плешаков сознательно провоцировал Западинского на резкости. Крохотная булавочка-микрос, последний дар покойного Матюшкина, ничем не отреагировала на металлодетектор, коим еще на входе в открытую прошелся по Плешакову один из охранников Виталия. Точно так же, как сделал это с Виталием и Лаврухин, возглавлявший команду Анатолия Ивановича. Но запись должна была идти. И тут особо важно дать полностью высказаться Западинскому и самому не подставиться.

— А ты никогда не понимал. Это не самомнение, а констатация факта. Именно понимая это обстоятельство, ты и предложил встречу. Не от разума, а от страха. Валится все у тебя, Толя, летит к едрене фене, вот ты и забегал. А мне такие союзники не нужны. И равных партнерских отношений у нас, слава богу, быть не может.

— Ну хорошо, ты высказался. Теперь послушай меня. Я вижу, как ты старательно пытаешься повесить на нас «мокруху», но у тебя нет фактов. Я же обладаю противоположными сведениями. Могу поделиться, если тебе интересно.

— Давай, послушаю. Времени у меня есть маленько...

— У меня имеются доказательства того, что ты лично дал команду убрать Олега Скляра. Что эта же угроза распространялась и на его дочь. С ней я тебе успел помешать, а вот с Олегом не получилось. Он оказался упрямым и сам полез под пулю. Твою, Виталий.

— Бред! — Западинский помотал головой, взмахивая длинными волосами. — Ты сам-то хоть веришь тому, о чем болтаешь?

— Ты снова торопишься, Виталий. И совершаешь ошибку. Я не хочу объявлять тебе войну, и мои предложения сугубо мирные: вести совместные финансовые операции, вернуть на телевидение статус-кво. Что здесь противозаконного? Больше того, я просто уверен, что ты сам примешь аналогичное решение, когда узнаешь о моих условиях.

— Ты неисправим.

— Ну, ладно, слушай. Лена Скляр — свидетель того, что ее братец Вадим занимается противозаконными делами, плодами которых пользуешься ты. Смерть отца, с которым она разговаривала буквально за полчаса до его гибели, потрясла ее. И она написала подробное заявление в Генеральную прокуратуру. Сама Лена не желает тебя видеть, боится мести. Я предоставил ей убежище и обеспечил охраной. Говорю это тебе, чтобы ты со своим бандитом Формозой не питал никаких иллюзий: до нее вы не дотянетесь. Она у меня слишком важный свидетель, Виталий, которого ты просто обязан бояться. Я не утомил тебя многословием?

— Собираешься меня шантажировать? — Западинский раздраженно налил себе полную рюмку коньяку и махнул ее. Лицо его было багровым. Все-таки как себя ни сдерживай, природа знает свое.

— О шантаже речь не идет. Я выдвигаю условия, ты их принимаешь. Я не даю хода заявлению. Пусть этим занимается прокуратура, если у нее достанет умения раскрывать заказные убийства. Вот и все.

— Я должен обдумать твое предложение...

— Пока не тороплю, но время — деньги, тебе ли не знать.

— Не могу сказать, что ты загнал меня в угол, Толя, но кое-какую хватку ты приобрел. Черт тебя знает, может, и в самом деле сработаемся?.. Ну хорошо, если у тебя все, я еще два слова напоследок скажу. Не вешай и ты на меня «мокруху», Толя, болтать и даже грозить может каждый, а как до дела... Брось! Мои руки чисты, ей-богу, чисты, поверь...

— Не гневил бы Господа-то... Грех ведь!

— Да что ты в грехах понимаешь! Все, кончаем базар. Я позвоню тебе... может, уже завтра.

— Надеюсь, ты примешь верное решение, — сказал Плешаков, вставая.

— Можешь не сомневаться, — ответил Западинский, продолжая сидеть.

## Глава пятнадцатая
### БЕГ ПО КРУГУ

Плешаков знал, с кем имеет дело. И он ни на миг не поверил в то, что Западинский готов принять его условия дальнейшей игры. Не таков Виталий. Поэтому перед уходом из ресторана Анатолий Иванович решил пожертвовать американской штучкой и «пересадил» микрос из собственного рукава в уголок скатерти.

Потому и отъезжать он не торопился, ожидая, что пойдет новая запись. И когда она действительно пошла, Плешаков успокоился, приказал ехать, а метров через двести велел свернуть на боковую дорожку и тормознуть. Запись шла чисто.

Анатолий Иванович взял у оператора параллельные наушники, нацепил на голову и откинулся на спинку сиденья.

Западинский говорил глухо, видно, от душившей его ярости. С кем конкретно он разговаривал, было неясно. Наверное, по телефону. Но и эти обрывки фраз звучали зловеще. Наконец он назвал собеседника, это был Абушахмин, можно было и не сомневаться. Суть же заключалась в том, что один партнер получил от другого экстренное задание: убрать *его*. Кого — понятно. Плешакова. Одновременно матвеевским бандитам поручалось совершить налет на все жилища Плешакова, лучше одновременно, чтобы обнаружить и тоже ликвидировать девку. Неплохой получался расклад — разом всех свидетелей. А там ищи доказательства.

Предполагалось также списать Елену опять-таки на Плешакова. Мол, найти-то нашли, но уже хладеющий труп.

Всего этого, так или иначе, ожидал от Западинского Плешаков. И сегодняшняя «стрелка» была им придумана не для замирения, в чем он старательно уверял Виталия, а лишь как затравка, чтобы тот раскрылся, приказал действовать. Что и произошло. А вот теперь...

Теперь можно было начинать главную операцию.
Плешаков задумался и чуть не пропустил важную для себя информацию.

«— Да говорил ты мне уже, — раздраженно сказал Западинский, — кончили их и не хрен обсуждать. Еще один камень на Толину душу... В каком смысле? А в том, что он тут меня предостерегал: не гневи, мол, Господа Бога, не кощунствуй! Посмотрим, как он сам на Страшном суде будет отвечать за грешные айвазовские души!..»

Вот это была новость! Значит, братьев уже успели убрать? А Западинский знал об этом, но молчал? И намек на грешные души тоже понятен, небось раскололись братья. Или кто-то их хорошо подставил. В общем-то, наплевать на эту историю Плешакову, однако и тут не стоило бы упускать возможности повесить на Виталика очередное убийство. Как он, интересно, станет трактовать свои слова, уже записанные на пленку? Молодчина, булавочка, сработала-таки...

В наушниках раздался шум отодвигаемых стульев, шаги, гомонящий гул голосов и наконец команда Западинского:

«— Все! Поехали!»

— Коля, — обратился Плешаков к сидящему на переднем сиденье Лаврухину, — сделай одолжение. Сам сходи или пошли кого-нибудь из толковых ребят в ресторан. Пусть сделает вид, что ищет что-то на полу возле нашего стола, а сам аккуратно открепит от правого с моей стороны уголка скатерти булавочку-микрофон. И принесет сюда. Толковая вещица. Мы подождем.

Лаврухин вышел из машины, поговорил с сидящими в заднем джипе и вернулся в салон.

— Ну вот, ветер мы подняли, — задумчиво сказал Плешаков, — будем ожидать бурю. Ты во всяком случае теперь уже точно отвечаешь за мою голову своей головой. Крупная охота на меня объявлена. Но к этому вопросу мы еще вернемся, а сейчас надо обмозговать ситуацию с «Русским домом». Я имею в виду кабак в Посаде. Ну-ка, ну-ка... — Он достал из кармана сотовый и электронную записную книжку. — А вы, ребята, подышите немного воздухом. Коля, останься.

Водитель и оператор выбрались из машины. Лаврухин перегнулся через спинку к Плешакову в ожидании команды.

Анатолий Иванович между тем нашел нужный номер и набрал его.

— Иван Петрович? Добрый вечер. Анатолий Иванович вас беспокоит. Не забыли? Ну да, от Матюшкина... Большое горе, что поделаешь... Я вот о чем хотел у вас спросить. Что там произошло-то? В том доме, ну да...

Плешаков долго слушал рассказ полковника ФСБ Киселева о том, как взорвали в машине обоих братьев Айвазовых. Буквально вчера, можно сказать, в середине ночи.

— А что ваши кадры говорят? — поинтересовался Плешаков.

Киселев сказал, что как раз они, его кадры, и дали, по сути, исчерпывающую информацию.

В ресторане, поздно уже, появился известный «законник», который, кстати, держит «крышу» в «Русском доме», некто Абушахмин, он же Формоза.

О чем у него с хозяином шел разговор, сказать трудно, но был он жестким, потому что хозяин кричал так, будто его резали. А потом Формоза уехал, оставив своего главного телохранителя. Швейцар Порфирий Гордеевич сообщил, что зовут его Мишей. Он это от самого Абушахмина слышал. Ну так вот, этот самый Миша с двумя охранниками из ресторана находился в помещении до глубокой ночи. Пока не приехал второй брат. После чего и произошел взрыв в машине Айвазовых. Свидетелей тому не было. Известно лишь, что оба брата оказались в своей машине в момент взрыва. Посторонних в ресторане не обнаружили. Это уже когда приехала «пожарка» и дежурная бригада из Сергиева Посада. Отдельные детали взрывного устройства отправлены на экспертизу.

— Подскажите им, вашим экспертам, Иван Петрович, чтоб они сравнили, или, как вы говорите, идентифицировали, их с теми, которые были найдены на месте взрыва БМВ на Фрунзенской набережной, недавно.

— А какая вам тут видится связь? — спросил Киселев.

— Похоже, таким же образом расправились и с моим зятем. Он был в той машине.

— Интересное дело! Спасибо, передам. Еще есть вопросы?

— Да нет, пожалуй... Печально все это...

— Верно, — вздохнул полковник. — Ну, звоните...

Затем, практически не делая паузы, Плешаков вытащил из пиджачного кармана несколько визиток, нашел нужную и снова набрал номер.

— Сергей Львович Карамышев, ну-ну... — сказал он. — Сергей Львович? Вы не спите? Ах да, время детское. Всего-то девятый час, да, а кажется, что уже ночь... Извините за позднее беспокойство. Вы мне как-то говорили про своего шефа, который до дна достает, не так?

— Это вы про Турецкого, Анатолий Иванович? — засмеялся Карамышев. — Только не до дна, а до воды. Колодцы они копают, понимаете? Так что, он вам срочно понадобился?

— Ну не очень чтоб срочно. Во всяком случае, я хотел бы с ним встретиться, скажем, где-нибудь завтра. Это возможно?

— Что-то открылось?

— Определенно. Так как, это реально?

— Где бы вы хотели? У себя? К нам подъехать?

— Чтоб меньше разговоров было ненужных, лучше вообще-то на Шаболовке.

— Договорились, я скажу шефу.

— Буду вам признателен. Еще раз извините... — Плешаков убрал трубку в карман и сказал Лаврухину: — А теперь мы посмотрим, что ты запоешь, Виталий Борисович, когда тебе жопу припечет! Давай ехать, Коля. Надоело все, спасу нет!

— Вы решили, — осторожно спросил Лаврухин, — привлечь на свою сторону прокуратуру?

— Вот именно.

— А не...

— Опасно, что ль? Так пленка же в наших руках. Послушаем, сделаем нужные купюры. Тебя, что ли, учить?

— Понял.

— Ну и молодец. Это очень хороший аргумент.

331

Уж такого-то хода Виталий от нас точно не ожидает. У прокуратуры есть множество фактов, но нет связей между ними. Вот мы и покажем им эти связи.

С утра, по пути из дома на службу, Турецкий заскочил в МУР к Грязнову, чтобы узнать, чем кончилась вчерашняя «стрелка», и обсудить детали дальнейшего расследования убийства Матюшкина.

— У меня такое ощущение, Слава, — сказал он, — будто я, как цирковая лошадь, несусь по кругу, выхода из которого просто нет. Вокруг меня сплошные убийства, я чувствую их общую связь и не могу нащупать концов. Что делать?

— Мудрый вопрос, — констатировал Грязнов. — И, главное, вечный. Надо полагать, над ним ты и размышлял всю ночь?

— Нет, ночью я спал дома, — стал оправдываться Турецкий.

— Спал? — удивился Грязнов. — А до того где был? Неужели тоже спал? — высказал он неожиданную догадку.

— С вами неинтересно, мой генерал, все-то вы знаете...

— Постой! — Грязнов захохотал. — Костя говорил, что ты вроде собирался в тот институт? Вон оно в чем дело! Понятно, младшие научные сотрудники не дают проходу? Ну и как?

— Знаешь, однажды на суде спросили пострадавшую от насилия даму: как именно ее изнасиловали? Она показала большой палец и заявила: «Во!» Я ничего не могу добавить.

Грязнов ну просто хамски заржал. Но его разудалый хохот оборвал звонок мобильника.

— Не дадут покою, — посетовал Александр, включаясь. Звонил Сережа Карамышев.

Турецкий слушал его, не перебивая, потом сказал:

— Я готов, — он посмотрел на ручные часы, — от часу до двух. Подъедем вместе... Слушай, Вячеслав, а чем вчера дело кончилось?

— Где, в «Стрешневе»? Да ничем. Пока то да се, пока стрешневские сыскари подъехали, там все уже и закончилось. Гости разъехались. Шуму, говорят, никакого не было. Побазарили между собой и разбежались. Меня другое волнует: откуда у тебя появились эти сведения?

— А я был там, — улыбнулся Турецкий. — Только не внутри, а уже снаружи. И оба меня знают, поэтому и не рискнул.

— Собой или дамой?

— Славка, как ты любишь, чтоб все по полочкам! Теперь уже это не играет роли. Важнее другое, вчера вечером моего славного Карамышева достал господин Плешаков и сообщил, что хочет сделать лично мне весьма важное заявление. Как ты на этот факт посмотришь?

— Любопытно. — Грязнов задумался и стал ходить по кабинету. — Ну сам факт «стрелки» говорит уже о многом. Два непримиримых олигарха решили договориться, так? Но скорее всего, это у них не получилось. Почему, мы тоже знаем. Наезд Западинского и компании на Плешакова тире Матюшкина пока закончился победой первых. Поэтому Плешаков вполне мог провести своеобразную разведку

333

боем и, выяснив для себя, что ему ничего не светит, кинулся к нам. К тебе. Что, по сути, одно и то же. Вероятно, он имеет компру на конкурента и желает ею с выгодой для себя распорядиться. Подходит?

— Вполне. Отсюда и станем танцевать. Не хочешь составить компанию?

— А зачем? Это ж не к девкам ехать! К той смазливой кошке ты ж не пригласил меня?

— Ладно, давай лучше поговорим, что мы имеем по Матюшкину...

Грязнов распорядился принести к нему все акты экспертиз, протоколы допросов свидетелей, проведенных его операми. Пока несли материалы, позвонил Алексею Петровичу Кротову и, поинтересовавшись, есть ли новости из «Арбатских встреч», попросил тут же подъехать на Петровку.

Но все время, пока Турецкий вчитывался в материалы, слушал доклад Кротова, его ни на миг не оставлял вопрос: что случилось с Плешаковым? И казалось, что самое главное находится именно в этой точке, тот толчок, может быть, который позволит ему совершить какое-то резкое движение и вырваться наконец из круга.

А Кротов между тем рассказывал весьма любопытные вещи.

Агенты были надежными, и оба невольно участвовали в деле. Но отдавать их Грязнову Алексей Петрович не собирался. В конце концов, они ж сами никого не убивали. Просто выполняли указания... Кого? Западинского. Ибо после отъезда Абушахмина в ресторане единственным трезвым из этих троих остался Виталий Борисович. Он же лично распорядился, когда надо открыть дверь, впустить спецназ, и ушел вместе с охраной через подвал. Место это известное. Но, вероятно, кого-то из своих оставил, того, кто и произвел выстрел, а затем ушел тем же путем, что и хозяин. Как вычислить киллера — это сложнее. Но попробовать можно. Для этого надо собрать сведения обо всех охранниках Западинского, бывших в тот вечер в ресторане. А это чревато, могут сгореть агенты. Сам Кротов не стал бы рисковать. Он предложил иной вариант.

Судя по отсутствию гильзы, выстрел мог быть сделан из револьвера с глушителем. Пуля уже известна — от «макарова». Под такой патрон относительно недавно разработан револьвер РСА. В силовых структурах на вооружении не состоит. Если кто-то из охраны Западинского имеет это оружие, оно наверняка нигде не зарегистрировано. Возможно, украдено. Провести обыски? Основания для этого имеются.

Идея Турецкому понравилась. И он решил в конце дня, уже после свидания с Плешаковым, обязательно встретиться с Костей Меркуловым и представить ему мотивированное постановление для получения санкции на обыск в рабочих помещениях, принадлежащих господину Западинскому, на его даче в районе Сенежа, а также в местах проживания его охраны. Объем, конечно, большой, но с помощью Славкиных оперов задача может оказаться вполне решаемой. Главное, взять их всех сразу.

О том, что Костя может возражать, он как-то не думал. Да и потом, на Генпрокуратуре же камнем висело убийство директора ФАПСИ. Какие тут могут быть возражения!

И Турецкий снова углубился в изучение следственных материалов.


Плешаков, вопреки предположениям Турецкого, был нисколько не растерян или там озабочен чем-то, а, напротив, жизнерадостно гостеприимен. Либо умело изображал свое бодрое настроение. А Карамышев отметил про себя, о чем позже сказал Турецкому, что Анатолий Иванович изменился буквально на сто восемьдесят градусов.

— Повернул, что ли? — хотел поправить члена своей команды Александр.

— Нет, изменил отношение... Со мной был сух и недоброжелателен. А теперь даже подобострастные нотки в голосе...

Так это было на самом деле или Карамышеву просто показалось, но сведения, которые излагал президент одной из ведущих в стране телекомпаний, заслуживали самого серьезного внимания.

Турецкий почувствовал, что олигарх поставил перед собой четкую задачу — утопить конкурента. Но делал он это без видимой настойчивости, просто излагая последовательно ряд уже известных Турецкому фактов, комментируя их по-своему и аргументируя магнитофонными записями, сделанными с помощью специальных тайных средств. Откуда они у него появились, догадаться было несложно: опять-таки помощь партнера. А что директор ФАПСИ являлся его партнером в отдельных проектах, этого Плешаков отрицать не собирался.

Да, конечно, высокому государственному служащему не положено заниматься коммерческой деятельностью, все это прописано в специальных законах, но давайте будем справедливыми... И дальше следовали примеры из деятельности руководителей президентской администрации, виднейших членов правительства, обеих палат парламента. Вот где действительно нарушения! Да какие! А здесь просто помощь. Скорее даже содействие. Да ведь и человека-то уже нет, о чем же речь?

Единственный, пожалуй, промах допустил Плешаков, и это тут же отметил Турецкий, когда, повествуя о первопричинах вспыхнувшей войны олигархов, постарался уйти в тень, переложив на плечи покойного Матюшкина идею операции с компьютером на Новой Басманной. Но, с другой стороны, а почему это не так? Ведь действовали люди из ФАПСИ — это установлено. Более того, они уже под стражей. Любая очная ставка и в НИИ, и в тех же Химках подтвердит это. Опять же и торговля с американцами ворованными материалами проходила под эгидой директора ФАПСИ. И уж это обстоятельство те же Антошкин с Виноградовым наверняка подтвердят. Теперь ведь и им все можно валить на покойника. Так что тут есть о чем подумать.

Себе же в этой операции Плешаков отвел роль весьма скромного соучастника. Но, кстати, все без исключения похищенные материалы могут быть найдены и представлены следствию. Или же возвращены их владельцам.

Вот это был номер! Значит, Плешаков шел на огромную жертву, теряя при этом, вероятно, миллионы долларов. И понимая, что лучше лишиться части, чем всего. А может быть, и жизни? Вопрос...

И Турецкий с невинным видом, демонстрировавшим полное доверие к рассказу Плешакова, поинтересовался:

— А каким же, собственно, образом вы собираетесь искать эти материалы? Разве они не у вас? А как же ваше партнерство?

— Нет, разумеется, — даже не смутился Плешаков, что убедило Турецкого: врет и не краснеет. — Но я могу узнать... по своим каналам.

— Не понял. Разве выдача, я имею в виду немедленную передачу следствию всех похищенных в институте материалов, не входит в условия вашей... ну, скажем мягко, капитуляции?

Плешаков открыто улыбнулся:

— Вы поймите: то, что вы называете хищением, к нам, я имею в виду действия покойного Матюшкина, отношения, в общем-то, не имеет. Насколько мне известно, у Сергея Сергеевича появилась информация о том, что ряд институтских разработок в области лекарственного дизайна некие деятели, предположительно имевшие прямое отношение к похищению, собираются предложить или уже сделали такое предложение продать за хорошие «бабки». Откуда он получил такую информацию, мне неизвестно, в тайны службы я никогда не лез, да и впредь не полезу. Полагаю также, что, если бы эти разработки представляли важную государственную тайну, Сергей Сергеевич с его щепетильностью вряд ли бы пошел на продажу за рубеж госсекретов. Это практически исключено. Конечно, ознакомился он с отобранной у жуликов информацией и наверняка посчитал, что лишние несколько сотен тысяч кассе его ведомства никак не повредят, ибо всегда могут быть пущены на оперативные расходы. Не мне ж вам говорить, что именно эта статья в бюджете каждой такого рода организации самая сиротская. Впрочем, это мои личные предположения.

— А ваша-то роль во всех этих делах какова?

— Моя? — как бы удивился Плешаков. — Матюшкин попросил меня оживить некоторые зарубежные связи, хотя я медициной никогда не занимался, у меня несколько иной профиль...

— Если не секрет?

— Вам сказать могу, но желательно не для широкой огласки. Я вкладываю деньги в совместные с иностранными партнерами проекты. Они касаются торговли недвижимостью, ряда посреднических операций ну и так далее. Если официально пожелаете, я могу предоставить вам целый список фирм и компаний, с которыми имею финансовые интересы.

— Понятно, — кивнул Турецкий. — Значит, вам отводилась роль посредника?

— Вроде этого, — охотно согласился Плешаков. — Подыскать порядочного покупателя, предложить ему некоторые образцы, после чего в дело вступал уже сам Матюшкин. Короче, я попросил некоторых своих зарубежных партнеров пошарить в медицинских кругах, мне назвали несколько фамилий и адресов, а я, естественно, тут же этот список передал Сергею Сергеевичу. Он сказал, что посреднические старания будут после заключения сделки оплачены. Вот, собственно, и все мое участие.

— И вас, Анатолий Иванович, не смутило, что была совершена, по сути, вторая кража? Не пришла на ум старая пословица о том, что вор у вора дубинку украл?

— Как вам сказать?.. Попробуйте сами припомнить любую современную финансовую сделку, которая, на ваш взгляд, может быть названа чистой. Не старайтесь, не назовете. В каждой есть элемент обмана, вызванного защитой собственного интереса. Вы классиков марксизма вспомните, их труды внимательно изучаются серьезными бизнесменами. О шантрапе же и вообще говорить не приходится, у этих сплошной обман и надувательство даже собственных партнеров. Ну а что касается нашей сделки, то, по-моему, о ней и говорить не стоит, кажется, там ничего у Матюшкина не получилось.

— Откуда, простите, у вас эти сведения?

— Ну... коммерческие каналы. Так что сделка, повторяю, скорее всего, не состоялась, может быть, и к лучшему. Поскольку факта, который мог быть истолкован как криминальное деяние, теперь у нас нету, а что касается намерений, то они у нас не наказуются.

— Как просто все у вас получилось, — приветливо улыбнулся Турецкий. — Но как же быть с материалами? Ведь они, насколько я вас понял, находились у Матюшкина?

— Я могу примерно догадаться, где он мог их хранить — жесткий диск, дискеты, вероятно, и сам компьютер.

— И вы найдете и передадите их следствию, так?

— Именно так.

— Скажите, а что, часто Матюшкин пользовался вашим транспортом?

— В каком смысле? — насторожился Плешаков.

— Ну... разъезжал на ваших машинах.

Плешаков недоуменно пожал плечами, не понимая сути вопроса.

— Вообще-то, — хмыкнул он, — у генерала было достаточно своих автомобилей. Не помню, может быть, раз-другой, в каких-нибудь экстренных ситуациях. А что?

— Накануне убийства на Новой Басманной возле компьютерной мастерской довольно длительное время находился ваш «мерседес». Можете объяснить, что он там делал?

— Да-а?! — изумился Плешаков. — А что он там, простите, делал?

— Я первый спросил! — рассмеялся Турецкий.

— Понятия не имею! Вы серьезно?

— Да уж куда более.

— Я обязательно это выясню! Черт знает что! Впрочем, может... Нет, я не хочу пока никого подозревать. Только после тщательной проверки. Обещаю вам, — твердо заявил Плешаков. Но он был явно растерян: нервные движения рук выдавали.

— Ну хорошо. — Турецкий не хотел сейчас его дожимать, чтобы из якобы раскаявшегося не превратить в упертого врага. Нет, не от хорошей жизни пошел на этот шаг Плешаков. И тут надо ему помочь самому залезть в ту же яму, которую он старательно рыл противнику...

Таким образом, если следовать логике Анатолия Ивановича, просматривалась прямая связь сразу между тремя преступлениями: кражей в НИИ, убийствами на Новой Басманной и взрывом автомобиля соседа Турецкого Глеба Бирюка, пассажиром которого Александр Борисович, к своему счастью, не оказался совершенно случайно.

Пленка с записями переговоров Западинского и компании в ресторане «Русский дом» и собственные показания Плешакова позволяли делать однозначные выводы. Оставалось немногое: конкретно назвать имена исполнителей. Заказчик был ясен.

Следующая версия Плешакова, касавшаяся убийств Олега Скляра и Артема Никулина, а также похищения — якобы, конечно, похищения — Елены Скляр, представляла еще больший интерес для Турецкого, хотя к этим делам ни он лично, ни Генеральная прокуратура ни малейшего отношения не имели. Одно убийство расследовалось, кажется, в Московской городской, а второе — в Люберецкой районной прокуратурах. Дела же о похищении — Грязнов, как обещал, проверил, где мог, — нигде не было. Следовательно, не имело место быть и само похищение.

И вот здесь впервые для Турецкого, в смысле со всей определенностью и адресностью, возникло имя Вадима Скляра. Версия на его счет, кажется, полностью подтверждалась. Опять же основанием для такой уверенности являлись свидетельские показания самого Плешакова и косвенные выводы, извлеченные из магнитофонных записей. Не густо, но... Во всяком случае, с этим можно было работать.

Да и старина Пит теперь мог быть доволен действиями коллег.

И что же оставалось? Окончательно созрела идея проведения массовой операции, а лучше сказать, большой зачистки, как нынче модно выражаться, в рядах Западинского и матвеевской братвы, возглавляемой Борисом Абушахминым.

Под занавес, что называется, на дорожку, Плешаков выдал еще одну информацию, касавшуюся теперь уже убийства в ресторане «Русский дом», что на подъезде к Сергиеву Посаду. И там все те же действующие лица — Формоза и иже с ним. Но это просто так, к сведению.

Турецкий поинтересовался у слишком словоохотливого хозяина, чем вызваны эти его чистосердечные признания, которые, кстати, были тщательно запротоколированы сидевшим рядом с Турецким следователем Карамышевым, и теперь они ожидали, что Плешаков прочтет их и подпишет, как это положено по уголовно-процессуальному закону.

Плешаков ответил, что в последнее время его телефон буквально разрывается от угрожающих звонков. Большинство из них почему-то связаны именно с делом о краже в НИИ. Неизвестные постоянно требуют, чтобы он вернул им разработки по лекарствам, угрожая в противном случае убить его. Вот так простенько: замочить и все. Другая часть звонков — на другую тему, но в том же приказном тоне, с постоянными угрозами жизни. Эти требуют, чтобы он вернул на свой канал рекламу, которую готовит агентство Западинского. И вообще перестал рыпаться и пытаться проводить собственную информационную политику на Ти-ви-си. Здесь нечего и рассуждать, концы видны. Кому нужно захватить его канал? Да конечно Западинскому! И двух мнений нет. То есть заказчик и здесь абсолютно ясен.

Сообщая все вышеизложенные сведения ответственному работнику Генеральной прокуратуры,

Плешаков выразил надежду, что его заявление органам следственной власти поможет оградить его лично и крупнейшую организацию, которую он возглавляет, от угроз и наветов со стороны нечистоплотных конкурентов.

Высказавшись таким образом, Плешаков оставил Турецкого и его помощника полными раздумий, а сам принялся читать протокол собственных показаний, исправляя допущенные следователем Карамышевым неточности и грамматические ошибки.

— Ответьте мне честно, Анатолий Иванович, — сказал наконец Турецкий, глядя в окно, — мы это заносить в протокол допроса не будем, честное слово.

— Слушаю?

— У вас серьезные основания опасаться за собственную жизнь?

— Я же сказал... эти звонки... предупреждения...

— Тогда какого же, извините, черта вы полезли вчера прямо в пасть ко льву?

— Не понял? — нахмурился Плешаков.

— Зачем «стрелку» забивали в «Стрешневе»?

— А... откуда вам это известно?

— Я тоже был в этом ресторане. И видел вас обоих. Но вы не ответили.

— Как вам сказать?..

— Я просил честно. Повторяю, записывать ваш ответ не буду.

— Когда-то мы с Виталием даже находились в дружеских отношениях. Я подумал, что, может быть, стоит вспомнить старое... Договориться как-то...

— Не получилось?

— Нет.

344

— Тогда все понятно.

— Что именно?

— Почему я здесь сегодня. Но это эмоции. А следствию понадобятся факты. Много фактов. Кстати, вы так и не сказали, забыли, видимо, где вы охраняете Елену?

— Ах ее? У меня тоже есть коттедж. С хорошей охраной. Но я предпочитаю не афишировать местонахождения. В целях все той же безопасности.

— Понимаю. И тем не менее?

— По Ярославке. Лесные Поляны. Чуть южнее Ивантеевки.

— А что, адрес такой абстрактный?

— Нет, просто там один коттедж, а к нему дорога, вот и вся тайна. Желаете в гости?

— Посмотрим. А девочку вы все-таки силком не удерживайте. Это ведь вам теперь угрожают, а не ей. Смотрите, как бы сто двадцать шестую статью не схлопотать.

— А что это?

— Похищение человека. И если от нее поступит заявление, вы понимаете?

— Да нет, ну что вы, какое похищение?! Правда, сам способ был немного резковатый, но... для ее же пользы.

— Я сказал. Ну что ж, давайте сюда протокол, и мы отчаливаем. Будьте осторожны. Хотя, если они узнают, что вы уже дали свои показания, осторожным придется быть им. Прощайте, подумайте о моих словах.

Турецкому показалось, что Плешаков, в его положении, правильно поймет предостережение следователя и сделает немедленные выводы.

...Меркулов, которого Александр Борисович ознакомил с материалами следствия по тем делам, что находились в его производстве, захотел сам прочитать показания Плешакова.

— Вот видишь, какого замечательного следователя я тебе дал в помощь? — сказал он вдруг ни с того ни с сего. И в ответ на непонимающий взгляд Турецкого добавил: — Читать приятно. Почерк-то, а!

— Почерк хороший, — вздохнул Турецкий. — И сам неплох, — сказал после паузы.

Но Меркулов уже не реагировал на посторонние звуки.

Закончив чтение, он снял очки, долго их протирал замшевой тряпочкой и, снова водрузив на нос, спросил со странной ухмылкой:

— Ну и каковы ваши дальнейшие телодвижения? Поделишься?

— Смысл операции «Большая зачистка», которую мы предполагаем провести совместно с твоим любимым Вячеславом, заключается в том, чтобы единым махом семерых побивахом. Ясно излагаю?

— Хотелось бы деталей.

— Детали такие. В качестве основных фигурантов у нас окажутся Западинский и Абушахмин. Со вторым, естественно, будет попроще, чем с первым, но в данном вопросе мы очень рассчитываем на тебя, Костя. Ну а кроме этих двоих нам понадобится и личная охрана каждого.

— Вся? — спросил Меркулов с той интонацией, с которой известный артист выяснял, сколько ему придется убирать снега в далекой сибирской ссылке.

— Желательно. Но это нереально, а потому придется брать лишь самый ближний круг. О его пофамильном списке позаботятся Славкин заместитель Женя Злотников, у него уже завелись знакомства среди матвеевских «быков», и наш вечный друг Алексей Петрович Кротов, также владеющий необходимыми связями. Операция должна пройти везде одновременно, чтобы не дать им возможности скрыться. Это в общих чертах, Костя.

— А почему именно большая?

— Там много народу брать придется.

— И что ты им будешь инкриминировать? Что использовать в качестве доказательств? Магнитофонные записи? Ты разве забыл, что доказательства, полученные с нарушением закона, юридической силы не имеют?

— Это элементарно, Костя. У нас, несомненно, будут показания свидетелей. А пленка — это скорее моральный эффект.

— И каких ж свидетелей ты собираешься допросить?

— Большинство из них уже перечислено в показаниях Плешакова.

— Может быть, сперва этим и заняться? Чтоб нам не выглядеть дураками, а?

— Ты перестал общаться с народом, Костя. И не знаешь, что это за публика. Да стоит мне только к одному, любому из них, наведаться, по всей цепочке пройдет: «Атанда!» И хрен кого я после этого найду. Нет уж, пусть лучше посидят, так мне спокойней.

— Ну хорошо, предположим, ты прав, с бандитом будет не так сложно. Грязнов там накопал в его биографии достаточно для серьезного разговора. А что будем делать с Западинским, который, я это точно знаю, вхож в святая святых? В близкий круг самого?

Да нас же сгноят! Тебе мало катавасии с нашим генеральным? Ты что, не видишь, какой прессинг оказывают на всю нашу службу? А ты им такую лакомую конфетку! Не знаю, не знаю...

— Давай, Костя, будем либо бояться, либо дело делать. Одно из двух. И мы с тобой не в первый раз перед выбором. А потом, кто такой, в конце концов, этот Западинский? Он себя называет олигархом, а на самом деле просто наглый жулик, выбившийся из обыкновенных стукачей. Он старается забыть о своем прошлом, но мы-то помним. И если такой «портрет лица» выдать общественности да связать с отстраненным от дел Игнатовым, э-э, Костя... не хотел бы я оказаться на их месте. А предъявлю я ему организацию и заказ не менее десятка убийств своих соперников. Мало?

— Предположим. Но что конкретного ты ждешь от ареста Западинского?

— А я считаю, что Питер у нас засиделся. Аргумент? Западинский, как ты догадываешься, не такой идиот, чтобы торговать оригиналами. Значит, они должны оставаться у него. На дискетах, на жестких дисках, а в конечном счете — у Вадима Скляра, благополучно проживающего на сенежской даче. Точнее, в новорусском замке. Под охраной. Без права выхода наружу. Вот он нам и нужен. Пит будет благодарен. Я так думаю. Я тебе умную вещь сказал, только ты не обижайся, пожалуйста.

— Перестань фиглярничать, — нахмурился Костя. — Тут мне Жигалов звонил, интересовался, есть ли результаты по делу? Мне понятна его озабоченность. Но тебе известно также и мое отношение к некоторым методам их работы. И поэтому я не желаю ставить себя в непристойное положение перед госпожой Эванс, перед тем же Питером, да вообще перед нашими коллегами из Штатов. Что упало, то, как говорится, пропало.

И если что-то не по нашей вине оказалось в руках жигаловской конторы, закроем глаза. Но все остальное, что ты намерен получить, должно быть немедленно передано Питеру. А насчет компенсации для ведомства Леонида Эдуардовича у меня имеется одна мыслишка. Надо ведь и нам не забывать, что мы просто обязаны быть патриотами своего Отечества.

— Хорошо сказано, Костя.

— Вот-вот, именно поэтому ты лично проследи, чтоб с мальчиком ничего не случилось.

— Твои слова надо понимать так, что санкции на проведение обысков и задержаний у меня в кармане? — хитро прищурился Турецкий.

— Да что ж с тобой поделаешь, раз ты такой настырный!..

Довольный Турецкий покидал кабинет начальства с сознанием того, что ему наконец удалось сдвинуться в сторону решительных действий. Но в дверях его остановил Меркулов. Это была его обычная манера — задержать на выходе, чтобы сказать вдогонку какую-нибудь мелкую пакость. Отыграться.

— Я разговаривал с Вячеславом, спросил, какое у тебя настроение, а он ответил: как у цирковой лошади. Это как понимать?

— Настучал, значит?

— Ну все-таки?

— А так и понимать: бегает по кругу, догоняет

собственный хвост и думает, что это — главное дело жизни.

— Выходит, без пользы?

— Зачем же? Публика-то аплодирует!

— А наездником быть не пробовал?

— Зараза ты, Костя! — засмеялся Турецкий.

— Кто? А, ну да, валяй, скачи дальше... — и он махнул рукой.

«Вероятно, Славка что-то успел нашептать ему, — думал Турецкий, спускаясь к машине, — иначе бы Костя вряд ли так, с ходу, принял рискованное для собственной карьеры решение. Но — принял же!»


## Глава шестнадцатая
### «МОЧИЛОВО»

Пользуясь тем, что время было еще не слишком позднее, Вячеслав Иванович Грязнов отправился в следственный изолятор ГУВД и попросил доставить к нему, в кабинет для допросов, задержанного Горева.

Почему тот имел кликуху Зуб, он увидел сразу, едва Горев открыл рот. В правом углу блеснул воровской доблестью ушедших лет золотой зуб. Модно было в прошлые годы у ворья носить золотые фиксы. Их тогда фиксатыми звали.

— Садись, Горев, — сказал Грязнов. — Курить хочешь? Или ты предпочитаешь отраву?

— Я не колюсь, начальник, и «косячки» не заворачиваю, потому шить мне двести двадцать восьмую не надо.

— Видишь, сам догадался, про что у нас с тобой речь пойдет. Ну, как желаешь, а я закурю.

Грязнов вытащил из пачки «Мальборо» сигарету, размял ее по-русски, закурил, а зажигалку и пачку подвинул по столу в сторону арестованного, скромно примостившегося на табуретке напротив. Был он тщедушный с виду, да еще горбился, кося под како-го-нибудь «тубика», но начальника МУРа эта види-мость не могла обмануть. Слабаков Формоза в рядах своей братвы не держит. Молодежь, еще не вошед-шая в силу, это — да, на перспективу, так сказать. А эти орлы — они не только ходки имеют, а значит, и настоящий криминальный опыт, но и приучены на зонах отстаивать себя в любых, даже крайних, ситуациях. И та же зона для них — дом родной, временная перемена места обитания, другая кварти-ра, где властвуют одни и те же законы. Зоны они не боятся. Они боятся иного. Вот об этом и собирался поговорить с рецидивистом Грязнов.

— Слышь, Горев, как же так вышло, что ты, че-ловек опытный и осторожный, на такой хреновине попался, а?

— Ты не прав, начальник. Это твои легавые под-суетились, а я — чист, мне мандражить нечего.

— Не борзей, Горев, ни один суд твоим сказкам не поверит. А уж я постараюсь.

— А какой тебе смысл, начальник, брать меня за грызло?

— Ну так ты ж уперся. В отрицалы мажешься?

— Да не, куда нам! Нам бы по справедливости.

— Ах вон чего захотел! Боюсь, не получится у тебя. В игровых у Формозы давно пашешь?

— Да чего ты, начальник! Какие исполнители? Знакомые кореша позвали походить по кладбищу, жмуриков помянуть — на халяву. — Он ощерился, блестя золотым зубом. Не захотел значиться в исполнителях у вора в законе. Опасное это дело, когда до ментовки дойдет. Проще таким вот случайным халявщиком прикинуться.

— Значит, это твои кореша охраняют Формозу, так?

— Не знаю, может быть.

— А какое отношение имел Формоза ко вчерашним похоронам? Его ж даже на кладбище не было. Кого ж вы охраняли?.. Молчишь, Горев? И правильно делаешь, потому что пудрить мне мозги у тебя не получится. Поэтому слушай, чего скажу. Суда и зоны ты не боишься, поскольку не впервой. Но этой радости я тебе наверное не доставлю. И пойдешь ты у меня не под суд, а в Бутырки, где посадят тебя к таким же отпетым, и будешь ты дожидаться своего суда до скончания века. Но не этого, а следующего. Забудем мы про тебя, Горев. И никакой адвокат тебе не поможет. Понял расклад?

— За что, начальник? — с надрывом спросил арестованный.

— За то, что помочь ни себе, ни мне не желаешь.

— Так ты ж не просил ничего! Почем знаешь?

— Прежде чем спросить, надо узнать, с кем дело имеешь. А узнать я должен, кто конкретно состоит в охране Формозы. Я, конечно, могу выяснить это другими путями, но тогда и ты не жди ничего щадящего для себя. Мне нужны фамилии и адреса. Думай.

— Откуда ж я могу всех знать?

— Говори о тех, кого знаешь.

— А что я буду иметь?

— Могу обещать по минимуму.

— Смотри, ты слово дал. Будешь записывать или запомнишь?

— Нет уж, я лучше запишу. Диктуй, — сказал Грязнов, доставая из кармана листок бумаги и шариковую авторучку.

Список был недлинным — из шести фамилий. Но Горев клялся, что других просто не знает. Сам недавно. Выполняет в основном мелкие поручения «законника» при разборках с конкурентами. Но крови на нем нет.

— А партнера Формозы ты знаешь? Ну того, который и организовал те самые похороны, где тебя и повязали?

— Видеть приходилось, но нечасто.

— У него своя охрана или Формоза помогает?

— Зачем? Своя. У него, говорят, собственная контора имеется, а называется она, кажется, «Палаш». Приходилось их видеть, такая же братва, только другие кликаны.

— Ну ладно, иди пока отдыхай, Горев, — разрешил Грязнов, нажимая кнопку вызова контролера. — Курево можешь забрать.

«Палаш... — бормотал он, возвращаясь к себе. — Что-то я не помню такой конторы... Развелось, понимаешь, как клопов...»

Убитые в арке дома на Кутузовском имели непосредственное отношение к матвеевским, что доказано. Если этот сукин сын Плешаков не врет, размышлял дальше Грязнов, и действительно имел беседу со Скляром за какой-то час до убийства, а доказать это невозможно, потому что любые свидетели со стороны Плешакова будут защищать его, то у него, во всяком случае, не было причин самому убивать журналиста. Следовательно, след опять-таки ведет к матвеевским. Иначе говоря, доделали свое дело. То же оружие засвечено и на Новой Басманной. Вот и вывод: надо срочно брать всех игровых Формозы. Иначе говоря, его исполнителей. И шерстить на предмет оружия.

Подходя к своему кабинету, заглянул к заму Жене Злотникову. Подполковник, видимо, уже собирался уходить и ждал лишь появления шефа.

— Давай, задерживать я тебя не буду, хотя... — Грязнов глянул на собственные часы и укоризненно покачал головой. — Да, время нам не подчиняется... В общем, завтра с утра начнем большой шмон. Ты про охранное агентство «Палаш» ничего не слыхал? Или что-то подобное?

— Точно, нет, — подумав, ответил Злотников.

— Тогда будь здоров. Позавтракай поплотнее, можем остаться без обеда. И без ужина тоже...

А вот Денис, которому Грязнов перезвонил из кабинета, знал «палашей».

— Дядь Слав, у них же база в Останкине, на Королева. Ты ведь сто раз мимо проезжал!

— Надо же! — почесал макушку Грязнов. — И чем они славны?

— А клиентура их мне неизвестна. Вероятно, боссы из того же Останкина. Ты точно видел, у них

354

на рукавах еще нашивки такие — два скрещенных палаша. Но рожи, я тебе скажу... Где их набирают?..

— Скорей всего, в бригадах.

— Похоже на то. Во всяком случае, вид настоящих отморозков.

— Ты, Денис, пошарь-ка по своим закромам и подбери мне к утру максимум информации на этих деятелей. Завтра хочу их крепенько пошерстить. Поэтому желательно знать заранее, кто хозяин, под кого пашет, где обитает и все такое прочее.

Оставалось последнее: позвонить Турецкому и выяснить, чем закончились, если уже закончились, переговоры с Костей Меркуловым. Без его санкции вряд ли что-то путное можно было сделать.

Но Турецкий, словно услышав мысленный зов друга, позвонил сам. И сообщил, что санкционированное постановление фактически в кармане. Костя сказал «да», хотя и не сразу, и долго пребывал в сомнениях, вызванных размышлениями о стабильной законности.

Посмеялись и пожелали друг другу спокойной ночи. Относительно, конечно. Потому что в жизни, как и анекдоте про учителя, похожего на Владимира Ильича, можно в конце концов сбрить усы с бородкой, отучиться картавить, но мысли — мысли! — куда девать?..


Анатолий Иванович Плешаков мог бы только мечтать, чтоб наполеоновские планы, намеченные Турецким и Грязновым на следующее утро, сбылись. Но он не знал о них и ехал к себе на дачу, так он называл свой коттедж в районе Лесных Полян, с чувством правильно сделанного шага.

Его, несомненно, несколько обескуражила, прямо надо сказать, подозрительная осведомленность Турецкого в некоторых вопросах. Со «стрелкой», с автомобилем. Складывалось даже впечатление, что в отдельных вопросах он, Плешаков, давно уже находится под колпаком у этого копателя-следователя. И ряд советов его, касающихся той же Елены, трудно рассматривать иначе чем очень серьезное предупреждение. А то ведь и со своим, что называется, «чистосердечным заявлением» можно так загреметь, что мало не покажется!..

Вообще говоря, он не собирался сегодня ехать сюда, но после разговора с Турецким решил предпринять защитные шаги.

Первым делом он распорядился удвоить охрану и держать ее рядом в течение всей недели. Для начала. На ночь спускать с цепи трех ротвейлеров, пусть бегают по участку. Приказал и лишнюю иллюминацию убрать, нечего гостей сюда привлекать.

Но это все — попутно. Главное было — суметь договориться наконец с Еленой. Он ведь так и не видел ее до сих пор, верил на слово Лаврухину, что она чувствует себя превосходно, ну... за исключением свободы передвижения. Однако последнее, как и ее возможные чисто профессиональные неприятности, легко могли быть компенсированы названной ею же самой суммой.

— Здравствуйте, узница, — с гостеприимной улыбкой оказал он, когда девушка, в сопровождении Николая Лаврухина, поднялась в большой холл, куда ее в первый раз привезли как заложницу.

Правда, с настоящими заложницами, как она знала из прессы и телевидения, она не имела ничего общего. Кормили тем, что она заказывала, с каким-то мазохистским наслаждением читала дамские любовные романы, словно мстя себе за недавнюю «шикарную жизнь». От телевизора она откровенно отдыхала. Рядом была ванная со всем необходимым. Разве что не знала, какая сейчас снаружи погода. Но это — не самое главное. А главное в том, что на нее никто не кричал, ничего не приказывали, не давали советов и разрешали спать сколько угодно.

И вот наконец ей выпало «счастье» познакомиться с хозяином. Был он невысок, плотен, совсем не стар и не похож на развязного братка. Напротив, мило улыбался, предложил вместе поужинать и обсудить накопившиеся проблемы. Оказывается, они были не только у него, но, главным образом, у нее. Это что-то новое. Хотя, видимо, и неопасное. Она приготовилась слушать.

И первая же весть едва не лишила ее сознания. Анатолий, так он просил его называть, сказал ей о смерти отца. О состоявшихся уже похоронах. И замолчал, дал опомниться, прийти в себя.

Мысли у нее разбегались, и она никак не могла сформулировать самый, казалось бы, элементарный вопрос: почему? Что случилось? Кто виноват в этом? Вопросов было много, но, в сущности, один: как это случилось?..

Анатолий не хотел ничего скрывать. Он просто не стал говорить о том, что не виделся с ее отцом здесь, и вел себя так, будто они разговаривали и до, и после их свидания в подвальной комнате. А вот о покушении на Олега рассказал, и очень подробно:

кто это был, откуда убийца. Точнее, двое. Ну и наконец сказал о нежелании ее отца взять с собой охранника и о его гибели дома от руки пока еще неизвестного киллера. Однако у прокуратуры имелись уже твердые данные на этот счет.

Затем он рассказал о прощании и похоронах, о раздорах в стане Западинского и убийстве директора ФАПСИ, который приехал в «Арбатские встречи», скорее всего, для того, чтобы арестовать своего «мятежного» генерала. Словом, он попытался создать, и надо сказать, добился в этом успеха, новый, неизвестный еще Елене образ ее недавнего покровителя и любовника. Причем некоторые свои мысли по этому поводу он без всякого зазрения совести выдавал за соображения старшего следователя по особо важным делам господина Турецкого, с кем имел длительную и доверительную беседу не далее часа назад. Это было серьезно и убедительно.

А содержание Елены под своеобразной стражей трактовалось как необходимость защиты ее жизни от этих мерзавцев — Западинского и Абушахмина, являющегося никаким не бизнесменом, а вором в законе, закоренелым преступником и убийцей. И она сама, о чем свидетельствует магнитофонная запись во время одной из «посиделок» Западинского с этой компанией, практически была уже передана вору в качестве награды за убийство Олега Николаевича. Впрочем, если у нее еще остаются какие-то сомнения, магнитофонная запись может быть представлена ей, она, конечно, узнает голос Виталия Борисовича. И кстати, то, что она не оказалась в лапах бандита, давно положившего на нее свой жадный глаз, чистая случайность. Вернее, оперативность сотрудников охраны его, плешаковской, фирмы позволила поломать дьявольские планы Западинского. Правда, сделано это было, мягко говоря, в грубоватой форме, за что Анатолий искренно принес Елене свои глубочайшие извинения. И еще он просил ее забыть о доставленных ей неприятностях, понимая, что любые физические и моральные травмы обязательно нуждаются в конкретной компенсации. Сумма, которую она сочтет нужным назвать ему, будет ей определенным утешением. Он же, со своей стороны, очень рассчитывает, что у девушки не останется в душе зла против него.

В этой связи вполне разумно принять и главное решение: остаться еще на некоторое время здесь, пока не будут задержаны преступники. Если же она пожелает вернуться домой, ей будет обязательно предоставлена надежная охрана. Даже если она будет возражать. Но окончательное решение она должна принять сама, никто не желает ее неволить.

В общем, Анатолий Иванович мог быть довольным собой. Девушка «оттаивала» на глазах. И становилась той замечательно привлекательной особой, которая плавными движениями гибких рук держала в некотором оцепенении добрую половину мужского населения страны. Очень хорошо понимал Анатолий плотоядный намек главного своего охранника: дай, мол, только разрешение, отбою не будет... Нет, такая девочка не для них. А вот ему самому есть прямой смысл, после всех неприятностей, которые наверняка уже поджидали ее на работе, предложить девушке свой канал, приличные перспективы — не вечно же ей довольствоваться догадками Гидрометцентра!

И о брате ее тоже пока не стоит заводить разговора. Если уж топить Виталика, то надо это делать, не стесняясь ни в каких средствах. И вполне возможно, что именно Вадим станет для Западинского убийственным аргументом на суде. Значит, брата и сестру надо развести как можно дальше. Сейчас самое важное — освободить от Западинского информационное поле, а как делаются на нем миллионы, этому Анатолия учить не надо было. Жадность сгубила фраера, это правда. А Виталик всегда был фраером. Фраером и стукачом. Он был жаден и не хотел ничем поступиться. Но ведь в большом деле без некоторых потерь не бывает. Это — закон, на который Виталий не собирался обращать внимания. Тут его и погибель.

Плешаков даже сам удивился, что думал о своем «заклятом друге» в прошедшем времени. Поразительно! Но — факт. Ничего уже тут не поделаешь...

Ужин подходил к концу, Елена еще хмурилась, была рассеянна, но это понятно — столько информации, не щадящей бедную головку. Анатолий же чувствовал себя на высоте, победителем. Ну хорошо, она захотела поехать домой, такую возможность предоставить совсем нетрудно. Оставить на ночь охрану, риска-то ведь особого нет, он специально постарался сгустить атмосферу, а если по правде, то кому она сейчас нужна!.. Им — не до нее, да они и не узнают, что она дома. Зато намек господина Турецкого пропадет втуне. Какая статья?! Какое похищение?! Шутка, продиктованная заботой о здоровье. Пусть докажут обратное! Тем более что Леночка уже, кажется, настроена благодушно.

Ну что ж, можно ехать. Она удивилась:

— Что, прямо сейчас?

— Я буду счастлив, если вы окажете мне честь и останетесь гостьей еще на одну ночь. Но решать — вам!

— Я так давно не была дома... Кажется, целую вечность. А вас действительно не затруднит?

— Побойтесь Бога! О чем вы говорите? Сам лично доставлю вас. И полнейшую безопасность обеспечу. Оставлю свой телефон, если что.

И она решала ехать...

Свежий воздух заставил ее покачнуться, как человека, покинувшего больничную палату.

— Знакомый «мерседес», — сказала она.

— Нет, это другой, — улыбнулся Плешаков и предупредительно открыл перед ней дверь...


Денис Грязнов не привык дважды выслушивать просьбы вообще, а дядины — в особенности. Поэтому он тут же поднял с постели лучшего своего «бродягу в Интернете», грузного и бородатого Макса, и, несмотря на чертыхания, а затем обычные слезные мольбы, заявил сотрудничку, что за ним уже вышла машина. Следовательно, прибытие Макса в обитель должно состояться не позднее... такого-то часа. Денис знал, что Макс будет продолжать скулить и по дороге в агентство, но теперь больше по привычке всех неповоротливых и предназначенных судьбой к сидячему образу жизни людей. Однако уже малый намек на то, что предстоят весьма любопытные игры, частично выходящие за рамки законности, сразу привел Макса в рабочее состояние.

И когда Макс прибыл и немедленно потребовал

себе кофе, который и получил, Грязнов-младший объяснил компьютерщику, какая государственной важности задача ложится на его плечи. Мягкие, покатые, но широкие. Макс взбодрился, как першерон перед соревнованием. Ему предстояло войти в компьютерные сети Останкинского телекомплекса, а также Минюста, МВД и еще доброго десятка государственных и частных структур, чтобы в конце концов получить доступ к информации о частном охранно-розыскном предприятии «Палаш», зарегистрированном по конкретному адресу. Разумеется, честной игрой столь глубокую разведку не назовешь, но ведь нет и иных, легальных способов выяснить всю подноготную организации, в которой свили себе гнездо криминальные элементы под официальной «крышей».

У Макса впереди была целая ночь и роскошная голландская кофеварка, которая время от времени снабжала его очередной порцией стимулятора. За успех операции Денис мог не беспокоиться и, оставив сотрудника наедине с компьютером, спокойно уехал домой.

А когда он вернулся утром в офис — тщательно выбритый и пахнущий изысканным одеколоном, косматый и бородатый «робинзон» небрежно подвинул ему по столу несколько страничек компьютерной распечатки. Это были сведения о «Палаше», которые Макс сумел-таки раскопать в паутине тесно переплетающихся интересов нынешних вершителей судеб Отечества: регистрационный номер, фамилии учредителей, список сотрудников — как имеющих место быть, так и выбывших по разным причинам, и многое другое, включая сведения об официальной зарплате сотрудников агентства.

Оказалось, что господин Западинский, чью особу «палаши» охраняли как зеницу ока, подобно многим другим современным олигархам, любил вести счет деньгам и предпочитал собственный карман, даже ради личных нужд, не опустошать. Да, наверное, это и справедливо: если его жизнь принадлежит по большому счету государству, пусть оно, это государство — в лице соучредителей телеканала «ТВ-Русь» — и заботится об охране Виталия Борисовича. Это было очень удачно, что в выплатных ведомостях бухгалтерии фигурировали лица, обозначенные и в списках сотрудников «Палаша». Причем со всеми их паспортными данными и прочими сведениями. Таким образом, скупость Западинского сыграла на руку бродяге Максу.

На лице флегматичного Макса не было заметно признаков усталости. Вероятно, бродяжничество вообще, как вид или форма существования, имеет сугубо индивидуальные жизненные параметры и не подчиняется общепринятым законам нормальных людей. Макс был из разряда этих одиночек и в своем мире чувствовал себя и царем и богом. Довольный проведенным поиском, он спросил только:

— Куда еще слазить, шеф?

И шеф ответил, что можно отдыхать. А сам тут же перезвонил «дядь Славе» и сообщил, что поставленная задача выполнена, и спросил, не нужна ли еще какая помощь. После чего предложил кинуть полученные данные на факс. Но Грязнов-старший, при всем его глубоком уважении к новейшим достижениям науки, в глубине души оставался скептиком и консерватором и сказал, что немедленно подошлет своего курьера. Что и сделал.

И пока шло обсуждение деталей широкой операции в его кабинете, прибыли данные, стоившие кому-то просто одной бессонной ночи, а кому и целой жизни...

Сделав короткий перерыв, Грязнов с Турецким немедленно углубились в изучение новых материалов. И оба, вероятно, подумали об одном и том же, потому что переглянулись со скептическими усмешками и осуждающе покачали головами. Да, всё-таки примитивные типы — эти олигархи, мать их растуды...

Денис прислал, конечно, уникальный материал. Исходя из этих данных можно было одновременно и порознь допросить сразу добрый десяток охранников Западинского, выяснить, кто в момент появления Матюшкина находился в ресторане, и таким образом поднести себе на блюдечке имя киллера. Иначе говоря, того, кто выходил из ресторана последним через подземный переход на Арбате. Наверняка никто из охранников не увидит здесь подвоха и, стараясь обезопасить в первую очередь именно себя, невольно подставит убийцу. Сравнить все показания и сделать соответствующий вывод — уже дело техники. «Словом, молодец, Дениска, будешь особо отмечен!» Как — это другой вопрос. В конце концов, не всякая благодарность исчисляется исключительно в цифрах. Есть же и моральные аспекты!

Грязнов давно уже был в долгу у племянника, но ничуть по этому поводу не беспокоился: подаренная Денису «Глория» стоила много большего.

364

Чтобы не расхолаживать сотрудников и не дать им возможности разбрестись, а потом не бегать собирать для продолжения, Грязнов разрешил тем, кто желает, покурить, а с Турецким они удалились для ознакомления с Денискиными страничками и обсуждения их между собой в небольшую комнатку отдыха начальника МУРа. Здесь же, когда они уже приняли единое решение, и застал Вячеслава Ивановича телефонный звонок. Заглянул Злотников и сказал, что там — он указал себе за спину — генерала срочно просит ответственный дежурный по ГУВД.

— На, — сказал Грязнов, поднимаясь и отдавая листки Турецкому. — Пойду узнаю, что за спешка.

Но, выслушав короткое сообщение дежурного, он сразу словно напрягся, коротко сказал в трубку:

— Еду!

Увидев настороженные глаза сотрудников, добавил:

— В принципе главное мы решили. Каждый знает свою задачу. Я ненадолго отъеду, всем быть готовыми выезжать по моей команде. Женя, скажи Турецкому, что я жду его внизу, в машине, и — за мной. Подробности по дороге. — И быстро покинул кабинет.


Анатолий Иванович в сопровождении двух джипов — спереди и сзади — привез Елену на Кутузовский проспект. Три машины въехали во двор и подрулили к самому подъезду. Перед тем как выпустить шефа с девицей наружу, Лаврухин послал в квартиру двоих охранников, чтобы те проверили, все ли там в порядке. Нет ли ловушек, лишних людей и так далее. И только когда один из них спустился и доложил, что все тихо, открыл дверь салона «мерседеса». Окруженные со всех сторон плотными фигурами облаченных в пуленепробиваемые жилеты телохранителей, они вошли в подъезд и стали подниматься по лестнице. Лифтами Плешаков вообще предпочитал не пользоваться, разве что в исключительных случаях или если нужный этаж был действительно высоко.

Лаврухин принял у Елены ключи, небрежно сорвал с двери бумажную полоску с печатями РЭУ, заметив ей, что вопрос этот не стоит обсуждения, и открыл так называемые секретные замки. Конечно, ничего секретного в них не было, если убийцы свободно проникли сюда и совершили свое черное дело.

Жизнь есть жизнь, а что произошло, того не изменить. Поэтому никаких особых угрызений или желания быть помягче с дочерью погибшего так нелепо, а главным образом, по причине собственного упрямства Олега Скляра Николай Лаврухин не испытывал. Добавил лишь, что, по его мнению, замки эти вообще никуда не годятся, и посоветовал поскорее сменить их, а если нужна помощь, нет проблем. Елена кивнула, испытывая неприятную тяжесть в ногах. Впрочем, возможно, это от длительного «отдыха».

Квартира пахла чем-то незнакомым и неприятным. Но внешне в ней ничего не изменилось — все оставалось на своих местах, хотя имело вид холодный и словно бы нежилой.

— Все проверить и проветрить, — негромко распорядился Плешаков. — А мы давайте подождем немного здесь, — сказал Елене. — Присядьте, — и подвинул ей стул.

Люди передвигались молча, тщательно все осматривая и подсвечивая себе в неудобных местах фонариками.

— Коля, — некоторое время спустя позвал Плешаков. — Не забудь проверить на предмет «клопов».

— Господи! — испуганно вздохнула Елена, вызвав улыбки присутствующих. — Мне только этой гадости не хватало!

— Не волнуйтесь,— продолжил Плешаков, — «клопами» или еще «жучками», на языке спецслужб называются различные устройства для снятия звуковой информации. Вот, к примеру, мы с вами тут разговариваем, а где-нибудь на Лубянке или в каком другом месте весь наш треп записывается. А потом исследуется. Вы ж небось не раз читали об этом?

— Читала, конечно, и в ящике видела, в телевизоре, но никогда не думала, что может коснуться и меня.

— Есть многое на свете, друг Горацио... — вздохнул Плешаков.

Подошел Лаврухин и протянул на ладони маленькую черную фишку с двумя торчащими рожками проводков.

— Где взял? — спросил Плешаков.

— В спальне у мадам. В настольной лампе. Наверное, полагают, что все важнейшие тайны выбалтываются в кровати? Дюма начитались, остряки....

— А с автономным питанием ничего нет?

— Не обнаружили. Это единственный.

— Я попрошу вас, Елена Олеговна, вместе со мной пройти сейчас по всем комнатам и посмотреть, есть ли какие изменения в квартире. Ну, что мебель двигали, это понятно, тут оперативно-следственная бригада работала, а так, вообще? Может, пропало что-то заметнее? И заодно давайте решим, где будет находиться ваша охрана. Сами вы двери не открывайте, этим будут они заниматься. Потом, в магазин там сходить, принести чего — тоже. Дежурить какое-то время будут попарно. А к телефону мы добавим параллельную трубку — на случай угроз там или чего-то подобного.

— Да кому я нужна!

— Не надо. Горький опыт вашего отца... хотя для него это уже никакой не опыт. Но только дурак, запомните, учится на собственных ошибках. Это я — вообще, не конкретизируя. Кстати, подумайте и назовите вашу сумму компенсации. Сейчас я вам оставлю пару штук — на мелкие расходы, ребята сходят поменяют. А вы мне потом позвоните, завтра, скажем. Буду рад слышать ваш голос. — И, обернувшись к своим, крикнул: — Все, ребята, закончили! Коля, распорядись об очередности смен.

Поцеловав Елене кончики пальцев, он откланялся и ушел, пропустив вперед двоих охранников. Лаврухин замыкал шествие по лестнице.

— Как вас зовут, молодые люди? — спросила Елена у двоих оставшихся спортивных парней.

— Я Лева, — сказал один, — а он — Леша. Запомнить легко: Лева и Леша. Перепутаете, мы не обидимся.

— Ну вот что, Лева и Леша, — сказала она уже решительно. — Я готова предоставить вам полную свободу. В том смысле, что можете быть свободны и употребить время по собственному усмотрению. А мне здесь никакая личная охрана не нужна.

— Извините, Лена, — возразил Лева, — это —

368

наша работа. Если вы хотите, чтобы нас немедленно уволили, то... Но вы сами понимаете, зарплата, выходные пособия... набегает!

— Этого вам будет достаточно? — показала она на пачку долларов, лежащую на телефонном столике в прихожей.

— Да вы что! — улыбнулись оба. — Это наша дневная зарплата.

— Не хило, — с иронией заметила она. — Вот бы мне такую работу!

— Можем посодействовать. Только надо долго учиться.

— Ну тогда давайте попробуем, — вздохнула она, — попить чаю.

Чаепитие оказалось недолгим, потому что время было уже позднее, и Елену потянуло в сон, мало, видать, спала в неволе. Ребятам она предложила устроиться в кабинете отца, где тот и спал постоянно. Там был удобный диван, а с антресолей достали раскладушку и толстый спальник, которым пользуются обычно туристы в приполярных местах. В юности отец любил «скатываться» по северным рекам, мода была такая.

От аппарата, стоящего у Елены на тумбочке у кровати, ребята протянули к себе отводную трубку. Для контроля.

Неожиданный звонок раздался в третьем часу утра.

Елена не сразу поняла, что это — телефон. Включила ночник, взяла трубку. Услышала знакомый голос, но сейчас он был лишен обычной своей бархатистости.

— Ты где была, твою мать?

Лева, мигом подхвативший параллельную трубку, лишь удивленно покачал головой.

— А тебе какое до меня дело? — с вызовом ответила Елена.

— Что-то я не понял, — с нажимом сказал Западинский, — ты еще не проснулась? Не поняла, с кем разговариваешь?

— Ты, вероятно, как всегда, пьян и демонстрируешь свое обычное скотство. Такие собеседники мне не нужны. Особенно в ночное время.

— Ишь как мы заговорили! Ты что такая вдруг храбрая? А-а, — догадался Западинский, — ты наверняка не одна. И где он, твой хранитель, в постели у тебя или уже подмывается?

— Скотина, — спокойно ответила Елена. — Больше никогда мне не звони.

— Нет, минуточку! — почти зарычал, как будто с пьяным упорством, Западинский. — Ты есть обыкновенная служащая сучка! И по закону...

— Нет закона, по которому я должна служить у убийцы моего отца.

— Ах вон как? Знакомые интонации! Идиотка. Ты всегда была абсолютной дурой, на которую каждый уличный кобель мог оказать свое влияние! На кой хрен мне твой папаша! Кому он вообще был нужен, если честно, кроме меня?! Кто вообще вас всех кормит?! Тебе этот сукин сын нашептал всякой херни, а ты, идиотка, уши и развесила! Он! Он — убийца твоего отца! А теперь следы заметает... Но, клянусь, это у него не получится! Он мне за все ответит! И за Олега — тоже! А ты, раз уж влипла в такую позорную историю, лучше помалкивай, не вякай, а садись и пиши заявление, что тебя похитили, пытали там, драли как поганую кошку, словом, ври, что хочешь, но чтоб с утра твое заявление было у меня на столе. Иначе я не уверен, что завтра же у тебя будет чего пожрать в доме. Мне надоело кормить дармоедов, запомни!

— Насколько мне известно, дармоеда и убийцу кормит мой братец, — спокойно ответила Елена, хотя внутри у нее бушевал пожар. Она-то ведь знала, что разговор слушают в соседней комнате. И поэтому разрешить в подобном тоне с собой разговаривать — нет, это было выше ее сил и возможностей. Непонятно, что случилось с Виталием. Он никогда не позволял себе вообще разговаривать в ее присутствии с людьми в таком тоне. Значит, действительно его приперли. Прав, выходит, Анатолий, который еще там, у себя на даче, предупреждал о подобном возможном варианте. Как в воду глядел!

Последняя фраза Елены, похоже, напрочь сбила с ног самовлюбленного хахаля, каковым Западинский иной раз представлялся ей. Воцарилось минутное молчание, а потом на ее голову обрушился в буквальном смысле площадной мат, из потока которого она смогла вычленить несколько хотя бы удобопроизносимых фраз. И касались они ее ближайшего мерзкого будущего, а также будущего ее нового благодетеля. Не желая выслушивать эту откровенную гадость, Елена швырнула трубку на аппарат.

Но он тут же взорвался новым настойчивым звонком. Она сняла трубку и тут же отшатнулась от нового потока матерщины.

Больше она трубку не поднимала, хотя звонки с перерывами продолжались. Вероятно, пьяный Западинский и в самом деле решил доконать ее.

Неожиданно в ее спальню, постучав предварительно, вошел Лева. Он подошел к тумбочке, дождался серии новых звонков и поднял трубку. Что он услышал, не имело значения. Видимо дождавшись паузы, во время которой абонент набирал полную грудь воздуха для новой порции грязи, Лева вежливо сказал:

— Ваша блистательная речь, господин Западинский, — Лева вопросительно посмотрел на Елену, и та кивнула, — полностью записана на пленку и будет обязательно вам продемонстрирована в судебном заседании. Вы желаете что-нибудь добавить? Нет? Благодарю, спокойной ночи, Виталий Борисович. До скорой встречи.

И положил трубку. Елена смотрела на него с детским восторгом.

— Вы действительно сумели все записать?

— Если бы! — поморщился Лева. — Не додули. Надо ж было магнитофон подключить. Дело копеечное, а вот не сообразили. Но все равно больше сегодня он вас беспокоить не будет. Спите.

— Вы не знаете, Лева, что означает слово «мочилово»?

— Вон вы о чем! На языке уголовников это значит убить, замочить. Отсюда и «мочилово» — это когда хана всем подряд, без разбору. Беспредел, одним словом. Видите, как ваш аристократ заговорил!

— С чего вы взяли, что он мой? — возмутилась Елена. — Просто он хам и ведет себя со всеми одинаково. Ладно, идите.

— С вашего разрешения, Лена, я должен позвонить.

— Звоните, кто вам мешает. Самое время.— Она широко зевнула и погасила ночник.

Охранник, забрав с собой аппарат, вышел и аккуратно прикрыл за собой дверь...

Плешаков ехал на Шаболовку в скверном состоянии духа. Во-первых, сказалась почти бессонная ночь, а во-вторых, неприятно подействовало известие о ночном звонке Западинского. Ну, все эти его угрозы и прочее — херня собачья, уверял себя Анатолий Иванович, но сам же и не верил внутренним уговорам, потому что знал также, что озверевший фраер бывает страшнее бешеной собаки. И еще портило настроение сознание того, что сам он — вольно или невольно — оказывается будто бы под колпаком у этого мерзавца. Иначе и не скажешь. Словно тот повсюду рассовал свои глаза и уши, и никуда от них не скрыться. «Мочилово» он, видишь ли, пообещал всем устроить! Ну-ну! И Анатолий Иванович приказал Лаврухину по всем направлениям деятельности принять дополнительные меры безопасности.

Ему понравилась реакция девочки, пославшей, как было доложено, своего покровителя по широко известному адресу. Это — очень хорошо, надо будет поторопить ее решение о переходе на работу в Тиви-си — отличная оплеуха этому сукиному сыну. Для начала. То ли еще будет!

Ехавший в переднем джипе Лаврухин передал водителю «мерседеса» об изменении обычного маршрута. Это он решил теперь постоянно делать в целях безопасности. Мало ли какому дураку придет в голову мысль выстроить на пути следования трех машин баррикаду и усадить за ней снайперов! Или неожиданный ремонт дороги затеять. Это все известные финты. Поэтому враг и не должен знать, каким путем движется Плешаков со своей охраной.

Машины прошли почти без остановки площадь Гагарина и теперь мчались к центру, к Калужской.

— Поворачиваем на академика Петровского, — скомандовал Николай.

Затем вскоре последовала новая команда:

— Идем по Донской.

Через короткое время машины выкатились на Шаболовку, вот уже и телестудия впереди, в двух шагах. И здесь случилась минутная заминка. Возле трамвайной остановки то ли две машины не поделили проезжей части, то ли задели пешехода, но транспорт, естественно, замедлял ход. А между движущимися черепашьими шагами машинами в обе стороны перебегал народ.

Сидевший на переднем сиденье первого джипа Лаврухин был предельно собран и вертел головой, как летчик-истребитель, на триста шестьдесят градусов. Краем глаза он заметил бегущего навстречу автомобильному потоку по самому краю тротуара невысокого, даже можно сказать, щупленького спортсмена в сером тренировочном костюме и такой же шапочке.

Николай не понял, что его привлекло в облике спортсмена. Ничего ведь особенного, просто весь серый, неприметный. Но ведь спортсмены, наоборот, обожают яркие цвета, всякие полосы и квадраты на куртках, зигзаги и молнии на шароварах. А этот — слишком уж необычный. Странный. И Лаврухин, помимо воли, стал наблюдать за ним. Но никакой агрессивности невзрачный парень не проявлял, на машины не глядел, жертву для себя как бы не высматривал.

Не добегая двух или трех автомобилей, свернул с тротуара и побежал наискосок, минуя трамвайную остановку. Лаврухин ничего и сообразить не успел, как парень миновал его джип и сунулся между задним бампером и радиатором следующего почти вплотную «мерседеса». Лаврухин живо приоткрыл дверь, стал ногой на подножку и обернулся в сторону убегающего парня. Вот он миновал второй джип охраны и начал набирать скорость.

Николай успокоился было, но его мимолетный взгляд скользнул по крыше «мерседеса» и обнаружил сзади, за синей мигалкой, странный плоский предмет. И находился он как раз над тем местом в салоне, где обычно сидел Плешаков.

— Стой! — изо всех сил заорал Лаврухин и, буквально свалившись с подножки, ринулся к «мерседесу»...

Но не успел.

Он только увидел, как над крышей темно-синего автомобиля вспыхнул огромный оранжевый куст. И одновременно грохот оглушил его и швырнул в сторону, на трамвайные пути. Именно грохот, как он уверял короткое время спустя, опрокинул его. Он тут же вскочил и, не обращая больше внимания на густые клубы черного дыма, валившего от раскрывшегося, словно гигантская раковина, автомобиля, выцелил того серого, который, убегая, все же не выдержал и оглянулся, чтобы увидеть дело рук своих.

Лаврухин не стал кричать, звать на помощь или раздумывать. Его неразлучный «стечкин» непонятно когда и как оказался в руках. А пальцы обеих рук, вцепившиеся в рукоятку, были ледяными.

Вот серый снова обернулся и... вздрогнул, увидев Лаврухина. В этот миг Николай нажал на спуск. Серый дернулся и стал медленно заваливаться на спину.

Только теперь стал различать Лаврухин какие-то звуки, накатывавшиеся на него со всех сторон. Это были крики, автомобильные сигналы и непонятный треск.

В развороченное нутро «мерседеса», рассекая потоки дыма, били пенно-белые струи огнетушителей. Выскочившие из обеих машин сопровождения охранники вытаскивали ужасного вида тела. Одного взгляда на то разорванное и обгорелое, что только что называлось Плешаковым, было достаточно Лаврухину, чтобы понять: удар был нанесен профессионально.

А вот водитель, обезображенный до неузнаваемости, еще стонал.

— Противошоковое ему! — крикнул Николай.

Охранник, сидевший рядом с водителем на переднем сиденье, был растерзан, как и его хозяин.

— За мной! — крикнул Лаврухин одному из охранников и кинулся к лежащему в нескольких десятках метров серому убийце.

Нет, он совсем не был молод, никак не мальчишка, каковым его делала спортивная легкость бега. Вполне зрелый мужик. Пуля вошла ему точно в переносицу. Как-то постороннё прилетели воющие и лающие звуки сирен, паровозный рев пожарной машины, выскочившей, видимо, из телецентра.

Не обращая внимания на толпящихся вокруг прохожих, загипнотизированных видом огня, крови, изуродованных людей, Лаврухин поднялся с колен, сказал стоящему рядом охраннику:

— Ничего не трогай и никого не подпускай.

После этого он вспомнил о своем мобильном телефоне и набрал номер дежурного по городу...

Когда Грязнов с Турецким, мрачным и каким-то осунувшимся, прибыли к месту происшествия, милиция уже оцепила достаточно большое пространство вокруг трех автомобилей, вокруг лежащего в стороне трупа и теперь наблюдала за действиями оперативно-следственной бригады.

Александр Борисович увидел сидящего на ступеньке переднего джипа мужчину средних лет, который показался ему знакомым. Он подошел ближе, вгляделся.

— Здравствуйте, Александр Борисович, — тусклым голосом произнес мужчина, поднимаясь, — вот видите, что получилось? Не углядел...

— Здравствуйте, не припоминаю...

— Николай Андреевич Лаврухин. Директор агентства «Выбор». По совместительству — начальник службы безопасности у... Анатолия Ивановича. Был... Мы с вами виделись вчера, я в приемной сидел.

— А-а, да, извините. Так как же это получилось?

— Вон, — Лаврухин показал на лежащего серого мужика. — Он мину влепил на крышу... спортсмен...

— И кто же его?

— Я. — Лаврухин достал из кармана пистолет. — Его надо следователю отдать?

— А просто задержать было уже нельзя? — задал не совсем уместный вопрос Турецкий

— Уже нельзя, — выдохнул Лаврухин. — Я служил в ГРУ, Александр Борисович. Уволился в чине майора. Случай почти уникальный, вы же знаете, у нас такое практически нереально.

— Что же вам-то помогло?

— Я очень постарался. Но это сейчас не тема...

— Да, вы правы, — сказал Турецкий и подошел к руководителю оперативно-следственной бригады, представился и стал тоже наблюдать, изредка подавая советы.

Обыск трупа дал неожиданное открытие. Ну, первым оказался револьвер, который находился в подмышечной кобуре. Он, между прочим, вполне мог оказаться тем самым, из которого был сделан единственный выстрел в ресторане «Арбатские встречи». Оружие по просьбе Турецкого было немедленно отправлено на экспертизу. Далее, в заднем кармане шаровар, закрытом на молнию, находилось удостоверение сотрудника охраны телевизионного комплекса Останкино. Выдано Игорю Елисеевичу Прилепе. И фотография. Очень неприметное лицо. Попроси описать — ничего не получится. Идеальный типаж киллера.

— Мастерский выстрел. Сколько здесь? — Дежурный следователь посмотрел на стоящие автомобили. — Метров сорок?.. Забирайте его, — кивнул санитарам, ожидавшим неподалеку с носилками. И обернулся к Лаврухину: — Пойдемте в нашу машину, займемся необходимой писаниной.

— Жаль, — сказал Турецкий.

— Вы о чем? — словно встрепенулся Лаврухин.

— Да все о нем, об Анатолии вашем, Ивановиче. Знал же... А что, этот ваш киллер был один? Ни напарника, никого?

— Я уже прикидывал, — ответил Лаврухин. — Здесь было что-то вроде небольшого ДТП. Проезд не перекрыт, а как бы замедлен. То есть самые идеальные условия для покушения. И как же я сразу не понял?! — воскликнул вдруг с отчаянием. — Элементарно же! Как сопляка! И где эти машины теперь? — Он стал успокаиваться. — Я и не заметил, как они исчезли. Будто испарились. Вот тебе и напарники...

Следователь между тем подозвал одного из оперативников и сказал ему, чтобы он опросил до сих пор толпящихся зевак по поводу двух машин, якобы задевших здесь друг друга. Грязнов не вмешивался ни во что. Бригада и без его советов работала споро.

Эксперт-взрывник докладывал, что в данном случае сработала, скорее всего, мина направленного действия, управляемая с помощью радиосигнала. На это указывают фрагменты деталей, обнаруженные в развороченном корпусе «мерседеса». Но все еще будет уточняться.

Турецкий невольно вспомнил взрыв того БМВ, на котором он сам чуть не отправился на тот свет. Там мина была заложена снизу. И развалила внутренности соответственно. Похоже, что почерк-то один.

Тут подошел оперативник и подвел взлохмаченного парня в телогрейке, как оказалось, служащего с Шаболовки. Он бегал за сигаретами и стал невольным свидетелем разыгравшейся здесь трагедии.

— Да ничего они не столкнулись! — горячился он. — Я вон, у киоска, стоял, видел все. Ну подъехали к остановке, притерлись как-то странно друг к дружке — «сорок первый» «Москвич» и «мазда» обшарпанная какая-то. Ну стали и стоят. Им сигналят, орут. А они вылезли — два амбала в цепях — и стали между собой базарить, кто кого задел. Так я ж говорю, не задевали, звук был бы! Вон, «мерин» горел, так треск, будто от пулемета, стоял. А эти — базарят. И сразу, значит, повскакивали в машины и — ходу. Про все мигом забыли!

— Сделай одолжение, — сказал следователь оперу, — запиши показания гражданина. Это очень важно... Ну что, Николай Андреевич, поняли, как они простенько уделали вас по всем статьям?

Лаврухин сидел подавленный, с низко опущенной головой.

— Ладно, чего уж теперь, — вздохнул Турецкий, слушавший его показания. — А что вы тут говорили по поводу ночного телефонного звонка? Простите, — извинился перед следователем, — это очень для меня важно.

— Да я могу хоть сто раз повторить. Главное, тому есть свидетели — двое, по крайней мере... Так вот, Западинский поклялся, что устроит показательное «мочилово». Это его слова.

— Вячеслав Иванович, — кивнув Лаврухину, позвал Турецкий. — Подойди на минуточку... Обстоятельства складываются так, что дальше терять здесь время нам уже нет нужды. Товарищи разберутся без нас. Открылись, Слава, новые обстоятельства. Давай приводить в исполнение наш план... Ну а с вами, Николай Андреевич, как говорится, до скорой встречи. Вечером жду в прокуратуре... Ишь ты, гусь! «Мочилово» показательное он устраивает, видишь ли!

— Это кто? — буркнул Грязнов, тяжело садясь на

заднее сиденье своего «форда», и добавил водителю: — Поехали.

— Господин Западинский. Только не тянет он больше на господина. Потому что сволочь, каких немного... Кстати, ты заметил, Слава, что жертв, как говорится, среди мирного населения практически нет? Ну, сопровождающим осколками лобового стекла физиономии посекло... Стекла в доме вылетели... А пострадавших от взрыва среди посторонних нет. Прохожих-то не задело.

— И что ты этим хочешь сказать? — недовольно пробурчал Грязнов. — Бомба с избирательным действием, что ли?

— Да нет... Видимо, прохожие просто сторонятся таких кортежей, интуитивно чувствуя исходящую от них смертельную опасность.

— Передай свои наблюдения социологам, им будет очень интересно. Это ж надо! Базу подвел. «Граждане, обходите как можно дальше машины слуг народа и вообще всех «новых русских»! Это продлит вашу жизнь!»

— Ты и сам не представляешь, Славка, насколько близок к истине.


## Глава семнадцатая
### РАЗВЯЗКА

События этого дня развивались стремительно.

Естественно, что ни Турецкий, ни Грязнов, при всей их оперативности, не смогли бы находиться одновременно в нескольких местах. А мест таких было немало. И в этом смысле очень помогла информация, которую выдал Плешаков, не имевший, разумеется, никаких иных желаний, кроме одного — утопить соперника. Но тот оказался проворнее. К сожалению или нет, это уж теперь Богу судить...

А по информации Плешакова, иначе говоря, по сведениям, добытым, вероятно, тем же Николаем Андреевичем Лаврухиным, основные финансовые операции Западинский проводил через концерн «Викинг», в котором имел контрольный пакет акций. В концерн входил ряд фирм, деятельность которых, по словам того же Плешакова, была весьма туманна. И целью их существования являлись, скорее всего, перекачка денег и биржевые аферы. О чем, кстати, свидетельствовал своеобразный отчет самого Западинского перед своими партнерами — генералом Игнатовым и бандитом Абушахминым, состоявшийся в ресторане «Русский дом».

Далее. Такой хитрый и наглый... ну да, преступником его может назвать только суд, а пока, значит, такой опытный бизнесмен, как Западинский, ни за что не стал бы держать компромат на себя среди обширной документации телекомпании «ТВ-Русь». Ведь все они, эти компании, кому бы ни принадлежали, постоянно, так или иначе, сотрясаются от угроз проверок со стороны налоговых служб. И потому факты, свидетельствующие о незаконных операциях, могут быть извлечены лишь из тех фирм, на которые меньше всего могло бы пасть подозрение. «Викинг» — вполне подходящая для подобных дел организация. И чтобы облегчить следственной группе, возглавляемой Турецким, выемку и изучение финансовой документации концерна, по сути принадлежащего Западинскому, Меркулов попросил министра внутренних дел, не раскрывая существа операции, включить в группу Турецкого нескольких толковых работников Управления по борьбе с экономическими преступлениями.

Оперативникам Грязнова и бойцам СОБРа из Главного управления по борьбе с организованной преступностью предоставлялась возможность провести задержание вора в законе Абушахмина, проживающего в подмосковной Апрелевке, а также его охранников — членов матвеевской оргпреступной группировки, чьи фамилии известны.

Вторая большая группа должна была проделать ту же акцию по задержанию сотрудников охранной фирмы «Палаш», фамилии которых были указаны в выплатных ведомостях бухгалтерии в Останкине.

А вот сам Александр Борисович, при поддержке, как выразился Грязнов, лучших сил МУРа, должен был штурмовать замок на Сенеже. Причем сделать это так чисто, чтобы юный фигурант и все без исключения похищенные им из американских компьютерных сетей файлы оказались немедленно и надежно укрыты от посторонних. В число последних мог входить кто угодно — от любопытной ФСБ до... и так далее.

Картина сегодняшнего взрыва на Шаболовке Турецкому была, в общем, ясна. Уточняющие детали должны были последовать от экспертов-криминалистов. В принципе случай не частый, когда убийца взят на месте преступления. Да еще имея при себе вещественные доказательства, возможно, совершенного им же предыдущего убийства. И если предположения о причастности найденного оружия к убийству Матюшкина окажутся обоснованными, заказчику могут быть предъявлены конкретные обвинения. Но при любом варианте поводы для задержания Западинского у следствия уже имеются. Очередь за бесспорными доказательствами. Вопрос совсем непростой, поскольку ни Абушахмин, ни Игнатов своего подельника сдавать не будут. Они-то как раз и постараются сделать так, чтобы выглядеть в глазах суда безвинными овечками: ничего не знаем, никакого участия в аферах не принимали, поди поймай за руку. Ну а всякая болтовня, противозаконным путем записанная на магнитофонную ленту, это — не доказательства. Мало о чем могут трепаться пьяные люди!..

— Эта сволота не хуже нашего законы знает, — сказал Турецкий Грязнову, сидевшему рядом с ним в машине, которая в сопровождении микроавтобуса-«мерседес» с лающими звуками сирены мчалась в Останкино. В микроавтобусе сидел следователь Генеральной прокуратуры Илья Григорьевич Волин, новый член бригады Турецкого, и десяток собровцев, причем пятеро из них были при полной, как говорится, выкладке. Им предусматривалась особая роль. Ну а лучшими силами краснознаменного МУРа Грязнов считал, разумеется, самого себя, поскольку не мог оставить Александра Борисовича в одиночестве перед лицом наиболее ответственной части общей операции.

— Знают получше нас, — поправил он Турецкого. — Адвокаты самые дорогие набегут! Все эти Городецкие и Резваны. Хрен продохнешь...

— Не дрейфь, мой генерал! — бодрился Турецкий. — Сейчас мы Илью кинем на документацию.

Ничего толкового он у них, конечно, не раскопает, но шороху наведет. Выемка документации творческого процесса не остановит, и телевизор от наших действий не отключится, но нервишки мы им взвинтим. Да и сама атмосфера обыска, санкционированного на самом верху, бодрости нашему олигарху вшивому не прибавит...

— Будем надеяться, — криво усмехнулся Грязнов.

Вид солидной группы офицеров милиции, предводительствуемой двумя генералами — Турецкий для придания акции большего впечатления тоже надел прокурорскую форму с генеральскими погонами, — вызвал в Останкине нечто похожее на шок. Хотя тут привыкли и к большему количеству мундиров. Но эти, не удостаивая охрану объяснениями, спокойно себе прошли к лифтам, предупредив постовых, что суетиться и предупреждать кого-то не следует, они явно явились не для того, чтобы поделиться воспоминаниями о славном прошлом своей службы.

Засланный предварительно в качестве рекогносцировщика на студию, Сергей Карамышев встретил наверху, у лифтов, и сказал, что нужное лицо на месте. Собирается проводить какое-то совещание с юридической службой.

— Очень хорошо, — кивнул Турецкий, — самое время. — И толкнул дверь в приемную.

За столом секретарши, где в прошлый приход Турецкий разговаривал с пожилой женщиной, теперь сидела яркая пышечка-блондинка, ну прямо вся из себя. И нарочно тесное зеленое платье на ней было призвано, по всей видимости, не скрывать, а именно подчеркивать ее откровенную сексуальную озабоченность.

Увидев входящих, она тут же сделала большущие глаза, не потерявшими еще хорошего летнего загара шоколадными ручками талантливо изобразила свой восторг и только после этого задала наиболее уместный вопрос:

— Вам назначено? — Причем скорее утвердительно. Разве можно сомневаться, что подобные посетители явятся без спросу! — Как о вас доложить?

Искреннее благожелательство так и перло из нее. Но Турецкий, даже несколько сожалея внутренне, что должен будет крепко огорчить эту славную пустышку, развернул и сунул ей под самый носик свое постановление на обыск, санкционированное заместителем генерального прокурора.

Все, на что ее хватило, это задать ну совершенно дурацкий вопрос, от которого у Грязнова в его плотоядно загоревшихся глазах — девица была точно в его вкусе, хотя и не догадывалась об этом, — заплясали чертики, предшествующие искреннему смеху:

— А-а... что вы будете искать? Вам помочь?

— Нет, мы, пожалуй, сами, — сдерживаясь, ответил Турецкий. От этой простоты умереть можно было.

— Я сейчас же доложу. Присядьте!

— Благодарю, докладывать не надо, мы уж как-нибудь и тут разберемся, — успокоил девицу Турецкий.

— Но у шефа совещание!

— Мы в курсе. Это как раз то, что нам и нужно. А вы не беспокойтесь, гнев Западинского вашей головы не коснется. Как ты считаешь, Вячеслав Иванович? Защитим девочку, если чего?

— Еще как защитим! — не выдержав, гоготнул-таки Грязнов.

Увидев входящую без всякого вызова в его обширный кабинет большую милицейскую компанию во главе с двумя генералами, Западинский, у которого было препоганейшее настроение, едва не взбесился. Он с маху треснул кулаком по столу и заорал:

— Ирина! Черт бы тебя!..

— Не надо, — взмахом руки остановил его Турецкий, подходя к столу. — Ничего не надо: ни секретаршу пугать царским гневом, ни президентскую занятость изображать. Вот постановления на обыск и на ваше задержание, господин Западинский. Ознакомьтесь. — И аккуратно положил перед ним развернутые листы с текстами, подписями и печатями. На бланках Генеральной прокуратуры.

— Это... это... что?! — Западинский даже побелел от бешенства.

— Читайте. Про вас. Господа, — Турецкий повернулся к троим сидящим у длинного стола служащим, — дело вот какого рода. Пока ваш шеф знакомится с моими постановлениями, санкционированными заместителем генерального прокурора, я вам вкратце объясню ситуацию. Сейчас Илья Григорьевич, следователь нашей прокуратуры и член моей бригады, пройдет вместе с вами и оперативными сотрудниками Московского уголовного розыска в ваш юридический отдел, в бухгалтерию и так далее и произведет необходимую для следствия выемку документации. В соответствии с вышеозначенным постановлением предлагаю вам не оказывать нашим сотрудникам противодействия, а, наоборот, предоставить дискеты и жесткие диски со всей информацией о деятельности канала «ТВ-Русь» за последние годы. Сроки определит сам следователь. В этой связи я вынужден прервать ваше ответственное совещание. Илья Григорьевич, приступайте. До свидания, господа...

Юристы вместе с Волиным покидали кабинет шефа в скорбном молчании. С ними ушли и остальные, кроме Грязнова.

— Ознакомились? — спросил Турецкий «убитого горем», иначе и не скажешь, Западинского, тупо глядящего в лежащую перед ним бумагу.

— Как зовут вашу секретаршу? — поинтересовался Грязнов.

— Да пошла она!.. — зло сплюнул Западинский и поднялся, набычившись.

— Напрасно, — спокойно ответил Грязнов на этот некрасивый выпад. Он открыл дверь в приемную и сказал: — Как вас зовут, милая девушка? — и, услышав ответ, продолжил: — Очень славно, Ирина, пожалуйста, приведите сюда двоих посторонних людей, первых, кого встретите. Нам необходимы понятые. Я внятно говорю? Ну вот и хорошо. Я жду. — Он очаровательно улыбнулся, старый греховодник.

— Вы чего? — совсем уже грубо воскликнул Западинский. Было похоже, что до него никак не мог дойти смысл того, что он только что читал. И он схватил мобильник, стал лихорадочно набирать номер.

— А вот этого вам делать не следует, — решительно прервал его занятие Грязнов. Крепко взяв Западинского за руку, он почти играючи вынул из его пальцев трубку и отложил в сторону.

— Вы что тут творите?! — завопил Западинский. — Вы мне ответите за насилие! — Он стал демонстративно тереть якобы поврежденную руку.

— Не надо вони, Западинский, — негромко и брезгливо сказал Грязнов, вытирая свои пальцы носовым платком, будто держал в руках какую-то гадость. — А вот за свои поганые поступки отвечать вам придется. И звонить никому не надо, не помогут. Наверху с вами уже решено. Сдают вас, Западинский. Оттого я сам и приехал за вами, это понятно? А сейчас мы выгребем ваш сейф, письменный стол и выкачаем все, что имеется в компьютере. И после этого... — Грязнов с улыбкой посмотрел на Турецкого. — Дальше вам расскажет Александр Борисович, с которым вам была уже предоставлена высокая честь познакомиться. Но вы ни хрена, извините, не поняли и не побежали сдаваться, а продолжили свою гнусную работу...

— Вы мне все ответите! Нет у вас никакой власти! Я требую, чтобы мне дали возможность позвонить на Старую площадь!

Он вдруг вспомнил, что справа, на приставном столике, находится как минимум десяток телефонов, и схватил какую-то трубку. Но Грязнов и тут показал себя. Обойдя стол, он взял широкой ладонью целую связку телефонных проводов и резким движением вырвал их все из розеток. У Западинского даже челюсть отвалилась. Он резко нажал на кнопку вызова секретарши. Никто, естественно, не отвечал. И Западинский устало рухнул обратно в свое вращающееся кресло.

— Вот так-то лучше. — Грязнов опять выглянул в приемную и сказал Карамышеву, который ожидал своего выхода. — Сергей, давай приступай. Ты в компьютерах, я знаю, сечешь. Нам надо все забрать.

Сергей вошел в кабинет, пристроился у компьютера, занимавшего все пространство бокового стола слева от Западинского, и включил его. И пока аппаратура приходила в рабочее состояние, вытащил из ящиков стола несколько коробок с дискетами.

Вошла смертельно перепуганная Ирина в сопровождении двоих молодых людей.

— Вы здесь работаете? — спросил у них Грязнов.

— Нет, они авторы, — ответила за них тихим голосом секретарша.

— Подойдет, — кивнул Грязнов и начал объяснять им, цитируя Уголовно-процессуальный кодекс, чем сейчас здесь будут заниматься.

И началось. Грязнов изымал документы, а Турецкий все наименования вносил в протокол. Они словно бы давили на Западинского психологически. Одно дело, когда тебя какие-нибудь оперы шмонают, им можно и нагрубить, и нахамить, и послать покруче, а с генералами как-то сложно: свою непонятную линию гнут.

Наконец работа в кабинете завершилась. Оставались формальности, которыми занимался Турецкий. Грязнов же, выйдя в приемную, где сидела притихшая, словно мышка, секретарша с большими глазами и всеми прочими, тоже немалыми, достоинствами, и, вздохнув, попросил попить.

Ирина с готовностью порхнула к стеклянному шкафу, достала сразу несколько бутылок разных напитков и взглядом спросила, какую открыть. Грязнов указал на зеленую, на «Тархун». А отпив глоток шипящего приторно-сладкого напитка, выдохнул:

— Прелесть!.. И вы — прелесть, Ирочка... Вот бы да мне такую секретаршу, горы бы свернул!..

— И где вы их... сворачиваете? — Кокетство немедленно проснулось в ней. И как-то очень ловко задвигалось, побежало по всему подбористому и щедрому телу.

— Ох, и не говорите! — притворно вздохнул Грязнов, ероша рыжую свою шевелюру, точнее, ее остатки, скорее создающие впечатление присутствия прически. — Жулье всякое ловлю. МУР — знаете такую организацию?

— Да кто же о нем не слышал! — расцвела девица.

— Ну вот, а я — его грешный начальник.

— Ой, как интересно! — Она продолжала активно цвести. — Но ведь я тут работаю. У Виталия Борисовича... А что ему будет?

Грязнов равнодушно пожал плечами:

— Скорее всего, долго теперь не увидитесь. Так что думайте, прелесть моя. Я вам на память визиточку свою оставлю. Вдруг надумаете? Вот и позвоните, а я буду очень рад вас услышать, увидеть, ну и... как придется. Позвоните? И свой телефончик дайте...

— Я подумаю. — Кокетство так и хлынуло из нее.

«Балда, конечно, но попка!..» — мечтательно сказал сам себе Грязнов, возвращаясь в кабинет.

Все было закончено. Карамышев даже успел запаковать собранные материалы в две большие картонные коробки, которые обнаружил в комнатке для отдыха господина олигарха. Суетливо откланявшись, ушли понятые. Можно было двигать дальше.

Но на Западинского напало упрямство. Он категорически отказывался куда-то ехать, а если и мог согласиться, то разве лишь в присутствии собственного адвоката.

Грязнову это надоело.

— Вы сами пойдете или мне вызвать спецназ? Тогда поплететесь, господин хороший, под конвоем и в разобранном виде. Не думаю, что вы хотите предстать перед вашими бывшими сотрудниками и вообще коллегами в таком неприглядном виде. Ну?

— Адвоката!

— А он вам не нужен, — вмешался Турецкий. — Вот предъявим обвинение, тогда и увидитесь с ним. А пока вы можете помешать следствию, находясь на свободе. Понятно объясняю? Давайте, поднимайтесь, у вас еще будет возможность переодеться и собрать все необходимое для переезда в следственный изолятор.

— Я никуда с вами не поеду!

— Вячеслав Иванович, вызывай конвой. Кстати, надо ж и эти ящики транспортировать. Сережа, скажи нашим, они в бухгалтерии, что мы едем на дачу к этому господину. Ты — с нами. Там тоже надо будет вычерпать всю информацию. Заодно и с одним толковым специалистом познакомишься. Парень, говорят, — настоящий ас. Гениальный хакер, как его характеризует этот господин, — Турецкий небрежно ткнул в Западинского большим пальцем.

Западинский, видимо, не вслушивался в смысл того, что говорил Турецкий, но он подумал, что если и сможет что-либо изменить в своей судьбе, это произойдет именно дома, на даче, где он все равно найдет возможность дорваться до телефона. А там! В общем, надо ехать, иного выхода не будет. К тому же еще неясно, что это у них за спецназ. Может, два-три таких же мудака, которых просто расстреляет сенежская охрана. А списать?.. Тут всегда найдется возможность. Абу имеется для этого...

— Ладно, — решился он, поднимаясь. — Я поеду. Не надо никакого вашего спецназа, сам пойду.

Он взял со стола связку своих ключей и, проходя через приемную, грубо швырнул их на стол секретарши.

— Я скоро вернусь! — заявил он резко. — Следи за порядком!

— Сережа, позвони, чтоб забрали ящики, и догоняй нас, — сказал Турецкий.

А вот Грязнов, проходя через приемную, обернулся и лукаво подмигнул Ирине. Отчего она вмиг избавилась от страха, которым умел хорошо пользоваться Западинский, держа своих сотрудников в жестких рукавицах.

«Ах ты, бесовщина! — хитро жмурясь, покачал головой Грязнов. — А ведь девка запала... Саня, конечно, смеяться станет, но где ж нам на всех мэнээсов-то набрать?..»


Чем ближе подъезжали к Сенежу, тем тревожнее становилось на душе у Западинского. Он увидел, когда выходил, возле подъезда здания белый полицейский «форд», увешанный дополнительными фарами, сиренами и разноцветными мигалками, словно праздничная елка. Но это — пустяки. Впритык к нему стоял довольно вместительный микроавтобус с затемненными стеклами, возле которого прохаживался высоченный парень в штурмовой броне, каске с забралом и с короткорылым «калашом» под мышкой. Не человек — машина. Еще их называет братва «тяжелыми» и никогда не желает с ними связываться. Сколько их там, в микроавтобусе, один черт знает...

Грузный хозяин машины сидел на переднем сиденье. Турецкий рядом с Западинским на заднем и индифферентно смотрел в окно. Наручники на Виталия не надели, и он посчитал это хорошим знаком. В его голове мелькали совершенно безумные мысли. Ну, например, врезать этому суке-следователю боковым в челюсть и рвануть у какого-нибудь светофора в сторону. Что они, в толпу, что ли, стрелять станут? А эти «тяжелые» для кроссов не приспособлены, хрен догонят... Понимал ведь, что бред, а тело напрягалось, как перед прыжком. Неожиданно словно проснулся молчавший Грязнов:

— У нас в машине двери блокируются, господин Западинский. Это я на тот случай, если у вас вдруг возникнет желание совершить ненужные телодвижения. Понятно говорю? — Он обернулся и в упор посмотрел на Западинского, отчего у Виталия даже мурашки по спине побежали.

«Да что они, гипнотизеры здесь?» И тело снова расслабилось. Но лишь на короткое время. Вспомнился недавний телефонный разговор с Абу. Тот просто сообщил, что у ментов добавилось работки. И Виталий все понял: значит, с Толей покончили. Подробности дела его не интересовали, поскольку он еще с утра лично обсудил все возможные варианты с Игорем, прикрытие которому обеспечивали «быки» Бориса Абушахмина. На бумаге, как говорится, все выглядело гладко и красиво. Могли, конечно, возникнуть и непредвиденные случайности, но их Игорь должен был избегнуть уже на месте. А взрывное приспособление, которым Игнатов снабдил Абу на случай проведения вот такого рода спецопераций, уже дважды отлично показало себя, сильная и безотказная штука. Из спецразработок. Генерал уверял, что никакая экспертиза концов не обнаружит. За исключением собственной. Но уж ее-то услугами никому и в голову не придет пользоваться...

Странно, что Игорь не позвонил. Договорились же, что, закончив работу, он сделает звонок и скажет только одно слово: «Да», что и подтвердит сообщение Абу, которому в свою очередь доложит об исполнении его братва. Странно, что Игорь не звонил. Но и в тоне Абу не было тревоги, значит, волноваться не стоит. Сделано чисто. А у Игоря могло просто не оказаться при себе телефонной карточки, теперь же в Москве черт-те что происходит с телефонными автоматами.

Размышления об Игоре и выполненном им задании как-то неожиданно отошли на второй план, а на первый выплыл прежний упрямый вопрос, на который Виталий так и не получил четкого и ясного ответа. Не было его и в постановлении о проведении обыска. Или было, только он сам не врубился? Что ему, в конце концов, инкриминируют?

И он кинул свой вопрос, будто в пустоту, ни к кому конкретно не обращаясь.

Турецкий оторвался от созерцания подмосковных окрестностей и нудным голосом чинуши произнес длиннющую фразу, причем на одной интонации:

— Вы подозреваетесь в совместном с другими лицами участии в совершении ряда тяжких преступлений.

— Чушь! Бред какой-то! Такой и статьи-то нет.

— А у вас теперь найдется время для изучения Уголовного кодекса, — отозвался с переднего сиденья Грязнов.

— Так что, я, выходит, соучастник? Но каких преступлений? — сделал наивно-удивленное лицо Западинский.

— Подозреваемый в соучастии, — поправил Турецкий. — Следствие разберется.

— Бред какой-то! — презрительно фыркнул Западинский.

— Поначалу всем так кажется, — кивнул Турецкий.

— А потом наступает прозрение, — отозвался Грязнов.

— Ну мне-то не в чем раскаиваться! Тем более — прозревать, — бодро сказал Западинский.

— Это заметно, — снова кивнул Турецкий. — Кажется, подъезжаем?

— Да, — подтвердил Грязнов. — Тут уже близко. Господин Западинский, у меня будет к вам одно нелишнее предложение. Мы сейчас подъедем к воротам вашего замка, выйдем из машины, и вы прикажете своим телохранителям, «палашам» этим, парням Абушахмина, если они там, у вас, обретаются, немедленно сложить оружие, отворить ворота и принять положение «лицом к стене, руки над головой». Это все для того, чтобы они не совершили по ошибке непоправимых глупостей, понятно, а?

— А если я откажусь? — с вызовом ответил Западинский.

— Это сильно усугубит ваше положение.

— А что, может быть и хуже? — уже с иронией спросил Западинский.

— Вы даже не представляете насколько! — Грязнов говорил не оборачиваясь. — На всякий случай хочу вас предостеречь от попытки к побегу.

— Ах вон вы о чем! — презрительно бросил Западинский. — Угрожаете? Хороши законнички! Бандиты!

— Ну зачем же нам забирать ваши лавры! — засмеялся Грязнов. А Западинский опять почувствовал на спине зловещее шевеление мурашек. — Если вы откажетесь, а тем более откажутся они, я отдам приказ стрелять на поражение, и перехлопаем всю вашу сволочь. Но у вас могут не выдержать нервы, и вы кинетесь бежать. И даже на крики «Стоять!» не отреагируете. Понятно? — Грязнов обернулся и холодно посмотрел на Западинского.

Какие там, к черту, мурашки! Спина у Виталия стала вмиг мокрой, будто на него вылили ведро ледяной воды.

— Я прикажу им, — хрипло сказал он и двумя руками убрал упавшие на лицо волосы. Они тоже были мокрыми. Или это от рук?..

И дальше все происходило словно в кошмарном сне, когда видишь, как под тобой вдруг рушится лестница и ты падаешь в пропасть и знаешь, что спасения нет, и на смену охватившему тебя ужасу неожиданно приходит холодное любопытство: как это сейчас произойдет? И ты просыпаешься в ледяном поту.

397

Два автоматчика подвели Западинского к воротам, в которых открылось маленькое окошечко.

— Это я, — сказал Западинский. — Открывайте. Никакого сопротивления не оказывать. Кончено, ребята, — и почувствовал, что голос сорвался.

За воротами не торопились. Автоматчик постучал по железному листу прикладом.

— Не хер стучать! — зло ответили с той стороны. — Сейчас пошли за главным. Придет, тогда разбирайтесь! А мне не велено.

— Подождем главного, — сказал, подходя, Грязнов. — Эй, слушай меня! Я — начальник МУРа Грязнов. Приказываю всей охране выйти во двор и сложить оружие! Промедление будет расцениваться как сопротивление! Слышал?

— Не ори, — спокойно посоветовали из-за ворот. — Вон главный идет, с ним и договаривайся.

Донеся шум двигателей отъехавших машин.

После этого во дворе воцарилась тишина. Грязнов сердито сопел. Он подождал минуту-другую и взмахом руки отдал команду пятерым собровцам.

Из микроавтобуса тут же была вынута раздвижная лестница, приставлена к высокой ограде, и по ней буквально взлетел наверх один из бойцов. Глянул вправо, влево и... поднял забрало.

— Нет никого! — В голосе было недоумение.

— Открывай! — приказал старший.

Боец спрыгнул во двор, мгновение спустя раздался скрежет металла и короткий хруст. Половинка ворот плавно покатилась в сторону, в другую — вторая.

Двор, вымощенный бетонной цветной плиткой, действительно был абсолютно пуст.

— Вперед! — приказал старший, и бойцы, вбежав во двор, вмиг рассредоточились и взяли на прицел все сектора.

Грязнов тронул Западинского за предплечье и сказал:

— Повторяю, бежать не советую. Сергей! — обернулся к Карамышеву. — Здесь имеются еще выходы? Ты же был тут?

— Так точно. Во-он там, — показал он рукой в правую сторону. — Туда подходит гравийная дорога от «Выстрела». И дальше, за озеро. А куда ведет, не знаю.

— Плохо, — поморщился Грязнов и поглядел на Турецкого, наблюдающего за происходящим со странной усмешкой. — Что скажешь?

— Скажу, что войско спешно покинуло полководца. Но это создает для нас лишь дополнительные неудобства, не больше. Пошли в дом, здесь, я думаю, никаких сюрпризов ждать не надо. Ведите, Виталий Борисович. А за беглецов не переживайте, мы с ними скоро разберемся.

Западинский послушно пошел в свой краснокирпичный, напоминающий уменьшенный до приемлемых в России размеров средневековый замок. Двери были не заперты.

Грязнов, прежде чем войти, достал пистолет и передернул затвор, знаком предложил Турецкому сделать то же самое. Потом обернулся к старшему группы СОБРа и что-то сказал ему негромко. Тот кивнул и побежал к «мерседесу». Машины въехали во двор. Собровец вышел из своего микроавтобуса с рацией и забубнил, поглядывая в ту сторону, куда, по всей вероятности, удрали охранники Западинского, не пожелавшие выполнять приказы ни собственного шефа, ни начальника МУРа. Ну да, своя шкура дороже.

В доме было тепло, но не душно. Едва слышно работали вытяжки и большие вентиляторы на потолках.

Оставив Западинского под охраной собровца и Сергея Карамышева, Грязнов с Турецким, прикрывая один другого, пошли по комнатам. На нижнем этаже никого не было. В маленькой комнатке на втором этаже обнаружили пожилую женщину в очках, которая, полулежа в кресле, что-то вязала. Она взглянула на вошедших поверх очков и сказала удивленно:

— Здрасьте вам! Это еще что такое? Чей-то вы маскарад затеяли? Иль обедать уже хотите?

— Нет, мы не по этой части, — ухмыльнулся Грязнов.

— А пушки чего вытащили? Ворон пугать? Али меня, старую?

Умная оказалась женщина, слово «пушка» знала. Образовали ее, видать, тут.

— Как вас зовут? — спросил Турецкий.

— Да вы че, ребяты? — Она отложила вязанье и внимательно, уже через очки, вгляделась в пришельцев. Сомнение мелькнуло в глазах. — Не, вы не наши. А чьи будете?

— Из Москвы мы, гражданка, — ответил Грязнов. — Из Генеральной прокуратуры и уголовного розыска. А сюда мы привезли вашего хозяина. Арестованного.

— Батюшки боже! — всплеснула женщина руками. — И за что его?

400

— Нехороший оказался человек, — поторопился Грязнов. — Вы нам вот что скажите. В доме еще люди есть?

— Так охрана!

— Эта уже сбежала. А еще?

— А еще мне не велено говорить.

— Нам можно, даже нужно.

— Ну тады если так, идите себе по колидору до конца, а там друга лестница. По ей на третий этаж — и найдете Вадика. Господи! Да как же эта! Ой, страх-то какой! — запричитала она, но никакого страха не продемонстрировала. — И где жа он?

— А внизу. Под охраной. Спускайтесь, разговор будет. Вы себя так и не назвали...

— Марфа Ивановна я. А ты, мил человек? — уставилась она на Грязнова.

— А я, стало быть, Вячеслав Иванович. А он, — показал на Турецкого, — Александр Борисович. Вот и познакомились. Вы поварихой тут?

— Ой, мил человек, да всё я! И мету, и кормлю, и злодеев бужу.

— Это каких же?

— А которые с пушками расхаживают. Дом стерегут.

— Почему вы их считаете злодеями? Пакостят, что ли?

— Не, пакостить остерегаются. Морды у них... эти... некондиционные, — выговорила она почти по слогам, видимо, однажды поразившее ее слово.

— Вон что! — даже присвистнул Грязнов. — Видал, Саня, как народ теперь мыслит?

— Ты, мил человек, вот че, ты не свисти тут, черненького-то не вызывай!

— Ах ты, мать честная! — засмеялся Грязнов. — Баптистка, что ли?

— У тебе своя вера, Вячеслав Иванович, у мене своя. И ты мою веру не трогай.

— Извините, Марфа Ивановна. Не буду. Да и не хотел обидеть. Но вы спускайтесь на первый этаж. Мы тоже сейчас туда подойдем. Поговорить надо. Пошли, Саня.

Пока шли по «колидору» и поднимались на третий этаж, Турецкий спросил Грязнова, откуда тот догадался, что тетка — баптистка?

— Так черненький же! Это они так черта называют. Ты свистнешь, а этот сатаненок тут как тут, глядишь, и молоко на плите сбежало. Или суп сам по себе пересолился. Мелкий пакостник.

— Смотри-ка, — с уважением отметил Турецкий. — Обширные у тебя, оказывается, познания.

— А то!

В довольно просторной комнате на третьем этаже, больше похожей на русскую светелку, с окнами, выходящими на все четыре стороны света — значит, она находилась в одной из башен «замка», — стоял широкий диван. На нем валялся, не снимая ботинок, черноволосый парень с растрепанной книжкой в руках. Парень был в очках. Читал внимательно.

В простенке работал здоровенный компьютер, выкидывая на экран монитора замысловатые многоцветные картинки абстрактного толка.

Слабо жужжала вытяжка. Воздух в комнате был слегка озонированный.

На вошедших парень не обратил ни малейшего внимания.

Грязнов подошел к дивану и вынул книгу из рук парня. Тот удивленно уставился на генерала. Слава посмотрел в книгу — там были сплошь математические формулы. Отдал парню.

— Вы кто такие? — спросил тот наконец.

— Из уголовного розыска.

— А я тут при чем?

— Поразительное дело, Саня, — рассмеялся Грязнов. — Все без исключения задают этот дурацкий вопрос. Хотя сами же все прекрасно знают. Ну нет у нас лишнего времени, Вадим Олегович, чтобы просто так наносить вам визит. Это хоть ясно?

— Со временем — ясно. У меня его тоже чаще всего не хватает.

— Теперь, мы думаем, будет с избытком. Верно, Александр Борисович?

— Верней не бывает, — серьезно закивал Турецкий. — Давно здесь обретаетесь, Вадим?

— Это имеет отношение к тому, за чем вы приехали?

Грязнов сделал глубокомысленное выражение:

— Самое непосредственное. Мы и Виталия Борисовича с собой прихватили. Специально, чтоб он сам мог объяснить вам, за что и почему приказал убить вашего отца. А заодно и сестрицу.

— Как?! — Вадим вскочил, словно подброшенный диванной пружиной.

— А вот так, — сухо ответил Грязнов. — Где находится то, что вы вытащили из американских сетей?

Парень ошарашенно молчал.

— Если вы никогда не читали Уголовный кодекс, а сделать это следовало бы, приступая к тому, чем вы тут занимались под бдительным оком вашего по-

кровителя, вы бы знали, что чистосердечное признание в содеянном, а также добровольная выдача ук-
раденного может в конечном счете оказать влияние
на суд, когда вам будет определяться мера наказания.
Вы понимаете, о чем речь?

— Да это и ежу понятно, — морщась, отмахнулся
он, будто от надоедливой мухи. — Почему вы заяви-
ли, что Виталий убил папу? Какие у вас на то основания?

— Веские, — ответил за Грязнова Турецкий.

— А Ленка? — вдруг с ужасом осознал сказанное
Вадим.

— Жива она. И есть гарантии, что в ближайшее
время с ней ничего не случится.

— Где она?

— Вам сейчас не о ней, а о себе следует подумать, — наставительно сказал Грязнов.

— А что, Виталий, вы сказали, здесь?

— Внизу. Нас ждет. Под охраной.

— Да-а?.. — Парень как-то сразу притих. Сел на
диван, взялся обеими руками за голову, длинные
волосы скрыли лицо. Копия Западинского. Наконец
он поднял голову и печально посмотрел на Грязнова. — Дискет у меня уже нету, отдал Виталию. Куда
он их задевал, спросите у него. Но все записано на
жестком диске. Можете изымать... если хотите.

— Изымем, — решительно поднялся Грязнов, —
пойдемте вниз...

— Виталий! — воскликнул растерянно Вадим,
увидев сидящего уже в наручниках Западинского.

— Да врут они все! — вскинув скованные руки
над головой, зло заорал Западинский. — Врут, гады!

— А что, разве и Плешакова не вы отдали приказ

404

убить? Точнее, взорвать в машине? — спокойно спросил Турецкий.

Западинский не сумел сдержаться, метнул яростный взгляд на спросившего. Но ответил после паузы так же зло:

— И не думал. А что, разве он уже сдох?

— Естественно. Когда работает ваш Игорь Прилепа, жертвы, как правило, быстро переходят в мир иной.

— Не знаю такого.

— Да? А он говорит, что отлично знает вас. Странно. Ему-то в его положении зачем врать?

Западинский побагровел. По лбу покатились крупные капли пота.

— Ну что ж, значит, устроим вам с ним очную ставку, — сказал Турецкий. И без всякого перехода добавил: — Где дискеты с американскими материалами? Те, которые вам дал Вадим...

И Западинский вдруг непонятно сконцентрировался. На его мокром лице, кажется, даже мелькнуло подобие какой-то сатанинской улыбки.

— Понятия не имею. Лично у меня ничего нет. Можете обыскивать.

— Жаль, — скучно сказал Турецкий. — А я рассчитывал на взаимопонимание. Вы — нам, мы, соответственно, вам. Не вышло. Жаль.

— Чего жаль-то? — взбодрился было Западинский.

— Вас... — Турецкий вздохнул, будто решил для себя окончательно какое-то очень неприятное дело, которого в принципе могло бы и не быть, однако так уж получилось...

— Не понял? — Западинский, кажется, еще пробовал хорохориться.

— Элементарно, — вздохнул Турецкий и обернулся к Грязнову: — Вячеслав, друг мой, оказывается, этот тип нисколечки не понял и не осознал, что мы приехали его брать не вообще, за какие-то там мифические групповые преступления, а за совершенно конкретные убийства, то бишь организацию, заказы и прочее, что, несомненно, тянет даже в наши шибко демократические времена на вышку. В смысле на пожизненное. Так излагаю?

— Абсолютно, господин государственный советник! — напыщенно ответил Грязнов. — И это, позволю заметить, практически уже доказано. Суд — теперь чистая формальность. Я — генерал, я знаю.

— А он — нет! Поразительно! Поэтому я думаю, Вячеслав, мы больше не станем его пугать тем, что кто-то где-то даст ему по морде, нет. Мы его, славненького, и пальцем не тронем. Мы его с тобой к тем чертям в камеру сунем, которые сто лет без бабы обходятся. А утром нам его принесут на допрос, и он сразу во всем сознается, верно?

— А у него другого выхода не будет! — захохотал Грязнов и лукаво подмигнул стоящему у дверей офицеру спецназа. — Там же такие артисты!

Спецназовец хмыкнул так, что у Западинского вмиг пропали все надежды, что сказанное — всего лишь угрозы, не больше.

— Ну и забирай его! — кивнул офицеру Грязнов. — Ей-богу, надоело чикаться. Эта погань почему-то уверена, что с ней ничего не случится, что она, как всякое говно, обязательно выплывет. Не выйдет в этот раз. Я лично ручаюсь. Уводи!

Командир мощным рывком поднял Западинского из кресла и толчком отправил к двери. Но... Виталий Борисович тяжким кулем рухнул на пол.

Собровец поднял его за шиворот, поглядел в глаза и усмехнулся:

— Слабак! — после чего так же небрежно швырнул обратно в кресло. — Дайте ему воды. А лучше — подмыться.

Грязнов отвратительно нагло захохотал, и, возможно, именно от этого Западинский пришел в себя.

— Обгадились от страха, Виталий Борисович? — участливо спросил Турецкий. — Так где же ваше хваленое самообладание? Ладно, давайте сюда все дискеты, а мы — в ответ — дадим гарантию, что вы будете жить. Сережа, — он повернулся к Карамышеву, — поднимись вместе с Вадимом Олеговичем в студию и вынь жесткий диск. Юноша тебе поможет.

Вадим посмотрел на своего бывшего друга с таким презрением, что даже Турецкому стало неловко. Он переглянулся с Грязновым и без всякого выражения сказал Западинскому:

— Ну, будем говорить?

— Скажу... — прохрипел Западинский.

— То-то же...


## Глава восемнадцатая
## О ВРЕДЕ СОМНЕНИЙ

Турецкий и Грязнов сидели в кабинете Меркулова и подводили итоги проведенной операции, которой они второпях дали название «Большая зачистка».

Западинский выдал-таки требуемые дискеты. Но, сделав этот шаг, быстро пришел в себя и стал настойчиво требовать конкретных гарантий, обещаний, рассчитывая, вероятно, что его тут же чуть ли не выпустят на волю да к тому же еще и наградят за послушание. Грязнов, естественно, довольно твердо заявил ему, что ни о каком освобождении и речи идти не может. Разве что суд учтет добровольную выдачу дискет, оказание помощи следствию и пожелает немного снизить наказание. И Западинский ушел в себя. Снова занудил об адвокате, о Старой площади, где наверняка еще не знают, какому шантажу со стороны силовых органов он подвергся, и всякое такое прочее. В общем, его отправили в камеру. Посидеть и подумать...

К сожалению, операция по задержанию Абушахмина никаких результатов не дала. Формоза, возможно, откуда-то получил сведения об аресте Виталия и не стал дожидаться своей очереди. В шикарном коттедже в Апрелевке его не было. А где он обретался в Москве, не знали либо не желали рассказывать его «быки». Их, кстати, набралось немало. Более десятка были взяты без всякого сопротивления с их стороны в Апрелевке. Поразительно просто, сдавались так, будто все знали наперед. Словно бы заранее были предупреждены паханом: не сопротивляйтесь, мол, все равно никто вам ничего не пришьет. У ментов нет доказательств. Подержат, постращают и отпустят. Да в общем, так и было на самом деле, Абушахмин оказался предусмотрительным.

Но не во всем. Тех, которые находились непосредственно рядом с ним, он успел предупредить. А остальных не смог. Или слово его до них дошло, но с опозданием. Короче, одного москвича, названного на допросе задержанным ранее Зубом, взяли с поличным. При обыске обнаружили третий китайский «тэтэшник». И чего бандиты так уж к этим «китайцам» привязались! Может, целиком партию перехватили? Но тогда — по закону — использовал ствол и долой его. Зачем хранили-то? Или обошлось недешево? А может, память? Кто их знает, этих уголовников!

Экспертное управление должно было дать заключение об оружии с минуты на минуту.

А вот Абушахмина так и не нашли. Исчез. Мог просто затаиться. Но тогда большая надежда на некоторые связи Алексея Петровича Кротова. А если он вообще растворился в эсэнгэвском пространстве? Тогда — с концами. До счастливого, как говорится, случая.

Рассчитывать на помощь генерала Игнатова, находящегося, по сути, под домашним арестом, не приходилось. Он станет немедленно и категорически отрицать любую свою связь с вором в законе. А если удастся припереть его к стенке, объяснит оперативной необходимостью, служебной тайной, разглашать которую он не имеет права.

Меркулов уже переговорил на эту тему с первым замом директора ФАПСИ, который сейчас находится у руля, но, по слухам, вряд ли станет директором. Тот сказал, что после гибели Матюшкина, расследование которой только началось, говорить что-то определенное о перспективах Игнатова трудно. Компромат на него, вероятно, имел сам Матюшкин, но ни с кем им, включая и службу собственной безопасности, не делился. А Игнатов, придя в себя, решение об отстранении принял поразительно спокойно и теперь сидит дома, книжки читает. Видимо, не слишком обеспокоен будущим. Вот и понимай, как хочешь...

Что касается охранного агентства «Палаш», то выемку документации там также провели быстро и без особого шума. У директора взята подписка о невыезде. Задержаны часть из тех, кто постоянно фигурировал в выплатных ведомостях останкинской бухгалтерии. Нашли не всех, поскольку несколько человек, видимо, находились среди тех, кто удрали с дачи на Сенеже. Дома они тоже пока не появлялись. Но дальнейшее — дело времени. Не рванут же они все в бега!

— Ну и кого мы будем объявлять в федеральный розыск? — спросил Меркулов, как бы подводя черту под частью обсужденных вопросов.

— Абушахмина, это во-первых, — сказал Турецкий. — Далее. Трубчевский Михаил Илларионович, вишь ты, громкий какой!

— Это кто? — спросил Костя.

— Один из ближних охранников Формозы. По сведениям, которые мне успел сообщить Плешаков, участник убийства братьев Айвазовых в Сергиевом Посаде. К нам это убийство прямого отношения не имеет, но Мишка Труба — игровой у Формозы.

— Вячеслав, ты что-нибудь понял? — нахмурился Меркулов. — Я тебя сто раз просил, Саня, чтобы ты выражался по-русски и оставил эту поганую феню! Ну почему я должен ломать себе голову над воровским жаргоном?!

— Виноват, исправлюсь, — походя бросил Турецкий. — Исполнитель тебе подойдет? Киллер — по-иностранному. Хотя это теперь уже давно русское слово.

— А в чем причина твоего интереса к тому делу?

— Три взрыва автомобилей. Похоже, одна рука действовала. Или один источник снабжения взрывчаткой.

— Принимается. Дальше?

— Всех непойманных «палашей» — по списку. А также тех матвеевских, которых мы не поймали, — опять-таки по нашему списку. Это не так много, как кажется. В общей сложности десяток-полтора.

Телефонный звонок прервал речь Турецкого. Костя, думая о чем-то своем, медленно снял трубку, стал слушать, мыча под нос невразумительные «ага», «угу» и еще вполне понятный звук, обозначавший отрицание, но невозможный для написания, нечто вроде «э-а», произнесенного слитно. Но вот загорелись его глаза, Костя обрадованно обвел взглядом присутствующих и совсем уже бодро закончил:

— Отлично! Премного благодарен! Все! В шляпе! — и с уважением положил трубку на место.

— Костя, перед кем это ты шапку ломал? — усмехнулся Турецкий.

— А перед Тимофей Тимофеичем! — со значением сказал он.

Так звали одного из патриархов Экспертно-криминалистического управления Зинченко, талант которого мог сравниться разве что с поистине Божьим даром знаменитого Семена Семеновича Моисеева, давно удалившегося на пенсион, с которым в одной упряжке прошли, пожалуй, лучшие годы всех троих, сидящих сейчас в кабинете.

Турецкий с Грязновым оживились.

— Ну и что? — не выдержал первым Вячеслав.

— А то, — торжественно заявил Меркулов, вставая, — что из «ТТ», взятого при обыске у Маркова, был застрелен господин Скляр Олег Николаевич, а из револьвера Прилепы — господин Матюшкин. Поздравляю вас. Можете бежать за вещественными доказательствами. Но... не увлекайтесь, — предупредил уже строго. — Завтра — тоже рабочий день.

Грязнов и Турецкий дружно поднялись и направились к двери.

— Не увлекайтесь! — еще строже повторил Костя и поднял указательный палец.

— Ты понял что-нибудь? — спросил Грязнов уже за дверью.

— Я — исключительно как команду. А что, есть сомнения?

— Чего он палец-то задрал? Опять же — не увлекайтесь. Два раза повторил.

— Ты считаешь, что поднятый палец — указание только на одну бутылку? — Турецкий даже остановился, недоверчиво глядя на Грязнова.

— Да, — остановился и Вячеслав. — Но сказал-то он дважды? Так как будем понимать?

— Так, как сказал, — безапелляционно заявил Турецкий. — Дважды, значит, две. Будет возражать, скажем, что не поняли. Сам виноват, пусть выражается четче. А то феня ему, видишь ли, моя не нравится...


День спокойно приближался к своему концу. Медленно пустела вторая бутылка коньяка. По кабинету плавал приятный запах цветущих роз и свежего лимона.

Ну, насчет роз, наверно, сильно сказано, это почти недостижимый, иначе говоря, «шустовский» вариант. Им, разумеется, не пахло, но ведь и не клопами, как думают люди, ни черта не понимающие в коньяках.

Разговор шел также замедленно, но, как всегда в компании мужчин, находящихся под градусом, исключительно на производственную тему. Да и о чем еще говорить-то... Не о бабах же! Только попробуй — при Косте! Со свету сживет. А вот как раз о бабах говорить и хотелось. Но Грязнов с Турецким, поглядев друг другу в глаза, молча решили отложить эту тему на потом. Тем более что Костя снова завел волынку про сегодняшнюю большую зачистку.

— Я хотел с вами, друзья мои, посоветоваться вот еще о чем, — сказал он и сделался совершенно трезвым. — Давайте обсудим. Вопрос очень серьезный.

Грязнов с Турецким вопросительно уставились на него.

— Речь пойдет о найденных нами... материалах.

— А что тебе неясно? — поджал губы Грязнов.

— Вопрос: как отдавать?

— А-а, вон ты о чем! — протянул Турецкий. — Это, Костя, для нас со Славкой слишком высокая политика, где ломают не только руки-ноги, но и головы. Нам это надо, Вячеслав?

— Нам это не надо, — ответил Грязнов. — Но тем не менее твой очень серьезный вопрос, Костя, я расцениваю исключительно как проявление высшей степени доверия к нам. А раз это так, позволю дать совет. Делай, как обещал. И никто тебе не докажет, что ты был не прав. Я внятно изъясняюсь?

— Более чем, — подтвердил Турецкий. — Но поскольку вопрос все-таки был задан, значит, Костю мучают сомнения. Я даже могу назвать вслух адрес и фамилию источника его сомнений. Лубянка, Жигалов. Плюньте в меня оба, если я не прав.

— Ты прав, увы, — вздохнул Костя. — Как граждане России мы обязаны в первую очередь думать о безопасности собственной державы...

— Не надо, Костя, — поднял ладонь Турецкий. — Вспомни, какой год на дворе.

— Патриотизм — понятие вневременное.

— Фигушки! — возразил Турецкий. — Где он, скажи, наш хваленый советский патриотизм? Да это же нынче площадное ругательство! Или нет?

— Или, — кивнул Костя. — Исходя из постулата...

— Не темните, господин генерал-полковник юстиции, — вмешался Грязнов. — Вы хотите снять копии этих материалов? На всякий случай, да?

— А совесть, Костя? — сказал Турецкий. — Про вас со Славкой я не говорю. Как сочтешь нужным, так и поступай, но если вдруг однажды где-то по причине какой-то утечки или просто из-за разгильдяйства либо по злому умыслу всплывет на свет нечто, отдаленно напоминающее то, что одно юное дарование спиз... пардон-с, сперло из пентагоновских компьютерных сетей, то... что будешь делать, Костя? Как взглянешь в глаза твоей разлюбезной Джеми Эванс, а? Кто нам поверит после?.. А может, я чушь несу.

— «Когда мы были молодыми и чушь прекрасную несли...» — фальшивя, пропел Грязнов.

— Во! — восхитился Турецкий. — Видишь те-

414

перь, Костя, до чего ты довел человека своим... своей... короче, неуверенностью?

— Значит, вы согласны со мной? — серьезно сказал Костя.

— С чем?! — хором воскликнули слушатели.

— С тем, чтобы все немедленно отдать Питеру и добавить ему крепкого пинка под зад, чтоб он скорее оказался в своей Америке?

— Умная мысль, — резюмировал Грязнов. — И вообще, от безделья он здесь слишком много ест.

— И пьет, — добавил Турецкий. — Когда состоится передача?

— А этого мы не станем произносить вслух. Позвони ему и скажи, что я жду его завтра с утра. Пусть и он звонит в свое посольство и закажет билет на ближайший рейс. А я попозже, ночью, позвоню миссис Джеми... Ну что же вы замолчали? Остановились? Вячеслав, я, что ли, должен наливать? Совесть у вас есть?

— За что люблю шефа? — захохотал Турецкий. — За отчаянность!

— Да, за это просто необходимо выпить! — провозгласил Грязнов, поднимая рюмку.

— Костя, — сказал через несколько минут Турецкий, — только честно... А в чем там дело? Нет-нет, госсекреты нам со Славкой совсем ни к чему! Нам бы... вообще!

— Если вообще, то... Тут, как бы сказать, такая ситуация... Ну, короче, речь идет об американском присутствии в Персидском заливе. Они, кстати, в отличие от нас, совсем не стесняются говорить о своих жизненных интересах и защищать их. Даже у нас под боком. Ну а еще там идет речь об Иране.

Короче, империалистические игры — Иран, понимаешь, Ирак, нефть, эмбарго и прочее. Нет, если по чести, нашим службам эта информация определенно пригодилась бы. Но...

— Ну да, — понимающе кивнул Турецкий, — ты опасаешься агентов влияния в нашем дорогом правительстве, так?

— Я бы удивился, если бы их не было, — мрачно хмыкнул Меркулов. — Поэтому и никаких тайн мы сохранить все равно не сможем. Лучше не знать. Я так думаю. Не прав?

— Костя, — решительно заявил Турецкий, — я, кажется, созрел для того, чтобы начать изрекать... Слушайте. Пит прибыл не за теми секретами, которые имеют отношение к нам. Они там тоже давно не дураки. И раз уж поднялся хипеж, значит, могут пострадать исключительно штатовские интересы. Если кому-то захочется узнать, по какой причине шум, он, честное слово, узнает. Без нас. И флаг, как говорится, ему в руки. Но! У нас остается один деятель, который может наши самостоятельные действия посчитать нарушением всего. Этот тип называется Жигаловым. И я, «Господа Сенат», кажется, придумал, как нам поступить. Чтоб и мы были целы, и Жигаловы — сыты. Мы таки сделаем ему подарок. Вообще говоря, у тебя, Костя, уже наверняка мелькнула эта мыслишка, поэтому я не буду приписывать авторство себе. Я просто решил согласиться с тобой. И Славка тоже.

— Но я же ничего не говорил! — вскинул голову Меркулов.

— А мы все равно согласились. Правильно. Парень он талантливый. Будет просто принципиально неверно, если наша отечественная пенитенциарная система превратит его в кретина. А еще хуже — в петуха. Мы просто обязаны встать на защиту редкостного таланта. Он ведь может и условным сроком отделаться, так, Костя?

— Это уж как суд решит...

— Наш справедливый суд решит именно так, как ему подскажем не мы с тобой и даже не президент со всей своей ратью, а какой-нибудь совсем незаметный человечек с Лубянки. И никуда после этого он, наш родненький и независименький, не денется. Да и заседание, поди, будет закрытым. А о присяжных вообще речи не пойдет. Зато у генерала появится большое утешение. Захотят снова поэкспериментировать, их дело. А парню надо объяснить, что для него это — единственный и вовсе не смертельный выход.

— А ведь Саня прав, — покачал головой Грязнов.

— Это не я прав, а Костя, который давно уже все для себя решил. Ну, колись!

— Да ладно вам, ребята, — вздохнул Костя. — Ей-богу, какие-то вы странные все-таки, не могли взять три...

— Костя!! — вопль наверняка услышали даже постовые на проходной. — А мы, дураки, сомневались!..


Костя Меркулов уехал домой, пожалуй, впервые за долгое время в полуразобранном состоянии. В нем даже проснулись позабытые отеческие чувства. Его так и тянуло расцеловаться с друзьями, словно с родными детьми. И под занавес, поднимая последнюю рюмку, все трое тихонько, чтоб не слышала наружная охрана здания, все-таки спели. Старую, которую уже давно и не вспоминали...

> Я возвращался на рассвете,
> Был молод я и водку пил,
> И на цыганском факультете
> Образованье получил...

Ах, как хорошо вышло. Главное — дружно.

Но, уложив Меркулова в машину, Турецкий предложил Грязнову подняться в собственный кабинет, где Карамышев допрашивал Вадима Скляра и ожидал, когда Вячеслав Иванович, возвращаясь к себе, на Петровку, прихватит и задержанного. Сегодняшнюю ночь, как и ряд последующих, он должен будет провести в далеко не комфортных условиях следственного изолятора.

— А чего я у тебя забыл? — заупрямился было Грязнов. — Может, у меня другие планы!

— Слава, не артачься. Нам надо забрать нашего гения, а потом, ты разве забыл, что моя машина находится у тебя во дворе на Петровке? Ты соображаешь, что единственный транспорт, который на данный момент имеется у нас в наличии, это твой «форд» с водителем?

— Как долго ты говоришь, — морщась, вздохнул Грязнов. — А у тебя там еще выпить есть?

— Не знаю, может, есть, а может, и кончилось. Но ведь ты не будешь пьянствовать в присутствии задержанного таланта? И моего кадра? Подумай, что они про нас... скажут?

— Ну пойдем тогда, — безутешно сообщил Грязнов. — А у меня созрели такие планы!

— Да ведь ты уже косой!

— Саня, — строго заметил Грязнов, — ты прекрасно знаешь, когда надо, я умею собрать всю волю в кулак, вот так! — он сжал здоровенную свою «гирю» и потряс ею в воздухе. — И становлюсь способным не только трезво мыслить, но и действовать.

— Знаю, знаю, — засмеялся Турецкий. — Вот и соберись маленько.

— А я уже... разве не видно?

— Не очень пока.

— Сейчас... — Грязнов выпрямился, напрягся, постоял так минуту и взглянул на Турецкого совершенно трезвыми глазами. — Пойдем. Надо же этого хлюста действительно отправить в «Петры».

Карамышев со Скляром пили чай.

— Мы закончили, — сказал Сергей. — Вот, вас ждем. Можно ехать?

— Да, сейчас поедем. Только тебе, Сережа, я думаю, нужно отправляться домой. Вы не захотите удрать, молодой человек? — повернулся он к Вадиму.

Тот отрицательно покачал головой.

— Ну вот и хорошо. Езжай, мы сами управимся. Когда Карамышев, простившись, ушел, Турецкий стал шарить по своим карманам, вынимая из них бумажки и кладя на стол. Некоторые смотрел, прятал обратно, другие кидал в урну. Утром их порежут в мелкую соломку. Наконец нашел то, что ему было нужно. Набрал телефонный номер.

— Николай Андреевич? Я не поздновато? Турецкий...

— Чуть не сказал вам добрый вечер, — отозвался Лаврухин.

— Да, доброго мало было. Хотя могу вам сообщить, что свою задачу на сегодня мы выполнили. У меня вот какой к вам вопрос. Что с Еленой Олеговной? Там-то хоть порядок?

— Да, охраны мы не снимали. Хотя я теперь честно и не знаю, что делать дальше...

— Понимаю вас. Но у меня будет просьба не оставлять ее какое-то время. Если это реально.

— Особых проблем нет, — вяло ответил Лаврухин. Он, видно, и сам находился на распутье.

— А мы нынче задержали ее брата. Вот я и подумал, что увидеть его она теперь сможет разве что на суде, не раньше. Вы не возражали бы, если бы я его подвез к сестре на полчасика? Звать ее сюда, в прокуратуру, нет смысла.

— Если хотите устроить им свидание, я сейчас позвоню, распоряжусь, чтоб ребята вас впустили.

— Сделайте одолжение.

— Скажите, Александр Борисович, может, мне не стоит спрашивать, но... как с Западинским?

— Арестован. Находится в камере, Абушахмин — в бегах. Если что узнаете, сообщите, буду признателен.

— Вот это для меня хорошая новость. Я ждал вашего звонка, как договорились, но...

— Завтра встретимся, если не возражаете. Подъезжайте ко мне на Большую Дмитровку часикам к одиннадцати, договорились?

— Буду. Так езжайте, я позвоню...

— Вадим, — обратился Турецкий к Скляру, — у вас, как вы слышали, может состояться встреча с сестрой. Если хотите, с глазу на глаз. Мы вам мешать не будем. Видимо, и вам надо решить как-то ваши семейные дела?

— Я на это не рассчитывал. Но если можно?..

— Вы же слышали. Однако я хочу вас сразу предупредить: постарайтесь не злоупотреблять нашей некоторой снисходительностью к вам. Договорились?

— Я обещаю.

— Тогда поехали.

Турецкий убрал в сейф протокол допроса Вадима Скляра, спрятал в шкаф генеральский мундир и надел свой пиджак, переложив в него все бумажки из карманов и документы, накинул плащ и огляделся в поисках Грязнова. Был же вроде рядом. Куда пропал?

Выглянул в коридор. Грязнов прохаживался по ковровой дорожке и увлеченно беседовал с кем-то по мобильному телефону.

— Ты чего? — спросил, подходя ближе.

— Ехать надо, — сказал Турецкий.

— Ага, сейчас, — кивнул Грязнов и, отвернувшись, что-то сказал в трубку. Отключил аппарат, захлопнул крышку микрофона и убрал антенну.

— Я пообещал парню дать ему полчасика побеседовать с сестрой. Это на Кутузовском, Слава, помнишь?

— Ну, раз обещал, слово надо держать, — недовольно пробасил Грязнов. — Только ты смотри, не сорви и мое мероприятие.

Турецкий удивился, что Грязнов действительно выглядел абсолютно трезвым. Вот же организм! Ничто его не берет.

— Это вы с Костей — хиляки, а мне — как слону дробина!

— Звонил-то кому?

— Да понимаешь... — Глаза у Грязнова странно

забегали. — Тут одна молодая дамочка очень интересуется, как работает МУР. Даже непонятно, чем он ее так сильно заинтересовал.

— Ну и ты...

— Обещал ее познакомить, так сказать, с общими принципами. Но — поподробнее.

— Что, прямо сегодня?

— Да ведь пока только теоретический курс. Всякому конкретному делу предшествует теория, разве не так?

— А я знаю эту дамочку? — хитро ухмыльнулся Турецкий.

— Ну-у... возможно, обратил внимание. Не уверен.

— Обратил, Славка. И видел, как у тебя фары вспыхнули. Хочу дать дружеский совет. Помню одного своего хорошего знакомого. У него тоже была знакомая — и очень хорошенькая, Танечкой, кажется, звали. Так вот, он, этот мой знакомый, умудрился все дело загубить именно своими теоретическими познаниями. Лекции ей читал, а Танечка мечтала поскорее перейти к практическим занятиям. Никого не напоминает?

— Не сыпь мне соль на рану! — почти зарычал Грязнов. — Насчет лекции, это я так формально выражаюсь. И болтать попусту тоже не собираюсь. Да она и не поймет ничего. Там интеллекту куда меньше, чем у одной моей знакомой младшей научной сотрудницы. Зато бюст лучше, а про попку и говорить нечего. Зачем ей интеллект при такой попке?

— И когда же ты решил начать с ней учебу?

— А вот как от тебя освобожусь. Так и начну сразу.

— Ну ты — гурман, Вячеслав Иванович.

— Нет, я просто соскучился. А дамочка говорит, что ждала моего звонка. Врет, конечно. А может, и нет, а? Ну давай, а то я с тобой теряю слишком много полезного времени...

— Она не слишком молода для тебя, Славка?— уязвил-таки Турецкий, ревниво наблюдая за грязновской озабоченностью.

— Если бы ты взглянул на нее поближе, то непременно заметил бы, что она очень давно не девочка. И ничего другого наверняка толком делать не умеет. И с этой работы ее скоро уволят. А я помогу ей пристроиться куда-нибудь к нам в архив, что ли. Чтоб было непыльно и под рукой находилась. Я не люблю сомнений, Саня, они делают мужиков вялыми и нерешительными. Бабы, я слышал, то же самое. Ну давай, давай, — заторопил он. — Встречаемся внизу.

И он на ходу снова достал свой мобильник. Видимо, и в самом деле жажда сильнее любых сомнений...


Сцена встречи осиротевших близких родственников не была душераздирающей.

Охранники, заранее предупрежденные Лаврухиным, впустили в дом, тактично удалились на кухню. Куда к ним минут десять спустя пришел и Турецкий. Грязнов не стал подниматься, он теперь пользовался каждой свободной минуткой, чтобы позвонить и продолжить заочный курс теории.

Так вот, буквально из первых же фраз, сказанных при встрече, Турецкий снова услышал о похищении, хотя Елена и пробовала маскировать свои оправдания по поводу отсутствия на похоронах отца разными причинами, включая проблемы безопасности.

— Вы-то ведь тоже в паричке и в окружении телохранителей прибыли, молодой человек, — напомнил Турецкий.

Он почувствовал, что его присутствие только затрудняет установление взаимопонимания между братом и сестрой, и решил предоставить им возможность побыть наедине друг с другом. Уходя, только заметил:

— Не ссорьтесь. Ведь увидитесь теперь нескоро. Да у вас и времени немного.

— А что, разве вы Вадьку увезете? — удивилась Елена.

— Разумеется, — жестко сказал Турецкий и, чтоб убрать лишние эмоции, добавил: — В тюрьму. Где он и будет находиться до суда и вынесения приговора. Лицо он давно совершеннолетнее, знал, на что шел, так что вопросы считаю излишними.

— И... сколько... что он может получить? — робко спросила сестра, глядя не на Турецкого, а на брата.

— Статья двести семьдесят вторая Уголовного кодекса предусматривает за неправомерный доступ к компьютерной информации от денежного штрафа до пяти лет лишения свободы. Все будет зависеть от поведения вашего брата и возможных смягчающих обстоятельств. Но об этом мы с ним поговорим отдельно. У Вадима еще есть время хорошенько подумать о своем будущем. А вы помогите ему в этом вопросе. Не стану вам мешать... Да, и еще одна информация, Елена Олеговна. Сегодня утром убит Анатолий Иванович Плешаков.

— Как?!

— Взорван в собственном автомобиле. Делайте выводы для себя. Лаврухин, начальник бывшей уже теперь службы его безопасности, обещал мне некоторое время охранять вас. Но лично я думаю, что больше опасность вам не грозит. Брат расскажет, как мы арестовали Западинского.

На кухню доносились их возбужденные голоса. Все-таки, похоже, ссорились. Но это, в конце концов, их дела.

И когда подошло время уезжать, Елена, кажется, осознала происходящее и заревела белугой, прижавшись к плечу младшего брата. А тот гладил ее по голове и, похоже, сам едва сдерживался, пытаясь казаться вполне самостоятельным и мужественным мужчиной.

Да оно, видимо, скоро так и случится: в тюрьме взрослеют быстро...

Завершив на сегодня все рабочие дела, Александр Борисович и Вячеслав Иванович вышли во двор и подошли к своим машинам, стоящим рядом — «Ниве» и «семерке».

— Ну, по коням? — нетерпеливо бросил Грязнов. Он был похож на застоявшегося коня, который наконец почуял ветер свободы.

— Ага, — кивнул Турецкий. — До завтра. Не проспи службу, коллега... Я вот чего подумал, Славка.

— Опять... — шумно выдохнул Грязнов.

— Я по поводу этих взрывов. Кончик нарисовался, понимаешь?

— Ничего не понимаю.

— Кто у нас господин Игнатов, а? Чем руководит? Точно так же, как и наш друг господин Жигалов, всякой спецухой. Электронная связь, спецоперации и прочая хренотень. И если нам где что и искать, то надо прежде всего пошарить в его управлении. Откуда у ворья может оказаться спецтехника? Только от партнеров. Как тебе моя мысль? Впрочем, взрывотехническая экспертиза покажет...

— Слушай, кто это из известных тебе поэтов говорил, когда его останавливали за рукав, «летом, летом»?

— Ладно, фиг с тобой, ты уже в другом измерении. До завтра, — засмеялся Турецкий и сел за руль.

Грязнов вскарабкался в свою «Ниву». Они друг за другом покинули служебный двор и за воротами разъехались в разные стороны. Грязнова звала боевая труба, а Турецкий подумал, что сейчас, пока еще не совсем ночь, было бы неплохо вытащить на короткую прогулку старину Питера. Который и в самом деле засиделся в своем номере. И вообще в Москве.

Паркуя машину возле «Балчуга», Александр вдруг решил, что было бы чертовски здорово, если бы они втроем — Костя, Славка и он сам — надели генеральские мундиры и в таком виде провели Питера к самолету. Этакий прощальный жест. Высокая честь. Да и выглядит красиво: три генерала и этот рыхлый слон.

Да, только бы на цирк не смахивало...

Но в конце концов надо же показать всему миру, что люди должны друг другу верить! Не держать сомнения за пазухой. А где доверие между людьми, там, глядишь, возникнет оно и между странами. Потому что страны состоят прежде всего из людей.

— Пит, старина, — приветствовал Александр Реддвея, — я принес тебе хорошую весть!

— Я уже знаю, Алекс, что улетаю завтра. Я не верил, что вы сможете так быстро. Ты, конечно, проводишь старого толстого своего приятеля?

Оказывается. Реддвей занимался тем, что неторопливо паковал свои огромные чемоданы.

— Я думаю, Пит, мы все проводим тебя. Так, как это положено со всяким хорошим гостем.

— В этом я как раз не сомневался.

— И очень правильно, Пит.

# ОГЛАВЛЕНИЕ

БОГ МИЛОВАЛ *(Пролог)* . . . . . . . . .   5

### Часть первая

*Глава первая.* КРАЖА . . . . . . . . .  24

*Глава вторая.* КОНКУРЕНТЫ . . . . . . . .  34

*Глава третья.* ТАЙНЫЙ СОВЕТ . . . . . . . .  54

*Глава четвертая.* ИСКОМОЕ В КАРМАНЕ . . . . .  66

*Глава пятая.* БЕСПРЕДЕЛ НА НОВОЙ БАСМАННОЙ  87

### Часть вторая

*Глава шестая.* ПРЕСТУПЛЕНИЕ ВЕКА . . . . . . 108

*Глава седьмая.* ПО НОВОМУ СЛЕДУ . . . . . . 119

*Глава восьмая.* ПОГОНЯ . . . . . . . . . 142

*Глава девятая.* ТАЙНЫ БОЛЬШОГО ПИТА . . . . 168

*Глава десятая.* ЖЕСТКОЕ РЕШЕНИЕ . . . . . . 189

*Глава одиннадцатая.* ПОД МУЗЫКУ ШОПЕНА . . . 211

*Глава двенадцатая.* ОШИБКА ГЕНЕРАЛА . . . . . 238

## Часть третья

*Глава тринадцатая.* ТРЕВОЖНАЯ НОЧЬ . . . . . . . 276

*Глава четырнадцатая.* «СТРЕЛКА» . . . . . . . . . 298

*Глава пятнадцатая.* БЕГ ПО КРУГУ . . . . . . . . 326

*Глава шестнадцатая.* «МОЧИЛОВО» . . . . . . . . 350

*Глава семнадцатая.* РАЗВЯЗКА . . . . . . . . . 381

*Глава восемнадцатая.* О ВРЕДЕ СОМНЕНИЙ . . . . 407

# ЛУЧШИЕ
## КНИГИ
## ДЛЯ ВСЕХ И ДЛЯ КАЖДОГО

✦ **Любителям крутого детектива** – романы Фридриха Незнанского, Эдуарда Тополя, Владимира Шитова, Виктора Пронина, суперсериалы Андрея Воронина "Комбат", "Слепой", "Му-му", "Атаман", а также классики детективного жанра – А.Кристи и Дж.Х.Чейз.

✦ **Сенсационные документально-художественные произведения** Виктора Суворова; приоткрывающие завесу тайн кремлевских обитателей книги Валентины Красковой и Ларисы Васильевой, а также уникальная серия "Всемирная история в лицах".

✦ **Для увлекающихся таинственным и необъяснимым** – серии "Линия судьбы", "Уроки колдовства", "Энциклопедия загадочного и неведомого", "Энциклопедия тайн и сенсаций", "Великие пророки", "Необъяснимые явления".

✦ **Поклонникам любовного романа** – произведения "королев" жанра: Дж.Макнот, Д.Линдсей, Б.Смолл, Дж.Коллинз, С.Браун, Б.Картленд, Дж.Остен, сестер Бронте, Д.Стил — в сериях "Шарм", "Очарование", "Страсть", "Интрига", "Обольщение", "Рандеву".

✦ **Полные собрания бестселлеров** Стивена Кинга и Сидни Шелдона.

✦ **Почитателям фантастики** – циклы романов Р.Асприна, Р.Джордана, А.Сапковского, Т.Гудкайнда, Г.Кука, К.Сташефа, а также самое полное собрание произведений братьев Стругацких.

✦ **Любителям приключенческого жанра** – "Новая библиотека приключений и фантастики", где читатель встретится с героями произведений А.К. Дойла, А.Дюма, Г.Манна, Г.Сенкевича, Р.Желязны и Р.Шекли.

✦ **Популярнейшие многотомные детские энциклопедии:** "Всё обо всем", "Я познаю мир", "Всё обо всех".

✦ **Уникальные издания** "Современная энциклопедия для девочек", "Современная энциклопедия для мальчиков".

✦ **Лучшие серии для самых маленьких** – "Моя первая библиотека", "Русские народные сказки", "Фигурные книжки-игрушки", а также незаменимые "Азбука" и "Букварь".

✦ **Замечательные книги известных детских авторов:** Э.Успенского, А.Волкова, Н.Носова, Л.Толстого, С.Маршака, К.Чуковского, А.Барто, А.Линдгрен.

✦ **Школьникам и студентам** – книги и серии "Справочник школьника", "Школа классики", "Справочник абитуриента", "333 лучших школьных сочинения", "Все произведения школьной программы в кратком изложении".

✦ Богатый выбор учебников, словарей, справочников по решению задач, пособий для подготовки к экзаменам. А также разнообразная энциклопедическая и прикладная литература на любой вкус.

**Все эти и многие другие издания вы можете приобрести по почте, заказав**
# БЕСПЛАТНЫЙ КАТАЛОГ
по адресу: 107140, Москва, а/я 140. "Книги по почте".

**Приглашаем вас посетить московские магазины издательской группы "АСТ":**

Каретный ряд, д.5/10. Тел. 299-6584, 209-6601.       Арбат, д.12. Тел. 291-6101.
Звездный бульвар, д.21. Тел. 232-1905.                Татарская, д.14. Тел. 959-2095.
Б.Факельный пер., д.3. Тел. 911-2107.                Луганская, д.7. Тел. 322-2822

2-я Владимирская, д.52. Тел. 306-1898.

В Санкт-Петербурге: Невский проспект, д.72, магазин №49. Тел. 272-90-31;
проспект Просвещения, д. 76. Тел. 591-20-70.

Книга-почтой в Украине: 61052, г. Харьков, а/я 46. Издательство «Фолио»

Литературно-художественное издание

Незнанский Фридрих Евсеевич

**Большая зачистка**

Редактор *В.Е. Вучетич*
Художественный редактор *О.Н. Адаскина*
Компьютерный дизайн: *П.А. Иващук*
Технический редактор *Н.В. Сидорова*
Корректор *Г.И. Иванова*

Подписано в печать с готовых диапозитивов 16.05.00.
Формат 84×108$^1$/$_{32}$. Печать высокая с ФПФ. Бумага
типографская. Усл. печ. л. 22,68. Тираж 40 000 экз.
Заказ 1655.

Налоговая льгота — общероссийский
классификатор продукции ОК-00-93, том 2;
953000 — книги, брошюры

КРПА «Олимп»
Изд. лиц. ЛР № 070190 от 25.10.98.
123007, Москва, а/я 92
E-mail: olimpus@dol. ru

ООО «Издательство АСТ»
Лицензия ИД № 00017 от 16 августа 1999 г.
366720, Республика Ингушетия,
г. Назрань, ул. Кирова, д. 13
Наши электронные адреса:
WWW.AST.RU
E-mail: astpub@aha.ru

При участии ООО «Харвест». Лицензия ЛВ № 32
от 27.08.97. 220013, Минск, ул. Я. Коласа, 35-305.

Налоговая льгота — Общегосударственный классификатор
Республики Беларусь ОКРБ 007-98, ч. 1; 22.11.20.300

Республиканское унитарное предприятие «Полиграфический
комбинат имени Я. Коласа». 220005, Минск, ул. Красная, 23.

**Незнанский Ф.Е.**

Н 44     Большая зачистка: Роман. — М.: «Олимп»; ООО «Издательство АСТ», 2000. — 432 с. — (Марш Турецкого).

ISBN 5-7390-0986-3 («Олимп»)
ISBN 5-17-000523-7 (ООО «Издательство АСТ»)

Юноша решил поиграть с высокими технологиями — и доигрался... За информацию, которой он случайно завладел, началась война. Война, в которой хороши любые средства — от шантажа до убийства.
И остановить эту войну должен Александр Турецкий...

УДК 882
ББК 84(2Рос-Рус)6

WS   JUL 2 2 2009

**DAMAGED**

water damage
2-26-11 dw